Hans-Jürgen Schleicher

Erzählen

Hans–Jürgen Schleicher

Erzählen

Anderswelt
Fuge in Moll

Helena/Gnosis

Die Deutsche Nationalbibliothek verzeichnet diese Publikation in der Deutschen Nationalbibliografie; detaillierte bibliografische Daten sind im Internet über http://dnb.dnb.de abrufbar.

Zweite, veränderte und erweiterte Auflage

Verlag: BoD · Books on Demand GmbH, In de Tarpen 42, 22848 Norderstedt, bod@bod.de
Druck: Libri Plureos GmbH, Friedensallee 273, 22763 Hamburg
ISBN: 978-3-7693-5803-2

Inhalt

Anderswelt

Helena/Gnosis

Anderswelt
Fuge in Moll

Endstand

M anchmal wünschte er sich, einer der kleinen Götter zu sein – nicht einer der großen, diese hatten zu viel Verantwortung, waren Amtsträger – aber einer der minderen. Nur um einzugreifen und umzustellen, wenn ihn etwas störte oder quälte, ein Benehmen oder eine Tatsache – wer konnte schon alle Rüpel aus seinem Gesichtsfeld entfernen, alle Falschheiten berichtigen, alles bereinigen – so ein Übermensch, so ein kleiner Gott der Gelegenheiten konnte es. Wo würde er anfangen? Gerade jetzt. Gerade hier (bei diesem nervenden Nebenmann). Warum stellte sich dieser so an, drängelte sich vor an der Kasse und beklagte sich nörgelnd darüber, dass er so lange schon gewartet hätte? Oder Hermes. Hermes Trismegistos, sein Lieblingsgott, der leichtfüßige Bote, Führer der Seelen, Gott der Diebe und Kaufleute, Erfinder aller Techniken der eigentlichen Stufen der Zivilisation, nicht des Pfluges oder der Viehhaltung, das war anderen vorbehalten, aber der Schrift, des Rechnens und des Würfelspiels. Ja, Hermes hätte er sein wollen, ihn hätte er sich von allen Göttern als Über–Selbst ausgesucht; Loki, ein ähnlich gearteter Geist, wäre ihm zu negativ bewertet gewesen – aber er war nun einmal kein Gott oder Halbgott und seine Mittel, mit lästigen Mitmenschen umzugehen, deshalb ziemlich eingeschränkt.

Diese Gedanken, die ihm durch den Kopf zogen, verscheuchten nun doch seinen Missmut, indem sie ihm seine

Misanthropie wie in einem Spiegel zeigten, ihn gleichzeitig über sich selbst lächeln ließen und so seine Stimmung aufhellten. Er sollte etwas tun, was ihn davon abbrachte, seiner Depression nachzugeben. So beschloss er, seine Lieblingsplätze aufzusuchen: den kleinen Park mit der Holda-Statue, das Antikenmuseum, die daran anschließende Ladenpassage – nicht um etwas zu kaufen (so viel Selbstdisziplin brachte er auf), nein, nur um sich wieder einmal umzusehen und in die vertraute Atmosphäre jener Orte einzutauchen.

Nachdem er den Laden betreten hatte, dieses ein wenig dumpf riechende Chaos gestapelter Bücher und die Sicht versperrender, überladener Regale, wollte ihn die Niedergeschlagenheit wieder einholen, die er glaubte vorher abgeschüttelt zu haben. Aber für diesmal setzte sich der selbstaufmunternde Impuls, aus dem heraus er dem Lockruf der alten Bücher und unbekannten Geister in das Antiquariat gefolgt war, doch noch gegen die andauernde Bedrückung der letzten Zeit durch: mit einer kleinen Intervention von oben.

Der kurze Lichtreflex, ins Auge geblinzelt von der Statue der Großen Mutter draußen vor dem Laden (in moderner Interpretation natürlich: – Ich erkenne dich in allen Verkleidungen, oh Göttin unseres Altertums...), half ihm, sich aus dem Schwermuts-Tal zu heben, in das ihn die merkwürdigen Träume, die sofort nach dem Aufwachen ins Vergessen verblassten, aber als Stimmung nicht mehr loszuwerdenden Bilder und Szenen der letzten Nächte, versetzt hatten. Nun aber: abgeschüttelt und beiseitegelegt. Er freute sich sozusagen über seine wiedergefundene Freude, blickte sich um und war erneut an all diesen unterschiedlichen Welten interessiert, die sich hinter den Titeln verbargen.

Die Sonne selbst unterstützte ihn dabei, sein Verstimmung zu überwinden, der Einzelstrahl von vorher war nur ein Vorläufer der breiten Lichtbahn gewesen, die jetzt durch das zugestellte und verstaubte, hoch oben angebrachte einzige Fenster in den für einen Laden sonst zu dunklen Raum fiel.

Geschichte faszinierte ihn immer wieder, also blätterte er ein wenig in einem Band über die Punischen Kriege – einer (mit Recht, wie er meinte) verstaubten romanhaften Populärgeschichte über das Zeitalter Alexanders – einer historischen Abhandlung über Herakleios Entscheidung, Konstantinopel aufzugeben und Karthago (heimatlicher Ort von dessen Kindheit) zur neuen Rückzugs-Hauptstadt zu machen (gleichzeitig eine wüste Spekulation über mögliche andere Geschichtsverläufe, die sich an dieses Ereignis anschließen ließen) – einem Buch über die Anfänge der hibernianischen Kolonisation und das erste Reich beiderseits des Atlantiks – sowie in einer Abhandlung über den Zusammenhang zwischen westlichem Messianismus und der großen Revolution im Osten.

Schließlich zog er ein dünnes Heft aus einem wackeligen Stapel ungeordneter Schriften, dessen Untertitel ihn neugierig machte: „Übersetzung eines kürzlich aufgefundenen Lehrgedichtes der Nazoräer-Sekte aus der Zeit des S.M." Von vielen dieser historischen Gruppen wusste er fast nichts, allerdings beschäftigte ihn die Zeit und das Umfeld des Simon Magus, seit er wieder angefangen hatte, sich mit seiner religiösen Erziehung auseinander zu setzen: seine Eltern waren sehr liberal gewesen, dennoch hatten sie ihm ihren Glauben an das gnostische Universum halbherzig weitergegeben, wenn auch philosophisch rationalisiert und dadurch eher akzeptabel; eine Altlast, mit der sich mehr oder weniger jeder davon Geprägte abplagen musste. Er erinnerte sich an die unbequemen Diskussionen mit seinen jüdischen Freunden über die Absurditäten seines Glaubens – den er trotzdem verteidigte, obwohl dieser, genau gesehen, nicht der eigene war, sondern derjenige der Großeltern mütterlicherseits.

Für diese waren Planeten keine bloß physikalischen Körper im All, sondern Lebewesen oder zumindest Wohnstätten geistiger Entitäten, ganz anders als normalerweise vorgestellt. Ebenso waren sie von einem ewigen Kreislauf alles Bestehenden überzeugt, auch wenn sie persönlich mit jedem Jahrzehnt ihres Lebens neue technische Errungenschaften erleben konnten und sich dadurch ihr Alltag – zwar unmerklich schrittweise, aber doch tiefgreifend – veränderte. Für sie war dies einfach der Charakter des jetzigen Äons, das äußeren Fortschritt brachte, jedoch spirituelle Verarmung, und das nach Ablauf seiner Zeit durch ein anderes abgelöst werden würde, mit anderen Vorzeichen, in der festgelegten Folge des in sich kreisenden Großen Jahres. Er konnte mit dieser Art, in Zyklen zu denken, nichts mehr anfangen, war ihr entfremdet, obwohl auch er manchmal den Wunsch hatte, mehr mit den natürlichen Rhythmen verbunden zu sein, die durch Wachsen und Vergehen jeden Lebensprozess bestimmten; aber sein Alltag, wie der jedermanns um ihn, war nicht dazu geeignet, ein Gespür dafür zu entwickeln.

In abgelegenen, ländlichen Gegenden mochte das vielleicht noch möglich sein, in den Anden, oder den Gebirgen Mittelamerikas etwa...

Was ihn in seinen Gedankensprüngen auf ein neues Thema brachte, auf etwas, was er heute Morgen wieder als Aufmacher in einigen der Übertreibungs- und

4

Klatschzeitungen im Vorübergehen gelesen hatte, und schon seit einem halben Jahr immer wieder aufgerührt und diskutiert wurde. Auch ihn brachten die Nachrichten aus Mechiko ins Grübeln: In einer entlegenen Ecke des Hochtals von Topia waren Reisende aus den nördlichen Hibernia-Staaten verschwunden, unbemerkt zuerst, dann wurden immer neue Fälle gemeldet. Böse Gerüchte hatten die Runde gemacht, aus Tenochtitlán waren Untersuchungsbeamte geschickt worden, die auf einen grausigen Fund stießen: Frische und auch schon ältere menschliche Häute, mehr oder weniger im Ganzen abgezogen, hingen an Gerüsten in einem der seit Hunderten vor Jahren aufgegebenen, halbverfallenen Dorftempeln, nun offensichtlich reaktiviert. Der Opferbrauch des Xipe Totec!

Was war davon zu halten? Die Untersuchungsbeamten verhafteten Dorfbewohner, Schafhirten, ebenso einen alten Mann, der die Funktion eines Priesters übernommen hatte – die Leute schwiegen, aber niemand stritt ab, als man ihnen ihr Verbrechen vorhielt. Aber war es überhaupt ein Verbrechen? Die alten Opferbräuche waren niemals offiziell abgeschafft oder gar verdammt worden. Sie waren nur eingeschlafen, lösten heute Entsetzen und Ekel aus; niemand kam auf den Gedanken, das Menschenopfer, das allmählich durch eine Gabe aus Mais und Früchten ersetzt worden war, sei noch irgendwo Brauch. Und nun war es doch so. Wie damit umgehen?

Es hatten sich zwei Fraktionen gebildet, die sich in merkwürdigen Koalitionen zusammenfanden, quer zu sich normalerweise feindlich gegenüberstehenden ideologischen Lagern. Die Konservativen, die den Brauch als heilig durch sich selbst gerechtfertigt sahen, fanden sich in

5

Nachbarschaft mit den Verfechtern einer kulturellen Selbstbestimmung, die zwar nicht das Opfer an sich, aber die kulturelle Identität verteidigten. Sie standen den Befürworter der Moderne gegenüber, für die blutige Rituale, ob antik oder neuzeitlich, nichts weiter als der Ausweis der Barbarei und der Unwissenheit waren.

Aber in deren Lager gab es nicht nur dogmatische Vertreter des Fortschritts, dem sich ihrer Meinung nach alles unterzuordnen hatte und in dessen Verlauf solche Relikte quasi naturgegeben verschwanden, sondern auch humanistische Skeptiker, die den Verlust von Authentizität und Identität beklagten, dennoch schon die ursprüngliche Entstehung solcher Bräuche – wenn auch durch die Tradition mit Patina versehen – als Fehlentwicklung verstanden und korrigiert haben wollten.

Er selbst war im Zweifel, welche Fraktion die besseren Argumente auf ihrer Seite hatte, allerdings nicht im Zweifel in Bezug auf den blutigen Akt des Hautabziehens bei lebendigem Leibe, einer Vorstellung, bei der es ihn fröstelte. Weder wollte er in einer Welt leben, in der jeder regionaler Unterschied durch eine allumfassende Globalisierung der Geschmäcker und Sitten eingeebnet war, in der überall dieselbe Art Menschen mit denselben standardisierten Ansichten und Verhaltensweisen lebten und Gebräuche nur als Folklore vorkamen – noch wollte er wirklich, dass blutige Bräuche, sich auf Tradition berufend, sinnlos weitergeführt wurden, ein Weltbild fortsetzend, das in seinen Augen durch Wissenschaft und Humanismus unwirklich geworden war.

Wenn er die Einheitsgesellschaft unerträglich fand, musste er sich dann mit Menschenopfern abfinden? Wenn er Menschenopfer ablehnte, war er dann für den einheitlichen, standardisierten Globaltyp, der überall auf der Welt dieselben Verhältnisse wie zuhause erwartet und auch vorfindet, nur mit ein bisschen exotischem Touch versehen, je nach Weltgegend als Wikingerambiente oder im Ife-Stil? Der griechisch-römische Humanismus war die Wurzel seiner Kultur; diesen Maßstab legte er – wenn er darüber nachdachte, musste er es einräumen – überall an; er konnte (und wollte) nicht aus seiner Haut – mechikanische oder auch skandinavische Blutrituale und Menschenopfer (der Neo-Wotankult!) waren seine Sache nicht.

**

Er war von zu Hause ausgezogen, weil er das gemeinsame Unglück nicht mehr aushielt. Diesen über Nacht von Glück in dessen Gegenteil umgeschlagenen Zustand, wie er jetzt sein Zusammensein mit ihr erlebte. Kälte, Anfeindung, Attacken aus dem Hinterhalt: War dieser tagtägliche Krieg, auf den seine Ehe reduziert worden war, wirklich Forderung des Schicksals an ihn, standzuhalten, auszuhalten, das Gemeinsame durchzutragen? Sein Flüchten davor, war es eher Feigheit oder resignierendes Fügen in das Unausweichliche, Notwendige? Wie kann man gegen jemanden um diesen Jemand kämpfen? Als Gegner den, um den es in diesem Kampf geht? Den man dadurch gewinnen will? Unlösbarer Zwiespalt.

Und nun war er hier und betrachtete das spärlich möblierte Zimmer: in der Ecke die noch immer unausgepackten Koffer und Kartons, Kleiderhaufen unordentlich auf dem Bett, Plastiktüten mit ungeputzten Schuhen daneben. Und Bücher, an den Wänden in Doppelreihen aufgestellt, die notwendigsten, ihm liebsten, an denen er sich, als Ertrinkender, Untergehender, festhalten konnte – wenn es ihm nur gelänge...

7

Schon vor Monaten war er eingezogen und hauste noch immer im Umzugschaos des ersten, provisorischen Abladens. Als er die Wohnung gemietet hatte, war er kurzzeitig in Euphorie gefallen und hatte sich in Gedanken ausgemalt, wie er die Wände mit Pflanzenfarben streichen würde, welchen Farbton er wählen würde, welche Auftragstechnik. Was er sich anschaffen würde und wie alles geordnet sein könnte.

Zu nichts davon reichte seine Kraft, sein Wille. Aufstehen, Zähneputzen, Frühstück machen – wie schwierig war allein das schon – und danach dehnte sich der Tag ins Endlose, der gleichzeitig irgendwie viel zu rasch vorüberging, um auch nur ein Bruchteil der selbstgestellten Aufgaben anzugehen. So blieb er die meiste Zeit im Halbdunkeln seines Zimmers, die Jalousien gegen die Zumutung des freien Blicks nach draußen heruntergelassen, zur Innensicht selbstverdammt. Und er hatte Zeit, den Geräuschen des Hauses und dem Leben in ihm, das er aus ihnen enträtselte, nachzuspüren.

Zuerst war es ihm nicht aufgefallen, warum auch, doch irgendwann kam ihm plötzlich der Gedanke: Viel Geld kann der neue Betrieb in seiner Nachbarschaft wohl nicht machen. Nach Abzug der Handwerker, dem anfänglichen Gedränge von Unbekannten verschiedenster Art im engen Hauseingangsflur, die alle irgendwie das Merkmal von Betriebsamkeit und selbstverständlicher Inanspruchnahme einer fremden Lokalität an sich hatten – Pakete wurden gebracht, Werkzeuge hineingetragen, Papiere studiert und unterzeichnet – gab es fast keine Begegnungen mehr mit Fremden im Treppenraum, obwohl doch das Schild Compuservice auf die nun öffentliche Zugänglichkeit der Etage unter ihm aufmerksam machte. Keine Kunden! Trotzdem waren die Räume nicht unbesucht. Geschäftigkeit ließ sich erahnen. Und bald wusste er auch, wie diese Leute dorthin kamen: Über das Nachbarhaus, durch die kleine, bisher immer verschlossen gehaltene Tür zwischen den Hinterhöfen, dem Zugang zum Trockenplatz.

Nachdem er einmal darauf aufmerksam geworden war, wurde ihm bewusst: Ein ständiges Kommen und Gehen fand statt, manchmal schienen es sogar Versammlungen zu sein, so viele Menschen mussten sich nach und nach eingefunden haben; und nur wenige davon betraten die Geschäftsräume – es waren doch Geschäftsräume? – von der Straßenseite aus, an der das Schild sichtbar angebracht war. Was ging hier vor?

Es gibt einen Fluss in Afrika (er hatte einen Bericht darüber gelesen, den Namen allerdings vergessen), der entspringt, schwillt an, wird mächtig und breit wie alle großen Flüsse der Welt, aber er findet nicht den Weg ins Meer wie alle anderen, er verstockt, versumpft, versandet, die Sonne brennt ihn aus – genauso hatte er sich gefühlt, als er vor kurzem Bilanz über sein Leben zog. Alles, was er erreicht hatte, alles, was er war, ist nichtig. Wertlos. Versickert.

Jetzt, nach dem Ende der Beziehung, sah er, was sie für ihn gewesen war, was seine Familie für ihn bedeutet hatte: Nicht das, womit er sich scheinbar unausgesetzt beschäftigt hatte, sein Traum, durch Studium und Selbstversuch einer letzten Erkenntnis nahe zu kommen, war das wichtigste auf der Welt für ihn gewesen, nicht die Ferne, der er in diesem Traum nachspürte, sondern das Nächste, die ihm Nahen. Aber genau das hatte er aufs Spiel gesetzt. Hatte sich abgekapselt, sich zurückgezogen, sich gegen Ansprüche und Ansinnen taub gemacht, da ihm alles lästig geworden war, was ihn von seiner Suche abhielt. Und jeder

Text, den er las, jeder Fund, den er machte, hatte ihn in seiner Beurteilung der Belanglosigkeit von Alltag und Existenzfürsorge gegenüber der Dringlichkeit des Durchbruchs ins Eigentliche, deren Bedeutungslosigkeit gegenüber diesem Ziel, bestätigt. War er jetzt nicht frei, das zu tun, was er tun wollte? Warum war er nicht glücklich? Warum fühlte er sich schuldig? Ihr gegenüber, seinem Sohn gegenüber?

Die Träume, die ihn in letzter Zeit quälten, mussten wohl mit seiner Lage zu tun haben, obwohl er keinen direkten Sinnzusammenhang feststellen konnte – aber so deutlich sprachen ja Träume selten. Sein jetziges Unglück, sein Allein- und Verlassen sein, welches ihn tagsüber als Trauer begleitete und als Stimmung in den Schlaf mit einzog, war bestimmt Anlass genug, um schlecht zu träumen. Obwohl: es waren eher merkwürdige als schlechte oder sogar Albträume. An ein Bild erinnerte er sich so überdeutlich und klar, wie er sich normalerweise nie an Traumbilder erinnerte, kehrte er aus dem Schlaf ins Wachsein, aus dem Traumreich in die Tagesgedanken zurück: Ein Baum oder ein baumähnliches Lebewesen stand vor ihm auf einem Hügel, ringsum von einem schmalen Wassergraben umzirkelt, mit nur einer Unterbrechung, als Zugang zu dem inneren Bereich. Der Baum verwandelte sich fortwährend, manchmal bestand er aus einem rötlichen, schuppigen, drachenstarken Astgewirr, manchmal war er ein abstrakt wirkendes Drahtgeflecht, manchmal ein riesiger Stamm mit einer unproportional kleinen Krone aus fleischig-weichen Zweigen und Blättern. Er sah zwar traumbedingterweise alle Details der einzelnen Baumerscheinungen klar und deutlich vor sich, aber wenn er die Gestalt genauer anblicken wollte, war sie schon wieder durch eine andere ersetzt worden. Neben dieser klaren Sequenz gab es eine Unzahl von Verfolgungsträumen, von Verlustträumen, von abgefahrenen Zügen und ohne ihn wegsegelnden Schiffen. Einmal schreckte er mitten in der Nacht auf und glaubte, ein leicht surrendes, pulsierendes Geräusch zu hören, fast schon unterhalb der Schwelle des Hörbaren, welches den ganzen Raum ausfüllte und immer wieder durch ein Murmeln überlagert wurde. Das Summen und Brummen wurde tiefer, versank mit ihm in den ihn erneut einholenden Schlaf – am nächsten Morgen dachte er kurz daran als einen weiteren merkwürdigen Traum oder Halbtraum und vergaß das Erlebnis.

**

Heute hatte er sich entschlossen einen der Streitpunkte aus der Welt zu schaffen, die in der Endzeit ihres Zusammenlebens immer wieder für Verstimmung zwischen ihnen gesorgt hatten. Nach und nach wollte er alle diese Streitfälle ausräumen, hatte er sich vorgenommen, wollte dann zu ihr gehen und sagen können: Schau, das habe ich für dich gemacht. Ich erinnere mich gut an unsere Gespräche, habe Konsequenzen daraus gezogen, will dir zeigen, dass ich mir Mühe gebe. Vielleicht gab es noch eine Rückkehrmöglichkeit, einen Weg zurück zum Anfangszustand, in dem alles noch funktionierte, die Beziehung noch harmonisch und zukunftsoffen war. Deswegen stand er jetzt hier. Und zögerte doch.

Wenn er darüber nachdachte, kam es ihm auch merkwürdig vor, dass er so distanziert, so kritisch allen gegenüber war, die ihm ein Versprechen auf Heilung, auf Heil, auf Lösung seiner Probleme gaben. Alle, die damit ihren Lebensunterhalt verdienten, anderen gute Ratschläge zu erteilen oder den Kontakt zu irgendeinem Gott oder Engelsdämonen zu vermitteln, waren ihm der Hochstapelei verdächtig. Nicht nur die offensichtlichen Betrüger, die Unmögliches versprachen, gegen recht viel Geld versteht sich, sondern auch die ehrlich bemühten Zuhörer seelischer Problemfälle oder die einsamen Zelebranten eines obskuren Kultes. Er selbst wäre sich an ihrer Stelle als Hochstapler vorgekommen, Dinge versprechend, die zwar eintreffen konnten – auch seiner Meinung nach – aber nur als seltenes Ereignis, als geglücktes Leben, als Gnade, nicht als selbstverständliches Arbeitsergebnis, wie garantiert.

Diese Gedanken gingen durch seinen Kopf, während er das Schild „Praxis für geistiges Heilen" betrachtete, vor dem er stand. Sie hatte ihn oft dazu gedrängt, etwas gegen sein psychisches Problem, wie sie es nannte, zu unternehmen. Suche Rat bei irgendjemand, dem du vertraust, egal welcher Richtung, Hauptsache er hört dir zu und spricht mit dir.

Aber was konnte der andere ihm schon sagen? Sein Problem war nicht sein Problem, sondern ihres. Sie ertrug seine philosophischen Anwandlungen nicht, in denen er alles in Frage stellte, seine misanthropischen Anfälle, in denen er fast jeden, dem er begegnete, unerträglich fand, seine selbstquälerischen Verzweiflungsattacken, seine Melancholie, die ihn grundlos überkommen konnte. Das alles erschien ihr krankhaft, ihr, die solche défätistischen Anwandlungen nicht kannte, nichts damit zu tun haben wollte, für die eine positive Ausstrahlung und ein mitreißender Schwung Bedingungen waren, um sich bei einem Menschen wohlfühlen zu können, während ihm dies (in seiner missmutigen Phase) verdächtig nach Oberflächlichkeit und Verdrängung existenzieller Probleme klang.

Er beschloss, die Praxistürklingel nicht zu drücken, nicht hineinzugehen, sondern umzukehren, mochte es deswegen Streit geben oder nicht, mochte sie ihn einen Feigling nennen oder nicht (aber sie würde es nie erfahren...), doch konnte er nichts in seinen Augen Sinnloses tun, auch nicht um ihretwillen.

Während er langsam, gleichzeitig erleichtert und belastet, zu seiner neuen Wohnung zurückging, sann er über den Impuls nach, der ihn, trotz seines festen Entschlusses, alles für eine Wiederaufnahme ihrer Beziehung zu tun, dazu gebracht hatte, auf der Schwelle umzukehren: War es destruktive Eigensabotage oder aufrichtende Selbsttreue gewesen, wie sollte er ihn nennen?

In sich versunken ging er weiter, beschäftigt, dieser Frage nachzuspüren. Irgendetwas ließ ihn plötzlich, mitten im Schritt, stehen bleiben. Er war gerade dabei, seinen Fuß auf den Fahrweg zu setzen, zog ihn jedoch zurück. Im gleichen Moment streifte ihn der Luftzug eines vorbeilärmenden Lastwagens, zu nahe am Bürgersteig, zu schnell, um ihm noch auszuweichen, hätte er diesen Schritt getan. Ein Schwächeanfall ließ seine Beine zittern; für einen Moment umwaberten ihn, wie Hitzeschlieren, die unendlichen Möglichkeitsräume dieses: hätte.

Hätte er, läge er jetzt da, umgeworfen, beiseitegefegt, blutig zerbrochen. Hätte er, läge er jetzt vielleicht fortgeschleudert da, benommen, doch glücklich davongekommen. Hätte er halb zögerlich, er wäre angeschlagen zurückgezuckt – wäre der Wagen ein wenig früher, ein wenig später gekommen, ein wiederum anderer Verlauf wäre eingetreten: Der Wagen hätte angehalten – er hätte mit einem kleinen Spurt die Straße überquert. Und am einschneidendsten wäre der Fall gewesen, der ihm die Existenz genommen hätte.

Diese Möglichkeit waberte um ihn, zitterte als Folie im Hintergrund, pflanzte sich wie eine Druckwelle fort in alle anderen Möglichkeiten, diese bedrohend. Es gab eine Welt, er war sich sicher, in der sie Wirklichkeit geworden war. Ein anderes Leben. Eine andere Realität. Für einen Augenblick konnte er alle Alternativwirklichkeiten spüren, als Woge aufbrandend, wirbelsturmbewegt, chaosfraktal. Und seine jetzige Wirklichkeit schien ihm zu brüchig, zu irreal zu sein, um ihn zu halten. Er war defokussiert worden. Für diesen instabilen Moment schwankender Orientierungslosigkeit.

Wachsende Verwirrung

K oslowski traf er an dem Tag, als ihm zum ersten Mal eine Veränderung aufgefallen war. Noch vor dieser Veränderung. Also gehörte Koslowski in die alte Welt, vor deren Auflösung, war demnach sein Zeit- und Weltgenosse.

Er war erst zwei- oder dreimal in dieser Bar gewesen, kannte niemanden der Anwesenden, auch nicht vom Sehen. Den Barkeeper, einen gutgelaunten Afrikaner, vielleicht ausgenommen, aber auch bei ihm war er sich nicht sicher, ob dieser ihn schon das letzte Mal bedient hatte. Koslowski suchte nicht wirklich ein Gespräch, er auch nicht, obwohl er dafür dankbar war, dass er mit jemanden reden konnte, nach einem Tag des schweigenden Umgangs nur mit sich selbst, einzig einen inneren Monolog führend. Die Bar war in einer Art klassizistischem Stil eingerichtet, hatte eine kreisförmige, dunkelgebeizte Holztheke im Zentrum, gemalte mythologische Szenen unbestimmbarer Bild-Erfindung an der Decke, in schwebenden Blautönen gehalten, das Licht war gedämpft, ebenso die Musik, die unaufdringlich Stimmung machte, in leichten Anklängen an südhibernianische Rhythmen.

Er steuerte einen freien Thekenplatz an, der ihm ins Auge gefallen war, setzte sich, um sich dann erst richtig umzusehen. Einige Tische in den Nischen waren besetzt, dem Alter nach ein gemischtes Publikum, in Gruppen oder als Paare – zwei Frauen, die ihn offen musterten, schienen Geschäfte halber hier zu sein, so zeigte er sein Desinteresse an ihrem Angebot dadurch, dass sein Blick nur flüchtig über sie streifte.

„Zum ersten Mal hier?", fragte ihn überraschend sein Nebenmann, der sein bemüht beiläufiges Registrieren der Örtlichkeit, der Einrichtung, der Menschen im Raum trotzdem bemerkt haben musste.

„Nein, ja, nicht wirklich, aber bisher nur tagsüber, für einen persischen Mokka, heute will ich etwas Richtiges trinken."

„Richtig ist in Ordnung, richtig muss sein."

Danach kam lange nichts mehr von der Seite des Nachbarn, der ihn angesprochen hatte. Nach seiner Bestellung und der raschen Bedienung (ein gälischer Whisky) prostete er höflichkeitshalber in dessen Richtung. Das blieb lange Zeit der einzige Worttausch, bis sein Nachbar sich vorstellte:

„Koslowski, bin hier als Gast fest angestellt, weiß aber, wann genug ist."

Genug schien ein sehr dehnbarer Begriff zu sein, umfasste offensichtlich sehr viel, nüchtern war er jedenfalls nicht mehr. Aber er war auch nicht unangenehm betrunken, obwohl sich seine Philosophie, die er im Laufe des Abends vortrug, ein wenig ungeordnet anhörte.

„Gefiel Ihnen nicht auch als Kind der Ritt auf dem Karusselelefanten? Die Fahrt mit der Feuerwehr, auf dem Lokführerstand, immer im Kreis, Runde um Runde, und das Ende der Fahrt kommt immer zu schnell... Warum das Vergnügen daran? Weil es eigentlich nicht wir sind, die sich drehen, die Welt dreht sich um uns, im Schwung zieht die Szenerie an uns vorüber, wir aber bleiben (ein wenig schwindelig) immer bei uns.

So erlebe ich mich: Sonnenaufgang, Sonnenuntergang, Mondauftritt, Jahreszeiten, wechselnde Moden, vorüberhuschende Gesichter, vorbeiziehende Partner, eine neue Rolle, ein anderes Kostüm – alles geht vorüber, zieht an mir vorbei, endet und fängt an. Nichts von dem bin ich selbst. Nichts dabei, was mich ankettet. Ist Ihnen eigentlich aufgefallen, dass vor einer halben Stunde hier alles ganz anders aussah? Wen interessiert's. Ist doch egal, läuft auf dasselbe hinaus."

(Wovon spricht er überhaupt?)

„Warum auch nur die geringste Aufmerksamkeit in diesen flüchtigen Umkreis investieren, der mich schneller und schneller umläuft (ein Blinzeln von mir, und ich bin schon wieder in einem anderen Leben gelandet), lass es auf sich beruhen, es wird sich eh' gleich alles ändern, auch dich sollte das nicht berühren: Mich berührt' s nicht.

Ich habe keinen Ehrgeiz, mich dort irgendwo festzukrallen und im Zufälligen Wurzeln zu schlagen, um zu wirken. Um was zu wirken? Im Egal-was-ist? Ich bin nicht verbunden. Realisiere mich dadurch nicht. Weiß nicht mal, ob ich immer derselbe bin, der sich verweigert. Vielleicht bin ich es ja, der immerzu wechselt, und die Welt bleibt stehen, wie bei der Karussellfahrt, von außen betrachtet. Kommt wahrscheinlich auf den Standpunkt an, was man sich drehen, sich verändern, was man stillstehen sieht. Prost und Amen"

„Prost" – (Weiß immer noch nicht, um was es eigentlich geht)

„Ein stetiges Ich in einer veränderlichen Welt zu sein, ist Arbeit. Ist Mühe. Alles will dich zu sich ziehen. Hinein in den Mahlschlund. Will dich schlucken. Du strampelst dich ab, um dich zu erhalten. Um dich aufzubauen. Glaubst, es ist deine dir zugewiesene Aufgabe, ein respektables Selbst in einer respektablen Welt zu sein. Den Ansprüchen genügen zu können. Fuck it. Kettet dich nur an die respektable Außenseite, an die Fassade. Lass los. Bindet dich nur an Vorstellungen, wie du eigentlich sein sollst. Lächerlich. Dich als eigentlich gibt es nicht. Dich gibt es, das ist schon alles"

(Bin schon ganz wirr: gibt es mich wirklich?)

„Und wenn es dich gibt, dann nicht durch deinen eigenen Verdienst, sondern, du wirst gehalten. Durch das Eigentliche. Und wenn es sein soll, wirst du dich erfüllen. Auch ohne das flüchtige Gekreise um dich. Ohne dass du dich verlierst und gewinnst und verlässt und ankommst.
Betrink' dich mit mir. Ist eh' der beste Zustand, den man erreichen kann. Abgesehen von Satori. Aber wie könnte man Satori durch Arbeit erreichen?
Arbeit am Ich – was für'n Schwachsinn. Du wirst geboren, dein Fleisch zerfällt und zum Trost willst du ein Ich aufbauen. Ein starkes Zentrum, das auch dann noch existiert, wenn alles zerfällt. Wie eben deine Zähne ausfallen, deine

Haare abfallen, du selbst mitsamt deinem Ding schrumpelig wirst. Dagegen kämpfst du an, mit deinem verstärkten Ego. Und nimmst alles, was du in diesem Kampf einsetzt, aus dem, was zerfällt, sich ändert, wechselt. Schwachsinn. Du bist. Das ist das ganze Geheimnis. Du bist, und musst es nur wissen. Dir bewusst sein, dass du es weißt."

(Scheint ein Zen-Anhänger zu sein...)

„Ich bin nicht ich, Mann. Bin es nur von außen. Weil man mich so sieht. Sehen will. Bin dann Koslowski. Für dich. Für den da. Und für mich? Bin ich eine Außenstation meines eigentlichen Zwillings. Sitze auch dort an der Bar, aber besser. Nur das, was uns verbindet, ist echt. Sonst bin ich eine Fälschung, gemacht von dem Publikum für das Publikum.

Ist doch piepegal, als was die mich verkaufen. Ich jedenfalls bin damit nicht gemeint. Tut, was ihr mit Koslowski tun müsst, ich bin es nicht, den ihr damit trefft. Mich gibt es nicht als den, den ihr zu eurem Spiegelbild gemacht habt. Euer Blick streift den Spiegel und ihr seht euch, nicht mich. Mit dem, was ihr seht, könnt ihr machen, was ihr wollt. Es gehört euch. Ich bin es nicht. Ich halte mich nicht an euch. Ich halte mich an meinen Zwilling.

Mit ihm als Rettungsachse kann ich schwimmen. Angeleint an ihn. Die Identität, die ihr mir zubilligt, brauche ich nicht. Kann ich fahren lassen. Aufgeben. Brauche mich nicht an sie zu klammern, damit ich nicht verloren bin – bin sowieso verloren. An das, was ihr mir zubilligt.

Alles zerrt an dieser gefakten Masken-Identität. Will sie mir vom Gesicht reißen. Gesicht gibt es nur nicht. Der Mahlstrom will mich mit sich fortreißen, will mich verschlingen. Nimmt nur die Maske mit sich fort.

Und ich? Sitze hier. Habe keine Identität mehr. Und warum sie nicht in den Wind schreiben? Warum nicht den Sturm, die Tsunami-Woge reiten? Ich weiß dann zwar nicht, wer reitet, aber als Surfer balanciere ich auf der Welle, als Fisch schwimme ich in der Welle, als Vogel schwebe ich über der Welle.... Frei von ihr, verbunden mit ihr.

Fühle mich merkwürdigerweise nicht in alle Winde verstreut, wenn ich mich auf die Winde einlasse, fühle mich nicht dezentriert, wenn ich zulasse, dass sich mein Festkrallen an ein Zentrum lockert. Will nicht mehr allem, was mich durchzieht, meinen Namen geben, um ein Selbst mit Namen zu sein. Ein Zentrum. Ein Punkt. Will mich lieber ausdehnen, über alle Grenzen hinaus, mich mit allem ausfüllen, was mir begegnet. Aber diese Filter, Sperren und Ausgrenzungen, die ich brauche, um mich dabei nicht zu verlieren, hindern mich, in Kontakt mit dem ganz Anderen, dem Ganzen zu kommen. Und diese Filter, Sperren und Einschränkungen hab' ich nicht selbst aufgebaut, sie sind mir eingepflanzt worden, ohne mein Wissen, ohne mein Wollen, ohne mein Einverständnis.

Nur weil sie schon immer da waren, weil ich mich an sie gewöhnt habe, mein' ich, dass sie mir meine Identität garantieren. Und verstärke sie ängstlich, statt sie niederzureißen. Forget it. Diese angstdurchsetzte Identitätsaufrechthaltung ist zu anstrengend, um sie auf Dauer durchzustehen. Warum nicht gleich loslassen. Warum nicht gleich dort heimisch sein, wo wir sowieso stehen, schweben, landen: Im Chaos.

Ein Prost auf das Chaos. Ordnung ist der Tränenweg. Ist der Schmerz. Die Mühsal. Verschwendete Anstrengung in Aufrechterhaltung der Fassade. Ich-Arbeit ist der Irrweg. Merkst du nicht, wie du trotzdem getragen wirst? Lass dich fallen, Mann..."

So ging es weiter, er verstand nur die Hälfte davon, was Koslowski ihm erzählte; bei aller Bereitschaft sich auf ihn einzulassen, wurde er das Ganze allmählich überdrüssig. Die nächste Unterbrechung im Redestrom nutzte er deshalb, um sich auszuklinken.

„Ich muss jetzt gehen, tut mir leid, bis demnächst."

Fragte nach der Rechnung, bezahlte und stand auf, um sich zum Ausgang durchzuschlängeln (die Leute standen inzwischen dichtgedrängt um den Tresen).
Als er beim Weggehen nochmals zurückschaute, schon an der Tür stehend, um den Ort mit einem letzten Rundum-Blick zu umfassen, traf ihn die Erkenntnis wie ein Schlag: Er hatte diesen Raum, den er gerade verließ, nie betreten.

Die Garderobe war ein dünnes Bambusrohr, an dem stumpf gemachte Fleischerhaken hingen, die Theke selbst eine fragile Konstruktion aus Bambus, blanken Metallflächen und Neonschriftzügen, die über ihr und an der Rückwand angebracht waren, irgendwelche Zen-Zitate, in Ornament verwandelt. Ein ernster, großgewachsener Asiat stand hinter der Bar und schüttelte feierlich-rhythmisch den Shaker, wie einer Tempelzeremonie vorstehend. Die Musik sirrte verhalten durch den Raum, elektronischen Zikaden ähnlich. Dann setzte ein wummerndes Bassgewitter ein, allerdings gesprächstauglich heruntergeregelt.
Der Wechsel des Musikstiles konnte noch normal sein, aber nicht die Veränderung des Raumes. Dafür hatte er keine Erklärung. Außer der, dass sein Gedächtnis, was die letzten Stunden betraf, völlig ausgesetzt hatte. In Wahrheit gibt es keine reale Vergangenheit, es gibt als Realität nur eine andauernde Gegenwart, jeder Augenblick des Lebens ist ein gegenwärtiges Moment, aber dass sich seine Erinnerung an

die eben entschwundene Gegenwart so sehr von der jetzigen Gegenwart unterschied, er nichts von dem Erinnerten im Jetzt finden konnte, bestürzte ihn zutiefst.

Was war mit ihm passiert? Hatte er einen Blackout? Nein, er erinnerte sich fast lückenlos an sein Hereinkommen: An seinen etwas verunsicherten Gang zur Theke (nicht wirklich heimisch hier), daran, wie er sich auf den hohen, schmalen Barhocker gesetzt, verstohlen die Nachbarn links und rechts gemustert, die Flaschen im Regal hinter der Theke geprüft hatte; er erinnerte sich an die Frage des Barkeepers und an seine Bestellung; danach kam der Kontakt mit Koslowski und dessen merkwürdigen Monolog

Nirgends eine Lücke, nirgendwann ein Aussetzer. Woher, wann also der Wechsel? – Wenn es einen gab. Ab wann war in seinem Gedächtnis eine andere Szenerie präsent, ein anderer Stuhl, auf dem er saß, ein anderer Musikstil, ein anderes Publikum (denn das war doch auch ausgewechselt worden, oder?).

Nein Koslowski saß wie vorher an seinem Platz, ein Zeuge dafür, dass es sie beide vor einer Stunde schon gab, er nicht erst in dieser Sekunde angefangen hatte zu existieren – obwohl: war das nicht genauso gut ein mögliches Konzept wie das, dass er schon mehr als dreißig Jahren unter einer realen Sonne herumspaziert war?

Ihm kam es vor, als ob er in einem Bewusstseinskino säße, einen Film vor sich (um sich), und dieser Film einen Schnittfehler hätte: Versehentlich waren alternativ gedachte Szenen, in anderen Kulissen gedreht, aneinandergeschnitten worden. Aber er hatte es bemerkt. Warum? War er versetzt worden, verrückt? War die jetzige Gegenwart real, die im Gedächtnis bewahrte vorige Gegenwart dagegen irreal?

21

Die jetzige Realität konnte er nicht leugnen, ohne sich selbst in Frage zu stellen, ein absurder Gedanke, aber er weigerte sich, seine so deutliche Erinnerung aufzugeben, ins Vergessen zu flüchten. Er wusste doch, was gewesen war. Aber wenn das Jetzt wirklich war, konnte das Vorher nicht wahr gewesen sein. Und trotzdem: es war gewesen. Was gewesen war, gab es allerdings nur noch als Erinnerung: Konnte diese gefälscht sein?

Sie musste es – das war die einzige logische Erklärung. Wenn das aber der Fall war, er mit einer gefälschten Erinnerung herumlief, wer war er dann? Sein Bild von sich selbst beruhte auf Erinnerungen. Wie weit ging die Fälschung, die Täuschung über sich selbst, betraf sie nur die Bar, betraf sie seine Erinnerung insgesamt, sein ganzes Leben, wie er es als einst gewesen voraussetzte?

Durch den Schock dieses Erlebnisses (welches? Schon verschwand ihm die Möglichkeit, an das Vorher als ebenso real wie an das Jetzt zu denken) wurde er auf Unstimmigkeiten aufmerksam, die sich unbemerkt überall eingeschlichen hatten. Ein Gebäude, an dessen leuchtend blaue Farbanstrich er sich zu erinnern glaubte, war in Wirklichkeit, wie er sah, grün, eine Statue, von der er die ganze Zeit geglaubt hatte, sie stellte einen löwenmähnigen Zervan aus der Mythologie der Mithrasmysterien dar, war, wie er jetzt, vor ihr stehend, feststellte, Perseus mit dem abgeschlagenen Kopf der Hydra in der Hand – sein Gedächtnis schien ihm Streiche zu spielen, oder etwas noch grundlegend Merkwürdigeres ging mit ihm vor.

Manchmal sah er, wie aufeinander gehalten, ineinandergeschoben, das Erinnerungsbild eines Gebäudes, verschmolzen mit dem realen Gebäude, mit dem es seltsamerweise nicht oder wenig übereinstimmte. Dann war wieder der Eindruck von Fälschung (seiner Erinnerung oder der Gegenwart) wie weggewischt, alles war selbstverständlich und normal, bis ihm der unerklärliche Verdacht kam, dass dieser oder jener Anblick gestern noch ganz anders gewesen war, ohne dass er dieses dumpfe Gefühl konkret an etwas festmachen konnte.

Als er vor dem Haus stand, in das er vor einem halben Jahr eingezogen war, fragte er sich einen Augenblick, ob ihn seine automatisch gelenkten Schritte nicht vor das falsche Gebäude geführt hatten, er irgendwann vom schon gewohnten Weg abgekommen war (aber wo? Es gab keine verwirrende Abzweigung auf seiner Route), er sich verträumt und die Richtung verloren hatte – einen Augenblick lang schien ihm das Haus sehr fremd, bis sich alles normalisierte und er akzeptierte, dass das, was er sah, einzige Realität und schon immer so gewesen war.

Im Zimmer angekommen, war er erleichtert, nichts Befremdliches vorzufinden, keine Veränderung, die er sich nicht erklären konnte, keine aufflackernde Ahnung von einem gestern noch vorhanden gewesenen Tapetenmuster, das es heute nicht mehr gab – sein neues Zuhause empfing ihn wie ein wirkliches Zuhause: Zum ersten Mal hatte er dieses tröstliche Gefühl der Umarmung durch das Gewohnte.

**

N achts schreckte er dann auf, verwirrt, weit jenseits dieser Tröstung, im unendlich Fremden, gerade aus einem ganz anderen Sein angekommen. Seine Träume bedrängten ihn wieder, er wollte aufwachen, wollte gleichzeitig in ihnen bleiben, da die Wirklichkeit außerhalb des Traumes ebenso befremdlich war wie innerhalb. Ein unterschwelliges, kaum wahrnehmbares Brummen erfüllte den Raum, der davon zu zittern schien; die wie lebendigen, bedrohlichen Furchtschatten seiner Kindheit (wie lange hatte er solche Gefühle nicht mehr gehabt?) waren plötzlich wieder da, so merkwürdig verzerrt kam ihm alles vor. Doch der Schlaf, den er noch nicht richtig hinter sich gelassen hatte, holte ihn wieder zu sich, er versank in ihn, um erst am Morgen ganz und endgültig für den Tag zu erwachen.

In den nächsten Wochen überfielen ihn diese verwirrenden Augenblicke öfters, noch intensiver und aufdringlicher als vorher; am Ende streckte er die Waffen: Er akzeptierte, dass etwas Unerklärliches vor sich ging. Die Welt veränderte sich. Ständig. Nicht im üblichen Sinn, dass etwas gebaut wurde oder zu Bruch ging, ein neuer Laden eröffnet, eine Lieblingskneipe geschlossen wurde: In einem tiefergreifenden, die Existenz angreifenden Sinn. Die Welt, die er am Abend verlassen hatte, um sich schlafen zu legen, gab es am nächsten Morgen nicht mehr. Die Welt, wie sie am Morgen war, hatte sich am Mittag in etwas anderes verwandelt. Abzulesen an Kleinigkeiten, an Details, die aber in ihrer Summe umfassend waren; abzulesen an Unübersehbarem: Wenn städtische Wahrzeichen verschwanden, in Nicht-Existenz aufgelöst, als ob es sie nie gegeben hätte, an ihrer Stelle andere, ebenso imposante historische Bauten standen – oder, im Gegenteil, Slums, Brachland, vernachlässigte Areale denselben Ort prägten...
Nur in seinem Gedächtnis gab es diese Wahrzeichen noch, und was war sein Gedächtnis? Ein Speicher erlebter Tatsachen oder ein Produzent gefälschter Erinnerungen? Diese erschreckende Alternative kam ihm wieder in den Sinn, als er voller Verwunderung einer Veränderung nachgrübelte, die ihm ins Auge sprang: Dort, wo gestern der

Haupttempel einer ihm vage bekannt vorkommenden Sol-Invictus-Staatsreligion (ähnlich der, an die er sich zu erinnern glaubte, nur trat diese eigentlich bescheiden als Privatsache auf) den Brennpunkt eines übergroßen Platzovals dominiert hatte, befand sich heute ein anderes, aber offenbar ebenso altes Gebäude, vermutlich der repräsentative Teil der städtischen Verwaltung.

Konnte es sein, dass sich alle diese Verwandlungen nur in seiner Fantasie abspielten, er in seine eigenen Hirngespinste verfangen war, ohne Ausgang ins Freie, ohne Zugang zu einer wie auch immer gearteten Realität? Irrte er nur im Spiegelkabinett seiner Psyche umher, die, durch irgendeine krankhafte oder unfallbedingte Störung verursacht, aufgehört hatte, eine verlässliche Umgebung zu simulieren, die unzureichend arbeitete, diskontinuierlich, nur noch eine brüchige Realität zu produzieren imstande war? Setzte sein Gehirn Realitätsabbildungen frei zusammen, entweder irgendwelchen Assoziations- und Metamorphosegesetze folgend oder in unzusammenhängenden, willkürlichen Sprüngen?

Und wenn es so wäre: Welche Möglichkeiten hätte er, das herauszufinden?

Er beschloss, über den Augenschein hinaus zu prüfen, ob er in einer anderen als der gewohnten Welt lebte. Er musste nur eine Methode finden, mit der dies möglich war. Er hatte einzig seine Erinnerungen zur Verfügung, seine Erinnerung an Tatsachen, Geschehnisse, Menschen, die wirklich waren, die Bestandteil seines Lebens waren – wenn er seinem Gedächtnis vertrauen konnte. Aber das war die Prämisse. Ohne das Festhalten daran, dass er seine Wirklichkeit im Kopf trug, wäre er rettungslos verloren, denn an was konnte er sich dann noch halten? Das einfachste schien ihm, zu vergleichen. An was er sich erinnerte und was davon abwich. Dazu wollte er auflisten, was für ihn Tatsache war und das Stichwort anschließend in einer Bibliothek nachschlagen.

Er besorgte sich ein gebundenes Buch mit leeren Seiten (nahm es einfach an sich, da er nicht sicher war, ob das Geld, das er in seiner Tasche hatte, auch akzeptiert werden würde) und fing an, zurückgekehrt in sein Zimmer, alles aufzuschreiben was er als faktisch wusste. Legte endlose Listen an mit Namen und Begriffen aus den unterschiedlichsten Bereichen, zuerst ungeordnet, wild durcheinander, wie sie ihm eben in den Sinn kamen.

Allmählich formten sich Zusammenhänge in seinem assoziativen Vorgehen. Z.B. ein geographischer: er schrieb die Namen aller Flüsse Europas auf, die ihm einfielen, dann die der Gebirge, Waldzüge, dann die Landschaften, Seen, Meere, Buchten und Meerengen, die Stadtnamen, die Namen der Hauptstädte und Metropolen. Das führte ihn zur politischen Geografie, zu den Ländern, Staaten, Staatenbünde, Kolonien, zu den großen Reichen – er entwarf eine Weltkarte aus der Kenntnis seines Gedächtnisses. Europa, die anderen Kontinente, die ganze Weltkugel als einen bunten Flickenteppich (in seinem Vorstellungsbild, das er von einem Globus übernahm, den er einmal als Kind besessen hatte), mit weißen Flecken allerdings – so merkte er, wie sein Bild von Afrika doch lückenhaft und unsicher war.

Und dann ein anderer Bezug: Er listete die Namen aller Personen auf, von denen er jemals gehört hatte, gerade so wie sie ihm durch den Kopf zogen, er hangelte sich von Namen zu Namen, dem Netzwerk der Beziehungen folgend, in dem diese Personen in seinem Gedächtnis miteinander verknüpft waren. Auch hier fand er wieder Gruppierungen: Politiker, Künstler, Schriftsteller, Komponisten, Wissenschaftler, Forscher, Erfinder, Menschen, die aus irgendeinem Grund bekannt und berühmt geworden waren. Und bald führte ihn dieser assoziative Weg aus der Gegenwart in die Vergangenheit und er war in einer neuen Kategorie angekommen: der historischen Persönlichkeit. Was ihn nach einiger Zeit des scheinbar unendlich langen Namensauflistens dazu brachte, diese auch nach Epochen und Gegenden zu ordnen, womit er ganz in die Historie übergewechselt war. Zu Namen fielen ihm Ereignisse ein, politische Konstellationen, berühmte Augenblicke der Geschichte, Jahreszahlen (freilich nicht so viele, sein Verhältnis zu Zahlen war nie ein Besonderes gewesen) und wieder Überschriften, unter denen sich die geschichtlichen Momente einordnen ließen: Kriege, Schlachten, Friedensschlüsse, Ereignisse von symbolischem oder epochalem Charakter, zivilisatorische Errungenschaften, gesellschaftliche Umschwünge, mentale Paradigmenwechsel. Revolutionen. Katastrophen. Triumphe. Schicksale.

Sein Buch füllte sich mit Namen und Begriffen, wobei er nun anfing, dazu Kommentare zu schreiben, Querverweise beizufügen, kurze Charakteristiken anzuhängen. Jetzt war er dabei, seine gesamte Welt, im räumlichen und zeitlichen Bezug, wie er sie in seiner Erinnerung fand, aufzuzeichnen – noch immer nicht systematisch, eher eruptiv – zufällig, aber weit ausgreifend, fast alle Wissensgebiete streifend.

Die Erkenntnisse der Wissenschaft, den Aufbau der Erde und des Weltalls, Astronomie, Astrologie, die Namen der Dekanatsgötter, die Systeme der Religionen, ihre Stifter, die Namen der Philosophen und was sie vertreten hatten,

Techniken und Geräte, die aufgekommen und wieder verschwunden waren, berühmte Bauwerke (und ihre Erbauer), welche die Orte geprägt, ihnen ein Gesicht gegeben hatten, die Zeiten, in denen sie errichtet worden waren, ihr Baustil, Stile allgemein, Kunstepochen, Künstlergemeinschaften, Musikstücke, Theaterstücke, die Entwicklung von utopischen Ideen über das wahre Leben, Romane, in denen diese dargestellt worden waren: Und schließlich war er dabei, die Titel aller Bücher aufzuschreiben, an die er sich erinnerte, den Autor dazu, soweit in seinem Gedächtnis, und Thema und Gebiet, womit es sich beschäftigte.

Von einfachen Namenslisten war er in eine Art Enzyklopädie geraten, eine Enzyklopädie der erinnerten Dinge, Geschehnisse und Sachverhalte, mit allerdings großen Lücken und vielen Fragezeichen, mit Namen, die herumirrten und sich noch nicht zuordnen ließen, mit Begriffen, die ihn angesprungen hatten und die er doch nicht recht mit Inhalten auffüllen konnte, mit Verweisen, die sich in einem Gestrüpp von nicht mehr entwirrbaren Bezügen verliefen.
Und während er die Bibliothek seiner Erinnerung zusammenstellte, im Gegenvergleich mit den Büchern, die ihn real im Zimmer umgaben, tauchte plötzlich eine Szene aus seiner verlorenen Vergangenheit in ihm auf – eine Assoziation, bezogen auf eine ähnliche Beschäftigung, doch unter anderen Umständen und Vorzeichen. Und war so überstark gegenwärtig, dass er sich auf sein Bett zurückzog, den Kopf in beiden Händen geborgen, halb auf der Brust liegend, halb kniend, den Rücken gekrümmt, zuerst heftig angespannt, um dann zu erschlaffen. Der Schmerz, die Trauer würgte ihn, das Verlorene drückte ihn, presste seinen Brustkorb zusammen. Gleichzeitig füllte er sich mit

einem Gefühl, das er nur als süß bezeichnen konnte – Wehmutssüße, Sehnsuchtszerren. Er erinnerte sich.

Es war eine Szene aus der ersten Zeit mit seiner Frau, damals noch Freundin, einer Zeit, in der sie sich noch nicht so gut kannten, aber sich umeinander bemühten. Eine kleine melancholische Geschichte um einen Misston in Liebe und Zärtlichkeit, entstanden aus Vorurteil und Kleinherzigkeit (wie er es jetzt sah): Eine der scheinbar geringfügigen Enttäuschungen in der Liebe, die sich mit der Zeit summieren und zu großen Enttäuschungen auswachsen können.

Beide waren sie jung, er voller Prinzipien und unangezweifelten Selbstverständlichkeiten, sie ein leeres Blatt in Bezug auf Bücher und Bildung, aber eifrig bestrebt, ihm Gutes zu tun und ihre Zuneigung zu zeigen. So fing sie eines Tages an, seiner umfangreichen Bibliothek, die in ihren Augen vernachlässigt und unordentlich war, eine harmonische Ordnung zu geben. Sie stellte alle Bücher um, ordnete sie nach Größe und Farbe, verbrachte den ganzen Tag damit, verschmutzte Bücher zu entstauben und ihren Sinn für Harmonie und Proportionen einzusetzen. In dieser völlig sinnfreien Zusammenstellung verwirklichte sich ihre Liebe und Zärtlichkeit für ihn, ausgedrückt durch beharrliches, ermüdendes Arbeiten.

Sie wurde nicht dafür belohnt. Seine erste Reaktion bei seiner Heimkehr war: Nun muss ich alles wieder zurückstellen, in Ordnung bringen. In seine Ordnung.

War es für dich ein Schlag ins Herz gewesen, schmerzhaft, als er so reagiert hatte? War dir der Geliebte plötzlich ein Fremder, der dich nicht verstand, den du nicht verstehen konntest? Sah er denn nicht deine Zuneigung in dem, was du für ihn getan hattest?

Heute fragte er sich, wie sie sich gefühlt haben musste, als er so blind, so taktlos reagierte – überzeugt von seiner Art, der einzig richtigen, die Welt (die Bücher) zu betrachten und einzurichten. Heute dachte er anders: Jede Ordnung war durch sich selbst gerechtfertigt, ob alphabetisch, sachlich-inhaltlich oder sinngelöst-ästhetisch. Lag der Sinn einer Ordnung im möglichst raschen Zugriff auf das eingeordnete Einzelding, dann war dieser Sinn zweifellos verfehlt, aber andrerseits war die Gefahr jeder Ordnung auch das Festgeschrieben sein der Dinge auf einen bestimmten Begriff, ihr Festgebannt sein in den Einzelkäfig eines Ordnungszoos, als Exempel für diese Ordnung.

Und hing nicht in Wirklichkeit alles mit allem zusammen? Wenn der Roman neben dem Mathematikbuch stand, das Gedicht Nachbar der philosophischen Spekulation war, wo war da der Widersinn? Jedes verwies auf das andere und alle zusammen auf das Ganze, welches sie doch nie vollständig ausmachten, in Bruchteile zersplittert, wie es nun einmal war. Vom Ganzen aus war jede Ordnung gleich möglich, gleich gerecht, denn jede Ordnung war nur eine unter unzählig vielen.

Und Liebe und Sinn für Harmonie war kein schlechterer Ausgangspunkt für ein Bemühen um das Ganze als etwa Intellekt und Wissen. Heute schmerzte ihn seine Gedankenlosigkeit von damals, sein Unverständnis. Nicht zu sehen, was der andere für einen getan hatte, war schlimmer, als Regeln nicht zu beachten, die einem unbekannt waren.

Erklärungen

Auf seinen Streifzügen durch die sich verändernde Stadt hatte er öfters das Gefühl gehabt, beobachtet zu werden. Nur ein unbestimmtes Gefühl, wie den Hauch einer Empfindung zwischen den Schulterblättern; und als er sich einmal unwillkürlich umdrehte (Was ist mit dir? Niemand verfolgt dich...), war ihm selbstverständlich nichts Besonderes aufgefallen. Nun aber, als er nach Hause kam, stand ein Mann im Flur und wartete offensichtlich auf ihn. Er erkannte in ihm jemanden, dem er in letzter Zeit öfters begegnet sein musste, im Nachhinein wurde es ihm klar, als Passant auf der Straße, Spaziergänger im Park, Bibliotheksbenutzer am Nebentisch – nur zufällig?

Der Mann – schon älter, großgewachsen, hager, strenge, verschlossen wirkende Gesichtszüge – sprach ihn an.

„Wir wollen uns mit dir unterhalten, es ist wichtig."

Wir? Wichtig? Er dachte nicht im mindesten daran, sich auf irgendeine Verquertheit eines Unbekannten einzulassen, sagte irgendetwas wie: „nein, danke," und wollte eilig die Treppe zu seinen Räumen hochsteigen.

„Bleib!" Ohne zu wollen stoppte er.
„Es ist wichtig! Wichtig für dich."

„Und warum?" (sich auf eine Frage einzulassen heißt schon, sich in ein Gespräch zu verwickeln...).

„Ist dir in letzter Zeit nicht etwas aufgefallen? Kam dir nichts merkwürdig vor? Veränderungen, Wechsel, Austausch von Wirklichkeiten?"

Nun war er verblüfft – wieso konnte der Fremde davon wissen, was in ihm, um ihn vorging?
„Ja", sagte er zögerlich, „es ist so..."

„Wir können es dir erklären – wenn du willst."

Er wollte. War neugierig darauf, welche Erklärung es für dies alles gab. Falls es eine wirkliche Erklärung war.

„Ich muss Ihnen etwas zeigen, dann werden Sie vielleicht besser verstehen, wovon ich spreche."

Der Fremde hatte von dem etwas barschen Tonfall zu einem höflicheren gewechselt. Er folgte ihm und sie gingen, wie ihm klar wurde, in die eine Etage unter den seinen liegenden Räume des kürzlich eröffneten Compuservice, was auch immer das war. Rotta, wie der Hagere sich nun vorstellte, öffnete die Tür, die vom Eingangsflur in den Hauptraum führte (ähnlich wie in seiner eigenen Wohnung, die genau darüber lag, aber dieses Zimmer schien ihm viel größer, möglicherweise waren noch die anderen Räume hinzu gefügt worden), und da er einen mehr oder weniger üblichen Büroraum erwartet hatte, war er überrascht: Der Raum sah für ihn einem Science-Fiction Raumschiff ähnlicher als einer Bürolandschaft.

Aufbauten, die Schlafkojen sein mussten, standen, je drei Betten übereinander, in einem fast geschlossenen Kreis um einen goldglänzenden Metallschrank (Goldfolien?), von dem ein leises Surren, Summen oder Pfeifen ausging – irgendeine Maschine. Dicke schwarze Kabel liefen von dem Schrank zu einem anderen Gerät (oder umgekehrt), welches in einer Zimmerecke stand, verschwanden dort. Ein kleines Lämpchen flackerte von grün nach rot und zurück. Bis auf das entnervende Sirren – es konnte auch der Motor eines Lüftungsaggregats sein – war der Raum still, da leer.

„Das ist unsere Realitätsveränderungsmaschine", sagte Rotta (hörte er einen Anklang von Stolz in seiner Stimme?), „ein Sheldrake-Analogisierer." Dieser Begriff war ihm neu.

„Hier erzeugen wir die Veränderungen der Realität, die sie wahrgenommen haben. Verändern die Vergangenheit der Realität, um deren Gegenwart zu ändern."

„Aber die Vergangenheit kann man nicht verändern!" wiedersprach er protestierend (Oder doch?) – etwas in seiner Stimme löste die Festigkeit des Widerspruchs in ein fragendes Räuspern auf."

„Haben sie niemals eine Sache mit anderen Augen angeschaut, nachdem ihnen monatelang ihre anfängliche Sicht der Dinge für falsch erklärt worden ist?"

„Natürlich, ich bin lernfähig!"

„Nicht lernfähig, manipulierbar! Ihnen wird die eigene persönliche Meinung genommen und durch einen allgemeinen Konsens ersetzt. Genauso kann es mit Erinnerungen geschehen. Sie passen ihre individuelle Erinnerung dem allgemeinen Gedächtnis an, und wo ist dann dieses Erinnerte geblieben? Es hat nie existiert!"

„Aber das ist doch nur die Erinnerung – das wirklich Gewesene bleibt bestehen."

„Bleibt bestehen? Wo bleibt es bestehen? In ihrer Erinnerung? Dort ist es aber nicht mehr!"

„Aber als Fakt bleibt es, als Wirkung! Das Vergangene bleibt in seinen Wirkungen gegenwärtig, kann doch nicht rückwirkend ausgelöscht werden – es war wie es war, wer könnte das noch nachträglich ändern! Sie können mir die Erinnerung daran nehmen, dass ich gestern in einem Laden war und ein Buch gekauft habe, aber dieses Buch zuhause und die leere Stelle im Ladenregal, die können sie nicht verschwinden lassen, können sie nicht wegleugnen."

„Ich brauche es nicht zu leugnen; Von welchem Buch sprechen sie? Gibt es bei ihnen Zuhause dieses Buch von gestern?"

Ohne Vorwarnung erfasste ihn plötzlich ein Schwindel, sein Gesichtsfeld verengte sich, er hatte das Gefühl, nur noch sehr vage an die Realität angebunden zu sein. Die weiteren Worte schwirrten unbestimmt an ihm vorüber, nur der eine Satz hakte sich in ihm fest: Haben sie zu Hause dieses Buch?

Er hatte ein Buch – aber es war nicht das seiner ursprünglichen Erinnerung, wie ihm jetzt plötzlich in den Sinn sprang. Es hatte sich verändert. Es war ein anderes. Oder war seine Erinnerung falsch? Aber welche? Die an das ursprüngliche Buch, an das er sich jetzt deutlich zu erinnern vermeinte, oder die an das Buch aus dem Stapel, wie er es, seiner Erinnerung nach, heute Morgen in der Hand gehalten hatte? Wieder diese alles eintrübende Verwirrung, der Wirbel, der ihn erfasste, schwerfällig dachte er über alle die Widersprüche nach, die ihm in letzter Zeit aufgestoßen waren.

Rotta musterte ihn schweigend, sagte dann:
„Sie können nicht ehrlich widersprechen. Sie wissen bereits, dass es geschehen ist, noch geschieht, eben jetzt. Hier, an diesem Ort, sind wir an der Quelle aller Veränderungen um uns."

„Aber warum? Warum!" Nun schrie er fast, die lang unterdrückte Panik wollte durchbrechen.

„Weil es notwendig ist."

„Und notwendig warum?"

„Wir sind in der falschen Welt gefangen, und suchen nun den Ausgang. Alle sind wir gefangen. Was sollen wir tun? Uns damit abfinden? Wir – jetzt meine ich unsere Gruppe – haben eine Möglichkeit gefunden, den Ausbruch vorzubereiten. Den Durchbruch ins Richtige.

Die Menschen arrangieren sich für gewöhnlich, sie finden immer eine Möglichkeit, sich ihr eigenes kurzlebiges, trauriges Dasein schönzureden, nicht weiter darüber nachzudenken, wie ihr Leben eigentlich auszusehen hätte. Sie richten sich ein. Im eigentlich nicht Bewohnbaren, in der Fremde. Und vergessen ihren Ursprung. Sie machen sich die Fremde, das Exil heimelig und wollen nicht mehr in die wirkliche Heimat zurück.

Ein Großteil der Menschen ist sowieso verloren, die Hyliker, ohne Lichtfunken mehr, der sie zurückführen könnte, den sie zurückbringen sollten. Aber auch diejenigen, die als Psychiker sich allmählich dem Licht nähern könnten, verdrängen unter für sie als Individuen günstigen Lebensumständen den Gedanken an Heimkehr.

Es ist wie in jedem Exil: Nach einiger Zeit ist man dran gewöhnt, vermisst nichts mehr, denkt nicht mehr zurück. Nur nachts im Traum kehrt das Vergessene als unerfüllte, unerfüllbare Sehnsucht zurück. Und ist am Morgen schon wieder abgetaucht und abgetan."

Rottta hatte sich in Eifer geredet. Nun setzte er zu einem langen Monolog an, weitschweifig und scheinbar ziellos, als Erklärung der Erklärung bedürftig.

„Wir sind zu sehr verwöhnt. Haben uns zu behaglich in unserem Schlaf eingerichtet. Zu wenig Alpträume. In unserer kultivierten Welt hat sich ein homostatisches Gleichgewicht eingestellt, ein Gleichklang von zivilisatorischen Bequemlichkeit, Befriedigung der grundlegenden Bedürfnisse, der intellektuellen Interessen und des schöpferischen Verlangens, das zu einer Art zufriedener Sättigung führt, die den Drang zum Ursprung wirkungsvoller unterbindet als jedes Verbot, diesem Drang nachzugehen.

Unsere ganze Kultur baut auf den Gedanken der antiken Gnosis, der druidischen Weisheit, der schamanischen Naturerfahrung auf – und was davon lebt noch in Praxis und Denken der meisten? Alles nur Lippenbekenntnisse, äußerliches Ritual, Verkleidung. Nur wenige, wie wir, sind wirklich davon überzeugt, dass diese Welt nicht die eigentliche ist, nur ein Zwischenaufenthalt, und wir uns auf das Wesentliche, die Heimkehr, konzentrieren müssten.

Besser also, wenn alle Formen der Gnosis, der Naturmagie, des Denkens an die Anderswelt in den Untergrund verdrängt worden wären, dort aber umso mächtiger untergründig wirken würden. Wir wollen einen Zustand, in dem die Not die Menschen dazu bringt, sich an ihre wahre Existenz als Lichtwesen zu erinnern, wenn sie es schon von sich aus nicht mehr tun. Dazu müssen die grundlegenden Parameter unserer Kultur verändert werden.

Unser Ausbalancieren von natürlichen Ressourcen und Produktionsfortschritt, wissenschaftlicher Neugier und Verantwortung für die Welt, schafft ein in sich stabiles System. Der Einzelne fühlt sich in ihm aufgehoben und setzt sich für dessen Erhaltung ein. Das müssen wir in sein Gegenteil kehren: In ein instabiles, jederzeit gefährdetes System der zivilisatorischen Entwicklung, welches nur so lange funktioniert, wie sich jeder auf Kosten eines Anderen, Schwächeren weit über seine natürliche Begrenzung hinaus entwickeln kann, immer weiter ins Uferlose – andernfalls kollabiert das Ganze.

Unsere Technik ist zu sanft, zu sehr in Übereinstimmung mit den Gesetzen des Lebendigen, beruht vor allem auf dem Prinzip der Verstärkung von Naturvorgängen, dem alchemistischen Prinzip der beschleunigten Reifung natürlicher Verläufe. Unsere Fahrzeuge zum Beispiel: Ihr Antrieb funktioniert nach dem Prinzip der Implosion des Raumgefüges mit Hilfe akustischer Interferenzen und Schallübertragung; freie Energie wird konzentriert und rückstandsfrei in Bewegung verwandelt – was wir stattdessen brauchen, ist etwas, was schädliche Reste hinterlässt, Maschinen, die auf dem Prinzip der Explosion, der unvollständigen Verbrennung, der Zerstörung beruhen.

Eine Gegentechnik soll an die Stelle unserer sanften Technik treten, die mit übergroßem Energieaufwand alles gewaltsam in Gang setzt und durch schiere Kraft und Hochleistung jedes natürliche Wachstum übertrifft.

Unsere Kultur setzt auf Verbindung, Teilhabe, Synthese, die Alternativkultur sollte aus Spaltung und Dissens ihre letztlich selbstzerstörerische Dynamik erhalten.

Ressourcenverschwendung, Zerstörung der Lebenssphäre, Vergiftung der Nahrungsgrundlagen, Wassermangel, ständige Kriege um Einfluss und Zugang zu den Energiequellen, die nicht wie bei uns aus dem Überfluss des Erdfeldes frei zur Verfügung stehen: Es sollte eine Gesellschaft sein, die auf dem Krieg der Kulturen, der Mentalitäten beruht, dem Kampf aller gegen alle, dem Streit um die Verteilung des Reichtums. Weltweite Terrorakte sollen Normalzustand sein, wie Unterdrückung und Gegenwehr. Stammeskämpfe, Hungerkatastrophen, Epidemien sollen ganze Kontinente verheeren, Ordnungsmächte als Zwangsgewalten auftreten und so auch erlebt werden, ökonomische Gesetze als zerstörerischer Einfluss. In dieser instabilen, explosiven Lage wird Grundgefühl aller Menschen Unsicherheit und Vergeblichkeit sein.

Dann werden sich wieder diejenigen, die das Licht in sich spüren, diesem Licht zuwenden, es aufsuchen wollen, da einzig in ihm Sicherheit und Tröstung ist.

Der Einzelne darf keine Zuversicht entwickeln, ein Leben in Frieden und ohne Not führen zu können, im Großen und Ganzen, auch wenn es hie und da anders aussehen mag. Er muss seine Situation verstehen lernen: Auf dem Grund eines ausgetrockneten Brunnens schreit er nach Wasser, seine einzige Chance, diesem Zustand zu entkommen, besteht darin, ein ihm zugeworfenes Seil zu ergreifen und sich daran ins Licht hoch zu angeln, ins Draußen. Den dunklen Schacht zu verlassen, um das Tageslicht, das ihm ganz weit oben als heller Lichtstern die Brunnenöffnung sichtbar macht, durch eigene Anstrengung kletternd zu erreichen.

Bei uns, im Jetzt, hat er sich gemütlich auf dem Boden eingerichtet, das Licht von oben interessiert ihn nicht, er merkt nicht einmal, dass er in einem Brunnenschacht lebt, abgesondert von seiner eigentlichen Existenz im Freien, unter der Sonne. Sein Durst wird ihm gelöscht, aber durch kümmerliches Wassersurrogat, das wahre Wasser wird nicht gesucht, wird verschmäht. Hier ist Exil, und er merkt es nicht. Ist Babylon, nicht das Zuhause."

„Aber viele merken es doch," protestierte er, Rotta nun doch unterbrechend. „Es gibt diese Suche. Es gibt die Sehnsucht vieler. Und es gibt genug Ungerechtigkeit, Hunger, Durst nach Erfüllung, Mangel, Krieg, Zerstörung. Überall und ständig. Wir leben nicht in einer perfekten

Welt, die niemand verändern wollte, niemand anzweifeln würde. Wir brauchen nicht noch mehr Unglück, um nach etwas besserem Ausschau zu halten. Alle diese Suchenden sind unterwegs, um, jeder für sich, eine Antwort auf seine Fragen zu finden, oder eine Möglichkeit, im Sinn, im Licht zu leben."

Sein Einwand interessierte nicht. Fundamentalist, der er war, gab es für Rotta neben seiner eigenen Wahrheit keine anderen Wahrheiten. Es gibt keine Vielfalt der Wahrheit, sie ist eine. Und er hatte den Zugang dazu. Den Schlüssel. Seine Interpretation war die gültige. Seine strenge Beurteilung der laxen Gesinnung der Mitmenschen war die einzig angemessene. Heil und Unheil war davon abhängig. Untergang oder Aufgang. Strenge war Güte, wenn Nachsichtigkeit das Gute schädigte. Wer in der Welt war und Lust daran hatte, war sowieso verloren. Lass ihn also mit der Welt verloren gehen, wenn diese ihr wahres Gesicht zeigt: eine Fratze.

Verschlungen zu werden in einem Malstrom fressender Kiefer und Zähne war das Schicksal der Bewohner dieser Welt. Wer darauf setzte, ein anderes Ende zu nehmen, lebte in einer Illusion. Sich mit dieser Welt nicht zu identifizieren war die einzige Rettung, der einzige Ausgang aus der Situation. Den Weg zu finden und zu zeigen, der aus dieser hinausführte, war heilige Pflicht desjenigen, der es vermochte. Rottas Aufgabe also. Und wer sich nicht seiner Wahrheit anschloss, der strikten, eindeutigen Wahrheit, zeigte dadurch seinen Starrsinn, seine Gegnerschaft, sein Verlorensein.

Rotta schwieg nicht lange, setzte seine Erklärung (oder war es eine Triumphrede?) fort; und warum erzählte er das alles, in dieser Ausführlichkeit, doch sicher nicht, um ihn auf seine Seite zu ziehen, dafür interessierte er sich zu wenig für den anderen, mehr wohl, um sich selbst auf die Schulter zu klopfen, sich selbst zu bestätigen. Sich selbst zu rechtfertigen wohl auch.

Verschwörer: Rottas Monolog

„Eine Überlieferung der Quabbalah sagt, dass Gott am Uranfang das Allganze als eine Schrift (schwarze Flamme auf weißem Feuer) ins Sein gerufen hat, und dass in dieser Schrift der Text geschrieben ist, der unsere Welt bedeutet – geschrieben und festgelegt auch durch den ersten (Fehl–) Schritt Adams, der dadurch der erste Autor unserer tragischen Erzählung wurde, fortgeschrieben von da an unter dem Verhängnis des Anfangs bis zum apokalyptischen Ende. Dass aber nach dem endgültigen Abschluss der Erzählung (durch die Ankunft des Messias und der Aufhebung des anfänglichen Fehlverhaltens) ein völlig neuer Text verfasst werden wird.

Die Urschrift, das göttliche Alphabet, lässt sich dann in ganz anderen Kombinationen zusammensetzen, zu völlig neuen Welten und Wirklichkeiten. Der fehlerbehaftete Text wird seine Wirksamkeit verlieren, das Sein wird aufs Neue geschrieben, so wie es ursprünglich gedacht war. Daher auch das intensive Bemühen der Quabbalisten um die Buchstaben des Alphabets, ihre Versuche, in den unzähligen Kombinationsmöglichkeiten der Einzelelemente einem wahren, tieferen Text auf die Spur zu kommen, das Sein zu dechiffrieren und sogar zu transmutieren.

Was wir hier machen, ist die Übersetzung dieses mystischen Gedankenganges in ein praktisches Vorgehen: Wir haben eine Maschine gebaut, die den Text der Geschichte umschreibt, den alten Text durch einen neuen ersetzt und so den Sinn des Ganzen verändert, der Geschichte eine neue Fassung, einen anderen Verlauf gibt.

Es war ein jüdischer Philosoph, Maimonides, in einem der Rest-Territorien Neu-Karthagos auf der Iberischen Halbinsel lebend, der als einer der ersten einen Gedanken ins Spiel gebracht hatte, den wir dann aufgenommen und in seinen philosophischen Konsequenzen und seiner direkten technischen Umsetzung weiterentwickelt haben.

Seine These war, dass die jüdischen Riten und Vorschriften in der Thora, unsystematisch und willkürlich wie sie scheinen (und doch: wie könnte Gott etwas Unvollkommenes und Widersprüchliches als Grundlage setzen?), nicht unmittelbar gegeben, sondern erst durch einen überschreibenden Eingriff Gottes in das religiöse System der Harraner, im Ursprungsgebiet Abrahams, entstanden sind. Deren heidnische Riten – sie verehrten vor allem den Mondgott Sin und die anderen Planetengötter – wurden nach ihm von Gott durch dessen Wirkungsmacht in ihr Gegenteil verändert: in den Kult des einzigen, des wahren Gottes – aber der Ursprung prägte das daraus Entstandene, der heidnische Hintergrund vererbte der neuen Religion sein Kultsystem. Negativ wird zu Positiv, aber die zugrundeliegende Ordnung (oder Unordnung) setzt sich als Einprägung fort. Als Beweis für diesen Vorgang führte er an, dass sich fast nichts von den alten Kulten der Harraner erhalten hat, diese wurden ja umgeschrieben, sind in ihr Gegenteil umgemünzt worden.

Auch der Stoff, mit dem wir arbeiten, ist uns gegeben, wir erschaffen keine Welt aus dem Nichts, wir haben ein Ausgangsmaterial: die Geschichte. Die Historie, wie wir sie kennen. Sie wird von uns umgeschrieben, in etwas anderes gewandelt, in einen anderen Verlauf gebracht. Wie der jüdische Gott, nach Maimonides, den harranischen Ritus nimmt, um aus dessen Substanz durch Umprägung seinen eigenen Ritus einzusetzen und dabei den alten auszulöschen, zu überschreiben, so überschreiben und löschen wir den Verlauf der bisherigen Geschichte.

Gesetze sind verfestigte Gewohnheiten, Gestalt ist manifest gewordenes Entwicklungsgesetz, die Gegenwart fügt sich aus Erinnerungssträngen zusammen, die aus einer versunkenen Vergangenheit ins Jetzt reichen, als geronnenes Gedächtnis: Gewohnheiten kann man ändern, Gestalten transformieren, Erinnerungen ersetzen. Unser Computer tauscht in einem hochtaktigen Verfahren Erinnerungen aus, ersetzt das als Faktum Erinnerte durch andere Erinnerungsspuren, die in ihrer millionenfachen Wiederholung eine hohe Verdrängungsenergie erreichen. Das kollektive Gedächtnis einer Gesellschaft kann verändert werden; das, an was man sich erinnert – weil man darüber unterrichtet wurde, man davon gehört hat, es für schon immer wahr gehalten hat – wird einfach durch anderes, ebenso für wahr zu nehmendes ersetzt.
Der eine Ausgang einer Schlacht, die auf Jahrhunderte hin Geschichte prägt, ist ebenso wahrscheinlich wie ein anderer, gegenteiliger. Es liegt keine zwingende Logik im Geschehen. Zufall regiert. Und wir ändern dort das Erinnerte, wo es Auswirkungen aufs Heute hat.
Wäre es so oder so gekommen, sähe unsere Welt ganz anders aus: Diesen Satz nehmen wir ernst. Wir ändern die Erinnerung an ein Schlüsselgeschehen, und die Realität folgt uns, biegt sich zurecht, war nie anders gewesen. Und ändern heißt: wir verdrängen Erinnerungen, Geschichten, Geschichte. Millionenfach wird Realität immer neu

vergegenwärtigt, immer neu gefunden, immer aufs Neue bewusst. In Millionen Gehirnen, in einer jedes Einzelbewusstsein zusammenfassenden, gemeinsamen Sphäre wird Realität definiert und geschaffen. Hier wirken wir mit unserer Maschine ein.

Jedem Gedanken an das Gestern wird ein Gegengedanke, eine doppelte, vielfache Alternative konkurrierend gesetzt. Wir überstimmen den die Realität tragenden Chor der Einzelstimmen. Wir überwältigen die Tradition, begründet in Millionen festgefügter Ansichten über die Vergangenheit. Es ist nur Gewohnheit, welche die Realität verbürgt. Und unsere Maschine erzeugt ein stärkeres Gewohnheitsmuster, da ihr Impuls hundertfach, tausendfach stärker und schneller ist als der normale Gang der Dinge. Wir bestimmen im Fokus hier, was wahr ist, unsere Wahrheit breitet sich allmählich aus, andere Wahrheiten überlagernd. Außerhalb des Fokus' wandelt sich so die Welt, Welle um Welle, Schub um Schub, werden andere Überzeugungen wirksam und faktisch.

Nur unsere Maschine selbst muss von dieser Welle der Veränderungen ausgenommen sein, damit das Paradox des sich seine eigene Grundlage zerstörenden Computers nicht eintritt, die Wirkung nicht die Ursache der Wirkung aufhebt. Dieser Raum hier, im Zentrum der Veränderung, ist der Veränderung nicht unterworfen, entsprechend dem Gesetz der Widerspruchsfreiheit. Die Maschine erzeugt um sich eine begrenzte Sphäre der Abschirmung gegen die Transformation. Es scheint aber der Scheitelpunkt dieser Sphäre über dieses Stockwerk hinaus zu reichen, und ihre Wohnung, oder sogar nur ihr Schlafplatz, ist davon betroffen. Sie sind gegen die Veränderung immun. Ist das nicht so?"

Was erwartete Rotta von ihm als Antwort? Was sollte er zu einem Monolog sagen, von dem er nur die Hälfte verstanden hatte oder akzeptieren konnte? Er schwieg. Einen Einwand aber, um die Vernunft zu retten oder seinen Glauben daran, was real war, musste er aber doch vorbringen: Wie könnte eine ausgetauschte, verdrängte Erinnerung einen Wechsel der Realität erzeugen? Niemand braucht sich an eine einmal gewesene Schlacht noch zu erinnern, an den Sieger, die Besiegten, das Leiden der Geschlagenen, den Übermut der Triumphierenden, um dennoch ein Denkmal dieses längst vergangenen und ins Dunkel abgesunkenen Ereignisses vor sich haben zu können – Zeugnisse undurchschaubarer, unerklärlich gewordener Vorgänge gibt es doch überall, Ruinengeheimnisse, seltsame Artefakte, missdeutete Traditionsreste... Alle diese ausgemusterten Überbleibsel sind trotzdem noch da, obwohl sie nicht mehr verstanden werden, ihre einstige Bedeutung aus dem Bewusstsein verschwunden ist...

Rotta lächelte, hatte diesen Einwand wahrscheinlich oft genug gehört, naheliegend bei unserem Verständnis der Realität: Fakten sind Dinge, Dinge verändern sich nicht, auch wenn wir sie nicht im Auge behalten, nicht an sie denken, die Welt existiert außerhalb unseres Bewusstseins und auch ohne uns. Die Realität eines Vorganges liegt nicht in der Erzählung über diesen Vorgang, die Erzählung hat eine eigene, andere Realität: So wissen wir es, seitdem wir nicht mehr Traumfantasie und Wirklichkeit vermischen und durcheinanderbringen.

Ein wenig spöttisch, aber doch ernsthaft auf das Argument eingehend, sagte Rotta:

„Ihre Sprache hält sie gefangen, sie durchschauen es nur nicht; diese macht alles, was sie benennt, zu einem Objekt, daher ihre scheinbare Objektivität – auch die Vergangenheit ist in ihr etwas Objekthaftes, obwohl sie nicht mehr existiert, mehr noch, nie existiert hat: Es gab immer nur die Gegenwart, die Vergangenheit als Objekt gab es nie. Wir brauchen kein Objekt Vergangenheit zu verändern. Wir reden der Gegenwart ein, sie hätte eine andere Vergangenheit gehabt, überzeugen sie durch Rhetorik, man könne auch sagen, beschwatzen sie, bis sie unsere Sicht der Dinge annimmt und dadurch eine andere ist. Dieser Teil ist Magie, das gebe ich zu: Es geschieht einfach. Einer unserer Wissenschaftler hat eine Formel dafür gefunden – ich verstehe sie nicht. Ich weiß nur: sie funktioniert."

Was konnte er gegen diese Behauptung setzen? Seinen gesunden Menschenverstand? – dieser schien ihm weit entfernt von allem, was ihm in der letzten Zeit zugestoßen war. Aber die Motive der Verschwörer interessierten ihn mehr noch als ihre Technik, die er sowieso nicht begreifen konnte.

„Warum, wenn ihr glaubt, mit dieser Maschine die Realität verändern zu können (mit dieser Formulierung schwankte er zwischen noch Unglauben und schon Akzeptanz unschlüssig hin und her) setzt ihr sie nicht dazu ein, diese zu verbessern? Meinetwegen in eurem Sinn, von eurem Standpunkt aus, obwohl es nicht richtig wäre, die, die es betrifft, nicht mitentscheiden zu lassen, aber ihr habt ja das angebliche Mittel dazu, also setzt es euren eigenen Überzeugungen nach ein – warum dann nicht positiv, zur Verbesserung der Situation?"

Mitleidig sah Rotta ihn an: „Verbesserung von was? Es gibt am Falschen nichts zu verbessern. Die ganze Konstruktion ist verpfuscht. Das Material selbst ist korrupt. Es ist nichts schiefgelaufen, kein Fehler ist aufgetreten, der irgendwie korrigiert, durch uns aufgehoben werden könnte. Die Schöpfung ist nicht fehlerbehaftet, sie ist der Fehler. Was wir tun, ist daraus Konsequenzen zu ziehen: Wir richten uns auf das Ende aus.

Worauf wir hoffen, ist: Aus dem Ende kommt die Rettung. Nichts aus dem Beginn wird uns retten können, nur im Zugrundegehen des Angefangenen wird es möglich, dass alles wieder aufgehoben wird. Durch Auftritt des Unbekannten, nie hier anwesend Gewesenen, nicht in die gewordene Welt Verstrickten. Wir sind in der Fremde, also ist uns das Zuhause, der eigentliche Zustand, fremd – der uns fremde, der unbekannte Gott erst wird uns als uns selbst rufen: Auf etwas anderes können wir nicht setzen. Wir können nicht aus uns selbst einen erstrebenswerten, vollkommenen Zustand erreichen, da wir alle unsere Mittel aus dem Gewordenen nehmen müssen. Anderes haben wir nicht. Verbesserung wäre möglich, aber für wie lange, und um welchen Preis?

Das eigentliche Sein ist uns durch unser Verwickelt sein ins Uneigentliche verschlossen. Wir können uns nicht daraus entwickeln, darüber hinaus entwickeln. Durch eigene Kraft, durch eigene Anstrengung. Durch Verbesserung des jetzigen Zustands. Das ist ein naiver Gedanke, nicht radikal genug, um die fortgesetzte Herrschaft des Falschen zu überwinden.

Der Ruf muss, wird kommen, alles andere ist zu wenig. Wenn wir das Absolute als Ziel aufgeben würden, könnten wir am Endlichen herumdoktern und kleine

Verbesserungen als großen Fortschritt ausgeben. Aber dann wären wir Gefangene des Endlichen. Aus dem Endlichen gibt es nur den Ausgang über das Ende. Der Ruf kommt, wenn alles ausgeschöpft, alles an sein Ende angekommen, alles ruiniert ist. Verbesserung heißt nur, das Ende zu verzögern, heißt weiter im Endlichen festsitzen.

Die Erde ist ein grimmiger Ort, gefährlich, sich dort aufzuhalten. Nichts Liebenswürdiges im Grunde. Keine Behaglichkeit. Man will sich nur darüber hinwegtäuschen, schließt lieber die Augen und schläft. Weigert sich, aufzuwachen. Träumt liebliche Wunschträume stattdessen.
Zuerst hatten wir auf übliche Weise versucht, wachzurütteln, aufzuklären. Vergeblicher Kampf gegen das Idiotentum, gegen die Selbstverdummung. Dann beschlossen wir (wieder sprach er von wir – wer waren die anderen?), den Gang der Dinge zu verschärfen, die Grimmigkeit des Ortes deutlicher zu machen, seine Harmlosigkeit als verdecktes Übel zu demaskieren: Wir mischten uns ein, schürten das Feuer, statt es zu löschen versuchen. Bald legten wir selbst Feuerherde. Terror, Explosionen, und Hunderte von Toten. Im Namen von irgendeiner Sache: welche war egal. Alles dient der Entropie. Dem Niedergang. Untergang."

(Er sah wieder diesen bildschirmfüllenden Anblick vor sich: Brennende Fahrzeugteile, Menschenteile, wie Funken in die Nacht stiebend, herabstürzende Gebäudeteile, Menschen zerquetschend und erschlagend – Erinnerung an die Fernsehbilder eines alltäglich-harmlos begonnenen Tages im letzten Sommer.)

„Aber all das reichte nicht aus. War noch zu weit von wirklicher Verzweiflung entfernt, vom ausweglosen Stehen vor der Wand und Umkehr nach Innen – ins wirkliche Draußen.

Deshalb beschlossen wir das Projekt Realitätsveränderung. Beschlossen, radikal die Bedingungen zu ändern, unter denen wir leben. Die Voraussetzungen unseres jetzigen Lebens selbst zu ändern. Seine Geschichte. Seine Vergangenheit. Alles ist durch den Wandel gerechtfertigt, der dann möglich wird."

Abrupt schwieg Rotta. Dachte er jetzt an die Opfer, die individuellen Menschen, jeder mit eigener Geschichte, jeder mit eigenen Hoffnungen, Wünsche, eigenem Streben - abgebrochen durch ihre Aktionen? Hatte er Mitleid? Nein, wahrscheinlich nicht. Die Welt ist ein grimmiger Ort hatte er gesagt, und bestimmt dabei auch gedacht: kein Ort für Mitleid. Die große, die allgemeine Rettung rechtfertigt das Opfer des untergeordneten Einzelnen.

„Es geht um viel. Es geht um alles. Wir sind in einer verzweifelten Lage. Und die meisten verweigern sich der Pflicht, welche die Situation ihnen aufzwingt. Verstellen sich: Ich bin nicht da. Ich kann nicht gemeint sein. Mich betrifft es nicht. Verstecken sich vor dem Aufruf, der ihnen gilt. Tue etwas. Entwickle dich. Nimm teil an dem Ganzen und kümmere dich. Du wirst benötigt. Die meisten verschieben ihren Aufbruch ins Rechte auf morgen: Jetzt lass' mich noch ein wenig schlafen, später wache ich auf. Doch später gibt es nicht. Später wird nie sein. Bis es zu spät ist. Für sie, für alle anderen. Ich habe kein Mitleid mit diesen Schläfern, die den behaglichen Schlaf dem unbequemen Aufwachen vorziehen."

(er hatte die Antwort auf seine Frage)

„Ihr Leben ist gleichgültig: Weil sie dem Leben gegenüber gleichgültig sind. Dem eigentlichen Dasein gegenüber. Das

Leben schreit nach Erlösung, aber sie verweigern sich der Mühe, die diese Aufgabe mit sich bringt. Dem Schmerz, der damit verbunden ist. Dem Opfer. Sie entstehen und vergehen in der Ursuppe des reflexartigen, automatischen Lebens, ohne die Einsicht zu ergreifen, die ihre Existenz herausheben und ins Licht stellen könnte. Die Ursuppe verschlingt sie, so wie diese sie auch hervorgebracht hat, eine Amöbe unter Milliarden. Futter für höhere Lebewesen. Denn diese Ursuppe ist ein grimmiger Ort, kein behaglicher Aufenthalt."

So also sah Rotta das Leben.

Korrekturen

Die nächsten Tage wurden für ihn zum Beginn einer Reise ins Unbekannte, Weglose – er entdeckte inmitten eines vertrauten (wie lange noch?) Stadtgrundrisses ständig neue Gebäude und ungewohnte Panoramen. Und diese Entwicklung schien sich zu beschleunigen, ein unumkehrbarer Prozess der Veränderung, wie eine einmal in Gang gebrachte, sich potenzierende Kettenreaktion.

Müde vom Anblick der Kulissenschieberei, die sich vor seinen Augen ereignete, sobald er diese schloss und wieder öffnete – wie konnte sein Gehirn nur diese verwirrenden und sich widersprechenden Informationen verarbeiten – wollte er sich am Ende nur noch in sein Zimmer verkriechen, sich im Klaren darüber, dass die Welt außerhalb eine andere wäre, wenn er wieder Notiz von ihr nehmen würde. Aber auf immer konnte er sich nicht abwenden. Er beschloss, sich den Veränderungen zu stellen, den endlos sich hinziehenden Traum, in den sich ihm die zersplitternde Realität verwandelt hatte, bewusst zu durchleben. Und dabei fiel ihm etwas auf: Es schien ihm, dass ihm auf seiner Wanderung durch die befremdliche Wechselwelt Personen folgten. die ihn beobachteten, jedenfalls glaubte er öfters, dieselben, ihm irgendwie bekannt vorkommenden Menschen im Hintergrund der doch sonst völlig neuen und ins Ungewohnte veränderten Szenerien zu sehen. Nicht Rotta, andere.

Entgegen seinem sonst üblichen Verhalten entschloss er sich, aktiv zu werden: Die vermuteten Verfolger wollte er abpassen, sie stellen. Deswegen täuschte er auf seinem Gang durch die Stadt vor, in eine kleine Seitengasse abzubiegen, versteckte sich aber hinter einem abgestellten Fahrzeug, die Entwicklung der Dinge abwartend. Tatsächlich tauchte eine verdächtige Person, unsicher umherspähend, aus der Richtung auf, aus der er eben gekommen war. Er stellte sich der Frau (sie war ungefähr vierzigjährig, ein wenig korpulent und im Gegensatz zu Rotta keine markante oder gar beunruhigende Erscheinung) mitten in den Weg, sprach sie an: „Was wollen Sie von mir? Warum spionieren sie mir nach?"

Erschrocken blieb sie stehen, ihre Miene zeigte alarmierte Aufgeregtheit, trotzdem sagte sie scheinbar harmlos: „Nichts, ich folge ihnen nicht, kenne sie nicht, will nichts von ihnen, lassen sie mich weitergehen." Ihre Finte half ihr wenig.

„Sie sind eine von denen, stimmt's? Den Veränderern?"

Statt jetzt die Stirn zu runzeln oder sonstwie in ihrer Reaktion zu zeigen, dass sie ihn nicht verstand, gab ihr Widerstand plötzlich nach, demaskierte sie sich.

„Wir beobachten Sie," sagte sie einfach.

„Sie sind uns ein Rätsel. Wir wollen wissen, was sie tun."

Er bedrängte sie: „Auch ich möchte mehr von Ihnen und Ihren Motiven wissen. Können wir uns unterhalten, dürfen Sie?"

Sie nickte. Schlug vor, sich auf eine Bank in den nur in Details veränderten Park (alle Statuen waren ausgetauscht, sein Charakter als künstliche, gezähmte Wildnis hatte sich aber erhalten) zu setzen; dort stellte er seine Fragen, von denen sie ihm einige beantwortete, einigen auswich, bei einigen angab, nichts darüber zu wissen.

So erhielt er mit der Zeit von ihr und anderen Mitgliedern der Gruppe, die sich ab jetzt nach und nach zu erkennen gaben, vor allem aber von Rotta, der sein Hauptinformant war und blieb, ein umfassenderes Bild von den Absichten und Beweggründen der Geheimbündler, die wohl zu der Ansicht gekommen waren, dass er keine große Gefahr für sie darstellte und seine Aufklärung ihren Erfolg nicht würde verhindern können.

Es war keine homogene Gruppe, zumindest zwei Fraktionen mit unterschiedlicher Motivation konnte er ausmachen: Die einen waren, gleich Rotta, fundamentalistische Gnosisanhänger, vertraten einen buchstäblichen, altertümlichen Gnostizismus, seltsam verbunden mit den Kenntnissen der modernsten Technologie, dem letzten Stand der physikalischen Grundlagenforschung, was ihr Bio-Computer, der Sheldrake-Analogisierer, wie Rotta ihn genannt hatte, bewies.

Ihr Glaube an eine nicht nur symbolisch aufgefasste Überwelt, eine Sphäre jenseits der normalen, alltäglichen

Realität, und die konkret genommene Ausmalung des Aufbaus einer geistigen Meta-Realität, die sich Schicht um Schicht, gleich den Schalen einer Zwiebel, um das physikalische Universum aufbaute, vertrug sich merkwürdigerweise mit den Errungenschaften einer Technologie, die auf ganz anderen mentalen Voraussetzungen beruhte. Hier etwas als wahr und einzig wahr vorausgesetzt, nur als absolute Wahrheit erfahrbar und erlebbar (und wenn nicht, dann sich in etwas Relatives und damit in ihren Augen in Nichts auflösend), dort das voraussetzungslose Werkeln und Experimentieren – voraussetzungslos allerdings nur, wenn man mit dem naturwissenschaftlichen Grund, auf dem das Ganze stand, einig war. Und eben jener Grund war nicht mit der ewigen Wahrheit identisch, die für den fundamentalistischen Kern der Verschwörer galt...

Die zweite Gruppierung innerhalb der Gruppe hatte nicht das gleiche Anliegen. Dies fand er heraus, nachdem er sich mit Rotta in einem längeren Gespräch über den Wahrscheinlichkeitsknoten unterhalten hatte, den die Verschwörer untersucht und angefangen hatten zu verändern. Den anderen ging es mehr oder weniger um eine bloße Umschichtung in den religiösen Überzeugungen, die sie durch die Maschine bewirken wollten. Sie waren Anhänger eines Nazoräerglaubens, begründet in der Antike, einer der überlebenden Kulte aus dieser Zeit, und ihre Intention war es, ihren speziellen Glauben mit Hilfe der Maschine zu stärken und die konkurrierenden Sekten und Splittergruppen zu schwächen. Geschichtskorrekturen konnten dabei helfen: Die unterschiedlichen Motive ergänzten sich an diesem Punkt.

Soweit er sie verstanden hatte, waren sie dabei, einige Verschiebungen vorzunehmen, welche die Lehre eines der vielen charismatischen religiösen Predigers in der alt gewordenen und sich nach Erlösung sehnenden antiken Zivilisation auf römischen Boden betraf; sie wollten seine Lehre bedeutender, einprägsamer machen, um eine Veränderung im mentalen Klima jener Zeit herbeizuführen, deren Auswirkungen bis ins Heute reichen wird, so ihre Hoffnung. Eine Veränderung, die einen dramatischen Wechsel im geschichtlichen Verlauf bewirken sollte. Und schon anfing zu bewirken...

**

Er verstand noch immer nicht ganz, wie die Aufwertung einer Lehre einen so großen Einfluss auf die Geschichte haben sollte. Mit dem Namen Jesus assoziierte er seine Tante Magda, eine kleinwüchsig-zierliche, fast zerbrechlich wirkende Frau, die sich aber durch ihren starken Willen Respekt verschaffte und sich fast überall durchsetzte – sein Vater hätte gesagt (hatte er das nicht auch einmal?) – durch ihre nervensägende Stimme, mit der sie unbarmherzig jede Lässlichkeit ankreidete und jede Ausrede bloßstellte. Sie war Mitglied einer der vielen Kleinkirchen, die sich auf die Antike zurückführten, sehr feministisch ausgerichtet, mit einigen Tabus, die das Essen von Fleisch, Eiern oder Milch und Käse betrafen und deren zentrale, kultische Verehrungsgestalt merkwürdigerweise keine Frau (merkwürdigerweise in Bezug auf seine Tante, ihr hätte er eher eine der großen chthonischen Göttinnen zugeordnet), sondern ein männliches (in anderen Versionen der Lehre: androgynes) Wesen war, eben Jesus.

Ihm zur Seite gestellt war allerdings Magdalena, seine Seelengefährtin, wie sie genannt wurde, Lieblingsschülerin des

Meisters, der sie als einzige voll in die Mysterien seiner Lehre eingeweiht hatte und dessen weiterhin und weithin tönendes Sprachrohr und Interpretin sie demzufolge auch nach seiner Rückkehr ins Pleroma wurde. Es war eine kompliziert-verschachtelte Beziehung, in der Jesus sowohl Seelengefährte der überirdischen Sophia war, als auch von Magdalena, seiner irdischen Seelengefährtin, indem diese gleichzeitig die Verkörperung der Sophia darstellte – oder so ähnlich, er konnte es nicht ganz nachvollziehen, hatte sich zu wenig damit beschäftigt. Magdalena ernannte eine Nachfolgerin (wie überliefert nicht ohne bittere Anfeindung durch andere Schüler), und bis zur jetzigen obersten Bewahrerin beriefen sich alle nachfolgenden Bewahrerinnen (der Geheimnisse des offenbarten Mysteriums) darauf, in dieser Tradition zu stehen. Das bezog sich auch auf die Rolle als Seelengefährtin, soweit er es verstanden hatte; eines der Hauptrituale bei der Einsetzung der Bewahrerin war das Brautgemachsritual, was auch immer man sich darunter vorstellen konnte – der Ritus blieb natürlich geheim und war nur den unmittelbaren Akteuren bekannt.

Es war eine Gemeinschaft mystisch erregter Frauen und Männer, hauptsächlich jedoch von Frauen, und ihm schien diese Gruppe weder gefährlich noch dazu geeignet, etwa durch Verstärkung ihrer Wirkungsmacht die Realität in dem Maße zu verändern, wie es durch die Verschwörer gewollt war.

An einen (für ihn als stillen Zuhörer) amüsanten Dialog von Magda mit einer weiteren Tante erinnerte er sich bis heute. Es ging in diesem hin und her wechselten Wortgeplänkel, von der einen Seite mit Sticheleien und spitzer Zunge geführt, von der anderen unter Einsatz ihrer schrillen Stimme und mit genügend Wucht und Energie, um allgemeine

Aufmerksamkeit zu erregen, darum, welche Stelle wohl Magdalena im Leben dieses Jesus eingenommen hatte. Warum man auf ein so abseitiges Thema kam, wusste er nicht mehr, er vermutete, die Schwester seiner Mutter, ein freier Geist, wie sie sich selbst nannte, wollte die andere ärgern, da sie diese für bigott und verschroben hielt.

Für Magda war das keine Frage, Magdalena war die Auserwählte, das Seelendoppel ihres mystischen Bräutigams – die andere provozierte sie damit, dass sie ihr eine Legende aus Magdas eigenem Glauben vorhielt (allerdings war das nicht fair, da diese Auffassung durch eine abgespaltene Linie der Magdalenen-Gemeinschaft vertreten wurde), in der über Jesus als mit Magdalena verheiratet gewesen berichtet wurde. Deren drei gemeinsame Kinder – Tamar, Justus, Josef – zählte sie dabei genüsslich auf. Weiter erinnerte er sich nicht an das Gespräch, in dem noch irgendwelche verstiegene theologische Spekulation über die wahre Natur dieses Ehepaares von anderer Seite vorgebracht wurde, bevor der Kaffee serviert und das Interesse sich auf anderes richtete.

Er kannte durch seine Tante mindestens zwei der heiligen Texte, auf die sich die Magdalenenkirche berief, beide schienen ihm dunkel und verworren, wie viele der Schriften aus dieser Zeit, das „Evangelium der Magdalena" und die „Pistis Sophia", tradiert und interpretiert durch die Jahrhunderte in frommer Ehrfurcht.

Er dachte sowieso, je dunkler der Ursprungstext, desto mehr Verständnisbemühung und Sinnsuche zieht dieser auf sich, bis er im strahlenden Licht seiner Kommentierungen als Leuchtturm religiöser Wahrheitsstiftung dasteht. Das war nicht abwertend von ihm gedacht, es war die Evolution einer religiösen Idee, die sich auf diese Weise vollzog, und wie bei der Entwicklung eines jeden Lebewesens (oder Wasserwirbels, oder Sternenhaufens) gab es einen unscheinbaren Beginn und eine spätere reiche Entfaltung, und wie jede Erscheinungsform konnte sich das Wesen durchsetzen und überleben und dadurch weiterentwickeln oder aber untergehen und aus der Existenz verschwinden; verdrängt, unterdrückt, abgewürgt (oder aufgegessen, absorbiert) durch andere Lebewesen ähnlicher Art.

Die Magdalenentradition hatte sich festgesetzt und zäh gehalten, war aber nie im Übermaß gewachsen, dazu war die Organisationsstruktur zu locker und zu sehr auf das persönliche Erleben der Mitglieder ausgerichtet. Zwar gab es die Gemeinde (ein Kreis von überwiegend Frauen, die sich im eher privaten Rahmen trafen, in einem Raum, der sich, obgleich Tempel genannt, in einer Privatwohnung befand), gab es Vorsteherinnen der Gemeinde, dann Lenkerinnen, die einer Vielzahl von Gemeinden vorstanden und, wie erwähnt, die Oberste Bewahrerin, doch alle hatten mehr die Aufgabe, sich um praktisch-organisatorische Dinge zu kümmern. In der Hauptsache, dem religiösen Leben, kam es ganz auf den Einzelnen an, der sich selbst dazu befähigte, den Sinn der Lehre zu erfassen und zu durchdringen.

Alles in allem eine eher harmlose Gemeinschaft – und deren Gründer sollte die zentrale Figur einer so dramatischen Veränderung sein? Schwach erinnerte er sich daran, dass fast jeder der zwölf (oder waren es dreizehn?) ersten Schüler eine eigene Auslegungstradition begründet hatte, teilweise in heftigen Auseinandersetzungen untereinander. Nicht alle hatten die Zeiten überstanden, nicht alle waren so still und unscheinbar geblieben wie die Magdalenenjünger, aber sie alle waren Teil der in der Antike wurzelnden

Magiertradition, der Eingeweihtenüberlieferung, wie sie sich aus tradierten oder längst vergessenen und irgendwann wieder aufgetauchten Texten rekonstruieren lässt.

Auf sein erstauntes Nachfragen, ob es wirklich der Jesus der Magdalenenkirche sei um den es dabei gehe, erklärte Rotta ihm, dass dieser eine unter mehreren Optionen gewesen war, die sie untersucht hätten, konkurrierende Wandermagier, wie sie in diesem Zeitrahmen und dieser Weltgegend vermehrt aufgetaucht seien, aber es hätte sich herausgestellt, dass nicht er, sondern in Wirklichkeit ein möglicher Unterstützer seiner Sache der Fokus sei, der das zentrale Veränderungspotenzial in sich trug.

Das Prinzip, das beachtet werden müsste, wäre klar und eindeutig: Nicht das ursprüngliche Ereignis oder die originale Botschaft ist wichtig, sondern die werbende Eindringlichkeit, mit der diese gepuscht wird, deren erfolgsgerechte Aufbereitung. Ein möglicher Propagandist müsse im Namen des eigentlichen Gründers auftreten, um dem Ganzen dann eine neue Richtung zu geben, um eine intensivere Entwicklung auszulösen. Aus einer lokalen jüdischen Tradition, eingebunden ins Hin und Her messianischer Verkündigungen dieser Zeit, wird dann eine Bewegung, die das ganze Reich betrifft, in einer Sprache, die jeder damalige Zeitgenosse verstehen wird, mit einer Organisation, die effektiv und handlungsfähig ist und welche die anderen Traditionsstränge, wie etwa die Überlieferungen der Magdalenenanhänger, an den Rand drängen wird.

„Wenn wir Erfolg haben, wird es bald diese Gruppen nicht mehr geben. Wir haben herausgefunden, dass wir einen Ereignisbrennpunkt schaffen müssen, durch den diese eher unbeachtet gebliebene Episode der Religionsgeschichte aufgewertet wird, dynamisiert wird, so dass sie zu einer kontinentweiten Bewegung führt. Zu einer straff organisierten Kirche, die sich in die Geschichte einprägen wird und durch ihren Machtanspruch und ihre Ignoranz alle übrigen gnostischen Überlieferungen und Einweihungstraditionen in den Untergrund zwingt. Dann haben wir das Resultat, auf das wir zielen. Und wir sind nahe daran, diesen Knotenpunkt einzukreisen und zu fixieren, das Initialereignis geschehen zu lassen.

Wir haben einen Mann identifiziert, der die geforderten Charaktereigenschaften besitzt, um den Lauf der Dinge in die gewünschte Bahn zu lenken und die esoterisch-individualistische Lehre mehrheitsfähig zu machen. Der genügend Kraft, Energie, Durchsetzungsvermögen, auch Fanatismus aufbringt, um sie aus dem kleinen, exklusiven und bald wieder verschwundenen Zirkel der eingeweihten Anhänger herauszuführen und sie einer breiten Menge zu predigen. Der vor allem auch die engen Schranken der ethnischen Zugehörigkeit überwinden will, so dass sich jeder, der von ihr hört und sich angezogen fühlt, der Lehre auch anschließen kann. Sein ehrgeiziges Ziel sollte sein, sie jedem jemals lebenden Menschen als einzigen Weg der Erlösung anzubieten. Eine absurde Vorstellung, gewiss, aber von durchschlagender Effektivität in Bezug auf die rasche Verbreitung der Botschaft.
Unter den ersten Anhängern gab es kein solches Talent, das hat der tatsächliche Verlauf der Geschichte bewiesen, aber unsere Analyse der Wahrscheinlichkeitspotenziale, der Möglichkeitsvariablen in dieser Zeit und in dieser Gegend hat uns auf einen Mann aufmerksam gemacht, der als einer der eifrigsten Verfolger jeder unorthodoxer jüdischen Glaubensrichtung bekannt wurde, der großen Anteil

daran hatte, dass sich nur wenige dieser Glaubensabweichungen, in Alexandria oder in Antiochia etwa, weiterentwickeln konnten, während die übrigen jüdischen Gemeinden sich von den von ihm als häretisch gebrandmarkten Lehren wieder abwandten. Gerade dieser Mann hat das Potenzial, das wir brauchen, um unser Ergebnis zu erreichen. Wir arbeiten daran, wie wir seine Fähigkeiten in unserem Sinne nutzen können – wie wir ihn dazu bringen können, sich genauso entschlossen für die Sache einzusetzen, gegen die er bisher gewütet hat, ihn sozusagen umzudrehen. Unser Skript ist schon in Arbeit, die Maschine wird es dann umsetzen, bald wird sich die Wirkung zeigen – eine allmähliche, aber im Endeffekt völlige Veränderung der ganzen darauf folgenden Geschichte. Was bisher an Abweichung eingetreten war, ist nichts im Vergleich zu dem, was wir durch diesen Schachzug erreichen können. Andere Korrekturen werden trotzdem noch notwendig sein, aber der Ursprungspunkt der Veränderung wird erschaffen, wenn uns diese Konversion gelingt."

Diese fast prahlerische Rede wäre ihm absurd und völlig irrsinnig vorgekommen, hätte er nicht den Sog der Veränderung gespürt, der seine gewohnte Welt wegspülte, sie auflöste und durch eine andere Realität ersetzte – was ihn an dem Konzept von Realität, wie er es bisher als selbstverständlich angenommen hatte, zweifeln ließ.

**

Rotta hatte sich in seine Ausführungen verloren, achtete nicht mehr auf die Zeit und die Umstände (sie standen vor dem fremden Gebäude, in das sich die ihm bekannte Bibliothek verwandelt hatte: unwiderlegbarer Beweis der Realität des Vorganges, von dem Rotta sprach), er fuhr jetzt mit dem ungezügeltem Pathos des von seiner Sache vollständig Überzeugten fort:

„Es geht nicht um eine achtenswerte religiös-ethische Lehre, es geht um die folgenreiche Einsetzung einer Institution, einer Kirche, die auf diesen oder ähnlichen Lehren ihre Dogmen aufbaut. Einer mächtigen, allumfassenden Organisation. Die allgemeine Kirche wird eine Religion predigen, die von ihr als Institution abhängig ist, sie wird das Monopol auf alle Glaubensfragen erreichen wollen und auch erhalten. Sie wird vom Einzelnen ein Glaubensbekenntnis abfordern, einen Schwur auf die offizielle Lehre. So dass auch individuelle Bemühungen um das rechte Leben und ein persönliches Verständnis von Überlieferung, Eingebung und Offenbarung unter ihr Diktat fällt: Nur sie allein wird gültig beurteilen, was zu glauben und was als Glaube oder religiöse Praxis abzulehnen ist.
Wir denken als Vorbild dabei an die Zoroastrische Staatskirche in ihrer ersten Epoche unter Kartir – das wird, wie dort, dazu führen, dass der verwaltete Glaube mit Gewalt gegen ältere oder alternative Glaubensüberlieferungen durchgesetzt werden wird, diese ins Abseits verdrängend, wo sie als ketzerisch, dämonisch, als Teufelsanbetung verurteilt verkümmern, ständig bekämpft und bedroht.
Vor allem die Richtungen, die das Fest des Lebens im Leben feiern, Tod und Wiedergeburt eingeschlossen, werden bekämpft und verteufelt werden. Die Angst vor dem endgültigen Lebensende wird die Gemüter beherrschen, die Furcht vor dem Gericht, der letztgültigen Beurteilung. Und wenn diese Angst nicht mehr greift, wird Verdrängung an deren Stelle treten, vordergründige Gleichgültigkeit diesen Dingen gegenüber, das Bewusstsein wird sich anderen

Gegenständen zuwenden, fasziniert von den Realien der alltäglichen Welt.

Die Kirche wird durch ihren missionarischen Eifer zuerst eine Welt schaffen, deren Glauben ganz von ihr beherrscht wird und dann, als Folge davon, eine Welt, die den Glaubensdingen gleichgültig gegenübersteht, da jeder individuelle, persönliche Zugang zur Welt des Glaubens verfemt und ins Abseits gedrängt worden ist. Vor allem der persönliche Zugang zu den Erfahrungen, die durch den Weg der inneren Entwicklung möglich sind, wird verdächtig werden und unter der Anklage des Irrglaubens, der Zauberei, des Teufelsbündnisses stehen. Menschen werden verfolgt werden, die anfangen, sich Fragen zu stellen. Sich ihre eigenen Gedanken zu den offiziellen Glaubensantworten machen zu wollen.

Verschwindet der Gedanke an einen individuellen Zugang zu den nichtsinnlichen Erkenntnissen inmitten des eigenen Lebens, ungeschieden von diesem, wird das alltägliche Leben, entfernt man daraus die blasse, verwaltete Religion (die niemand richtig brauchen wird), ganz von den nur fassbaren, nur tastbaren Dingen beherrscht werden – allein im Traum wird sich noch eine Ahnung von einer Öffnung ins Andere erhalten, aber auch er wird seine ihn auflösende Erklärung finden. Diesen Zustand wollen wir erreichen.

Wir sind dabei, die mentalen Koordinaten für eine absolut sinnentleerte, den entropischen Zerfallsabläufen völlig unterworfene Welt festzulegen und diese sich entwickeln zu lassen. Sehr nahe daran. Alles, was in sich selbst ruht, in sich selbst gründet, sich durch das Gesetz von Wachstum, Opferung als Selbstbeschränkung und daraus folgender Erneuerung, in Existenz erhält, ist in dieser alternativen

Welt am Verschwinden. Ist durch Vernachlässigung aus Gleichgültigkeit und Anzweiflung, durch entgrenzende Gier und uferlose Begehrlichkeiten in Auflösung.

Tritt erst einmal das völlig Austauschbare an die Stelle sich selbst stabilisierender Ordnungen, sind wir im stochastischen Chaos angekommen. Dem Ort, an dem es, bildlich gesprochen, zwar Felsen gibt, aber nur wurzellose, umherwirbelnde. An dem es zwar Landschaften gibt, aber sich ständig verändernde. An dem es zwar Wachstum gibt, aber nur ungebremst krebsartig wucherndes. An dem es zwar Gestaltung gibt, aber keine solid dauerhafte, sondern nur wie die von Sandfiguren, die durch den Wind aufgehäuft und sofort wieder verweht werden.

Hier, jetzt, sind wir nahe daran. Kommen wir zu diesem Punkt der Eklipse, sind wir am entferntesten von aller Wirklichkeit entfernt – und unser Wiederaufstieg kann beginnen. Der Umkehrschwung wird einsetzen. Wir arbeiten am Umkehrschwung – beschleunigen das Abwärts, damit das Aufwärts umso früher und sicherer kommt.

Nur im absoluten Dunkel kann der entfernte Zielstern wahrgenommen werden. Nur vom Grund des Brunnenschachtes sieht man ihn. Nur in völliger Einsamkeit und in einer verstummten Welt hört man die Stimme. Den Ruf. Der Ruf wird die Umkehr bewirken. Der Ruf wird die Macht sein, die uns heimbringt. Nur im abgelegensten Exil bricht durch den Fokus unserer Sehnsucht der Strahl der wahren Welt in unser erbärmliches Vegetieren und erleuchtet uns und unseren Weg nach Hause, in unsere wirkliche Heimat."

Rotta sprach so überzeugt und leidenschaftlich von dieser wahren Heimat, dass er ihm für einen Augenblick in seine Wahnvorstellung folgen konnte, bereit auch, alle Konsequenzen, die sich daraus ergaben, zu akzeptieren – freilich nur für einen Moment, bis er sich erinnerte, dass diese Konsequenzen vor allem von anderen erlitten werden würden. Und wenn die Folgen unserer Ansichten schädlich sind, können die Ansichten selbst nicht wahr und positiv sein.

Aber schon war er im Strudel gegen- und auseinanderstrebender Kräfte gefangen, hin – und hergeworfen zwischen unvereinbaren Konzepten; jedes von ihnen beanspruchte logische Schlüssigkeit und versprach Antworten auf grundlegende Fragen.

Geschichte, alternativ

Sie mussten eine spekulative Geschichtswissenschaft entwickelt haben, etwas, worüber er bisher noch nichts gehört hatte. Er kannte eine mathematische Theorie, die sich Katastrophenlehre nannte, in der singuläre Katastrophenpunkte vorkamen, an denen der vollständige Kollaps eines Systems und dessen Umschlag und Übergang in ein anderes, nicht vorhersagbares System möglich war – so oder ähnlich stellte er sich die erwähnten Knotenpunkte der Geschichte vor: Sensible Gleichgewichtslagen, in denen alles (oder mindestens zwei Wege) offen scheint, eine kleine Ursache das Geschehen in die eine oder andere Richtung verlaufen lassen kann, während sich dann anschließend, einmal eine bestimmte Richtung genommen, in logischer Konsequenz und mit unaufhaltsamer Wucht der eingeschlagene Weg weiterentwickelt und wenig oder schwer noch zu ändern ist.

Hatten sie eine Formel gefunden, um Ereignisse beschreiben zu können, einen wertenden Faktor angeben zu können, der sie auf die Spur derjenigen Ereignisknoten brachte, die für ihren Zweck als Schlüsselereignisse geeignet waren? Oder gingen sie nach Intuition vor, nach try-and-error Methode, nach Ahnung und Fingerspitzengefühl? Für ihn selbst gab es viele solcher labilen Wendepunkte der Geschichte, aus denen die Welt, wie er sie kannte, hervorgegangen war – andere Ereignisse wiederum schienen ihm zwangsläufig zu sein, unabwendbar – vielleicht aufschiebbar, unter anderen Vorzeichen eintreffend, aber nicht zu vermeiden.

Die Entdeckung und Besiedlung Neu-Hibernias durch hibernianische Abenteurer und Auswanderer war eine solche folgerichtige Ereigniskette: Neu-Hibernia wartete darauf, durch seetüchtigere Schiffe, die sich den Passatwinden und der Strömung nach Westen anvertrauen konnten, angesteuert zu werden. Das war unvermeidlich, musste irgendwann eintreten. Aber die Umstände, unter denen das geschah, waren im Voraus nicht festgelegt, man konnte sich auch einen anderen Ausgang vorstellen, den diese Geschichte nahm. Was wäre z.B. gewesen, wenn es nicht zu dem Zusammentreffen zwischen dem hibernianischen Arzt-Magier Brandwin und dem größten lebenden Schamanen der damaligen Zeit, dem Algonkin Weiße Feder gekommen wäre, durch deren Zusammenarbeit das grundlegende Heilelixier für die vielen Ansteckungskrankheiten geschaffen wurde, die zwischen den unterschiedlich immunisierten europäischen und neu-hibernianischen Völkern hin und her wechselten? Vorstellbar wäre auch ein alternativer Verlauf gewesen, in dem epidemische Seuchen über den Kontinent hinwegzogen, ungehindert wüteten und die reiche Kultur der Einwohner auslöschten. So dass ihr Erbe nur spärlich in den sich entwickelnden Mix der Ethnien eingegangen wäre – was Neu-Hibernia einen ganz anderen Charakter wie heute gegeben hätte. Die ganze moderne Wissenschaft von den Lebenszusammenhängen und auch die ganze neuzeitliche Technologie, die ja auf den intuitiv erkannten Lebensprozessen beruht, ursprünglich im Zusammenspiel von Druidenmagie und Schamanentum gegründet, wäre wahrscheinlich nicht entstanden. Oder hätte es auch eine zwangsläufige Entwicklung in diese Richtung gegeben, nur unter anderen Vorzeichen, da es sich ja um Erforschung und Entdeckung von etwas handelt, das auch unabhängig vom jeweiligen kulturellen Zugang existiert? Spekulationen...

Eine andere „Was-wäre-wenn Frage" betraf den Untergang des Oströmischen Reiches, gleichzeitig Anziehungsraum für, und Bollwerk gegen, die Steppenvölker der weiten Graslande Innerasiens – was wäre gewesen, wenn dieses Reich länger als bis 1373 (n. d. Gründung Roms) bestanden, dem wiederholten Ansturm der Sassaniden standgehalten hätte?
Konstantinopel gab es ab da nicht mehr – Neu- Karthago ist ein anderer Fall, obwohl es sich als ebenso legitimer Erbe Roms fühlte, da durch den letzten Oströmischen Kaiser, Herakleios, gegründet. Persien ist einzige Weltmacht geworden, hat den jahrhundertlang erbittert geführten Kampf um die Vorherrschaft für sich entscheiden können. Und hat sich danach neu formiert, erneut die Tradition der Zivilisation aufnehmend, die durch Alexander den Großen als hellenistisch-ägyptisch-mesopotamisch-persisch-indisches Amalgam zusammengerührt und in Gang gebracht worden war. Slawen, romanisierte Kelten und hunnisierte, awarisierte, ungarisierte, chasarisierte, mongolisierte Germanen (oder wie die Horden auch immer hießen, die in Wiederholung vom Ural bis zur Atlantikküste ihre

Hegemonie errichteten und ihren Namen verbreiteten), waren keine wirklichen Gegner und kulturelle Partner dieser ältesten und stärksten Macht, vergleichbar nur mit der tausendjährigen Tradition des chinesischen Kulturkreises.

**

Jeden neuen Tag (war sein Zeitgefühl intakt oder auch der Manipulation unterworfen?) ging er nun in die ihm einst vertraute Bibliothek, die jedoch längst in einem anderen Gehäuse untergebracht, durch verschiedene Metamorphosen durchgegangen war, aber wunderbarerweise immer dasselbe blieb: ein Aufbewahrungsort für Wissen, überwiegend in Form von Büchern. Sein Instrument, mit dem er den Abstand zu seinem Ausgangspunkt vermaß, war ein Buch in der Bibliothek, das die Geschichte Europas vom Altertum bis in die Jetztzeit übersichtlich darstellte. Als Gradmesser für die Veränderungen, welche er immer wieder feststellte, nahm er seine Erinnerung an die gestrige Geschichtsdarstellung, las an dem, was heute anders war als gestern, den Fortschritt ab, den die Verschwörer schon erreicht hatten.

Die früheste Geschichte interessierte ihn nicht, hatte doch Rotta einen eindeutigen Bezugspunkt seiner Intervention genannt: die Antike. Rom auf dem Höhepunkt seiner Macht. Deshalb suchte er die Spuren der Veränderung in den darauf folgenden Epochen. Wurde auch bald fündig: Verglich er die jeweiligen Angaben des Geschichtskompendiums mit seiner eigenen, aus der Erinnerung aufgeschriebenen Liste, fielen ihm Unstimmigkeiten auf, die ihn irritierten. Das konnte daran liegen, dass er sich nicht genau daran erinnern konnte, ob eine Sache so oder so verlaufen war, ein Name so oder so gelautet hatte – oder daran, dass die Fakten, seinem Wissen nach, eindeutig anders dargestellt wurden als in der ihm bekannten Geschichte. Diese Unterschiede wurden deutlicher, je näher der Gegenwart er suchte, hier glichen die Daten sich bald in nichts mehr, konnte er nichts mehr von seiner eigenen Welt in den berichteten Ereignissen entdecken.

Alle diese jüngeren Berichte sagten ihm nichts, berührten ihn nicht, zeigten ihm nur, dass es nicht mehr die ihm geläufigen Geschichtsepochen waren, um die es dabei ging. Manches erinnerte ihn an Vertrautes, vage Bekanntes, aber bloß von ungefähr, so wie eine Bezeichnung durch Klangähnlichkeit Assoziationen zu anderen hervorrufen wird – er wusste nichts mit den Jahreszahlen (auf was bezogen sich diese, was war ihr Referenzpunkt?) und dem dazu Notierten anzufangen. An einer Bemerkung allerdings blieb sein Blick hängen: 391, Zerstörung der Bibliothek von Alexandria durch einen christlichen (und was war das?) Mob, aufgestachelt durch den Patriarchen (?) Theophilus.

Er erinnerte sich an einen Dokumentarbericht über Schriften der Antike, den er vor einiger Zeit gesehen hatte, in der auch der erhalten gebliebene Bestand der Bibliothek gezeigt worden war: In hermetisch verschlossenen, dunklen, gleichmäßig temperierten Tresoren gelagert, ein kostbarer Wissensschatz, wichtig für Philologen, Historiker, Theologen, Wissenschaftler aller Fachrichtungen, die hier bedeutende Entdeckungen auf ihrem Gebiet machen konnten, noch immer, nach so vielen Jahrhunderten...

Auch wenn sich vieles als Fälschung der Buchhändler jedes Zeitalters herausgestellt hatte („Aristoteles Bibliothek", einst für viel Geld eingekauft, war zwar aus dieser Zeit, aber nur bedingt die Bibliothek des Philosophen...), der Kenntnisgewinn über die Vergangenheit war dennoch groß. Und hier, in dieser Realität, die er gerade streifte, schien diese Möglichkeit verloren zu sein. Ein Verlust, der ihn merkwürdigerweise heftig schmerzte, er wusste nicht, warum ihm das Schicksal von Büchern mehr bedeuten sollte als das von Städten oder Imperien, aber es war so – vielleicht konnte er darüber stellvertretend für so vieles trauern, was ihm verlorengegangen war, weiter verloren ging...

Für ihn war die geschichtliche Entwicklung seit dem Zerfall der römischen Macht einerseits durch das stabile große östliche Imperium der Sassaniden und deren Nachfolgedynastien geprägt, andrerseits durch die Abfolge chaotisch-kurzlebiger Oberherrschaften eurasischer Steppenvölkern über das kontinentale Anhängsel Europa. Herrschaftsbereiche, die gewöhnlich durch eine mystisch überhöhten Gründergestalt erobert und schon in der Enkelgeneration (oder sogar in der unmittelbaren Nachfolge) wieder aufgegeben werden mussten – das führende Volk in die Bedeutungslosigkeit absinkend, während der nächste Stammesverband aus den Steppenweiten das Szepter übernahm und den Sieger stellte.

Diese instabilen Reiche wurden mit Hilfe einer gut organisierten raschen Nachrichtenübermittlung durch schnelle berittene Boten und jederzeit mobilisierbaren rächenden Reitertrupps zusammengehalten, die jedes Aufbegehren im Ansatz erbarmungslos unterdrückten, jeden lokalen Widerstand brachen. Jedoch bildeten sich an deren Rändern, in Rückzugsgebieten, kleinere Einheiten eigenständiger Kulturen aus: Auf der hispanischen Halbinsel etwa, an der Westküste des Kontinents, in Britannien und auf Hibernia, in den dunklen Wäldern und Gebirgen Skandinaviens. Aus diesen ärmlichen Anfängen hatte sich seine eigene Zivilisation entwickelt, nach mehreren hundert Jahren bescheidenen Existierens, immer in mentalem Bann durch den Glanz der östlichen Kultur. Denn dort fanden sich die Vorbilder von zivilisiertem Leben, von Urbanität, waren wissenschaftlicher Fortschritt und handwerklich-technische Hochleistungen zu bewundern. Meisterschaft in der Kunst, kühne philosophische Spekulationen, mit Leidenschaft ausgetragene religiöse Kontroversen (und mit Leiden bezahlte Glaubenskämpfe) waren dort zuhause. Das war das ihm gewohnte Bild der Geschichte, so hatte er es gelernt.

Jetzt stieß er auf einen anderen Verlauf der Entwicklung (allerdings änderte sich dieser immer wieder, wie er feststellen musste): Mal bildeten sich im Westen, nach Zusammenbruch des Römerreiches, aus den örtlichen Stämmen größere stabile Herrschaftsbereiche, widersetzten sich diese den Hunnen oder Awaren, Chasaren oder Mongolen, den Khans und der Goldenen Horde, mal fand diese Konsolidierung im Zentrum Europas statt, mal im Osten, mit Hilfe des gleichen Imperiums, welches in anderen Geschichtsverläufen eine gegenteilige Politik anstrebte und die Auslöschung der Konkurrenz bewirkte. Verglich er die verschiedenen Varianten – er entwickelte für sich eine graphische Darstellungsweise, in der jeder Verlauf sich als eigener Zweig zeigte, auseinanderstrebend aus einem gemeinsamen Stamm noch ununterscheidbarer Geschichte – fand er heraus, wie dieser gemeinsame Stamm bis zu einer bestimmten Zeit bestand, ab der die Äste sich verzweigten und voneinander abweichende alternative Ereignisketten darstellten.

Noch wusste er nicht, welcher Verlauf der endgültige sein sollte, der für die Verschwörer günstigste, auf den sie ihre Maschine einstimmen, den sie stabilisieren wollten (um die anderen Äste wieder zum Verschwinden zu bringen – so dachte er sich deren Vorgehensweise). Dieser noch allen Varianten gemeinsame Zeitpunkt lag nicht, wie er gemeint hatte, am oder kurz nach deren Interventionspunkt (der Bekehrung des Glaubenseiferers), es schien eine Inkubationszeit notwendig zu sein, ein Zeitraum untergründiger Wirkung, bis sich die offenkundige Wirkung in den Archiven der Geschichte aufspüren ließ.

Das letzte allen Verläufen gemeinsame Ereignis (in der großräumigen Geschichtsschreibung – er verglich dazu Tabellen, notierte Daten, identifizierte und verschob Einzelereignisse), schien der Beginn des Feldzuges Chosraus gegen Ostrom gewesen zu sein, dessen Ausgang dann schon in unterschiedlichen Varianten vorlag. Der ultimative Sieg der Perser war die Version seiner eigenen, gewohnten Geschichte. Ein letztendlich für beide Seiten zermürbendes Hin und Her machte die meisten anderen aus, wie auch immer sie sich im Detail unterschieden. Und plötzlich tauchte noch ein weiteres Szenario auf, das sich, so sein Eindruck, mehr und mehr als das gewollte der Verschwörer konsolidierte. Dabei kam es zu keinem Sieg des persischen Imperiums, im Gegenteil, Ostrom blieb erhalten, aber es konnte davon nicht so richtig profitieren, den etwas Neues, eine dritte Kraft trat auf.
Ein arabischer Stamm, in allen anderen Varianten bedeutungslos und abhängig von den beiden großen Machtzentren, wurde selbst zu einer zentralen Kraft der Veränderung. Er übernahm nach Überwältigung Persiens dessen Rolle, jetzt selbst in Auseinandersetzung mit Byzanz (wie das erhalten gebliebene Konstantinopel hier genannt wurde) verwickelt – übernahm das Territorium und auch die Auseinandersetzungen des untergegangenen

persischen Reiches, dieses fortsetzend, aber mit neuen Inhalten füllend.

Wie konnte das geschehen? Die Antwort lag in der Religion – einer neuen Religion, ihm vage als nahöstlicher Offenbarungsglaube bekannt (eine lokale arabische Variante), hier aber von großer Bedeutung und mit Veränderungswucht energisch ins Spiel eintretend.

Ein Kaufmann aus Mekka hatte eine göttliche Offenbarung erhalten und begann, sie in seiner näheren Umgebung zu verbreiten. Seine Gegner in dieser Sache waren die Kurajschiden, ein reiches Patriziergeschlecht, verbunden mit den alten lokalen Gottheiten (die Pilgerströme an den heiligen Ort des Himmelssteines brachten guten Profit) und ebenso mit Persien, mit dem sie einen einträglichen Karawanenhandel quer durch die Wüste der Halbinsel führten. Der Kaufmann nahm nun, im Widerspruch zu ihnen, Partei für die Oströmer, die zu diesem Zeitpunkt am Rande einer endgültigen Niederlage standen – von den Persern in die Ecke gedrängt, aussichtslos ihrer Übermacht ausgeliefert. In einer seiner bald berühmt gewordenen Suren prophezeite er, dass die Römer, gerade besiegt, in wenigen Jahren die wahren Sieger in diesem Kampf sein würden – worauf es zu einer Wette um 100 Kamele zwischen seinem Schwiegersohn Abu Bekr und einem der Opponenten (und Zweifler am göttlichen Auftrag des Propheten) kam, dass dieses innerhalb von neun Jahren eintreten werde.

Sein Schwiegersohn gewann die Wette, als Herakleios zur Gegenoffensive übergehen konnte und in einer ersten entscheidenden Schlacht siegte: Damit war der Ruf des Propheten, ein wahrer Prophet zu sein, gefestigt, und wuchs weiter, und mit ihm der Einfluss seiner Lehre.

Aber auch der Sieg der Römer war der Religion geschuldet, der neuen Jesus- oder Christusreligion, wie sie von Rotta als Hauptinstrument der Veränderung dargestellt worden war: Als Jerusalem geplündert, die Grabeskirche zerstört, das heilige Kreuz in die persische Hauptstadt Ktesiphon verschleppt worden war, schien der Tiefpunkt erreicht, konnte nur noch göttlicher Beistand helfen – die Christen enthusiasmierten sich zu einem Feldzug gegen die Zoroastrier, in der tiefen Überzeugung, dies für ihren Glauben zu tun und deshalb von ihrem Gott nicht im Stich gelassen und durch einen Sieg belohnt zu werden. Sie bestürmten zuerst den Kaiser, Konstantinopel nicht aufzugeben, nicht nach Karthago auszuweichen, wie er es sich überlegt hatte (die Niederlage akzeptierend und strategisch von vorne anfangend); dann stellte ihm die Kirche ihre Goldschätze freiwillig zur Verfügung.

Alles Vermögen, das sich in den Kirchen und Klöstern angesammelt hatte, übergab der Patriarch dem Kaiser, damit er ein neues Heer verpflichten und ausbilden konnte, mit dem er stark genug für eine Gegenoffensive war. Eine Armee unter dem Zeichen des Kreuzes und gegen die Feuertempel der Zoroastrier gerichtet, als Ziel die Befreiung des heiligen Kreuzes aus seiner Gefangenschaft: der erste christliche Kreuzzug.

Und ein erfolgreicher: In Armenien wurde das persische Heer geschlagen (Abu Bekr gewann seine Wette), im nächsten Jahr folgte ein zweiter Zug nach Osten. Städte wurden eingenommen und Feuertempel zerstört. So vergingen zwei weitere Jahre, in denen die Oströmer das Geschehen diktierten.

In einer letzten großen Anstrengung schickte Chosrau drei Armeen aus, die Situation wieder zu seinen Gunsten zu wenden: Eine davon belagerte mit Hilfe verbündeter

Awaren Konstantinopel. Doch die Einnahme der Metropole misslang: Eine religiöse Begeisterung, wie noch nie zuvor erlebt, motivierte die Verteidiger, Soldaten wie Zivilisten, die Angreifer abzuwehren. Die Ikone der Gottesmutter Maria wurde während der monatelangen Entbehrungen jeden Tag durch die Straßen und über die Wehrgänge der Stadtmauern getragen, die Byzantiner waren überzeugt, ihr die Abwehr der Awaren und den Abzug der persischen Armee zu verdanken.

Das christliche Byzanz hatte den Angriff überstanden – im Gegensatz zu dem tatsächlichen historischen Geschehen in der realen (jetzt verlorenen) Welt: Das vom Kaiser aufgegebene Konstantinopel mit seinen fatalistisch-weltmüden Bewohnern ging unter, wurde völlig zerstört, Karthago schwächelte im Abwehrkampf, und das konkurrenzlose Persien (die Dynastie Chosraus, des irren Despoten, wurde bald darauf durch eine gemäßigtere und tolerantere abgelöst) stabilisierte sich auf hohem Niveau und für mehr als tausend Jahre.

Verschwinden

D as Bild vom sich verzweigenden Baum alternativer Ereignisketten beschäftigte ihn weiterhin. Darüber grübelnd, kam ihm plötzlich der Gedanke, ob nicht jeder dieser Zweige eine eigenständige Existenz beanspruchte, einmal geschaffen weiterexistierend. Nebeneinander bestehend. Ob nicht diese virtuellen Möglichkeiten in Wahrheit Wirklichkeiten waren, jede in einem anderen Universum realisiert. Der Unendlichkeit des Universums entsprach dann die Unendlichkeit der Möglichkeiten, der Unendlichkeit der

Alternativen die unendliche Anzahl der Universen. Ob nicht allem ein Meta-Universum zugrunde lag, ein Multiversum. Als Hypothese schien das akzeptabel. Dennoch für ihn bedeutungslos, da er in einem zwar sich ständig ändernden, aber einmalig-eindeutigen Universum festsaß. Oder vielleicht doch nicht?

Es ist etwas tröstliches und heimatstiftendes an gerufenen und ungerufenen Erinnerungen. Auch wenn sie uns ins Schwere führen: in den Schrecken einer Nacht oder in die Reue um eine Handlung, eine Unterlassung, ein herausgerutschtes Wort. Sie bringen uns in das Gehege eines abgeschlossenen Bezirkes zurück, den wir lange schon verlassen haben – und nun, um unser selbst willen, um dessen willen, der wir damals waren, wieder aufsuchen. Erinnerungen und erinnerte Orte geben dem Ich die Kontinuität, die es braucht, um sich beheimatet, gesichert zu fühlen. Ein Ort, den wir wiederbetreten – erfahren – begehen – und der in uns Erinnerungen aufsteigen lässt, hilft uns, uns perspektivisch zu sehen, das Damals taucht auf und wir sehen uns als in der Zeit existierend. Verbundener, tiefer existierend als nur im eindimensionalen Jetzt.
Die Erinnerung, die uns die Orte geben können, erfüllt uns mit angereicherter Realität. Es gab uns. Schon vorher. Der Ort erinnert uns daran: Dieses Gebäude hatte ich damals betreten, diese Straße bin ich entlang gegangen, diesen Geruch (nach frisch gebackenem Brot) hatte ich damals in der Nase, die Bäckerei gibt es erstaunlicherweise noch... Und dann all die anderen Erinnerungsbilder, die sich einstellen, wenn wir durch den Gegenwartseindruck eines einstmals gekannten Ortes berührt werden: Momente eines ins Ferne gerückten Erlebens, unmittelbar einst, als

nachklingendes Echo heute, Brücken bildend zwischen dem Ich jetzt und damals.

Das alles verschwand allmählich aus seinem Leben. Die Orte seiner Erinnerung, die Orte, die ihm Erinnerungen geben konnten, vergingen ins Nichts. Und das bedeutete für ihn: Er selbst verschwand für sich gleichfalls ins Nichts. Löste sich auf. Die Orte seines bisherigen Lebens waren nicht mehr da.

Er hatte sie bis dahin nicht vermisst, hatte sich nicht bewusst mit ihnen beschäftigt (meistens jedenfalls), hatte sie für selbstverständlich gehalten. Und wenn ein Ort sich verändert hatte, war dieser achselzuckend als erneuert ins Inventar aufgenommen worden. Kontinuität war trotzdem gesichert. Nun nicht mehr. Das war der wirkliche Verlust. Seine Erinnerungen waren da, ohne Zweifel, aber das, was sie anregen konnten aufzusteigen, war aus seinem Leben verschwunden. Verschwand in rasendem Fortschritt immer mehr.

Mit den neuen Szenarien verband ihn nichts. Und seine Erinnerungen selbst waren dünn. Zu dünn für einen durchgehenden Erinnerungsfaden. Zu dünn, um nicht abzureißen. Er brauchte die Unterstützung durch die Gegenwart der Gebäude, der Gegenstände, der vertrauten Anblicke. Benötigte Erinnerungsstützen, die ihm nun genommen wurden.

In der Art und Weise, wie sich seine Umgebung veränderte, was wechselte, was blieb, was sich lange hielt, um später durch etwas ganz anderes ersetzt zu werden, schien es irgendwie eine Gesetzmäßigkeit zu geben. Menschen hielten sich nicht. Sie waren offensichtlich das schwächste Glied in der Kette, am leichtesten in Nichtexistenz zu versetzen, am schnellsten verschwunden. Generationen mussten ein völlig anderes Schicksal erlitten haben, da große Teile der Bevölkerung ausgetauscht waren. Oder betraf dies nur seinen Bekanntenkreis?

Er konnte ja nicht wirklich überprüfen, ob Freunde durch Fremde ersetzt worden waren, aber bis jetzt hatte er keinen seiner Freunde oder ein ihm bekanntes Gesicht wiedergetroffen, jedoch: War dieser Zustand nicht schon lange vorher da gewesen?

Wann hatte er das letzte Mal einen Freund angerufen oder war von ihm angerufen worden? Einsamer als seit einem halben Jahr konnte er kaum werden – also legte er diese Frage als nicht zu beantworten beiseite.

Gebäude, die konnte er wiedererkennen, konnte sich erinnern, was gestern schon da war oder vor Jahren, auch wenn vielleicht die Details sich veränderten. An dem, wie ihm die bekannten Erinnerungsorte verschwanden, sich Fremdes an deren Stelle breit machte, maß er die Entfernung von seiner Ausgangswelt. Auch ins Fremde kann man sich eingewöhnen, nur gab ihm der ständige Wechsel keine Zeit dazu.

Andrerseits gab es erstaunliche Kontinuitäten in der Folge unterschiedlicher Szenarien. Er saß wie gewohnt an der Aussichts-Glasfront eines Cafés, die sich zu dem belebten Quartiersplatz öffnete, und Platz und Café schienen konstante Größen zu sein; variabel dagegen war der Stil der Ausstattung. Moden wechselten wie Launen, nicht nur im Laufe der Zeit, sondern auch durch unterschiedliche Parallelexistenzen hindurch.

Und noch jemand schien, gleich dem Café und ihm, eine Invariable zu sein, er hatte es mit Erstaunen registriert (war es den Verschwörern nicht auch aufgefallen? Und wie reagierten sie darauf?): Koslowski, der Kneipenphilosoph.

Auf seinem Rundgang durch die sich ihm endgültig ins Fremde entziehende Stadtkulisse kam er, solange der Grundplan der Szenerie noch gültig war (irgendwann würde auch das sich ändern) regelmäßig an der Bar vorbei, in der er Koslowski zum ersten Mal getroffen hatte und in der für ihn alles angefangen hatte, er zum ersten Mal auf einen Bruch in seiner Erinnerung gestoßen war. Der Schock des Unfassbaren, Irrationalen hatte ihn dort erfasst – seitdem erlebte er sich im Ausnahmezustand.

Als er ihn nun am Bartresen unverändert auf seinem Hocker sitzen sah (hatte er ein Zuhause? Eine Eigenexistenz außerhalb der Kneipe?), vermerkte er es zuerst nicht als eine Merkwürdigkeit, im Nachhinein fiel es ihm auf: Im Unwahrscheinlichen des ständigen Wechsels war eine unveränderte Person eine noch größere Unwahrscheinlichkeit. Wie war es möglich, dass er ihn zweimal, dreimal, jedes Mal scheinbar als denselben antreffen konnte?

Vielleicht gab es ihn ja nicht wirklich (Wirklich in dem Sinn, in dem er früher etwas als wirklich angesehen hätte), vielleicht hielt sein Unterbewusstsein Koslowski für den Schuldigen an allem, den Auslöser des Ganzen, und klammerte sich deshalb an ein Vorstellungsbild von ihm fest – vielleicht hatte er ihn sich selbst ausgedacht, um irgendeinen Fixpunkt zu haben – aber warum jemand wie ihn?

Er kam ihm eher wie eine Metapher vor, als wie ein lebendiger Mensch – wie aus einem anderen Drehbuch in dieses Skript hineingeschrieben, unverändert übernommen und nicht ganz an die neue Szene angepasst, nicht ganz der neuen Realität entsprechend. Was hieß aber Realität – sie war es ja, die sich ständig aufhob, sich verneinte, sich selbst als irreal, als schon wieder überholt auswies. Koslowski dagegen blieb immer derselbe, sich selbst treu in seiner Philosophie der Treulosigkeit und Verweigerung durch Anpassung.

Am Ende hielt er Koslowski für seinen Schatten, für sein Echo im Multiversum. Für sein Gegenstück. Die Dekoration in der kleinen Bar um die Ecke konnte oszillieren und sich verändern, von einem Tag, von einer Stunde auf die andere, von Neugotisch zu Plastikrevival zu Metalltrash – Koslowski saß auf seinem Barhocker, dem zweiten von links (gab es diesen Sitz wirklich durch alle Veränderungen hindurch?), unverändert, und nippte an seinem Drink, dessen Farbe im Wesentlichen gleich blieb, der Geschmack wahrscheinlich auch, auf jeden Fall dessen Wirkung.

Er saß da, unberührt von allem Wechsel. Den Wechsel nicht beachtend. Seine Philosophie war – neben dem Trinken – dass seine Identität nicht sein Besitz war, sondern durch die Umstände geformt wurde, gebannt in diese. Gefängnisse hasste er. Umstände ignorierte er. Identität misstraute er. Und er war der einzige (außer ihm selbst und den Verschwörern, immun gegen die Veränderungsmaschine durch die Maschine selbst), der durch allen Wechsel hindurch der gleiche schien. Auf seinem Barhocker sitzend, das Glas in Reichweite, den Blick ins Unbestimmte gerichtet.

**

Die folgende Zeit zersplitterte ihm in einzelne Augenblicke, zu Inseln relativer Solidität – die sich aber zu keinem Gesamtbild mehr zusammensetzen wollten. Er befand sich im Irgendwo, ohne zu wissen, ob das, woher er kam, noch da war (meint: in einer Umkehr wieder zu erreichen), ob der nächste zukünftige Ort und Augenblick noch irgendwie mit dem jetzigen zu tun haben wird. Er sammelte Augenblicke. Bewahrte sie dort, wo sie allein noch existierten: in seiner Erinnerung. Und verlor doch die meisten Erinnerungen, da sich zu viele in ihn drängten, zu vieles erinnert werden wollte.

Szenen tauchten auf, verschwanden wieder; eine heller-leuchtete Bühne für verfremdete Augenblicke und schlag-lichtartige Einsichten:

Die kleine Tänzerin hinter der Bar, selbstversunken zum Getränkeschrank steppend, schien ihm außerhalb dieser Realität, ähnlich ihm, aber aus anderen Gründen. Sie passte mit ihren fließenden Bewegungen, ihrer Hingabe an die Musik, ihrer sexuellen Ausstrahlung, naiv und unbeküm-mert, einfach nicht in diese Runde gehirnverklemmter Touristen und einsamer Gaffer, die sie beobachteten. Sie schien aus einem anderen Bild ausgeschnitten und hierher versetzt. Ohne Echo, ohne Erwiderung, sich selbst überlas-sen. So wie er hier gestrandet war, im Widerstrebenden, schien sie ihm auch in der Fremde zu sein, herausgelöst aus ihrer eigenen Umgebung.

Jetzt fiel ihm auf, dass sie nicht der einzige Alien war, den er heute gesehen hatte, viele dieser Passanten und Herum-steher, auf seinem Gang durch die Stadt beiläufig wahrge-nommen, waren in Wirklichkeit nicht in dieser Realität ver-ankert. Sie bewegten sich anders. Sie blickten anders. Sie lächelten auf andere Weise. Ihm viel vertrauter, als die Dut-zendmenschen, die ihn umgaben, wenn er im Gedränge ei-ner Menge ging, ein Einkaufszentrum, ein Lokal betrat.

Hier war ein Rätsel. Niemand wusste, so wie er, von den Verwandlungen der Realität, von den Alternativen zum Hier, aber diese verletzlichen Geschöpfe (das waren sie) passten viel mehr in seine eigene Ausgangsrealität als in ihre – und er ging davon aus, dass dies hier ihre Wirklichkeit war. Oder doch nicht?

Konnte jemand durchlässig für etwas sein, dessen er sich nicht bewusst war, es aber lebte? Offensichtlich. Er sehnte sich nach seiner Ausgangsebene, in diesen Menschen sah er Ähnlichkeiten, Affinitäten, die kein Zufall sein konnten. Gab es die Möglichkeit eines Rückschwungs, einer Rückverwandlung, vielleicht ein Gesetz der Actio und Reactio auch hier, im parallelen Hyper-Universum?

An einen anderen Verlorenen erinnerte er sich, dem er auf einer seiner Streifzüge begegnet war, oder eben nicht begegnet, es gab keine Brücke zwischen ihm und jenem. Er war nur der faszinierte Beobachter des anderen gewesen, eines Jongleurs, der, scheinbar ohne müde zu werden, stundenlang einen längeren silbernen Stab in Bewegung hielt. Niemand sonst beachtete den seine Übung Praktizierenden: Passanten gingen vorüber, Kinder spielten miteinander, riefen sich, rannten sich im Fangspiel hinterher, Paare saßen eng beieinander auf Parkbänken, nur mit sich selbst beschäftigt. Die Sonne strahlte von einem blauglänzenden Himmel, der von einzelnen wenigen Federwolken weiß betupft schien, wie von einem weichen, übergroßen Pinsel an den lichtblauen Hintergrund aufgetragen. Nur die starke Hitze des Sommertages gab es nicht mehr, eine kalte Feuchte lag in der Luft, die den kommenden Herbst vorausnahm.

Und mitten in dieser Stadtparkszenerie der unbeachtete Artist, mit immer kunstvolleren Schwüngen und Würfen. Der Stab wirbelte, silbern das Licht reflektierend, um den Körper des Tanzenden, wechselte wie von selbst von einer Hand in die andere, stieg hoch in die Luft, landete mit einer perfekt aufgenommenen Drehung wieder in der Hand des

Werfers, umkreiste die Körpermitte, die Schultern, drehte und wirbelte scheinbar selbständig in ruhig-ruheloser Bewegung. Und niemand schenkte dem ästhetisch vollkommenen Schauspiel Beachtung – außer ihm.

Jetzt, in der Erinnerung, kam ihm dies nicht mehr so seltsam vor, wie er es damals empfunden hatte. Jetzt sah er es als einen Teil des Puzzles an, das er allmählich zusammenfügte. Es gab nicht nur Varianten möglicher Welten, auch Individuen lebten in eigenen Sphären, jeder in seiner Welt. Den Jongleur kümmerten die Menschen um ihn nicht, die Menschen um ihn kümmerten sich nicht um den Jongleur. Aber sie bedrängten sich auch nicht gegenseitig. Sie koexistierten, tolerierten sich. Und er? Hatte das Gefühl, langsam für die anderen verschwunden zu sein, nur noch Beobachter, nicht mehr zu Beobachtender.

„Ich möchte nach Hause" – Der kleine Junge vor ihm brach unvermittelt in Tränen aus; irgendein unersichtlicher Anlass bewegte ihn, vielleicht auch nur das Gefühl des Weggegangen seins, der leisen Trauer eines Verlustes. Schnell wurde er getröstet, die Mutter, die große Schwester kümmerten sich mit kleinen Ablenkungen um ihn.
Er hätte ihm sagen können, dass es keinen Weg zurück nach Hause gibt, dass Zuhause immer das gerade Vergangene ist, das schon immer Vergangene, und dadurch unerreichbar. Kein zurück ins Zuhause. Keine Heimkehr. Aber der kleine Junge hätte ihn nicht verstanden, für ihn war sein Zuhause real und dort wollte er hin. Der kleine Junge hätte ihn nicht verstanden, weil dieses Gefühl der Heimatlosigkeit sein eigenes war.

Inzwischen bezog er alles, was ihm begegnete, auf sich: Alles sollte ihm etwas sagen, wollte ihm etwas sagen. Er suchte daher nach einem durchgehenden roten Faden, einem übergreifenden Muster, an dem er sich orientieren konnte: Wenn schon keine durchgängige Konstanz im Raum-Zeit-Kontinuum, dann wenigstens, auf ihn bezogen, Durchläufigkeit im Sinn. Und er fand diesen Sinn, sah plötzlich überall Beziehungen und Verweise. Die Einzelszenen wurden ihm zu symbolhaften Inszenierungen, auch wenn deren Gehalt nicht unbedingt tiefgründig (oder ihm einsichtig) war. Muster wurden sichtbar.

Auf diese Weise wurde er zum Experten in Hinsicht auf Muster (oder wurde er nur immer psychotischer?). So bemerkte er einmal eine Gruppe von Männern, deren Weg sich scheinbar zufällig (?) kreuzten: Drei Männer von rechts, einer von links nach rechts, zwei aus dem Hintergrund nach vorne. In dem Augenblick, in dem sie sich für einen kurzen Moment als Gruppierung zusammenfanden, um sich rasch wieder auseinander zu fädeln – sie stockten, zögerten, und tänzelten dann umeinander, wie es ein solcher komplizierter Bewegungsablauf, fast in der Art eines Balletts, notwendig machte – in diesem Augenblick sah er in ihrer Gestalt und in ihren Gesichtern etwas wie Zusammengehörendes.

Keine oberflächliche Ähnlichkeit, keine Gemeinsamkeit in der Kleidung oder in der Bewegung, aber doch etwas, was über den Gruppenfotoeffekt ihres kurzen Zusammentreffens hinausging, vielleicht etwas sich Ergänzendes, fast Komplementäres – wie wenn, nur für einen Moment, ein wandelbares Puzzle komplett wäre, um sich im nächsten Augenblick schon wieder aufzulösen. Alle waren irgendwie exzentrisch (wenigstens für seinen Geschmack), vielleicht war ja das ihre Gemeinsamkeit, sie waren etwas neben der Normalität – aber konnte er denn beurteilen, was in diesem Hier und Jetzt das Normale und Selbstverständliche war –

war er nicht vielleicht der nicht Angepasste und Fremdartige, seine Sicht die exzentrische?

Schweben, schwimmen

Ihm wurde plötzlich klar, dass die Verschwörer einen zu selbstbezogenen Standpunkt eingenommen hatten und dadurch in eine Falle geraten waren: Sie wollten die Welt in ihrem Sinn verändern, bewirkten auch Veränderung – um sie herum entstanden und verschwanden die großen und kleinen Zeugnisse ihres Tuns, ein Trend wurde angelegt, eine Richtung vorgegeben, in der sich die Dinge entwickeln sollten – aber in Wirklichkeit verschwand ihnen nur die gewohnte Realität aus den Augen und eine andere tauchte dafür auf. In Wirklichkeit schwammen sie in einer Art Realitätseinkapselung (ihre Maschine hatte sich einen eigenen Realitätsraum geschaffen) durch die Möglichkeitswelten, die an ihnen vorbeizogen.

Keine Welt löste sich in Nichts auf, keine Realität nahm aus dem Nichts Gestalt an, stattdessen wurden die Möglichkeitswelten für eine Durchquerung durchlässig. Ihre Maschine war nur scheinbar stationär: War in Wahrheit eine Art Fahrzeug zur Reise durch Möglichkeitswelten – kein Instrument der Veränderung.

Es gab sie also immer noch, die Ausgangswirklichkeit (er hielt daran fest: die eigentliche Wirklichkeit), sie blieb weiterhin bestehen, ging ihren ungestörten Gang – nur die Gruppe selbst manövrierte sich in eine Ecke des vielschichtigen Universums, in denen ihnen ihr angepeiltes Ziel verwirklicht schien. Sie hatten sich aus ihrer ursprünglichen Existenz gelöscht, waren dort spurlos verschwunden, genauso wie unglücklicherweise er.

An deren Ziel wollte er allerdings nicht mit ankommen, er wollte zurück: Wollte sich aus deren Realitätskapsel befreien, sein eigenes Fahrzeug sein, sein eigener Biocomputer, Realitätsveränderer, magischer Weltenschöpfer. Als er das begriff, beschloss er, eine Methode zu suchen, mit der er seine eigene Stasis erzeugen konnte – nicht gegen den Computer und dessen Wirkungsfeld anzuarbeiten, eine vergebliche Anstrengung – sondern sich aus dessen Wirkungsbereich zu lösen und gleichzeitig einen eigenen aufzubauen, damit er nicht in irgendeiner zufälligen Realität stranden würde.

Er dachte, während er das Paar am Nebentisch beobachtete, dass er ihre Gesten – das Zögern der Frau, ihre verschränkten Arme und seinen verlangenden Blick – in einer Erzählung beschreiben könnte, die, obwohl sie seine eigene Interpretation der Situation war, dennoch die Szene erklärte und sie weiter ausführte. Diese Beschreibung der Szene ließe sich dann auch umändern, je nach Ausdeutung der Konstellation gab es diesen oder jenen Verlauf. Und, festgehalten im Stasisfeld der Maschine, konnte er nicht auch selbst, durch seine Beschreibung, durch den Text den er dem ganzen unterlegte, die Szenerie und den Verlauf der Realität mitbestimmen?
Wenigstens glaubte er es in diesem Moment, fand es einen Versuch wert. War hier ein Weg, zurückzukommen? In seine Gegenwart, seine Vergangenheit? Oder war er gerade dabei, den letzten Halt an der Realität aufzugeben, loszulassen, um sich in haltlosen Fantasien zu verlieren?

Konnte er überhaupt gegen einen Computer antreten, der Zig- Millionen Mal einen realitätsverändernden Impuls aussandte, mit seinem dagegen kümmerlichen, langsamen

Denken, sich eher von Trittstein zu Trittstein vortastend, als im energischen Sprung eine andere Wirklichkeit erreichend? Aber er wollte ja nicht gegen die Maschine ankämpfen, ihre Wirkung aufheben, er wollte sich vielmehr in den Turbulenzen der sich auflösenden und neu verfestigenden Realitätsebenen quer zu diesen bewegen, ihre chaotischen Energien ausnutzen, um sich dorthin tragen zu lassen, wohin er selbst wollte – nur er, nicht die ganze Welt, sollte gerettet werden.

Er hatte bestätigt gefunden (diese Theorie hatte er einmal gehört), dass er als Bewusstsein eigentlich nur diskontinuierlich existierte, immer wieder unterbrochen durch den Abgrund eines Sekundenbruchteilschlafes, dass er sich als Bewusstsein in Bruchteilen von Sekunden immer wieder neu konstituierte (die erlebte Gegenwart selbst dauerte ungefähr 2 Sekunden) und dass die Kontinuität seines Weltbezuges daher kam, dass er in immer derselben Welt erwachte, aus seiner Nichtexistenz auftauchte – nur dass diese Kontinuität jetzt manchmal nicht mehr gegeben war, weil sich Dinge veränderten, während er als Bewusstsein nicht existierte.

Nun nahm er sich vor, diesen Prozess zu steuern, indem er in sich ein beständiges, unterschwelliges Drängen in Richtung Ursprungswelt (wie er sein Zuhause jetzt nannte) aufbaute, fortlaufend ein Mantra, eine Litanei innerlich rezitierte, wie halbautomatisch, eine unaufhörliche Beschwörung.

Und er begann damit, Situationen und Ereignisse alternativ zu denken, sich Abweichungen auszumalen, sich das Gegenteil von dem vorzustellen, was tatsächlich geschehen war – ein Mann rannte, um ein Fahrzeug zu erreichen, schaffte es gerade noch rechtzeitig, durch die Tür hinein zu gelangen – er stellte sich vor, wie der Zug ohne den Man davonfuhr, ihn frustriert stehen ließ...

Ständig experimentierte er mit Alternativversionen der Ereignisse und Dinge um sich: An der Stelle eines unscheinbaren Gebäudes dachte er sich ein Hochhaus, an den Ort eines Brachlandes einen Park – oder umgekehrt. Er veränderte in Gedanken die Szene, in der er sich befand, stellte andere Kulissen auf, probte eine andere Inszenierung. Versuchte, im Kleinen dasselbe zu bewirken, wie die Maschine im Großen. Hatte er Erfolg damit? Er wusste es nicht.

Wie ein Schwimmer, der sich quer zu einem reißenden Strom fortstößt, spürte er seine Schwimmbewegungen, spürte aber auch sein Abdriften, welches er nicht vermeiden konnte. Waren die Veränderungen nur Wirkung des Manipulationscomputers oder auch seine eigene? Verlor er sich vielleicht in Alternativen, dem Sog der Zielwelt der Manipulatoren zwar entkommen, seine Ursprungswelt trotzdem nicht wiederfindend?

Er hatte den Eindruck – und auch wieder nicht den Eindruck – dass seine Bemühungen Wirkung zeigte; er fand sich wie immer umhüllt von einer realen und anwesenden Welt, unabhängig von ihm – und gleichzeitig hatte er das Gefühl, dass es von ihm abhing welche Formen diese Welt annahm, als was sie ihm erschien.

Er konnte nichts kontrollieren und bewirkte alles. Dieser Eindruck zerrte an ihm, brachte ihn auf die Frage, ob er verrückt geworden war – ein letzter klarer Gedanke vor dem endgültigen Abdriften in den Wahn – ob er sich alles nur vormachte, gefangen in sich selbst (so wie er am Anfang der Irrfahrt schon einmal darüber gedacht hatte). Wenn er Dinge verändern konnte, indem er ihre

Alternativen dachte, in welcher Welt lebte er dann – in einer unwirklichen? Und wenn er so darüber dachte, waren dann nicht seine Gedanken unreal, irre, da er in Wirklichkeit nichts bewirken oder verändern konnte (wie es nach seinem mentalen Konzept von der Realität in Wahrheit auch war)?

Warum sagte er dann nicht einfach: Erscheine Sonne – und die Sonne ging auf – wäre das nicht der Beweis gewesen, der ihm gefehlt, der ihn überzeugt hätte? Warum hatte er das noch nicht versucht? Doch wohl aus Unglauben an die Realität einer solchen Möglichkeit...

War diese Welt, in der er die Sonne aufgehen lassen konnte (irgendwie war er nun doch davon überzeugt, es tun zu können), vielleicht nicht die reale Welt? War er in seine eigene Fantasie übergetreten, ihm unbemerkt, nun dort gefangen?

Ihm sprang plötzlich das Bild des Fast-Unfalls in den Sinn, der Moment, in dem der Lastzug ihn beinahe gestreift hätte, lärmend, hupend, ein nachhallendes Dröhnen und Sirren im Ohr hinterlassend – was wäre, wenn der Unfall tatsächlich stattgefunden hätte, er nun verletzt und im Koma im Krankenhaus liegen würde? Wenn alles Folgende nur die allmähliche Verbiegung seiner Erinnerung ins Irreale gewesen wäre? Ins Befremdliche? Konnte er sich zu einem Bewusstseinszustand durchkämpfen, in dem er Traum und Wirklichkeit unterscheiden konnte? Wissen konnte, ob er träumte oder wach war? Aufwachte dafür, dass er träumte?

Er stellte sich lebhaft das Bild eines in einem Krankenbett liegenden Körpers vor, angeschlossen an pulsierende Maschinen, daneben Monitore zur Überwachung, blinkende Lichter, Medizinische Apparaturen – fast gelang es ihm, ein solches Bild deutlich werden zu lassen, bis ihm auffiel: Aus dieser Perspektive konnte er sich unmöglich selbst sehen, so von außen, von oben betrachtet. Auch das Bild, um das er sich jetzt bemühte, verdankte sich nur seiner Vorstellungskraft.

Da gab er auf. Rang nicht mehr um eine Wirklichkeit, die für ihn Handfest war – Solide – Unveränderbar. Er musste sich auf das einstellen, musste sich in dem einrichten, was an ihn heranflutete, es als das ihm zur Verfügung stehende annehmen und damit zurechtkommen.

Die Maschine wob einen Teppich von Zauberworten über die Erinnerung an die Vergangenheit, beschwatzte, wie Rotta sich ausgedrückt hatte, die Gegenwart (die sich allerdings dadurch ständig änderte: Was wurde da beschwatzt, wenn sofort wieder in die Nichtexistenz verschwunden? – ein weiteres Paradoxon). Er selbst fabrizierte in seinen Beschwörungsreden ein endloses Band von Zaubersprüchen, die Realität zu zwingen, ihm eine andere Version anzupassen, wie ein Kleidungsstück, auf ihn zugeschnitten, nur für ihn entworfen. Er redete sich selbst diese gewollte Wirklichkeit herbei.

Worte erschaffen die Welt. Das sah er jetzt. Worte halten den Traum fest und machen ihn wirklich. Was nicht in Worte gefasst wird, verflüchtigt sich. Was in Worte gefasst wird, verdrängt das nicht erfasste, noch nicht gefasste. Seine Rede verwandelte eine Möglichkeit unter vielen in die einzig wahre. Wechselte er die Rede (es lag an ihm), beschrieb er anderes, wechselte auch das Beschriebene. Er entwarf und definierte Alternativen durch seine Beschreibung. Machte sie zur einzigen, alternativlosen Wirklichkeit. Kostete sie und verwarf oder nahm an. Er war unterwegs, folgte dem Geschmack der rechten Worte, produzierte dabei die falschen und manchmal auch die richtigen Worte – die ihn in die Irre oder auf richtige Fährte führten.

Aber seltsam war: indem er feststellte, dass er auf diese Weise etwas bewirken konnte, wurde ihm das, was er bewirkte, immer imaginärer. Unwirklicher. Er folgte den Worten in die Räume, die durch die Worte (das Wort) geschaffen wurden, doch der Raum, der dadurch für ihn entstand, war imaginär. Oder war er es selbst, der sich in ein unwirkliches Wort aufgelöst hatte? Selbst imaginär wie die Zahlengröße: wirklich – unwirklich.

Hatte sich denn viel geändert – außer dem Grundsätzlichen? Er lebte, nicht anders als von Beginn seines bewussten Lebens an, in einer durch seine Worte, seine Beschreibung der Dinge geschaffenen Welt – ob ihm übermittelt oder nicht – der Raum der Worte, in den er sich eingewohnt hatte, war sein eigener. Schon immer gewesen. Nur hatte sich das nicht so deutlich gezeigt, da er Bilder, Worte, Begriffe (innere Gestalten) verändern konnte, aber die äußeren damit gemeinten Gegenstände und Sachverhalte sichtlich nicht – welche allen anderen Mitlebewesen auch, so wie ihm, zu Verfügung standen, seine Subjektivität ins Objektive korrigierend. Nun schwankte das Objektive, verschwand ihm und erschien ihm wieder, dem sanften Zwang und ständigem Drängen der Einflüstermaschine gehorchend, welche überwältigende Worte hatte, überzeugende Worte, geschichtsverändernde Worte. Worte der Macht. In dieses durch die Wortmaschine geschaffene Bild der Welt konnte er jetzt sein eigenes Bild einfügen – konnte vielleicht sogar dagegenhalten, es korrigieren, seinerseits umschreiben. Und wenn es nur für ihn selbst gälte – was der Fall war.

Also war er ein Schwimmer im Meer der Möglichkeiten geworden. Er musste nur lernen, zu schwimmen (die Tsunami-Woge reiten, hatte es Koslowski genannt).

In seinem ihm genommenen, vorigen normalen Leben hatte er einmal, angeregt durch ein Buch, in dem dieser Vorschlag gemacht worden war, das halb spielerische, halb ernsthafte Experiment durchgeführt, sich durch gedankliche Willenskraft eine Münze vor die Füße zu wünschen - früher oder später, hatte der Autor versprochen, würde er eine finden, innerhalb eines akzeptablen Zeitraums natürlich, zum Beweis dafür, dass die Welt voller anzapfbarer Magie wäre.

Er hatte Münzen gefunden, aber nicht innerhalb der von ihm gesetzten Zeit, so dass es für ihn wieder unentschieden blieb, ob das Experiment gelungen war oder nicht. Jetzt aber gab es für ihn keinen Zweifel: Wenn er wollte, könnte er auch Münzen regnen lassen, er konnte mit den Umständen spielen, die Zufälle erfinden. Die Dinge fügen, wie er sie gefügt haben wollte. Wenn er es lernen konnte, damit umzugehen. Die Welt war jetzt danach. War das magische Universum, welches in diesem Buch versprochen worden war.

BruderSohn

Als er akzeptierte, dass er von seinem ursprünglichen Leben weiter entfernt war, als wenn er auf einen anderen Kontinent geflogen wäre, auf einen anderen Planeten (gab es irgendwo eine Wirklichkeit, in der das möglich war?), konnte er den psychischen Zusammenbruch nur dadurch vermeiden, dass er ihn simulierte: Sich blind und taub und regungslos gab und nur noch nach innen fühlte, sich in sich selbst bewegte. Er verdrängte alles, was um ihn war, in welcher Gestalt auch immer, ließ sich hinuntersinken (oder stieg dabei auf), umgab sich mit einem Mantel aus Wärme, erschuf ein Feld aus Glanz. Grüßte das Licht, das in ihm aufkam, folgte der Richtung seiner ausgestreckten Hände, die er imaginierte.

Ein Gedanke kam ihm, nach zeitlosem Dahinströmen: Du kannst von hier aus alle Menschen berühren, die dir etwas bedeuten und die dir fehlen. Sie sind da, sind nicht verschwunden, in dir liegt der Ort, der die Realitätsvarianten zusammenbindet. Nacheinander umfühlte er die Erinnerungsbilder, die er von dem ihm Nächsten hatte, den Lebenden und auch den Nicht-mehr-Lebenden.

Seine frühere Frau schien weit entfernt zu sein, nicht der Abstand der Alternativwelten trennte sie beide; das, was zwischen ihnen vorgefallen war und noch immer seiner Erinnerung an sie zeichnete, stellte sich als Hindernis zwischen ihn und der klaren Empfindung für sie. Sein kleiner Sohn schwebte wie eine Sonne vor ihm, war aber an seine Mutter gebunden und entfernte sich mit ihr, ohne dass er ihnen folgen konnte. Blieben die Toten, die deutlicher wurden, je mehr er sich ihnen fühlend zuwandte und sie sich vorstellte, sie abspürte: Ihr eigentliches Wesen, ihre Bedeutung für ihn, ihr Wirken und Fortwirken in ihm.

Er war umgeben von einer Sphäre tröstenden sich Mitteilens, von friedenbringenden Boten anderer Welten. In dieser Runde des Trost-Leuchtens, der wärmenden Lichter, fiel ihm überraschend auf, dass eine Präsenz fehlte: sein abhanden gekommener Bruder. Sich selbst abhanden gekommen, und dadurch auch ihm. Dessen Gegenwart vermisste er zwischen den anderen Toten, obwohl er doch zu diesen gehören sollte. Er konnte sich ihn nicht vorstellen.

Hatte der Schmerz um ihn dessen Bild gelöscht? Er erinnerte sich an ihn – doch diese Erinnerung war etwas anderes als das stille Leuchten der Vergegenwärtigung, dass er so unmittelbar, so real als Anwesenheit spürte. Es kam ihm vor, als ob er dessen Echo in seinem hinter dem Horizont verschwundenen Sohn wahrnehmen konnte, als Spur einer Verbindung, die ihm ein Rätsel war. Schon vorher ein Rätsel und eine Ahnung gewesen war.

In dem Augenblick, als er seinen neugeborenen Sohn vorsichtig-linkisch mit seinen Händen umfasste. und voller Bangen, er könnte ihm herunter fallen, fast krampfhaft vor sich hielt, in diesem ersten Augenblick der Begegnung mit dem ihm von nun an Anvertrauten, hatte er etwas bemerkt, was ihn bestürzte und stark beeindruckte. Den Säugling markierte, rings um seinen Hals verlaufend, ein dunkelroter Streifen, eine Falte nur, aber ausgeprägt, sich deutlich abzeichnend.

Der winzige Säugling, wunderschön und auf eine anrührende Weise fremd, brachte ihm ein Bild in Erinnerung, unwillkürlich sich aufdrängend, welches sich ihm in der verstörendsten Erfahrung seines Lebens eingeprägt hatte. Er stand vor dem aufgebahrten Leichnam seines Bruders, dieser war zwar geschminkt und zurechtgemacht, aber das tiefe, hässliche Mal konnte dadurch nicht kaschiert werden, das sich von einem Ohr zum anderen um den Hals zog: der zerfranste Abdruck des Seils, dessen Schlinge, sorgfältig verknotet, sich sein Bruder umgelegt und in die er sich geworfen hatte, am höchsten Baum seines Gartens. Warum hast du das getan?

Noch immer war diese Frage unbeantwortet und quälend. Und nun sah er dieses Mal wieder vor sich. An seinem Neugeborenen. An dem ihm Zugeborenen. In diesem ersten emotional-bewegten Augenblick kam ihm ein seltsamer

Gedanke: Sein Bruder hatte sich ihm anvertraut... so wie er es ihm in dem stillen, inneren Gespräch an der Totenbahre angeboten hatte: Wenn du es bereust, ich will dir helfen, es wieder gut zu machen – komm zu mir. Ich bin für dich da. Und nun war er gekommen. So schien es ihm.

Seit sich dieser Gedanke festgesetzt hatte, tauchte er immer wieder in ihm auf, als ob er auf eine Gelegenheit warten würde, sich zu manifestieren. Wurde dadurch, da er ihn weder zurückwies noch sich weiter mit ihm auseinandersetzte, zu etwas Selbstverständlichem, ihn Begleitenden, zu einer Wahrheit in seinem Leben, ohne dass er dies wollte oder ablehnte. Er dachte wenig darüber nach. Aber als er sich von allen getrennt fand, die ihm jemals etwas bedeutet hatten, verwandelte sich diese Idee in einen Selbstvorwurf, der ihn zusätzlich quälte: Er hatte seinem Bruder nicht helfen können, hatte nicht bemerkt, was vor sich ging, ihn durch Unaufmerksamkeit, Gleichgültigkeit, Selbstbezogenheit verraten, ihn seiner Einsamkeit und seinem verzweifelten Entschluss überlassen... Kein Bruder dem Bruder, ein Fremder dem fremd gewordenen.
Und nun war er ihm wieder verlorengegangen. Ins Nichts zerflossen, aufgelöst in den unendlichen Varianten der möglichen Welten. Er hatte nichts für seinen Bruder tun können, konnte nichts für seinen kleinen Sohn mehr tun. War abgeschnitten von jeder Eingriffs- und Zugriffsmöglichkeit, jedem Handeln. War eine Insel in sich selbst, isoliert, von allem und jedem losgelöst.
Während er sich darauf konzentriert hatte, den ursprünglichen Zustand wieder zu erreichen, wieder herzustellen, beschäftigte ihn keine Alternative hierzu, erst später, als er merkte, wie verloren er in Wirklichkeit war, wie abseits von der Welt, die er suchte, dachte er darüber nach, was ihm

blieb, wenn seine Suche keinen Erfolg hatte. Und ihm kam ein neuer Gedanke: War es vielleicht möglich, eine Alternative aufzusuchen (hieß es nicht besser: aufzubauen?), in der er seinem Bruder direkt helfen konnte? Verhindern konnte, was geschehen war, es ungeschehen machen? Eine Welt finden – erfinden – in dem sein Bruder lebte und er ihm beistehen konnte – in welcher Form auch immer. In welcher Gestalt auch immer. Mit diesem Gedanken hatte er seine Mission gefunden: Er wollte der Engel sein, der seinem Bruder in den Arm fiel, wenn dieser das Verbrechen an sich selbst begehen wollte, die verzweifelte Tat.

Ankunft

E r wachte auf, und hatte noch den Namen seines Bruders/Sohnes als Echo seines Rufens im Ohr – seine eigene flehende, sehnsüchtige Stimme, die den anderen suchte und keine Antwort bekam. Die den Schläfer finden, aufwecken wollte, zur Heimkehr überreden wollte, und den Gesuchten nicht fand. Im Traum war er durch eine verwinkelte, verschachtelte Folge von Fluren, Zimmern und größeren Räumen geirrt, durch die er tiefer in das verborgene Innere des fremden Hauses geführt wurde, auf der immer panischer werdenden Suche nach ihm, zwischen schlafenden oder wie toten Körpern, die sich durch sein Rufen nicht aus ihrem Zustand aufwecken ließen. Nur unbekannte Gesichter fremder Schläfer, halb verhüllt durch Decken oder Schlafsäcke, die sich unruhig wälzten, gestört durch seine Stimme. Seine erschrockene Stimme, verzerrt durch die Ahnung des Verlustes: Er würde ihn nicht mehr zwischen den anderen finden, er war ihm in den unzähligen Räumen, die sich ins Endlose erstreckten, verloren gegangen –

verloren im Gewirr der schlafenden Körper, die diese Räume füllten.

Mit einem schmerzhaften Herzklopfen, welches diesem Traum-Schreckensende entsprach, wachte er auf, hinein in einen anderen Alptraum: Was war beklemmender, der Traum im Schlaf, oder dieser Zustand, dem er nicht entkommen konnte?

Er beschloss, alles, was er erlebte, was ihm widerfuhr, als Bewusstseinserlebnis zu nehmen, als Innenbild, für das er zuständig war und in dem er sich selbst ausdrückte. Es gab keine Außenwelt, alles war in ihm selbst. Richtete er seine Aufmerksamkeit auf irgendetwas, wurde es groß und bedeutsam, wurde es real. Wendete er den Blick von etwas ab, verschwand es in die Nichtexistenz und war ihm entglitten. Aber andererseits konnte er auch nichts festlegen, nichts festhalten, die Veränderungen entzogen sich seiner Steuerung. Es war eine Art Ritt auf einer Veränderungswelle (er erinnerte sich an Koslowski, der ähnliches gesagt hatte), er konnte sich selbst leiten, aber nicht den Sturm lenken. Er musste eine Handhabe finden, besser damit umzugehen.

Deshalb stellte er sich vor, dass er im Zentrum des Universums säße (oder: sitzend schwebte), im Zentrum einer Sphäre aus Licht, Wärme, Klang, und dass alles um ihn herum sich aus dieser materialisierte, ihn umtanzend. Er war Mittelpunkt der Sphäre, gleichzeitig war aber jeder andere Punkt ebenso Mitte, denn sie dehnte sich ins Unendliche. Nun konnte er von diesem Unendlichkeitslogenplatz aus jeden Ort betreten, den er ins Dasein wünschte, konnte die Szene sich erschaffen, die Kulisse aufstellen, die er sich vorstellte.

So kam er zur Existenz an einem Ort, an dem er seinen Bruder erwarten wollte, als Umgebung geschaffen für eine Begegnung mit diesem (oder einem der unendlichen möglichen Multiplikate seines Bruders); kam zur Existenz wie ein Geist, der sich aus dem Nichts im Raum materialisierte, und doch schon vorher für jeden Anwesenden selbstverständlich da gewesen war, da sich seine Vorexistenz im Raum mit seinem in Erscheinung treten ebenfalls verwirklichte.

Sein Ziel- und Ankerpunkt war wieder die Bar, in der ihn zuerst die Veränderungswelle überrollt hatte – nun völlig anders, völlig verschieden von der ersten Fassung (für ihn immer noch die einzig gültige), aber doch im Kern, in der Essenz dieselbe. Wieder war er in einem Raum, der noch fast leer war, nur einzelne, weiträumig verteilte Personen markierten, wie auf einer Stellprobe, den Barbetrieb, der aber im Laufe des Abends in den dichtgedrängten Normalzustand übergehen würde. Inzwischen war er gewohnt, dass ihn niemand beachtete, nur wenn er sich aufdrängte, bewusst wahrgenommen werden wollte, kam es zu einem Kontakt. Der aber sofort wieder abbrach (nie stattgefunden hatte), wenn er sich aus ihm zurückzog. War er den anderen ein Geist, ein Gespenst geworden? Halb- oder gar nicht existent? Als sein Bruder (oder dessen Ander-Ich in dieser Version des Universums) sich auf einen freien Barhocker neben ihn setzte, war es daher ein kleiner Schock für ihn – so schnell gewöhnt man sich an seltsame Umstände – dass ihn dieser offensichtlich registrierte, allerdings wie einen Fremden, den man an einem öffentlichen Ort trifft und an dem man nicht besonders interessiert ist, um den man sich nicht besonders kümmern muss.

Er übernahm die Initiative, indem er, um einen Kontakt herzustellen, etwas plumb um eine Zigarette bat – es war diesmal eine Raucherbar, in die sich der Ort verwandelt hatte – die der andere ihm jedoch, als Nichtraucher, nicht geben konnte.

„Noch ziemlich leer heute, wird sich das ändern?"

„Weiß nicht, bin selten hier, ist nicht meine Gegend", war die eher karge Antwort des Sitznachbarn.

Sein unreales Gespensterdasein war in die Normalität eines Wortwechsels übergegangen. Die Überzeugung, sein Bruder sitze neben ihm, verstärkte sich, statt abzunehmen oder sich in Zweifel aufzulösen, und so versuchte er weiter, den zurückhaltenden Fremden (der doch sein Bruder war) aus der Reserve zu locken. Doch sein offensiver Einsatz bewirkte das Gegenteil – nicht unhöflich, aber mit merklicher Distanz zeigte der andere sein Desinteresse an Themen wie dem Wetter oder der Qualität des Drinks oder an Anekdoten aus seinem Leben. Nun musste er direkter werden, wollte er den Panzer der Gleichgültigkeit und Abwehr durchstoßen, um ins Zentrum zu treffen, diesen verzweifelten Versuch durchzudringen musste er einfach unternehmen.

„Bin ich für Sie real", fragte er, „bin ich für Sie wirklich?"

Seine Aufmerksamkeit hatte er jedenfalls damit gewonnen, aber noch immer nicht eine sympathisierende Zuwendung, ein wiedererkennendes Leuchten in den Augen. Eher noch distanzierter, alarmiert auf Signale der Verwirrung oder Trunkenheit achtend, sagte der andere, zögerlich abwägend:

„Natürlich, genauso real wie ich selbst, aber warum diese Frage?"

„Weil ich mich selbst für real halte, aber alles andere um mich herum nicht... Weil, wenn ich die Welt um mich für real halten würde, ich selbst nicht real wäre, weil ich für mich kein Gespenst, wohl aber für alle anderen eines bin. Weil ich durch Wände gehen kann, wenn ich sie mir wegdenke. Weil ich Orte austauschen kann, wie ich will. Weil alles irreal ist, wenn alles möglich wird. Weil Realität der Widerstand ist, den mir etwas entgegensetzt. Weil ich kein Entgegengesetztes mehr habe. Nur vor mir Fliehendes. Nur Ausweichendes. Nur nicht Festzuhaltendes..."

„Und was ist damit, dass wir uns unterhalten", unterbrach der andere die Eruption, die so plötzlich aus ihm ausfuhr, ihn selbst überraschend.

„Ein Sonderfall", nahm er seinen Vorstoß halb zurück, „ein Glücksfall... Nicht jeder will mich wahrnehmen, übersieht dann, was er nicht sehen will." Sagte es achselzuckend und verschwieg seinen Verdacht, seine Überzeugung, der andere sei das Ziel seiner Reise quer durch diese Zeiten, Räume, Möglichkeiten – der Anziehungs-Pol, der ihn hierher gezogen hatte. Du bist mein Bruder, sollte er sagen, und du lebst, bist nicht verloren (im Gegensatz zu mir), sondern verankert in einer für dich realen Welt. Wollte es sagen und konnte es doch nicht.
Der andere würde ihm nicht glauben, verschlossen wie er war, würde ihn für einen Wirrkopf halten, für einen angetrunkenen Bar-Schwätzer, einen aufdringlichen Kneipenhocker.

„Tut mir leid", vollzog er den Rückzug, „Ich rede dummes Zeug, weiß auch nicht, was über mich gekommen ist..."

„Ist schon ok... Wäre aber ganz interessant, wenn es so wäre", überraschte ihn sein Gegenüber. „Völlig frei im All zu schwimmen, ohne Grenzen, ohne eingebunden zu sein, ohne durch Zwänge bedrängt zu werden... Eigentlich ideal... Bis vielleicht auf die Einsamkeit... Aber es wäre die Einsamkeit eines Gottes... Und warum dann nicht dieselbe Entscheidung treffen, wie der ursprüngliche Gott, und sich eine Welt als Gegenpart schaffen, in der man ganz bei sich und doch in einem Gegenüber realisiert ist?"

Jetzt war er überwältigt. Indem er sich auf das Gespräch eingelassen hatte, war ihm sein Bruder (Er war es! Er war es!) ganz nahegekommen, ohne es zu wissen.

„Es ist eher der Alptraum eines Autisten, als die Erfüllung einer Allmachtsphantasie", sagte er, nachdenklich auf diese Äußerungen eingehend. „Eher ein Sturz ohne Schwerkraftzentrum, ein Schweben in einem ausweglosen Labyrinth ohne Anfang und Ende. Jetzt weiß ich, wie beschränkt und gebunden ich bin, angewiesen darauf, ergänzt zu werden, ausgerichtet zu werden, Ziele zu haben, ein Oben, Unten, Links und Rechts, ein Gegenüber, welches mich wahrnimmt und erkennt.
Ich bin nicht selbstgenügsame Fülle, weiß auch nicht, ab welcher Existenzform ich es wäre. Noch das vorstellbar höchstentwickelte Bewusstsein, scheint mir, erkennt sich erst in Relation zu etwas anderem, außerhalb seiner selbst, und wenn es auch die eigenen, ins Fremde gewechselten Gedankenfunken wären...
Ein- und Ausatmung, Rhythmus, und dadurch Zeit, mathematische Struktur und Zahl, und dadurch Ordnung und

Raum wären mir notwendig – aus deren Keimkraft explodiert dann plötzlich eine Neuschöpfung in einer Emanation von aufeinander bezogenen Möglichkeiten, in deren Ordnung ein Bewusstsein sich stellen muss und kann – das wäre für mich mein Kosmos, das wäre für mich die Geburt einer Welt, in der ich Zuhause bin – aber so irre ich weit unterhalb dieser Schau in unendlichen Korridoren, gefluchtet in seltsam verwinkelten Perspektiven, die mir keinen Zielpunkt geben, nur Türen zu immer neuen Räume, ohne die Möglichkeit, sich dort aufzuhalten, heimisch zu werden. Mein Zentrum zu finden...“

Der andere hatte schweigend seinem Räsonieren zugehört, vielleicht beeindruckt, vielleicht ungeduldig oder gleichgültig auf die Pointe wartend, sagte dann in einer Atempause:

„So beschrieben scheint Ihr Zustand eher einer Depression zu ähneln als einer Erleuchtung... Wie schade... Könnte man nicht mehr daraus machen? Entschuldigung, wenn ich etwas unsensibel reagiere, aber kann es sein, dass sich in ihrer Weltsicht eine dunkle Stimmung verfestigt hat?“

Schockartig zog er sich aus der Unterhaltung zurück, verschwand damit aus den Augen und dem Bewusstsein des neben ihm Sitzenden: Hier erkannte er das Echo eines vergangenen, anderen Gesprächs, vor langer Zeit geführt mit seinem Bruder, der ihm, auf vielleicht unbeholfene oder undeutliche Weise, hatte zu verstehen geben wollen, dass er sich verirrt hatte und Hilfe brauchte, um von dort, wo er war, herauszufinden.
Er hatte nicht begriffen. Hatte ihn aufmuntern, ihm einen emotionalen Schubs geben wollen: Du kommst schon darüber hinweg, alles nicht so schlimm, alles nur eingebildet

und Hirngespinst. Hatte ihn gehen lassen, ohne ihm etwas Reales mitzugeben. Hatte sich ihm verweigert. Er war gedankenlos gewesen, nicht wirklich mit der Gegenwart seines Bruders verbunden, irgendwo anders, in sich selbst befangen und so nicht bei ihm.

Sein Bruder war gegangen und hatte sich umgebracht. War ihm Geist geworden, so wie er jetzt für ihn nur ein Gespenst sein konnte, ein Flackern im Raum, ein unwirkliches Gespräch. Das nie stattgefunden hatte, nie gewesen war, wenn man versuchen wollte sich daran mühselig doch noch zu erinnern, wie an etwas undeutliche erahnbares, schon halb versunkenes.

Dieser Fremde vor ihm war vielleicht sein Bruder, wie er unter anderen Umständen hätte sein können, oder sein Bruder, wie er anderswo war. Oder sein Bruder, wie er jetzt wäre, wenn er weitergelebt hätte. Aber er war in keiner Not, er musste ihm nicht helfen, ihm den Sinn für den noch immer gangbaren Weg wecken, wie er es sich vorgestellt hatte. Er konnte ihn in Ruhe lassen, es gab keine Notwendigkeit, sich aufzudrängen. Dieser Fremde kam auch ohne seine Hilfe zurecht, oder nicht, je nachdem, beschäftigt mit eigenen Angelegenheiten, die ihn nichts angingen. Er konnte sich von ihm verabschieden. Von ihm und seiner Suche nach ihm.

Epilog

Unbeachtet, unbeobachtet blieb er noch eine Zeit lang in der Bar, es war, als hätte das Gespräch mit dem anderen nie stattgefunden. Kein Nachsinnen darüber, was wohl eben gewesen war, kein unbestimmtes Gefühl, etwas vergessen zu haben, jemanden zu übersehen. Für den anderen hörte er nicht nur einfach auf, da zu sein: Er hatte für ihn nie existiert – war keine Leere im dichten Gewebe des Seins, die als Lücke erlebt und zur Frage wurde.

Es schien, als hätte er alle Verbindungen zu dem, was ihn noch immer umgab einseitig gekappt. Er konnte hören, er konnte sehen, er konnte berühren – nur die anderen konnten sich darauf keinen Reim mehr machen, dass ihre Augen ihn sahen, ihre Ohren ihn hörten, ihre Finger ihn ertasteten. So war er unwahrnehmbar geworden. Er selbst konnte seine Sinne, seinen Sinn nach allen Richtungen ausstrecken, ins Endlose, Weglose, er reichte überall hin. Konnte womöglich überall beeinflussen, beeindrucken, etwas bewirken. Nun war er wahrhaftig ein (kleiner) Gott geworden, dachte er. Unabhängig, da an nichts angebunden. Sich selbst genug.

Die Szene um ihn wirkte fremd-vertraut, die Menschen um ihn gleichzeitig nahe und fern. Die Bar begann sich zu füllen, der DJ nahm seine Arbeit auf.

In diesem Moment, überflutet von fremden Rhythmen unbekannter Musiksequenzen, fühlte er sich plötzlich frei von allem, was bisher gewesen war. Keine Vergangenheit. Kein Gebannt sein durch die Zukunft. Absichtsloses Bewegen durch die Gegenwart. Was ihn geprägt hatte, gab es nicht mehr, nur in seiner Erinnerung. Und er konnte sich davon verabschieden. Ein neuer, unbekannter Kontext. Er war versöhnt mit der Wandlung. Was er verloren hatte, war nur Last gewesen, Gewinn war der freie Flug. Erst jetzt war er völlig Individuum, völlig unabhängig. Monade. Seine alte Welt gab es nicht mehr, die neue Welt kannte ihn nicht. Er hinterließ keine Spur. Das Computerprogramm hatte seine Links gelöscht. Unauffindbar nun, nur für sich selbst erkennbar. Der Freiheitsgewinn überwältigte ihn, hob ihn aus sich selbst. Jenseits aller Religion (denn das war versunkene Vergangenheit) hatte er eine religiöse Erfahrung. Uranfang. Selbstschöpfung. Mittelpunkt.

Helena/Gnosis

Ruin

Gestern habe ich zufällig und ungewollt ein Gespräch belauscht, das mich noch immer beschäftigt; vor allem diese beiläufige Bemerkung des einen der beiden Männer, die am Nachbartisch saßen, einen Sandwich vor sich und mit offensichtlich zu wenig Zeit, um in ihrer Mittagspause in Ruhe eine warme Mahlzeit auszukosten – in Gedanken schon längst wieder bei der Arbeit, drüben über der Straße, hinter einer der in den Himmel aufsteigenden Glasfassaden des Finanzviertels.

„Damals konnte jeder Niemand Geld machen", sagte der Jüngere der beiden, „es war viel zu leicht, heute schaffen es nur die cleversten, coolsten; wer jetzt etwas verdient, hat es auch verdient."

Dieser Satz hat mich getroffen. Ich war ein solcher Niemand gewesen. Ich hatte Geld gemacht, viel Geld. Was ich aber damals nicht wahrhaben wollte: Es war mir zugefallen, in Wirklichkeit hatte ich mich nie richtig darum bemühen müssen; eine Woge war da gewesen, ein Sog, ich hatte mich ihm völlig überlassen (und das manchmal am Tag 16

Stunden lang) – ich wurde getragen, wie alle anderen, und dachte, dass ich es sei, der sich auf Kurs hielt. Bis die Woge sich erschöpfte, das sich selbst stimulierende System in sich zusammenfiel und mich mit vielen anderen an eine sandige Untiefe anspülte. Schiffbruch.

Den Weg zurück in diese Art Existenz habe ich nicht mehr gefunden. Es war mir klargeworden, dass ich eine Epoche abgeschlossen hatte und auf Neues aus war. Aber dieses Neue hat sich bis jetzt nicht eingestellt. Oder doch? Bin ich nicht schon mittendrin? Ist das, was ich stattdessen ange-fangen habe, nicht schon das Neue, um das es geht?

Ich hatte mich geirrt als ich dachte, das Geld, das ich wie selbstverständlich einnahm, kam mir deswegen zu, weil ich clever und tüchtig war, kam mir zu durch ein persönliches Gut-Sein, durch meinen eigenen Verdienst – neben dem vielleicht zufälligen Glück, zur günstigen Zeit am richtigen Ort gewesen zu sein – was aber andererseits vielleicht doch nicht ganz Zufall, sondern auch etwas Individuelles war, man sich durchaus selbst zuschreiben konnte, wie etwa eine Charaktereigenschaft oder eine Begabung – eine Be-gabung zum Glück sozusagen.

Nein, ich verdankte es nicht meiner Tüchtigkeit, dass ich oben schwamm, genauso wenig, wie ich es meiner Untüch-tigkeit verdankte, dass ich unterging. Und auch dieser junge Banker am Nebentisch war nicht der Schöpfer seines Erfolges, auch wenn er sich selbstbewusst als solcher sah, der sich über die anderen, nicht ganz so cleveren, erhebt, sie überflügelt – seine selbstverständliche Privilegiertheit ist Teil eines allgemeinen, fast mechanischen Spiels der Wirtschaft und der Kapitalbildung, dem er sich überlassen hat und das ihn bestimmt – sein Verdienst ist das eines guten Spielers, der die Spielregeln beherrscht und gleichzeitig von ihnen beherrscht wird.

Aus diesem Treiben war ich hinausgeworfen worden, war unfreiwillig ausgeschieden, aber jetzt, einmal draußen, wollte ich nicht mehr zurück. Ich wollte das Eigentliche in meinem Lebens finden. Etwas, was wirklich zu mir gehört. Etwas, was mich ausmacht und dem ich auch vertrauen kann – ganz im Gegensatz zu dem Lebensgefühl, das ich in der Zeit des erfolgreichen Mitnehmens hatte, in der die untergründige Angst des auf einem Hochseil Balancierenden, der in Wahrheit genau um die Gefährlichkeit seiner Situation weiß (auch wenn er das Wissen beiseiteschiebt, die Augen davor verschließt), mich stets begleitete.

Ich bin nicht auf der Straße gelandet, wie einige, über deren Schicksal ich in der Zeitung gelesen habe, doch der unbekümmerte Umgang mit Geld und den Möglichkeiten, die man mit noch mehr Geld hat, ist aus meinem Leben verschwunden, ich bescheide mich mit dem, was mich einigermaßen durchbringt und stelle mich darauf ein.

Gott sei Dank hatte ich einen Teil meines Geldes nicht nur in Aktien und Optionen investiert, sondern, als besonderes Schnäppchen von einem Bekannten angepriesen, ein etwas heruntergekommenes Gebäude im alten Hafengelände erworben, das ich herrichten und verkaufen oder vermieten wollte. Nach dem großen Knall, mit dem die aufgeblähte Spekulationsseifenblase zerplatzte, ist diese Immobilie fast das Einzige, was mir aus der ganzen Geschichte geblieben war – ein halb renoviertes Haus in einer Gegend, die erst allmählich anfängt, sich zur bewohnbaren Zone zu entwickeln. Immerhin fanden sich Mieter; der Ertrag davon (wenn die Leute genügend Geld haben, pünktlich zu überweisen) bringt mich über die Zeit – und erspart mir eine demütigende, schlecht bezahlte Arbeit am unteren Ende der Erwerbsgesellschaft. Meinen Mietern geht es nicht anders als mir – sie sind auf einen verständnisvollen Hauseigentümer angewiesen, wie ich auf ihren guten Willen, das mir Zustehende aufzubringen und irgendwie ihre Schulden auszugleichen, und bis jetzt funktioniert dieses Arrangement leidlich.

Das Haus steht allein für sich, noch verloren im städtebaulichen Brachland (beim Kauf wurde mir versichert, dass die ganze Gegend vor einer Renaissance stehe, eine städtebauliche Generalplanung wäre vorhanden, eine Neubebauung beschlossene Sache...) – ein schmales, dreigeschossiges, schmutzigbraunrotes Ziegelgebäude, ehemals Büro und Speicher, nun als veredelter Rohbau vermietet: drei loftähnliche Appartements, nicht ganz so großzügig, wie man sich eine Loft vorstellt, aber ohne Zwischenwände, mit nur einer einzigen Tür, dem Eingang zur Wohnung.
Bevor ich den Umbau wegen Geldmangels einstellen musste, hatte ich noch die Elektrik verlegen, Toiletten, Wasserleitungen und Waschbecken installieren und, wichtig in dieser Gegend, eine robuste Sicherheitstür mit einer kameraüberwachten Gegensprechanlage einbauen lassen. Für den weiteren Ausbau, auch für die Wände, fehlten dann die Mittel, es blieb den Mietern überlassen, was sie daraus machen wollten – oder konnten. Je nach Mentalität bauten sie eine Duschkabine ein oder setzten eine Wanne mitten in den Raum, zogen Wände um ihren Toilettensitz oder auch nicht, installierten Spüle und Küchenherd nach Belieben. In der obersten Wohnung, der des Malers, steht bis heute die WC-Schüssel unabgeschirmt in der Ecke des Wohn-/Ess-/Schlaf-/Arbeitsateliers (oder sollte ich besser sagen: Gerümpelspeichers?), die Badewanne steht statt

Spüle frei neben dem Herd. Aber dieser ungesellige, in seinem Materiallager verschanzte Einsiedler ist mein pünktlichster Zahler und treuester Mieter, um die anderen Wohnungen musste ich mich mehr kümmern, vor allem die Wohnung im Erdgeschoss ist zu einem Durchgangsheim für merkwürdige Menschen geworden, die jeweils als Gäste, Mitbewohner, Untermieter, schließlich zahlende Hauptmieter in wechselnden Rollen auftreten.

Und als eine von solchen Mitbewohnern sah ich Ellen das erste Mal. Ich stand als fordernder, autoritärer Typ vor ihr (so interpretierte sie meinen Part als Vermieter: ein Geldeintreiber), sie war für mich nicht viel mehr als ein Schatten im Hintergrund, kaum wahrgenommen. Denn ich hatte eine Auseinandersetzung mit dem Mann, in dessen Wohnung sie eingezogen war. Es ging, wie üblich, um die rückständige Miete.

Plötzlich sagte er: „Sie wird bezahlen", und zeigte in Richtung Sofa, auf dem eine mir unbekannte Person saß, die mich ablehnend musterte. Ich würde gerne sagen können, das von diesem Moment an alles anders war, der Raum größer, das Licht strahlender, dass der Augenblick ins Zeitlose gefror und als ewig stehen blieb – aber leider verpasste ich dieses Erste-Augenblick-Erlebnis.
Ich sagte nur knapp: „Okay, bis morgen Abend", drehte mich um und verließ die Wohnung, innerlich wütend über die Arroganz des Mieters, der nicht bezahlen konnte oder wollte und mich als engstirnig-bourgeoises Subjekt behandelte, welches ihn mit Bagatellen wie die eines Mietrückstandes belästigte.

Ich hatte noch nie jemanden aus der Wohnung geworfen, auch wenn die Miete länger als üblich ausblieb, weil ich

Verständnis dafür hatte, wenn mir jemand seine Situation erklärte und ich die vertrackte Lage, in die er im Moment geraten war, nachvollziehen konnte – wenn wir darüber redeten und ich sah, dass er gerne wollte, aber nicht konnte. So waren Mieter vor diesem gewesen, so war ich zu ihnen gewesen – auch wenn ich manchmal den Verdacht hatte, dass ich angeflunkert worden war – egal, ich akzeptierte die Geschichte, den guten Willen und das Versprechen auf bald...

In diesem Fall spürte ich jedoch nur, dass mich jemand offen ausnutzen wollte, meine Schwäche, wie er es sah, meine Gutmütigkeit. Mein Unvermögen, zu harten Maßnahmen zu greifen, meine Hilflosigkeit in einer solchen Konfrontation. Ich spürte Überheblichkeit, Dreistigkeit und die Überzeugung, das Recht des Überlegenen auf seiner Seite zu haben.

Ellen war es, die mir am nächsten Abend die Tür öffnete und mich einlud, hereinzukommen. Sie war offensichtlich bemüht, den schlechten Eindruck von gestern vergessen zu machen, indem sie mir nicht nur einfach einen Umschlag mit dem ausstehenden Geld in die Hand drückte, sondern fragte, ob ich einen Tee oder sonst etwas zu trinken haben möchte und leichthin ein Gespräch anfing.

Ich sah ihr gerne zu, wie sie das Wasser aufsetzte, die Tassen hinstellte und dann das sprudelnde Wasser über die Teebeutel goss; ihre Hände waren schlank und feingliedrig, jeder einzelne Finger sollte geküsst werden – dachte ich plötzlich, als ich deren Bewegungen folgte. So abrupt, wie mir dieser Gedanke gekommen war, so schnell verdrängte ich ihn als nicht korrekt, wie wenn ich es tatsächlich getan hätte, und mich verwirrt vor ihr rechtfertigen müsste.

Aber mit diesem Gedanken war ein ganz anderes Hinschauen verbunden: Ich sah sie an und bemerkte eine ausnehmend schöne und harmonische Frau. Ein schmales, klares Gesicht, jetzt ein wenig verdeckt durch langes, blondgesträhntes Haar, das ihr beim einschenkenden Vorbeugen nach vorne gefallen war und mit einer beiläufig unbewussten, fließenden Bewegung zurückgestrichen wurde, während sie mit der anderen Hand den Teekessel hielt. Sie blickte auf, blickte mich an, irgendetwas an meinem Schweigen musste ihr aufgefallen sein, verlegen lächelnd nickte ich ihr zu, sagte „danke" und überließ ihr wieder die Fortführung des Geplauders, das noch ein wenig vor sich hindümpelte, bevor ich aufstand, mich noch einmal bedankte und ging.

Ihr Freund war der Grund, warum ich lange Zeit eine weitere Begegnung vermied, ich wollte so wenig wie möglich mit ihm zu tun haben, hatte ein fast schon physisch gewordenes Vorurteil gegen ihn aufgebaut, eine Abneigung, die sich als Versteifung meiner ganzen körperlichen Haltung, als armverschränkte Abwehr ausdrückte. Später erfuhr ich von ihr Dinge über ihn, die dieses Vorurteil in meinen Augen mehr als bestätigten, mir das Gefühl gaben, ihn richtig eingeschätzt zu haben. Aber sie selbst war jemand, den ich immer gerne traf.

**

D en Maler hielt ich bei unserem ersten Zusammentreffen für einen der Penner aus den südlichen Stadtteilen, den die immer schroffer auftretende Polizei von dort vertrieben hatte. Er stand im trockenen Eingangsbereich, geschützt vor dem aufkommenden, unangenehm-kalten Nieselregen, und wartete auf mich zum verabredeten

Zeitpunkt, wie wir in unserem kurzen Telefongespräch zuvor ausgemacht hatten, aber ich dachte, er sei jemand, der einen Unterschlupf gesucht und gefunden hatte und sich zufällig dort aufhielt. Er war groß und kräftig, sein fülliger Bauch wölbte das kurzärmelige, blumige Hawaiihemd; Shorts, bloße Füße in Sandalen, zottige graue Haare und ein ebenso grauer Weihnachtsmann-Bart stellten ihn, als Hippie in den 60er-Jahren verblieben und im kalten Herbstregen die längst vergangene Hitze des Sommers noch demonstrierend, irgendwie außerhalb von Zeit und Gegenwart. Er war es, der mich begrüßte und sich als meinen zukünftigen Mieter vorstellte.

Ich glaube nicht, dass ich ihm meine eigentliche Wohnung überlassen hätte, aber dort draußen, im nur notdürftig restaurierten ehemaligen Lagerhaus und im tristen, regentrüben Licht, das eine ruinenhafte Umgebung mehr ahnen ließ als ausleuchtete, schien es mir fraglich, ob ich überhaupt jemanden finden würde, der ohne große Ansprüche – die ich nicht mehr erfüllen konnte – das Appartement, so wie es war, akzeptierte oder sogar bereit war, zur Wohnlichmachung Geld und Zeit zu investieren. So wurde er tatsächlich mein erster Mieter und, wie gesagt, der unproblematischste und beständigste.

Es war schwer, mit dem Maler ins Gespräch zu kommen, Tag und Nacht schien er am Arbeiten, versunken in sein Werk, aber seine Bilder interessierten mich, nach dem flüchtigen Blick, den ich auf sie werfen konnte, bei meinem anfänglichen Höflichkeitsbesuch. Den ich jedoch nicht wiederholte; ihn brauchte ich ja nicht daran erinnern, dass es mich noch gab, er überwies die Miete pünktlich – im Gegensatz zu der untersten Etage, deren wechselnde Bewohner ich öfters durch unvermutetes Auftauchen auf die überfällige Zahlung hinweisen musste. Einmal gab er mir jedoch die Ehre einer Einführung in sein Werk (und es war wirklich eine Auszeichnung: Normalerweise blockte er schroff jeden neugierigen Blick darauf ab) – und beeindruckte mich damit. Seine Bilder wirkten zwar nicht sehr originell, in der Art der mittleren Epoche Pollocks etwa, aber genau wie bei diesem stellte sich der Eindruck eines Geheimnisses ein, je länger man vor dem Bild stand und sich damit beschäftigte.

Sein Atelier war vollgestellt mit Leinwänden, gegen metallene Industrieregale dicht an dicht gelehnt, die Materiallagern glichen: Federn, Wurzeln, Stöcke, Kieselsteine, rostige Eisenteile, Fundstücke jeder Art und Größe enthielten, ebenso alte, ausgetrocknete Farbeimer, Terpentinkanister, Sprühdosen, farbverschmierte Kittel oder Lappen (oder etwas, was beides war), Holzschemel, farbbekleckst, ausgeschraubte Glühbirnen– jedes vorstellbare Utensil. Ein Sammelsurium eben, wie es sich ergibt, wenn man alles, was einem in die Finger gerät, für Wert hält, irgendwann im Produktionsprozess verwendet zu werden und es bis dahin irgendwo ablegt und verkramt.
Ich zwängte mich durch die Zwischenräume, die eine Art Schneise offenhielten; die Toilette stand, wie schon erwähnt, unabgeschirmt im Weg, man musste sich an ihr vorbeidrücken, um an die einzig freigehaltene Stelle nahe der zwei großen Fenster zu kommen, wo es möglich war, Bilder aus einigem Abstand zu betrachten. Hier zeigte er mir fünf oder sechs seiner Werke; dasjenige, an dem er gerade arbeitete, stand verhüllt auf der Staffelei, er überging es stillschweigend. Ein Bild beeindruckte mich besonders: In einem wirren, chaotischen Gekritzel von blauen, schwarzen und grün-grauen Pinselstrichen, nur wenig aufgehellt durch gelbe und rötliche Farbtupfer, konnte man, wenn

111

man sich darin vertiefte, ein maskenhaftes Gesicht erkennen, den angedeuteten Körper einer Frau, der sich, wenn einmal entdeckt (oder hineingelesen), unabweisbar aufdrängte, Macht über den Blick gewann: ein Vexierbild der magischen Art.

„Das hier ist die Göttin der unterirdischen Wasser, eine Freundin hat das Bild so genannt..."

Andere Gemälde hießen: „Parmenides", „Der Schamane", „Der Öffner der Wege", „Durchbruch zum Hades", und ein kleineres Format, in rot-violetter Grundstimmung flächig angelegt, mit schwarzen, goldenen und tiefblauen Pinselschwüngen dynamisch bearbeitet, nannte er „Innewerdung". Schaute man es eine Zeitlang an, sah man plötzlich zwei Gesichter, die sich anblickten oder gegenseitig spiegelten, das abstrakte Tableau ordnete sich zu einem symbolisch-gegenständlichen Sujet. Es gefiel mir, spontan fragte ich ihn, ob er seine Bilder auch direkt verkaufen und wie viel er für dieses verlangen würde...

Nach einer für mich peinlichen Pause meinte er, er würde es sich überlegen und könne mir in nächster Zeit Bescheid geben, war aber anscheinend nicht sehr daran interessiert, zu Geld zu kommen.

**

Der Kontakt zu meinen Mietern war zwar kein nur geschäftsmäßiger und gleichgültiger, aber ich hielt ihnen gegenüber doch einen eher distanzierten, förmlichen Umgang ein, wollte meine Position nicht ausnutzen, um mich dort aufzudrängen, wo ich so offensichtlich abgewehrt wurde wie von dem Maler (mit der einen Ausnahme), der in schroffer Unhöflichkeit seine Eremitenexistenz weiterhin verteidigte. Oder höflich-unverbindlich auf

Abstand gehalten wurde, wie von Ellen, die mein deutlicher werdendes – aber nicht zu deutlich gezeigtes – Interesse an ihr mit einem freundlichen Schweigen überging. Das änderte sich an dem Tag, an dem sich für jeden von uns etwas änderte.

Als mein Smartphone seine Alarmmelodie (ich nahm mir wieder einmal vor, den Klingelton zu wechseln) schnarrte und ich den Annahmebutton wischte, wusste ich im ersten Augenblick nicht, wessen Stimme – sie kam mir allerdings bekannt vor – irgendetwas von einem Notfall erzählte, bis ich über die Stichworte Haus und Schlüssel und untere Wohnung den Maler identifizierte, der mich bat, mit einem Zweitschlüssel die Wohnung im Erdgeschoss aufzuschließen, da etwas nicht stimmte.
Es war schon spät in der Nacht, da es aber dringlich klang, machte ich mich sofort auf den Weg. Der Maler wartete auf mich im Treppenhaus vor der unteren Wohnungstür, nickte nur mit dem Kopf in deren Richtung, sagte dann:

„Hören Sie?", und schwieg, während ich mich auf die Situation einzustellen versuchte und meine Wahrnehmungen sensibilisierte. Tatsächlich hörte ich etwas: eine Art schrilles Juchzen oder Schluchzen, nicht eindeutig einzuordnen, dann langgezogenes Stöhnen, dazwischen Geplapper und immer wieder dumpfklingendes, rhythmisches Schlagen mit irgendwas auf irgendetwas. Von dem, was da vor sich ging, konnte ich mir kein rechtes Bild machen, aber etwas stimmte wirklich nicht, wie der Maler gesagt hatte, und so öffnete ich die Tür und wir betraten beide das Appartement.

Dort fanden wir Ellen, auf dem Boden kauernd, mit dem Rücken an der Wand, halbnackt, nur mit einem T-Shirt bekleidet (meine Augen suchten wie von selbst das enthüllte Geheime zwischen ihren Beinen, magnetischer Anziehungspunkt, sogar in einer solchen Situation), die immer wieder ihren Hinterkopf mit voller Wucht gegen die Wand hinter ihr schleuderte, dabei ein klagendes Wimmern von sich gebend, ein verzweifeltes Stöhnen, das sich halb nach Lust, halb nach Schmerz anhörte. Neben ihr lag eine leere, umgefallene Whiskyflasche, ein Rest des Getränks, nicht sehr viel, in einer Lache ausgelaufen davor.

Meine erste instinktive Reaktion war, meine Hand zwischen ihren Kopf und die Wand zu halten, um den Schmerz (den sie aber nicht zu spüren schien) zu mildern, sie abzuhalten, sich selbst zu schaden; dann aber packte ich sie mit beiden Händen fest an den Schultern, sprach beruhigend auf sie ein, oder wollte es wenigstens, doch sie war weit weg vom Hier, meine Worte erreichten sie nicht, machten für sie keinen Sinn. Da sie nicht aufhörte, sich selbst zu verletzen, rief ich ihren Namen und gab ihr gleichzeitig eine Ohrfeige, herrschte sie an, damit Schluss zu machen.

Verblüfft schaute sie zu mir hoch, fragte mit erstaunlich beherrschter, klarer Stimme:

„Wer bist denn du? – Hilf mir bitte aufzustehen, ich will ins Bett" – bevor sie wieder abdriftete und nur noch wimmerte, jetzt nicht mehr heftig stöhnend, sondern wie ein kleines Mädchen schluchzend.

Zu zweit schafften wir es, sie auf ein Bett zu legen, das wie ein Monument in der Mitte des Zimmers stand, zuerst aber von Kleidern, Büchern und anderen Gegenständen freigeräumt werden musste, die nicht nur auf ihm, sondern im ganzen Raum wild durcheinander lagen, wie wenn jemand den Inhalt aller Schränke und Regale ausgeräumt und überall hin verstreut oder geschleudert hätte - was wahrscheinlich so auch geschehen war.

Kaum auf dem Bett liegend, rührte sie sich nicht mehr, kein Stöhnen, kein Laut. Der Maler bot an, bei ihr zu bleiben und aufzupassen, dass sich das Ganze nicht wiederhole, ich war ihm dankbar dafür, versprach, am Morgen oder Mittag wiederzukommen, wenn sie ausgeschlafen und ansprechbar war und wir mit ihr über das, was vorgefallen war, reden konnten, falls sie es wünschte.

Es war schon Mittag, als ich dazu kam, nach oben zu fahren (wie selbstverständlich in meiner inneren Landkarte Norden immer oben ist), um nachzusehen, wie es Ellen ging. Sie lag noch im Bett, der Maler war bei ihr.

„Der Guru ist verschwunden", sagte er.

Ich hatte nicht gewusst, dass er ihn auch so sah wie ich, für mich hatte ich ihn immer so genannt, aus einer antipathischen Einstellung gegenüber allem Guruhaften, welches Ellens Mitbewohner - oder Partner? - für mich an sich hatte.

„Das ist nicht weiter schlimm", sagte der Maler, „eher gut, aber er hat ihr Konto geplündert, hat ihr alles gestohlen, was sie besaß".

Sie lag da wie erstarrt, doch die Augen geöffnet, nicht schlafend. Langsam lief aus ihrem Augenwinkel ein einzelner Tränentropfen die Wange entlang. Lautloses Weinen. Mit der Rückseite meines Zeigefingers strich ich über die Tränenspur, sie trocknend. Eine neue Träne erschien. Was sollte ich sagen - „Alles nicht so schlimm?" „Alles wird gut?" „Es gibt schlimmeres?"

– Weinte sie um ihr Geld? Um ihr Verlassen sein? Um einen Verrat? Ich schwieg. Und strich mit meinem Handrücken über ihr Gesicht, zart, fast ohne sie zu berühren.

Hatte ich gehofft, durch dieses Erlebnis mit Ellen enger verbunden zu sein, so wurde ich enttäuscht. Meine Rolle bei ihrer „Rettung" war ihr völlig entgangen, sie erinnerte sich an nichts von dem, was sich in der Nacht abgespielt hatte. Nur daran, dass sie nach ihrem bewusst erzwungenen Absturz in den Vollrausch (sie hatte sich vorgenommen, sich durch eine Überdosis Alkohol zu vergiften), in der Obhut des Malers aufgewacht war, der sich besorgt um sie kümmerte – ihr Tee brachte, Kopfwehtabletten holte, sie in ihrem Elend nicht allein ließ.

Aber mehr als das, was er mir mitgeteilt hatte, erzählte sie ihm auch nicht, es dauerte einige Zeit, bis sie sich dazu überwinden konnte. Zu tief war sie getroffen, zu schmerzlich. Ich schaute noch ein paar Mal vorbei, mich zu vergewissern, dass mit ihr alles wieder in Ordnung war, wollte mich als um sie Besorgter kenntlich machen, bemerkte aber bald, dass der Maler schon diesen Platz eingenommen hatte. Sie blieb in ihrer Wohnung, er in seiner, aber ich hatte früh den Verdacht, dass sie anfingen zusammen zu sein, so selbstverständlich konnte man sie Tag und auch Nacht beisammen finden. Als ob sie aus dem Leben mit dem Guru übergangslos in ein Leben mit dem Maler gewechselt wäre.

Doch meine eifersüchtige Vermutung (ich muss es zugeben: Ich war eifersüchtig) traf nicht zu: Sie waren kein Paar im üblichen Sinne, hatten kein sexuelles Verhältnis miteinander, keine Lebenspläne füreinander, gaben sich nur die Hilfe und die Wärme, die sich zwei Menschen geben können, die eng miteinander verbunden sind. Aber auch meine

Beziehung zu ihr – und zu dem Maler – war eine andere geworden. Nicht so, wie ich es erhoffte, aber so, dass ich mich in eine vertrauter werdende Freundschaft eingebunden sah, die sich allmählich zwischen uns dreien entwickelte.

Ellen/Der Maler

Ellen faszinierte mich. Sie schien mir wie jemand aus einer anderen Welt, frisch aus ihrer in die unsere, alltägliche, gefallen. Schien nach anderen Maßstäben geschaffen, wie der banale Rest der Menschheit um mich herum – wobei ich diesen Rest nicht wirklich kenne, ihn nur so von außen wahrnehme und auch nicht besonders neugierig auf ihn bin – etwas, was sie mir hin und wieder zum Vorwurf machte. An ihr aber war ich interessiert.

Ich habe irgendwo einmal den Ausdruck „Mondfrauenmensch" gelesen, die Göttin als Glanzseele, als Erscheinung im Mondlicht, im Zauberlicht des Anderen, der Gegensonne, im enthüllend-verhüllenden Schein, der gleichzeitig das Geheimnis offen legt und verbirgt – so kam sie mir vor: als ein Mondfrauenmensch...

Es ist eine Art Unberührtheit, die sie umgibt, sie wie eine Aura einhüllt, umschwebt, ich kann es nicht besser ausdrücken; dabei berührt sie jede Schroffheit oder auch Zärtlichkeit zutiefst, es ist also nicht die Unberührtheit des Unbetroffenen, durch nichts aus der Dumpfheit Aufzuweckenden, im Gegenteil, sie reagiert einfühlsam und emotional auf jede Art von Gegenüber – aber sie lässt sich nicht vereinnahmen, sie entzieht sich dem fordernden Zugriff in ein lächelndes Schweigen. Jede besitzergreifende Inanspruchnahme erscheint ihr gegenüber roh und täppisch, eben unangemessen – sie geht dann und nimmt ihr Geheimnis mit sich.

Ich glaube, ich habe mich in dem Augenblick in sie verliebt, in dem ich sie das erste Mal richtig anschaute, bei unserem zweiten Zusammentreffen, ohne dass ich es mir allerdings selbst eingestanden habe. Es wurde mir erst bei einer nächsten Begegnung bewusst, wieder traf ich sie allein und wurde hereingebeten, und diesmal ergab sich ein mehr als nur beiläufiges Gespräch. Ich sah sie an – und erkannte in ihr jemanden. Kein Hallo-Wie-Geht's?-Schemen, automatisch begrüßt und ins Leere entlassen, sondern eine reale Person, die vor mir saß und mich aus meiner gewöhnlichen Zerstreutheit aufweckte. Ich öffnete die Augen und sah, dass sie schön und besonders war. Und erlebte, dass sie mich so sah und annahm, wie ich war, mich weder als ausbeutenden Vermieter aburteilte noch als für sie uninteressant abtat, sondern sich mir offen und warm zuwandte. Vielleicht zeigte sich in meinem Blick dasselbe, was sie in so vielen Männerblicken gesehen hatte: ein erkennendes Begehren, gleichzeitig Kompliment und Forderung – Wunscherfüllungshoffnung, Sehnsuchtsbetroffenheit, Bereitschaft, sich aufzuopfern, wenn dadurch der Preis zu bekommen wäre. Und, wie ich inzwischen weiß, nimmt sie diesen Blick als Schuldverschreibung an: Als Schuld, die sie irgendwie auf sich lädt, als Verschuldung, die der andere bei ihr eingeht und einlösen will, um seinen Frieden zu finden.

Sie arbeitet mit diesen glücksfordernden Blicken – nicht, dass sie diese zurückgäbe, doch sie verwehrt sie nicht. Ihr reales Angebot aber ist ihre intime Gegenwart, für die sie sich bezahlen lässt.

Ich wusste damals noch nicht, dass sie in diesem Gewerbe arbeitete, und als ich es erfahren hatte, war es mir egal, denn ich kannte sie inzwischen gut genug, um sie ohne Vorurteile (die ich vielleicht gehabt hätte) zu akzeptieren. Und ich bin froh, dass ich es nicht gewusst habe, denn sonst hätte ich mich ihr vielleicht anders genähert, wäre auf den Gedanken gekommen, ihr Angebot in Anspruch zu nehmen, was mich zwar kurzzeitig befriedigt, aber die Tür zu einer wirklichen Beziehung geschlossen hätte. Noch nie hatte sie sich auf eine Privatbeziehung zu einem Kunden eingelassen, und bei mir wäre sie bestimmt nicht von diesem Prinzip abgewichen. So aber saß ich vor ihr und war in einem Traum eingefangen, der sich ab diesem Augenblick entwickeln sollte, unmerklich zuerst, doch drängend, zwingend und beherrschend bis heute – auch nach dem Ende der Beziehung noch lange nicht vorbei.

Unser Gespräch bewegte sich nicht wirklich in Tiefen – es hakte bei einer aktuellen Meldung ein, die ich an diesem Morgen in den Nachrichten mitbekommen hatte, schweifte hier hin und dort hin, doch blieb es in Gange, ohne je ein peinliches Aussetzen, ein verkrampftes Zögern zu produzieren – ich dachte nicht:
„Mein Gott, was sage ich denn gerade?", oder: „Was sage ich jetzt als nächstes?", oder: „Gefalle ich ihr?"; ich dachte keinen kommentierenden Subtext, sondern lief beschwingt am Faden des Gesprächs entlang, unterstützt durch ihre Aufmerksamkeit und ihre graugrünschimmernden Augen.

**

Nach einigen Monaten, in denen er auf mein Kaufange-bot mit keinem Wort einging, und ich ihn auch nicht daran erinnerte, wenn wir uns begegneten – was in dieser

Zeit noch nicht so oft geschah – passte mich der Maler eines Nachmittags ab, als ich auf das Dach gestiegen war, um nach einem von herbeigewehten Laub verstopften Dacheinlauf zu schauen und in Ordnung zu bringen.

„Ich habe etwas für dich", sprach er mich etwas unvermittelt an. Neugierig folgte ich ihm in sein Atelier, quetschte mich durch das Labyrinth der Regale, bis in den Bereich, in dem die Staffeleien standen, an denen er arbeitete.

„Hier", sagte er, nichts weiter, zeigte dabei stumm auf ein Bild, das dort zum Betrachten aufgebaut war.
Es hatte ein annähernd quadratisches Format, etwa 1,5 auf 1,4 Meter, und mir fiel zuerst seine bläulich-graue Farbstimmung auf. Die breitflächig aufgetragenen Pinselstriche legten rhythmische Spuren quer über die Leinwand, die sich in der Mitte zu konzentrieren schienen und dort in einer Kreisbewegung wirbelten. Allmählich sah ich auch in zusammenhängenden Farbfeldern und Rhythmusgruppen Figürliches angedeutet, ja, intensiver betrachtet, deutlich und prägnant ausgeführt. Am unteren linksseitigen Bildrand lag oder schwebte eine aus blauschwarzen, hellgrauen und gelb-bräunlichen Schwüngen zusammengesetzte Gestalt auf dem Rücken. Ein Gesicht, das zuerst nur als Negativausschnitt in einem schwarzen Farbfeld erschien und plötzlich, durch einen Umschwung in der Sicht, als Profil mit Nase, Mund, Stirn und Auge gelesen werden konnte. Und der Blick dieses Auges, durch einen hellgelben Pfeil angedeutet, richtete sich in ein Zentrum, einen Wirbel, in dem sich zwei Gestalten, zusammengesetzt aus wilden Pinselschwüngen, umeinander drehten: eine rötlich-graue und eine weißlich-graue, geschlängelte schemenhafte Figur, geflügelt, eingefasst von einer gelblichen Farbspur,

die einen beinahe geschlossenen Kreis markierte. Wiederum eingerahmt von den Kugeln oder Knoten eines Netzes aus groben, braunen und blauen Strichen links, und von schwarz-blauen leiterähnlichen Strukturen rechts. Oben verebbte der wilde Farbtanz in ruhigeren Wellen, ein graublauer Untergrund schien hier noch nicht übermalt, nur durch weiße, schwingende Linien sparsam akzentuiert. Über das ganze Bild zogen sich in horizontaler Reihung senkrechte Pinselstriche, wie Zeichen einer Unbekannten Schrift, die bald mehr, bald weniger die Figuren im Hintergrund überkritzelten.

Ich schaute lange Zeit genauso schweigend wie mein Mitbetrachter das Gemälde an, sagte dann zögernd, die Stille unterbrechend, ich müsste mich mehr damit beschäftigen, etwas ziehe mich an dem Bild an, ich wüsste aber noch nicht was.

„Du kannst es länger anschauen, regelmäßig, ich biete es dir zum Kauf an – Du hast nach einem Bild gefragt, dieses habe ich für dich gemalt..."

„Es heißt der Alchemist", erklärte er nach einer Pause, in der wir wieder in unser (diesmal, von meiner Seite, eher verlegenes) Schweigen zurückgefallen waren. Ich wusste nicht so recht, ob ich auf dieses Angebot eingehen, oder lieber auf das andere Bild bestehen sollte, das mir so gut gefallen und das ich spontan hatte kaufen wollen.

„Ob ich mir ein so großes Gemälde leisten kann", meinte ich schließlich, „weiß ich nicht, das andere, kleinere, wäre daher vielleicht angemessener..."

121

„Es kostet dich dasselbe", sagte er. „Dieses Bild ist für dich. Willst du es?" So kam ich zu meinem Bild. Dem Alchemisten.

**

Ich fand unsere Beziehung zu dritt nicht merkwürdig oder verquer. Sie war einfach das Austarieren eines emotionalen Gleichgewichts, wie es sich in den meisten Begegnungen gleich am Anfang einstellt, in welcher Weise auch immer. Nach einer Auslotungsphase, in der abgetastet wird, zu was sich eine Beziehung entwickeln könnte, findet man meistens rasch ein Agreement, an das man sich im Weiteren hält, auch wenn vielleicht einer der Beteiligten das Ganze lieber in eine andere Richtung wenden wollen würde. Unsere stillschweigende Übereinkunft schien zu sein, dass zwischen uns Sex tabu war – was sich in dieser Konstellation seltsam anhört.

Ellen und der Maler waren ein Paar nach allen Maßstäben, außer, dass sie nicht miteinander schliefen – d.h. Geschlechtsverkehr miteinander hatten, wie sie mir erklärte, zusammen in einem Bett schliefen sie manchmal schon, wie ich bald vermutete – und ich glaubte ihr dieses Detail. Warum es so war, blieb ihr gemeinsames Geheimnis. Warum es zwischen Ellen und mir so war wie es war, lag vielleicht an mir, bestimmt an ihr, jedenfalls gab es da kein Geheimnis. Ich machte ihr Vorschläge in diese Richtung (vielleicht, in meiner Konfusion, zu direkt, zu plump), sie überging sie schweigend, redete dann doch einmal mit mir darüber, als sie sah, dass es mich quälte. Sie hatte gemerkt, dass es durch ihr Ausweichen nicht besser wurde und dass Klarheit nur durch eine Aussprache zu erreichen war.

„Dir muss ich es leider direkt sagen, du verstehst mich sonst nicht – aber da bist du nicht allein. Ich möchte keinen Sex mit dir. Ich brauche ihn im Augenblick nicht – nicht im Privaten. Ich möchte deine Freundschaft, wenn das dann noch möglich ist. Wenn dir etwas an mir liegt, dann gehst du darauf ein. Wenn es dich überfordert, musst du deine Konsequenzen daraus ziehen. Versprich mir, mit mir nicht mehr darüber zu reden oder mich anders überzeugen zu wollen. Versprich es mir. Mir wäre deine Freundschaft wichtig, wäre das, was wir miteinander teilen könnten wichtig. Versprich's mir. Bitte."

Und wie hätte ich mich diesem „Bitte" verweigern können? Verschob aber, für mich, den endgültigen Verzicht auf meinen Wunsch in die Zukunft, „vorläufig" war mein unausgesprochenes Wort dafür. Danach sprachen wir nicht mehr darüber.

Unser merkwürdiges Leben (vermeiden kann ich dieses Adjektiv jetzt doch nicht) entwickelte sich auf seine Art. Ellen war für mich dabei der Mittelpunkt, die Zentralachse, die alles verband und um die sich unser System drehte. Ich war zwar Vermieter, aber in diesem Fall Besucher, entweder im Atelier des Malers oder in ihrer Wohnung, die sie behielt. Sie war, wenn Zuhause, überwiegend dort anzutreffen, manchmal aber auch in den Räumen des Malers, der sich um sie kümmerte. Sie bekochte, für sie den Teekessel aufstellte, sie massierte, seine Badewanne für sie füllte (in ihrer Wohnung gab es nur eine Dusche), in der sie sich, bis zum Hals mit heißem Wasser bedeckt, lange genussvoll aufwärmte, während er an seiner Staffelei stand oder sich mit seinen Farben beschäftigte, die er oft selbst, nach alten Rezepten aus Farbpigmenten und Eiweiß als Bindemittel, herstellte.

Ellen betrieb ihren Job, verreiste, oft für Wochen, kehrte zurück, probierte mit dem Maler asiatische oder afrikanische vegane Rezepte aus, nahm bei ihm Zeichenunterricht. Mit mir ging sie spazieren, wir besuchten Galerien, ab und zu saßen wir in einer Sonderaufführung französischer oder anderer ausländischer Filme in Originalsprache. Sie las viel, studierte ihre Fernkurse in Spanisch, Französisch, Italienisch – Sprachen, die sich gegenseitig erklärten, wie sie meinte. Auch besorgte ich ihr Bücher, die wir uns vorlasen (genauer: sie nahm mir nach einiger Zeit das Buch aus der Hand und sagte, sie würde den Text besser verstehen, wenn sie selbst vorlesen würde, und ich ja auch...), wir sprachen darüber, erzählten uns von Beobachtungen, die wir gemacht, Begegnungen, die wir gehabt, Ereignisse, die in der Zeit nach unserem letzten Zusammensein geschehen waren.

Unser Verhältnis hatte sich dadurch vertieft, dass sie in mir jemand fand, dem sie ihre manchmal merkwürdigen, manchmal burlesken, deprimierenden, vitalisierenden oder sonstig gearteten Erlebnisse erzählen konnte, die sie durch ihre Termine hatte. Seit der Guru verschwunden war, dem sie alles, was in ihr vorging anvertrauen konnte, fehlte ihr jemand, der diese Funktion ausfüllte – der Maler war es nicht, er sorgte sich um sie, gab ihr den Halt, den sie brauchte, aber war doch im Wesentlichen so mit sich und seiner Arbeit beschäftigt, dass er nur wenig von außen an sich heranließ. Ich dagegen war ein dankbarer Abnehmer von Geschichten, die mich immer interessierten, vor allem lag mir aber daran, ihr das Gefühl zu geben, sie könnte bei mir alles Belastende abladen, das sich im Laufe des Tages oder der Tage (wenn wir uns einige Zeit nicht gesehen hatten) in ihr ansammelte.

Aber es ging nicht nur um Last, ebenso viel ging es um Lust, um etwas Erfrischendes, Interessantes, Neues, das aus ihr heraussprudeln wollte, es ging um ihr Erleben, ihre Erfahrungen, kreisend um das durchgängige, immergleiche Thema und seine Variationen.

Etwas, was sich dabei regelmäßig wiederholte, war eine stereotypische Reaktion der Männer, mit denen sie sich verabredete: Überraschung, jemanden zu finden, der so sehr ihrem Idealbild von Freundin und Geliebter entsprach, Vorsatz, diese Begegnung fortzusetzen, Wunsch nach intensiverer Beziehung und der Gedanke, dass es auch für sie selbst ein schicksalhafter Augenblick gewesen sei, als sie sich das erste Mal getroffen hatten...

Viele dieser Männer sahen sich als der Prinz, der die erniedrigte (oder gefangene, oder verzauberte) Prinzessin erlösen und in sein eigenes Leben retten konnte – sahen sich als Helferfigur in einem Märchenfilm. Es kam ihnen nicht in den Sinn, dass das, was sie anboten – ein Leben an ihrer Seite – für sie eine Einengung bedeutet hätte, eine Reduzierung ihres Lebens auf nur eine Möglichkeit, nur eine Lebensspur, in Abhängigkeit. Und dass sie durch ihr Angebot, durch ihre Worte, Verachtung für das zeigten, was sie war und tat, obgleich sie das Gegenteil betonten.

„Du bist zu schade für diese Art Leben, ich kann dich da herausholen; wenn du den Job aufgibst, miete ich dir eine Wohnung, versorge ich dich..."

Die Reden wiederholten sich, wie die Erwartungen und Ansprüche an sie. Und jeder sah sich selbst und sein Angebot an sie als einzigartig an.

Es waren nicht immer so großzügige Anträge, viele wollten sie nur privat Ausführen, ihr einen Drink spendieren, sie zu einem Abendessen, einer Theater- oder Konzertaufführung einladen. Und konnten nicht verstehen, wenn sie lächelnd ablehnte, nicht aus ihrem vermutlich tristen Alltag durch den good guy erlöst werden wollte. Vermuteten dann einen mafiösen Hintergrund der Ablehnung, einen Zwang, dem sie sich beugen musste. Denn als Geliebte war sie doch unmittelbar und umfassend eins mit ihrem Liebhaber – der sich ihr öffnete, wie es ihm selten zuvor bei anderen Frauen möglich gewesen war, und der sich deshalb im Einklang mit ihr fühlte.

Weshalb verstand er nicht, dass dieser Einklang gleichzeitig real und illusorisch war? Real als Gegenwartserlebnis, illusorisch in Bezug auf die Folgerung, die er daraus zog - denn es gab in seiner Vorstellung kein kulturelles Konzept dafür, dass eine solche tiefe Empfindung und Liebesbeziehung nur für diesen bezahlten Augenblick bestand, sich aber dennoch in einer anderen Umarmung mit einem anderen Mann wiederholen konnte, ohne dass alles Täuschung oder leichtnehmende Oberflächlichkeit war...

Doch genau so war es. Auf diese Weise blieb sie ihr eigener Souverän. Sie gab sich, öffnete sich, nahm auf, nahm an, aber nur für die Zeit, in der sie mit jemanden auf der Basis einer finanziellen Vereinbarung zusammen war. Sonst entzog sie sich den Annäherungen der vielen, die sie bedrängten, die sie für sich allein haben, für sich selbst aufbewahren wollten. Es war nichts Trügerisches, Arglistiges in ihr, sie versprach nichts, was sie nicht einhalten konnte, forderte nichts, was über das Vereinbarte hinausging. Köderte nicht und zog dann an der Angel, wenn sie jemanden eingefangen hatte. War sich aber der Situation bewusst und nahm ihre Schuld auf sich, jemanden an sich gebunden zu haben. Musste damit leben.

Es machte sie melancholisch, bei der Abreise am Flughafen allein zu sein oder bei der Ankunft nicht erwartet zu werden, deswegen begleitete ich sie öfters bis an die erste Kontrolle oder stand hinter der Barriere im Ankunftsbereich, sie zu begrüßen. Während des Fluges allerdings gab ihr das Alleinsein das Glücksgefühl, sich intensiv und ungestört auf eine Sache konzentrieren zu können: Durch das Ende des Fluges war die Zeit gesetzt, die sie für sich nutzen konnte – zum Lernen, zum Lesen, zum Nachdenken.

Nach dem ersten „Hallo" erzählte sie mir sogleich von den Dingen, die ihr auf der Reise zugestoßen waren, von ihren Begegnungen, den neuen Erfahrungen, die sie gemacht hatte.

Es gab längere Reisen in die Karibik, nach Namibia, Süd-Afrika, Wochenendausflüge nach Madrid oder Barcelona, Einkaufstrips nach Paris, London, Mailand oder Dubai. Florida oder South Carolina waren Ziele, Wochenendhäuser in den Appalachen, Zweitwohnungen auf Cap Code oder Martha's Vineyard – überall war sie gerne, genoss die Ordnung, Wohnlichkeit, den Luxus, von überall kehrte sie gerne in die Unordnung, Behelfsmäßigkeit, dem Chaos ihrer Wohnung (oder der des Malers) zurück.

Sie brauchte den Luxus nicht, obwohl sie es angenehm fand, von ihm umgeben zu sein, wenn es sich so fügte; jedoch war das weder ihre Welt noch ihr Wunschziel. Sie nahm es als bereichernde Erfahrung, im obersten Stockwerk, in der Präsidentensuite eines Hotelturms am Strand von Barcelona den Sonnenuntergang beobachten zu können – dass sich Zurückziehen des rötlichen Restlichtes in die westliche Dämmerung und das synchron damit

Aufstrahlen der unzähligen Lichter der Stadt – und bedauerte gleichzeitig den Mann, der ihr dieses Erlebnis verschaffte, da er völlig blind dafür und gleichgültig gegenüber dem Naturschauspiel war. Bedauerte ihn, und wusste dabei, was sie voneinander trennte, und warum er nie von ihr bekommen würde, was er anscheinend von ihr wollte: sie selbst, nicht nur ihre zeitweilige Gegenwart. Bedauerte ihn ebenso sehr wegen seiner Blindheit auch auf dem Gebiet der Beziehung, der Seelenübereinstimmung, der Liebe.

Warum sagte er, dass er mit ihr zusammenleben wollte, wenn er nicht einmal den Versuch unternahm, sie zu verstehen? Warum verwechselte er sexuelle Anziehung, den Sex, den er sich kaufen konnte (und dagegen hatte sie grundsätzlich nichts), mit einem realen Verbunden sein, für das er die ungeeignete Person war: zu dürftig sein Wesen, zu erstickend sein Anspruch, um sie auf solche Gedanken zu bringen. Warum nahm er es nicht wahr, akzeptierte seine Grenzen und genoss das, was er real bekam?
Er tat ihr nicht wirklich leid, dazu war er zu selbstbezogen in seinen Wünschen und Vorstellungen, sie wollte nur gerne eine Möglichkeit finden, ihn von seiner Blindheit zu heilen, ihm zu einem Stückchen Selbsterkenntnis zu verhelfen, ohne die für sie günstige Geschäftsbeziehung (als die sie ihre Verbindung sah) zu verlieren. Aber das war nicht möglich. Er zog es vor, blind zu sein und seine Illusion auszubauen.
Dabei war er jemand, der sich für realistisch hielt, nicht für einen Tagträumer. So dachte er sehr pragmatisch, er müsse ihr zeigen und beweisen, wie Wert sie ihm war, in dem er ihr größere und kleinere Geschenke machte, großartige Versprechungen, großzügige Geldzuwendungen, bemerkte aber nicht, wie wenig er sie dadurch

beeindruckte. Weil er sie nie so sah, wie sie in Wirklichkeit war – weil er nicht hinschaute, nicht interessiert daran, sie in Wahrheit zu sehen. Nur an seinem eigenen Bild von ihr interessiert. An der Oberfläche. Der Schönheit, die er besitzen wollte.

Anfänge

Einmal, ein einziges Mal, fragte ich Ellen direkt, warum sie sich nicht vorstellen konnte, mit mir zusammen zu sein. So wie sie sich doch vorstellen konnte, mit irgendjemandem zusammen zu leben, ein gemeinsames Leben zu haben, ein Paar zu sein – oder nicht?

„Ja, natürlich. Aber nicht jetzt, später. Abgesehen davon, dass ich den anderen noch nicht getroffen habe, könnte ich jetzt niemanden in meinem Leben gebrauchen, der Ansprüche an mich hat, Eifersuchtsszenen inszeniert, mich für sich allein haben will. Später könnte ich allerdings mit niemandem zusammenleben, der mich nicht ganz und gar will, der nicht eifersüchtig, sondern gleichgültig ist, der mich nicht braucht und beansprucht. So wie ich ihn.
Ich weiß, du könntest beides sein, tolerant gegenüber meinem Job und ausschließlich für mich da. Aber dir fehlt etwas. Du bist kein Retter."

„Was meinst du damit?"

„Ich kann mich nicht bei dir anlehnen und das Gefühl haben, egal was passiert, du bist da und hilfst mir, rettest mich. Und Rettung brauchen wir ständig. Merkst du nicht, wie wir im Leben immer dabei sind, von einer Gefährdung, einer Katastrophe in die andere zu stürzen? Ich kann das handhaben, in Ordnung bringen, kann mein Leben einigermaßen managen – aber ich möchte einen Partner, der das auch für mich tun könnte. Dem ich mich völlig anvertrauen kann und weiß: Er wird es für mich richten, wird das Richtige für uns beide tun.

Für dich müsste ich selbst Retterin sein, müsste Unaufmerksamkeiten ausbügeln, Fehler ausgleichen, dir aus der Patsche helfen. Dich aus deiner Passivität scheuchen, auf Trab bringen, dir eine Aufgabe geben. Ich mag dich, aber als Partner kann ich mir dich nicht vorstellen. Ich weiß, ich bin innerlich stärker als die meisten Männer, mit denen ich es zu tun habe. Aber ich möchte es in meiner Beziehung nicht sein müssen. Möchte mich in der Beziehung verlieren können, in ihr aufgehen können, voller Vertrauen in den anderen. Bei dir müsste immer ich wachsam sein, dass uns beiden nichts zustößt."

Es gab Phasen heftigster Eifersucht in mir, die Emotion schwoll an, zerbarst in meiner Brust, trieb mich ruhelos umher. Ich hatte kein Recht auf dieses Gefühl – wir teilten kein Leben miteinander, waren nicht Teil ein-und-desselben emotionalen Körpers, derselben Paar-Sphäre – und trotzdem. Ich empfand. Irrational und überwältigend.

Ich stellte mir ihren Körper vor, wie er vor einem anderen sich wölbte, reckte, wie ihre Scham dem Glied entgegenkam, wie das harte Geschlechtsorgan in sie eindrang, stieß, wie sie keuchte und schluchzte. Ich war eifersüchtig, weil die anderen, nicht ich, Sex mit ihr hatten, wäre aber auch eifersüchtig gewesen, wenn wir miteinander geschlafen hätten. Nie erzählte ich ihr etwas davon, wusste, sie würde mich vielleicht ironisch fragen, warum ich nicht auch bei der Vorstellung eifersüchtig wäre, wie jemand zärtlich ihre Kniekehle streicheln würde, sie hätte ebenso intensive Gefühle dabei, wie an jeder anderen Stelle ihres Körpers. Und meine Eifersuchtsgefühle empört als Vereinnahmung durch mich ablehnen. Wusste, sie würde sagen: Du hast kein Recht darauf. Das ist mein Leben, akzeptiere oder gehe. Und trotzdem: der Schmerz war da.

Ich war eifersüchtig auf die Männer der kurzen Begegnungen, worauf ich wirklich nicht eifersüchtig sein musste, ich war es auf diejenigen, die mit ihr auf Reisen gingen, von denen sie mir später voller Enthusiasmus berichtete. Ich war eifersüchtig auf die anhänglichen Partner in Sache Sex und Zuneigung, die sie brauchten, sie beanspruchten, sie ganz für sich gewinnen wollten. Bis ich mir klarmachte, dass ich allen eines voraus hatte: Mir erzählte sie rückhaltlos alles über sich.

Jedem anderen zeigte sie nur einen kleinen Teil von sich selbst, eine bestimmte Facette ihres Wesens, jeder andere sah sie daher auf seine voreingenommene Weise, eingeschränkte und bestimmt durch seine eigenen Hoffnungen und Wünsche. Ich durfte sie so sehen, wie sie sich selbst sah, unmaskiert – inwieweit objektiv ist eine andere Frage. Es war ihr Bedürfnis, jemanden zu haben, dem sie sich vollständig öffnen konnte. Nicht nur teilweise, nicht nur die gefällige Seite zeigend, die geile, die bereitwillige. Die zärtlich liebende. Die verständige, einfühlsame. Die unterwürfige oder fordernde. Alles das war sie, aber sie war mehr als das. Und ich war ihr Komplize in dem Spiel des sich Gebens und sich Entziehens, des Mitmachens und des sich Verschließens, des Offen-Seins und des sich Verbergens. Ich hatte nicht nur kein Recht, ich hatte auch keinen Grund zur Eifersucht.

**

Gott sei Dank bin ich, nachdem ich einige Zeit – allerdings nur gelegentlich – geraucht hatte, nun völlig Nichtraucher. So kann ich in dieser Stadt des Abschreckungskampfes gegen die Raucher doch unbefangen jeden Ort aufsuchen, mich in ein Restaurant setzen oder in eine Hotellobby, und dort meiner Lieblingsbeschäftigung nachgehen: dem Beobachten meiner Mitmenschen. Jeder ist eine Welt für sich, ist von sich als Zentrum der Existenz überzeugt, gleichzeitig aber auch in ein Schema einzuordnen, als Typus zu klassifizieren, verwandt dem ihm ähnlichen Nachbarindividuum.

Mit diesen Beobachtungen verbringe ich viel Zeit, die ich ja habe, sehe mich trotzdem nicht als Müßiggänger, Nichtstuer, denn ich habe ein Alibi dafür gefunden: Ich arbeite an einem Buch. Über das Leben: die Räume, in denen es sich abspielt, die Verläufe, die es nimmt. Allerdings verstehe ich (wenn ich ehrlich bin) zu wenig davon, das meiste kenne ich nur aus zweiter Hand, aus anderen Büchern und über die Medien, welche mir Bilder und Vorstellungen darüber vermitteln, was es heißt, zu leben – die mir aber tragischerweise eher Ersatz als Schlüssel dafür geworden sind. Ich will nun kein Buch aus zweiter (und damit in dritter) Hand zusammensetzen, sondern aus dem entstehen lassen, was ich selbst erfahren und beobachten kann. Notiere daher meine Ausspähungen, meine Erkenntnisse in ein kleines Buch (im Zeitalter des Notebooks oder Tablets ein Anachronismus), welches ich immer bei mir habe. Ich schreibe in Bars, im Park, in Büchereien und in Einkaufsgalerien, überall dort, wo man sich auf einen Stuhl, eine Bank hinsetzen und, als stiller Beobachter im Hintergrund, sich aus dem Treiben ausklinken und zum Schreibstift greifen kann. Manchmal beziehen sich meine Notizen direkt auf das, was ich soeben sehe, was sich um mich herum abspielt. Manchmal taucht, angeregt durch irgendetwas Beobachtetes, ein Gedanke oder ein Thema auf, das ich aufnehme und weiterspinne. Manchmal bin ich nur körperlich am Ort anwesend und beschäftige mich mit etwas aus meiner Erinnerung. Oft allerdings ist mein aus dem Hintergrund Beobachten wirklich nur Alibi für Tagträumen und umherschweifende Blicke.

Vor allem den Gang der meinen Beobachterposten passierenden Frauen registriere ich dabei, ihr Herankommen an meinen Sitz-Ort, ihr sich Entfernen, die Art ihres Auftretens – ihre fließenden, eleganten oder plumpen Bewegungen, ihren leichtfüßigen oder festen Tritt, ihren Hüftschwung, ihre in Bewegung schwebenden Brüste, ihren abwesenden, abweisenden, neugierigen oder offenen Gesichtsausdruck. Ihre sexuelle Attraktivität zieht mich zu ihnen hin, wie in einem innerlichen Fließen auf sie zu: ein Fluginsekt, vom Licht angezogen. Aber in der äußeren Realität bleibe ich kühl und unbeweglich, neugierig nur meine eigene Reaktion erlebend und beobachtend.

Früher habe ich alle Menschen mehr oder weniger neutral angeschaut, habe es vermieden, sie als sexuelle Wesen zu sehen, dachte, ich wäre es ihnen schuldig, sie nur als Menschen zu beurteilen, nicht als Mann oder Frau, und unabhängig von meiner Vorliebe oder Abneigung; aber, ich muss mich korrigieren: Ich habe nicht nur vermieden, sie sexuell zu taxieren, ich habe überhaupt vermieden, sie zu beachten. Man kann nämlich nicht sagen, ich habe sie angeschaut, dass eben nicht, meine Neutralität in Hinblick auf ihre geschlechtliche Anziehung auf mich war mehr eine Nicht-Wahrnehmung ihrer Präsenz, ein Hinwegsehen über ihre Gegenwart.

Durch Ellen hat sich das geändert. Dank ihr (sie kritisierte mich mehr als einmal dafür, wenn es ihr auffiel) bin ich aufmerksamer geworden, ein genauerer Betrachter der Menschen, denen ich begegne, und damit auch ein aufmerksamerer Empfänger ihrer sexuellen Ausstrahlung. Nicht nur ein besserer, weil offenerer Beobachter, auch in meiner eigenen Reaktion bin ich unbefangener geworden, der Einfluss von Ellen und ihrer Geschichten, ihre unbekümmerte Art, den eigenen Körper herzuzeigen und ohne Tabus mit Sex umzugehen, hat mich freier gemacht; weder schaue ich weg, unterdrücke meine Empfindung, noch starre ich hin – ich nehme an, was ich erlebe, erlebe es so, wie es ist, ohne mich gefangengenommen zu fühlen oder plumb darauf zu reagieren.

**

Ich wusste, ich wollte schreiben, aber mein Schreiben suchte sich noch ein Sujet – vor allem aber suchte es seinen Ausdruck. Deswegen fing ich damit an, Szenen zu entwerfen, Situationen zu entwickeln, die mir zum Schreiben verhalfen, mich ins Schreiben führten. Ich wollte mich üben und dachte, dass aus diesen Übungen irgendwann etwas entstehen würde, welches Wert war, aufbewahrt zu werden. Den Rest würde ich durchstreichen, von der Festplatte löschen, die Blätter mit dem Aufschrieb zerreißen.

Ich bin kein Formalist, ich meine, Sprache sollte kein Selbstzweck sein, nur auf sich selbst verweisen, nur als bloßes Sprachspiel, Sprachmaterial eingesetzt werden. Aber ohne Sprachmagie, ohne Verführung durch die Sprache, ohne den Kitzel, den Genuss, die Erregung (ohne Aufhellung, Beschwingung, Überwältigung) durch das richtige Wort kommt mir ein Text, der nur Sinn vermitteln will, nicht lesenswert vor: nicht um seiner selbst willen lesenswert. Als Literatur zu lesen.

Dahin wollte ich in meinem Schreiben kommen. Ich merkte irgendwann, dass mir dieses richtige Wort (der wahre Ausdruck, der gelungene Satz) oft dann einfiel, wenn ich mich an eine Stimmung oder Szene aus meiner Vergangenheit erinnerte. Die Vergegenwärtigung von etwas Vergangenem, die innerliche Wiederauferstehung von etwas Untergegangenem brachte mit diesem auch die Worte mit, das Vergessene, Abgetauchte in einer anderen als nur beschreibenden Weise zu notieren.

Das Imaginieren der schon verblassten Bilder half zu einer imaginativen Sprache. Die bildkräftigere Sprache schuf ein leuchtenderes Bild. Ich dachte schließlich: Alles Schreiben schulden wir der Erinnerung. Schreiben ist Erinnerungsarbeit, werkeln am Gedächtnis - auch wenn wir etwas beschreiben, was im Augenblick vor uns liegt. Die Worte, mit denen wir das vor unseren Augen liegende, das unserem Blick Offenbarte uns zu eigen machen versuchen, sind erinnerungsassoziativ mit anderen Augenblicken, anderen Blicken, anderen Augen (unserer eigenen, zu einer anderen Zeit) verbunden, führen uns dorthin. Im Schreiben versuchen wir etwas zu beschwören, was uns wichtig gewesen war, uns beeindruckt hat, zu seiner Zeit, und was wir nun auf diese Art, durch das Worte dafür, finden, wiedererstehen lassen können - verwandelt, anverwandelt, aber gegründet in dem Glück des Blickes damals. Wo ist der Klang, der Duft, das Bild hin verschwunden, wenn nicht in dem gesammelt, was als geschriebenes Wort erinnerungsmächtig alles wieder aufrufen kann?

Das ist die Magie des Schreibens: Es kann Dinge beschwören, die ihre Existenz nur unserer Erinnerung verdanken, der verwandelten Erinnerung. Auch an nie Gewesenes, oder an noch nicht Eingetroffenes, oder an Imaginäres. Aber am deutlichsten, ausgeprägtesten doch als Bilder der realen Erinnerung an ein Damals, das gerufen werden möchte, da es außerhalb der Beschwörung nicht mehr existiert.

**

In gewisser Weise wurde mir mein Schreiben durch diese Überlegungen zum Problem. Es blieb in sich stehen, blieb bei sich. Suchte nach dem Beschreibbaren. In den Bildern der Erinnerung. Und fand keine, oder nur dürftige. Seltsam. Denn merkwürdigerweise ist mir alles, was länger als ein, zwei Jahre vergangen ist wie verschwunden, verschluckt durch ein erinnerungsfressendes Nichts – aufgelöst in Nebelstreifen, erahnbar nur noch als Schatten. Natürlich gibt es Wegweiser in diesem Nichts, Erinnerungs-Male. Und mit Hilfe von Fixpunkten, die sich heftig eingeprägt haben (der Tag, an dem ich vor ein Auto lief, auf die Straße geschleudert wurde...), oder mit Hilfe von alten Fotos, von Zeugen des Damals in Form von wiedergelesenen Büchern, wiedergehörten Musikstücke, aus der Mode gekommenen Kleidungstücken oder anderem, das ich zufällig beim Herumkramen finde, kann ich zu tiefer in die Zeit reichenden Erinnerungszusammenhängen kommen – wenn ich mir die Mühe machen wollte.

Aber ich habe keinen Wunsch danach. Und das ist vielleicht das Merkwürdigste dabei: Mir fehlt keine Vergangenheit. Ich brauche sie nicht. Will deswegen auch nicht in ihr herumsuchen, auf den Spuren meines damaligen Selbst, vor drei, vier, fünf oder mehr Jahren. Etwas anderes ist es mit meinem sehr viel früheren Selbst. Auch da finde ich nur ein nebelhaftes Nichts, nicht einmal die Ahnung von etwas.

Muss mir alles durch ein erinnerndes Rückwärtsgehen anhand äußerer Umstände erschließen: Damals ging ich gerade zur Schule, damals lebte meine Großmutter noch, damals war ich auf Besuch bei meiner Tante in London... Dokumentiert in einem Fotoalbum, auf einem Schulzeugnis, als eine aus einer Tageszeitung ausgeschnittene Todesanzeige undsofort.

Daten, an die ich mich halten kann, will ich mich zu der Befindlichkeit vortasten, die mich damals ausgemacht, getragen hat. Und das ist etwas, was mich nun doch interessiert: Weil es so verschieden ist von dem, was ich heute bin, was mich heute ausmacht. Ich sehe mich immer als Einheit, als Kontinuum vom Beginn meiner Bewusstseinsfahrt an bis heute, aber was habe ich mit dem vom Beginn noch gemeinsam? Denke ich darüber nach, habe ich kein stichhaltiges Argument dafür, warum ich der in meiner Erinnerung gewesen sein soll: Welten trennen mich von ihm. Und trotzdem nenne ich ihn mein früheres Ich, ganz selbstverständlich.

Es gibt nur wenige hell ausgeleuchtete Stellen in dem Vergessenheitsdunkel der Jahre hinter mir. Einige ganz frühe haben mit Augenblicken des Erwachens zu tun: sind dadurch festgehalten worden.

Ich erwache zu mir selbst, und finde mich als träumend vor; nicht im Schlaf, im Wachen. Ich bin im Zustand des Staunens, durchzittert davon: darüber, dass es mich gibt, darüber, dass es Dinge gibt, darüber, dass diese Dinge fest und dauerhaft sind, immer wieder in derselben Gestalt auftauchen, darüber, dass ich nicht immer derselbe bin, weil ich mich so oder anders anfühle, aber immer da bin...

Im Staunen liegt ein so intensives Gefühl, es lässt mich so deutlich spüren, dass ich existiere, dass alles andere dagegen dumpf und vage ist. Warum schlafe ich denn die meiste Zeit, träume mich nur, mein Da-Sein, meinen Tag, die Dinge um mich?

Warum bin ich nicht immer wach – so wie jetzt im Staunen, im staunenden Erleben der verrätselten Welt? Alles liegt wie ein Bild vor mir, leuchtend, anziehend, aber ich kann es nicht erreichen, nicht durchschauen. Mein Bewusstsein kommt mir vor, als ob ich nicht klar denken, sehen, die Dinge verstehen könnte, als ob ich in einem Träumen eingefangen wäre... Und gleichzeitig: nur noch einen einzigen Schritt, und ich bin befreit, habe die Verhüllungsschleier hinter mich gelassen...

Dieses Erleben muss ich als sehr kleines Kind gehabt haben, und mir scheint nun, bis heute habe ich diesen einen letzten Schritt aus der Traumumfangenheit nicht geschafft. Ja, als habe ich stattdessen einfach vergessen, verdrängt, dass ich diesen Schritt machen wollte, dass ich zur Klarheit kommen wollte, zum Verständnis, zum Erwachen.

Damals dachte ich (jetzt kommt es mir wieder), dass ich einfach zu klein wäre, noch ein Kind wäre, und warten müsste, bis ich groß, bis ich Erwachsen bin – und als Erwachsener habe ich meinen Traumdämmerzustand dann für normal genommen, für selbstverständlich – was er auch ist, nimmt man das Faktische, überall anzutreffende als normal. Nur ab und zu, in seltenen Augenblicken der Selbstbegegnung, erinnere ich mich an mich und meine ursprüngliche Überzeugung, dass ich jeden Moment aus dem Traum des Halbbewusstseins erwachen könnte – nur noch dieser kleine Schritt...

Was mir manchmal zu solchen Reflexionen verhilft, sind Anstöße von außen: Durch das, was irgendjemand sagt, durch eine Stelle in einem Buch, durch einen Gedanken, der im Rhythmus, in den Bildern eines Gedichtes eingeschlossen ist, gut eingepackt und verschnürt, und von mir, wie ein Geschenk, ausgepackt werden will. Dann merke ich, wie ich die ganze Zeit durch andere, klischeegestanzten Worte und Begriffe zugestellt worden bin, wie sich mir der freie Blick auf die Dinge durch Gewohnheit, Vernebelung, vielleicht sogar Irreführung verengt hat.

Ich denke nicht, ich lasse mich durch die automatische Selbstproduktion von Worten dazu verleiten, die Dinge mit ihnen zu überkleben, sie wie mit einem endlosen Papierband einzuwickeln.

Ich sehe nicht, ich lese nur Worte von dem Papierband ab, ebenso automatisch wie ich diese Worte auf die Dingen geklebt habe.

Ich bin nicht bewusst, ich reagiere nur auf die Stichworte, die mir mein Sensor anzeigt...

Jetzt gerade sitze ich an meinem Stammplatz in der Bibliothek, den kleinen Gedichtband in der Hand, in dem ich eben noch geblättert habe und träume das Gegenteil eines Traumes, träume das Erwachen: geführt durch das Denken an die Erinnerung. Erinnert an die Zeit des Erwachen-Wollens. An die Immer-Wieder-Augenblicke der Nähe des Geheimnisses, das mich umstellt.

Gerufen durch zehn Zeilen Poesie...

Ich bin, seitdem ich Kind war und aus dem Traum in das wirkliche Bewusstsein aufwachen wollte, nicht wacher geworden - bewusster, informierter wohl, aber nicht wirklich klarbewusster. Das Ursprungsbild, die rätselhafte Verlockung, das, was mich dazu gebracht hat, aufwachen zu wollen, groß, erwachsen werden zu wollen, weshalb ist es unter einer Schicht beiläufiger Worte verschwunden? Überwuchert?

Denn manchmal kommt es mir vor, als ob alles, was ich je nachgedacht und gelesen habe, wie ein fortlaufender Text war, den ich über eine dahingetuschte Farbskizze unaufhörlich schrieb und der allmählich das ursprüngliche Bild mit seinem Kommentar überdeckte. Der Text überschreibt im Weiteren sich selbst, Worte verdrängen Worte, Sätze verschwinden hinter Sätze und wo ist das lichte, leichte Augenblicksbild geblieben, das ich doch am Anfang festhalten wollte?

Nur noch eine Wand, ein verdichteter Schriftsatz, hinter dessen wenigen Leerstellen etwas Weißes oder Farbiges aufschimmert. Manchmal, blitzartig, kommt dann doch etwas wie eine Erinnerung an das ursprüngliche Bild, aber der Versuch es zu fassen, bringt die dichte Textwand wieder hervor.

Manchmal, wie jetzt eben, hilft eine zufällige Anmerkung, ein kurzer Satz, ein Gedicht wie von fernher dabei, die Ahnung des Ursprungs meiner Suche wiederherzustellen –

Ich halte das schmale Buch mit etwas Abstand aufgeschlagen, es leicht auf meinen Fingerkuppen balancierend, während ich lese:

„so viel anfang am anfang / und nun, / am ende: was verschleiert der schleier? / ein blinzeln über zeiten hin / zu dir / zersplittert den aufgebauten raum. / scherben. / zu schnell setzt sich alles / wieder zusammen. / am ende der anfang."

Ellens Monolog

Mit Ellen konnte ich über meine Versuche, in die vergessene, verdrängte Tiefe meines Bewusstseins wieder einzutauchen, reden – und doch nicht reden. Ich wollte der schweigenden, der zugangslos gewordenen Welt der Dinge und Erscheinungen einen erneuerten Blick abgewinnen und sie in meinem Schreiben wieder sichtbar, wieder mitteilbar werden lassen – das war es nämlich, um was es mir ging. Sie war zwar eine gute (fast möchte ich sagen: professionelle) Zuhörerin; nahm Anteil an dem, was ich ihr erzählte, aber ihr eigenes Interesse lag woanders – sie folgte einer anderen Spur.

Durch die Gespräche mit ihr über ihren Job – über die Männer, denen sie dabei begegnete, die Erfahrungen, die sie dadurch machte, und wie sie damit umging – war mir etwas aufgegangen: Sie war Feldforscher wie ich, aber auf einem anderen Gebiet. Ich wollte mein eigenes Bewusstsein erforschen, wie es sich mir zeigte, ich mich mir selbst als Selbst – sie studierte die Interaktionen zwischen den Menschen, die Charaktere, Neigungen, Untiefen und Tiefen der menschlichen Psyche. Erforschte, ebenso wie ich, sich selbst, aber als Befindlichkeit in der Begegnung mit anderen und deren Wünsche, Sehnsüchte, Hoffnungen. Lernte sich selbst über die anderen kennen. Selbsterkundung, Selbstwahrnehmung, Selbsterfahrung war beides. Für uns beide gab es das zugrundeliegende Ziel der Selbstvollendung: Sich zu sich selbst zu bringen, zur Identität mit sich selbst. Zu sich selbst erwachen, aus dem Schlaf der Selbstvergessenheit.

Mir war klargeworden, dass sich ihre Vorstellung von Entwicklung zwar auf dasselbe innere lernende Wesen bezog, als das ich mich sah, aber ein ganz anderes Gebiet, einen ganz anderen Weg betraf. Für mich war Entwicklung mit einer meditativ-imaginativen Versuchsanordnung verbunden, in der ich, allein mit mir, als Innenerfahrung, meine Erkenntnisgrenzen auslotete.

Sie war viel konkreter, unspekulativer: Entwicklung geschah über menschliche Begegnungen, realisierte sich als Erfahrungsschatz, als Erweiterung des Horizontes, als Springen über vorher vorhanden gewesene Barrieren. Geschah als Überwindung von Vorurteilen durch Anteilnahme am fremden Leben, als Einübung in neue Rituale und Praktiken. Geschah in Offenheit für das, was im Leben auf einen zu kam, in Bejahung des eigenen Lebensweges. In Bejahung auch der hässlichen Seiten dieser Erfahrung, als Lerninhalt, als Praxis des Annehmens und sich Überwindens.

So gab es für sie (theoretisch) keine wirklichen Tabus, nur individuelle Grenzen, die beachtet (und geachtet) werden sollten, aber für den einen galt nicht unbedingt das, was dem anderen das Selbstverständliche (und einzig mögliche) war. Das betraf natürlich vor allem, bedingt durch ihren Gelderwerb, sexuelle Tabus jeder Art, aber es wäre falsch, ihr zu unterstellen, Entwicklung wäre für sie nur neue Erfahrungen auf diesem Gebiet. Zu akzeptieren, was einem das Leben zuführt, wenn man sich dafür öffnet, war ihre Art, Entwicklung möglich zu machen.

Wir waren, dachte ich, auf dasselbe Ziel hin orientiert – nur in unserer Strategie unterschieden wir uns grundsätzlich. Unbewusst (das heißt, mir war es bis jetzt nicht klar gewesen), war ich ein Mönch, ein Asket, ein Puritaner – ich vermied alles, was mich in die „Welt" verstricken konnte, aus ablehnender Opposition zu dieser.

Sie war, im Gegensatz zu mir durchaus bewusst, ein Mensch, der sich ins dichteste Gewimmel stürzte, hinein ins Dornengestrüpp der Verwicklungen, Anziehungen, Triebe, Begierden, nichts vermeidend, nichts auslassend, um am Ende doch unversehrt jenseits der Hindernisse und Gefährdungen wieder aufzutauchen, die „Welt" durch Erfahrung hinter sich lassend, während ich in meiner vermeidenden Haltung wie gebannt vor der bedrängenden, bedrohlichen Wildnis stand und nicht weiterkam.

Sie dagegen war der Typ des Barbelo-Gnostikers, jener von ihren Gegnern als ausschweifend beschriebenen Sekte in der Antike, die nicht durch Bekämpfen, sondern durch Annehmen überwinden wollten – der Typus der ins Leben geworfenen und doch geretteten Sophia, wie im gnostischen Mythos beschrieben. Nur ihren Simon Magus, der sie sich aufgezogen hatte (wie er meinte), und sich als ihr Meister sah, den konnte ich in seiner Rolle nicht akzeptieren, konnte nicht verstehen, wie sie von ihm je abhängig gewesen sein sollte oder vielleicht sogar noch war. Hier blieb mir ein Geheimnis. Wenn sie sprach (und ich erlebte ihre Worte als wahr), wer sprach dann – sie oder der Abwesende? Gab er ihr diese Tiefe? Oder sie sich selbst? Und wenn sie ihn zitierte: War es ihr Anteil, oder seiner, der mir das Gesagte als wahr erscheinen ließ?

Wenn sie einige dieser scheinbar leichthin ausgesprochenen Selbstverständlichkeiten (die es doch so nicht waren) auf den Punkt brachte, hatte ich dabei jedes Mal einen Anhauch von Scham darüber, nicht bei dieser einfachen Wahrheit, die ich auch einmal besessen und verstanden hatte, geblieben, sondern in kompliziert verschachtelte Welten abgedriftet zu sein, in der das Gerade krumm und das Krumme zerbrochen war, die Ganzheit zerstückelt und das Zusammengehörende getrennt.

Freilich, ein Zurück gab es für mich nicht: Einfache Wahrheiten blieben für mich zum Klischee verkommene Einsichten, auch wenn ich die ursprüngliche Evidenz noch ahnen konnte, mir ihr Wahrheitsglanz durch die simplifizierende Übermalung noch schimmerte. Wie etwa ihre selbstverständliche Annahme, dass jeder sich darum sorgen würde, sich selbst zu entwickeln, sich selbst zu verbessern, sich nicht auszuruhen im Erreichten, kein im jetzigen Zustand stehen Bleibender, sondern ein Werdender zu sein. Weil der jetzige Zustand nur ein vorläufiger sein konnte, nur behelfsmäßig war, solange ein inneres Ideal, nie ausformuliert, aber dennoch wirkend, einen auf den Unterschied aufmerksam machte. Und dieses innere Ideal ihrer selbst war ihr jederzeit bewusst und gegenwärtig.

Mir dagegen versank mein Bild von mir selbst, wie es hätte sein können oder wie es einmal sein könnte, phasenweise vollständig, ging in der Leere unausgefüllter Zeittotschlagsperioden unter, die mich dumpf zurückließen, hatte ich mich ihnen einmal überlassen, und war nur durch irgendeinen äußeren Umstand wieder daraus ausgelöst worden.

Freilich wusste ich nicht, ob dieser innere Antrieb zur Veränderung, Verbesserung, Weiterentwicklung ein Segen oder ein Fluch war; Fluch in dem Sinne, dass ewige Unzufriedenheit, Unrast und schlechtes Gewissen daraus folgen, ewiger Antrieb, sich auf eine zukünftige Fülle auszurichten, statt sich mit dem Heute zu füllen und in ihm zu sein.

In vielen unserer Gespräche ging es um Grenzen und ihre Überwindung. Um Erfahrungen jenseits der bisherigen Erfahrung. Nicht als Nervenkitzel, nicht um etwas Neues um des Neuen willen kennen zu lernen, oder um einer inneren

Öde zu entkommen, eine Leere irgendwie auszufüllen, sondern des eigenen Wachstums wegen.

Einmal – sie war gerade von einem Wochenendtrip zurückgekommen, hatte sich ausgeruht und war nun in einer nachdenklichen Stimmung, das anstrengende Erlebnis einer Party mit Fesselungs- und anderen Rollenspielen hinter sich – sprach sie mit mir über ihre Haltung zu diesen Dingen:

„Etwas, von dem ich im tiefsten überzeugt bin, ist der Gedanke, dass es im Leben um das Sammeln von Erfahrungen geht, um ein psychisches Wachsen anhand von Erfahrungen, anhand von bewussten, nicht beiseitegeschobenen, verdrängten Erlebnissen. Ich sehe meine Arbeit als Erkenntnisweg, der mich weiter geführt hat, als ich in einem so genannten „normalen" Leben – etwa als Sekretärin in einem Büro – je gekommen wäre.

Ich erlebe viele verschiedene Menschen und Situationen, erlebe die intime Seite davon, und manchmal auch die dunkle Seite. Aber diese drängt sich mir nicht so schmerzhaft auf, wie man es vielleicht in Schicksalsschlägen erfährt – ich erlebe sie dabei ja als beherrschbar, mit Spielregeln; es bleibt doch alles ein Spiel, wenn ich mich auch manchmal frage, wie weit ein solches Spiel gehen darf, bevor es ernst wird, bevor sich die Spieler durch ihr Tun in etwas verändern, was sie am Anfang noch abgelehnt haben.

Ich rede von sexuellen Praktiken, von Neigungen, von Fantasien, die ausgelebt werden, über mich ausgelebt werden können, als Mittel zu ihrer Realisation. Von Vergewaltigungsszenarien, von Demütigungsinszenierungen, von schmerzvollen Marterungen, von masochistischen und sadistischen Handlungen. Von Pisse und Kot.

Ich habe keine Neigung dazu, vielleicht ein bisschen eine masochistische und exhibitionistische Tendenz, aber nicht sehr ausgeprägt. Aber dafür sehr viel stärker eine Angst vor dem Abgrund, der sich vor mir in Form von realer Vergewaltigung, Verschleppung, Sklaverei, Quälerei, Tötung auftun könnte, wie ich es am Schicksal anderer in den Nachrichten sehe oder in der Zeitung darüber lesen kann – Angst vor der zerstörerischen Seite des Lebens, als Möglichkeit immer im Grund der Existenz mitenthalten, aber normalerweise (vielleicht gesunderweise?) verdrängt.

Durch meinen Job betrete ich manchmal einen solchen ungesicherten Grund, erlebe Extreme, ein Risikogeschehen, aber eben als Ritual, als Spiel mit Absicherung, mit dem Wissen, das mir nichts wirklich Gefährliches widerfährt, obwohl die Unsicherheit immer da ist: Was, wenn das Spiel in den Ernstfall entgleist?"

„Für mich ist alles, was mir in meinem Job zustößt ein Lernen. Ich wachse. Ich verwandle mich. Ich wachse aber nicht wie ein Baum, der vom Blitz getroffen wird oder vom Wind gebrochen und dann krumm oder gespalten weiterwächst, identisch mit seiner Geschichte.

Ich gehe durch meine Geschichte hindurch. Befreie mich im Wachsen von meiner Wachstumsgeschichte. Ich lerne vor allem Rollen darzustellen, Projektionen auszufüllen. Und bin nicht meine Rolle. Ich bin wie eine Schauspielerin. Ich spiele. Es ist das Spiel – das Spielen – das mir dabei gefällt. Und es gibt Lust-Spiele, Angst-Spiele, Ekel-Spiele, jeder will eine andere Fantasie verwirklichen – ich bin die Geburtshelferin dafür.

Und auch das Spielzeug. Wäre ich mit meiner Spieler-Rolle identisch, könnte ich meine Arbeit nicht tun – es wäre zu viel und zu gegensätzlich. Sich auf Zärtlichkeit wirklich einzulassen ist genauso Anstrengung und Arbeit, wie auf demütigende Grobheit.

Ich bin einfühlsame Liebhaberin dem, der sie sucht. Wer die gepeinigte Sklavin will, kann sie von mir haben. Es macht mir inzwischen nichts mehr aus, von jemanden als Hure beschimpft und herumgezerrt zu werden, gefesselt und mit verbundenen Augen, geschlagen und mit Samen bespritzt zu werden – weil ich weiß: So ist die Verabredung. So geht das Spiel. Meine Freiheit dabei besteht in der Nicht-Identität mit dem Geschehen: Nicht ich bin gemeint, sondern das Fantasie- und Projektionsobjekt Frau oder Weib oder Hure. Dasselbe gilt für den zärtlichen Nähesucher, der in den Stunden, die er bei mir ist, die Illusion einer tiefen Beziehung aufbaut.

Meine Freiheit besteht in dem selbstgewählten Motiv, aus dem ich das tue und das mich außerhalb hält: Es geht um Geld. Meine Freiheit liegt in meinem Willen, in jeder Situation das Beste zu geben, die Beste zu sein. Ohne das Geld würde die Szene nicht stattfinden. Keine zärtliche Berührung, kein One-Night-Stand, keine masochistische Performance. Das ist nicht emotionale Kälte: Ich kann mich während der Dauer eines Treffens (und ich bin öfters Tage und auch Wochen bei jemanden oder mit ihm unterwegs) ganz an die Gegenwart binden, ganz im Augenblick aufgehen, in der Lust, der Nähe, der Kameradschaft, der sexuellen Attraktion, Hingabe, Demütigung – es gelingt mir meistens, mich ganz auf den anderen einzulassen.

Das bindet aber nicht über diese Zeit hinaus. Ich habe den Ehrgeiz, dem anderen genau das zu geben, was er will und braucht, und gut darin zu sein, so gut, dass er meint, ich will tatsächlich geschlagen werden oder ich empfinde wirklich mehr Lust bei ihm als bei jedem anderen – in diesem Ehrgeiz steckt mein Wille, meine Selbstrealisation. Ich will gut sein, in dem was ich tue. Ich will darin ich selbst sein. Und deshalb ist es mein Spiel. Ich realisiere mich in ihm. Lust ist für mich Lust, Schmerz ist Schmerz, aber ich verliere mich nicht darin – nur für den Gegenwartsaugenblick der Auflösung in ihnen.

Ich bin dann wirkliche Geliebte, wirkliches Opfer, für den, der mich als Geliebte, als Opfer braucht – und dafür bezahlt. Wäre es kein Spiel, dann wäre es biografische Realität. Geliebte von jemanden zu sein. Von jemandem vergewaltigt zu werden. Das würde mich verletzlich machen, würde mich verletzen. So aber gehe ich durch die Situationen hindurch und lerne. Distanziert – eingebunden. Frei und engagiert."

„Ich möchte im Konkreten präsent sein. Angekommen und bewusst. Möchte alles, was ich tue wach erleben. Möchte aufmerksam sein. Geistesgegenwärtig. Du ziehst dich in dein Geisterreich der Gedanken zurück. Überlässt das Konkrete den anderen. Du bist süchtig nach Lichterlebnissen, nach Übertreten ins ganz Andere, nach Heraustreten aus dem Alltag. Dir würde nie in den Sinn kommen, im Putzen Erleuchtung zu suchen oder sogar zu finden. Aber Erleuchtung ist in jeder Erfahrung möglich. Ist von jedem Standort aus möglich: Vom Ort der Orte sind wir überall gleich weit entfernt."

„Du arbeitest dich ab, aus dem Gefängnis der Ideologien, der Vorstellungsklischees, der Wörter zu entkommen, die dich mit ihrem untergründig wirkenden Sinn, von dir nicht durchschaut, fixieren – du bist auf deinen Kopf zentriert, auf das, was in ihm vorgeht. Ich arbeite mich damit ab, aus einem anderen Festgelegt sein zu entkommen: Aus dem des Körpers und meinem Verhalten in ihm.

Verstehe mich nicht falsch: Ich bin gerne eine Frau, kann mir nichts anderes, besseres vorstellen – (sie lachte: wer will schon ein Mann sein, n'est ce pas?) – und auch mein Verhalten als Frau, meine Reaktionen, meine Erwartungen, mein körperliches Unterlegen sein stört mich nicht wirklich, ich koste es, im Gegenteil, sogar aus, besonders beim Sex; aber ich möchte mich nicht dadurch in irgendeiner Weise zu etwas gezwungen sehen.

Du erlebst die Welt als beschrieben, und diese Beschreibung willst du nicht mehr einfach nur so akzeptieren. Ich fühle mich in eine bestimmte Verhaltensweise, einen bestimmten Körper festgeschrieben, und will diesen Beschrieb ändern können, nach Gutdünken, nach meinem eigenen Willen, will einverstanden oder nicht einverstanden sein, aber als Autor, nicht als Text.

Ich will nicht so weit wie andere gehen, an meinem Körper herumschnipseln zu lassen, warum auch, er ist zwar nicht perfekt, aber gut genug –

(an dieser Stelle hätte ich sagen sollen: Er ist nicht nur gut, er ist perfekt – wenn ich nur geistesgegenwärtiger auf gegebene Stichworte reagieren könnte!)

Die körperliche Unvollkommenheit ist nicht mein Problem, aber ich mag es nicht, eine bestimmte Person in einem bestimmten Körper zu sein; manchmal fühle ich mich wirklich wie eine Gefangene, verborgen hinter Mauern, wenn ich morgens in den Spiegel schaue und mein Gesicht sehe. Und du, was siehst du in mir?"

Sie schwieg, blickte zu mir auf, wartete wohl auf irgendeine Antwort. Was sollte ich sagen? Ein schmales, sowohl zartes wie klares Gesicht, ohne jeden Anflug von Falten; Augen, Nase, Mund in harmonischen Proportionen, weder zu groß noch zu klein, Stirn und Kinn deutlich ausgeprägt, aber nicht übermäßig betont – ein klassisch-schönes Gesicht. Sollte ich sagen, wie sehr ich dieses Gesicht liebte, wie sehr es mir gefiel, wie sehr ich es am liebsten küssen würde, und wie wichtig es mir wäre, dass ihre Augen mich freundschaftlicher, intimer, auffordernder anschauen würden – ich sagte nichts, der kurze Augenblick irgendeiner Offenbarung ging vorüber, nach einer peinlichen Pause setzte sie ihren Monolog (zu dem war das Gespräch durch meine Schuld inzwischen geworden) nachdenklich fort.

„Schau dich um. Unsere Kultur setzt auf das Begehren. Kitzelt das Begehren. Das Verlangen nach wunderschönen Dingen, nach imponierenden Dingen, nach Dingen, die Prestige verleihen, die Macht verkörpern, die Geld herzeigen. Oder nach Dingen, die günstig sind, ein Sonderschnäppchen, etwas für den gerissenen Einkäufer, den Profi im Konsumkrieg. Und das stärkste Begehren ist immer noch, klar, das Begehren, das sich auf den sexuell attraktiven Körper richtet. Dieses Begehren wird überall eingesetzt, mit ihm wird gearbeitet, manipuliert, geworben, seine Anziehung soll auf weniger Anziehendes übertragen werden.
Nichts Neues das, es ist selbstverständlich da, unverhohlen, ein mechanisch-psychischer Reflex, der ständig in Anspruch genommen wird. Du könntest sagen, dass das Begehren zur menschlichen Natur gehört und deswegen ausgenutzt werden kann, dass es schon immer so war und sich wahrscheinlich nicht ändern wird. Und dass die üblichen Stimmen gegen das Begehren von griesgrämigen alten Männern kamen, die dieser Macht, die sie ebenso wie jeder

in sich spürten, vorwarfen, sie würde sie in ihrer kontemp-
lativen Ruhe stören. Was auch wahr ist. Das Begehren zerrt,
es will etwas, es beunruhigt. „Meine Ruh' ist hin..."
Einer dieser alten Männer hat von absichtslosem Begehren
gesprochen, als dem Ausweis der wahren Kunst, Seelen-
ruhe und Anziehung in einem. Sublimierung. Merkwürdigerweise scheinen ihm die Künstler nicht gefolgt zu sein,
sie bevorzugen in der Mehrzahl heute den Schock der Zu-
rückweisung vor der Verlockung durch Anziehung – das
überlassen sie der Werbung. Vielleicht weil das Begehren
doch durch die Jahrtausend alte Anklage diskriminiert ist?
Als etwas, was uns abbringt? Vom Eigentlichen? Oder in
Unfreiheit zwingt? Durch seinen Sog? Warum folgt man
nicht der Überzeugung jener, die der Meinung waren, das
Begehren an sich führt weiter, führt uns aus uns heraus,
zieht uns in die Richtung, in der wir gezogen werden wollen – in die Klarheit, wenn wir dumpf sind, zur Schönheit,
wenn wir stumpfsinnig sind, zur Liebe, wenn wir verschlossen sind, in die Weite, wenn wir eng sind...

Du sagst, das Begehren sieht anders aus. Es ist roh. Nicht
sublim. Es kann Gewalt sein. Überwältigung. Kann jemanden zum Gefangenen seiner Macht machen, zum Süchti-
gen, kann jemanden dazu bringen, andere zu seinem Gefangenen machen zu wollen. Aus Begehren. Begehren heißt
auch Leidenschaft, und Leidenschaft schafft Leiden. Sagen
die weisen alten (griesgrämigen) Männer aller Zeiten und
Gegenden. Kann ich unterschreiben. Es ist so. Kann so sein.
Begehren ist zweischneidig. Wie alles andere auch..."

„Für mich gibt es das Ideal des Frei seins vom Zwang des
Begehrens, wie das Ideal des Mitgenommen Werdens durch
das Begehren, in der Überschreitung von zu engen Grenzen

und Einschränkungen. Begehren macht mich größer, ich begehre nichts, was weniger ist als ich, weniger als das, was ich schon habe. Auch das körperliche Begehren führt mich aus mir heraus, hin zu anderen Körpern. Sexuelle Entlastung kann ich mir auch durch meine Hand am eigenen Körper verschaffen. Ist auch legitim. Aber sich selbst deswegen Begehren werden die wenigsten…"

„Was war mit Narziss?" (Mein kleiner Einwand war nicht wirklich ernsthaft vorgebracht, ich wollte nur auch etwas sagen).

„Aber ich möchte ebensowenig durch mein Begehren in Abhängigkeit geraten. Diesen Widerspruch muss ich aushalten. Will mich nicht verschließen, und will keine Gefangene eines Zwanges sein. Zwanghaft wäre beides. Will frei sein, begehren zu können und frei sein, Begehren zur Ruhe kommen zu lassen. Das ist das Geheimnis meines Berufes. Ich lebe durch das Begehren, lebe Begehren, will begehrt werden und löse mich doch jedes Mal aus der Umklammerung eines fremden und meines eigenen Begehrens."

Pollock

M it dem Maler verband mich eine andere Art von Beziehung als mit Ellen. Unsere Gespräche waren von anderer Art. Meistens sprachen wir (mit ihm konnte man aber auch ohne Peinlichkeit lange Zeit schweigend zusammensitzen) über etwas, was seine Malerei, ein Bildthema von ihm, die Kunst im Allgemeinen oder ähnliches betraf. Ich merkte bald, dass er sehr viel gelesen haben musste, obwohl ich in seinen Räumen kaum Bücher sah, im Kontrast zu meiner Wohnung, in der jede Ecke vollgestellt mit

152

ihnen war, die nicht nur die Regale füllten, sondern auch jede sonst nicht anders benutzte Abstellfläche.

Irgendwann sagte er beiläufig: Er hätte eine umfangreiche Bibliothek in der Wohnung seiner Exfrau zurückgelassen, in einem anderen Leben – das war das erste und auch einzige Mal, dass er etwas von einem früheren Selbst andeutete, einer Existenz vor der als Maler in seiner Atelierklause. Die Bücher schienen Vergangenheit zu sein, nicht aber deren Inhalt. Er konnte vorsokratische griechische Philosophen zitieren, Heidegger, der über sie gesprochen hatte, Derrida oder Deleuze, die sich wiederum an Heidegger rieben. Aber auch in entlegenen, schon längst vergessenen Episoden amerikanischer Kulturgeschichte kannte er sich aus, einmal sprach er über einen Pascal B. Randolph und sagte, dass dieser 1825 als Sohn einer schwarzen Prinzessin aus Madagaskar und des Gouverneurs von Virginia, in der Kanalstrasse 70, in meiner Nachbarschaft sozusagen, auf die Welt kam, was mich auf ihn neugierig machte. Er erwähnte es in einem Gespräch über den Guru, wie er zwischen uns nur hieß, und dessen Weltsicht, die er im Ursprung (mit Umwegen) auf eben diesen Randolph zurückführte.

„Blavatsky feierte dessen Tod als Abgang des leibhaftigen Widersachers", sagte der Maler.

Er schien sich intensiv mit der Geschichte der westlichen Magie und der Geheimwissenschaften beschäftigt zu haben, jedenfalls bezog er sich er in seinen kürzeren oder längeren Exkursen zu den Titeln oder Sujets seiner Bilder auf einiges davon.

So sprach er unter anderem

- vom Einfluss der schamanistischen Tradition Alteuropas auf die Orphiker bis hin zu Parmenides und seiner Konzeption von Sein und Existenz
- von dessen Praxis als Arzt-Magier, Gesetzgeber und Weisheitsfreund, der die Realität von Wachzustand, Traumschlaf und Einweihungswachtraum noch, anders als wir, als gleichwertig sah
- von den Gnostikern, den Alchemisten, den Hermetikern Alexandrias, die einen Kosmos entwarfen oder fassen wollten, der weit mehr Innenbild war, als wir uns heute eine Kosmologie vorstellen möchten
- von den Bewahrern dieser Tradition in Harran, die sie an die arabischen Mystiker und Sufi-Meister weiterreichten
- von den Magier-Philosophen der Renaissance, die diese Bilder aufgriffen und John Dee und auch Shakespeare beeinflussten
- von dessen Schauspiel „Der Sturm" und seinen verborgenen Hintergründen
- von einem Anastasius Kirchner, der nach der allen zugrunde liegenden Urschrift forschte, nach den 72 Namen der Engel und Sternengötter
- von Newton und seiner alchemistischen Suche nach der Kraft, die alles zusammenhält, alles durchseelt
- von der Veränderung, welche die geheime Wissenschaft in den Zirkeln der tieferen (oder auch antipodischen) Aufklärung durchmachte
- von ihrer Neubegründung (...nichts Neues unter der Sonne...) durch Eliphas Lévi, durch Gébelin, der das Tarot als Geheimkunde erfand, durch Papus, durch die Großmutter aller Geheimwissenschaften, Blavatsky, durch den Ordo Templi Orientis und schließlich auch durch Aleister Crowley, der diese Reihe auf seine Art fortsetzte.

Gurdjieff erwähnte er merkwürdigerweise weniger, obwohl dessen Denkweise einen nicht geringen Einfluss auf seine eigene Auffassung der Dinge hatte, wie ich vermutete (allerdings hatte ich mich zu wenig mit Gurdjieff und seinen Schülern beschäftigt, um das wirklich beurteilen zu können).

Am liebsten, am häufigsten sprach er allerdings über die Malerei, im Allgemeinen, und im besonderen Fall seine eigene; auch über andere Maler, wobei auf diesem Gebiet sein Lieblingsthema Jackson Pollock war. Derjenige Maler, dessen Bilder mich an seine erinnerten - vielmehr umgekehrt, da Pollocks Bilder zur Geschichte der Moderne gehörten, überall veröffentlicht und ausgestellt waren. Er schien sich mit ihm in irgendeiner Weise zu identifizieren, ihn sich zum Vorbild genommen zu haben, so dachte ich jedenfalls. Fragte ihn auch einmal danach, als wieder Pollocks Namen gefallen war.

„Erinnern dich meine Bilder an seine?" - stellte er eine Gegenfrage. „Das höre ich oft, ich kann es verstehen, es ist aber nicht so, dass ich ihn kopiere, oder vielleicht doch so, aber in einem anderen Sinn. Es ist komplizierter.
Ich habe mich intensiv mit ihm beschäftigt, mit seinen Anfängen, seinen frühen Werken, mit denjenigen, die mir am nächsten liegen und mit denjenigen, die ihn berühmt, die ihn zu einer Marke gemacht haben, einer Brand, würde man heute in der Werbebranche sagen. Ich denke, ich kann ihn verstehen und nachvollziehen, was er mit dem Übergang von der Staffeleimalerei zu den estrichgroßen Leinwänden getan hat. Für ihn war es ein ungesicherter Schritt, experimentell und wagnisbelastet, da er sich damit in ein unbekanntes Terrain vorgetastet hatte (oder: vorgestürmt

war?). Ich muss zugeben, ich hätte es nicht gekonnt – könnte es auch jetzt noch nicht."

„Erinnerst du dich an den Film über seine Malweise (du kennst ihn doch? Er wurde vor kurzem wieder im Fernsehen gezeigt), in dem man ihm bei seiner Arbeit zusehen kann. Pollock war verstört, als er in der Filmaufnahme sich selbst von außen sah, wie er seine heilige Handlung des Malens vollzog.

Es war nichts heiliges mehr daran, nicht derselbe Prozess, in dem er sich bewegte, schwamm, flog – (erst nachdem er aus dieser Handlung aufgetaucht war, sah er aus der Distanz ihre Spuren auf der Leinwand: Und siehe, es war gut so). Von außen gesehen war er bloß jemand, der ein geheimnisvolles Brimborium daraus machte, eine Leinwand vollzuklecksen. Aber er war doch kein Betrüger! Er wusste doch, dass er sich in einer eigenen Realität bewegte, während er den Prozess vollzog. Er wusste, was er tat, während er es tat!

Ich habe bis jetzt nicht den Schritt in diese selbstbezügliche Handlungsebene gewagt, den Prozess, von dem das Bild nur noch die Spuren bewahrt. Ich brauche noch das Symbol, oder das, was man als Symbol in meinen Bildern lesen kann, um mir zu versichern, dass ich eine Realität berühre. Sonst würde ich das Gefühl haben, Tapeten zu produzieren, sinnloses Gekrakel, gefällige Dekoration. Bei diesem Schritt, den er getan hat, kann ich ihm noch nicht folgen, stattdessen vertiefe ich das, was er vorher gemacht hat. Male die Bilder, die er nicht mehr malen wollte oder konnte, weil er einen anderen Weg gefunden hatte. Ich bin in seine Nachfolge getreten, als sein selbsternannter Schüler, aber in Bezug auf seine Mythologie, nicht in Hinblick auf seine Maltechnik oder sein Bildfindungskonzept. Es ist sogar so, dass ich in direkter Umkehr zu seinem Vorgehen arbeite: Er begann mit relativ klaren bildnerischen Vorstellungen, um dieses Bild dann im Weiterbearbeitungsprozess zu übermalen, zu verunklären, vieldeutig zu machen, es aufzulösen...

Ich beginne mit nichts Weiterem als mit Farb- und Pinselschwüngen, die sich selbst strukturieren, bis ich an ihnen ein Bilderlebnis habe, dass ich dann verstärke und ausarbeite (Nicht ganz das automatische Zeichnen der neuen Magier im Kielwasser Spares, aber ähnlich). Wenn Pollocks frühe Bilder und meine sich trotzdem gleichen, dann wegen einer Grundüberzeugung, die wir teilen: Bilder führen uns durch ihre Existenz in ein weiteres und tieferes Lebendig sein, als wir es sonst erfahren – sie konzentrieren, realisieren Möglichkeiten, die wir ebenso in uns haben und mit ihnen, als Vorbild, ausarbeiten können.

Genau wie er werde ich von der Gestalt des Schamanen angezogen, einem Wegführer in lebendige, innere Bilderwelten, in die ich mich mit dessen Hilfe hineinfinden kann...

Ich stelle mir den Schamanen vor und er erscheint mir, wird realer, deutlicher, je öfter ich mich mit ihm beschäftige, wird eigenständig, löst sich von meinen Vorstellungsvorgaben, gewinnt Eigenleben...

Wenn aus ihm etwas anderes geworden ist als das, was ich selbst hineingelegt habe, dann kann ich ihm folgen, er führt mich aus meinen Begrenzungen hinaus und zeigt mir die Stationen, die meinen Weg ausmachen, stellt mich vor die Aufgaben, die sich als Hindernisse, als Sperren aufbauen und bewältigt, überwunden werden müssen, will ich auf diesem Weg weiterkommen und mich entwickeln.

Der Schamane, den ich male, ist dieser innere Schamane, aber das Bild das ich male, ist etwas anderes als ein Abbild von dem, was ich in mir entwickle. Ich male nicht Vorstellungsbilder ab, die ich in mir trage, porträtiere nicht eine Figur meiner Bildfantasie; ich arbeite an einem Gemälde, bestehend aus Farbe, deren Charakter, aus Formen, deren Bezüge aufeinander, aus Dynamik und Rhythmus, und in all diesen Elementen kann ich den Schamanen wiederfinden, wenn es dessen Bild werden soll...

Später verdeutliche ich den Bezug zu dem entstehenden Thema, indem ich Elemente einführe, die das Ganze kenntlicher machen: Ein runder Fleck wird die Ahnung eines Gesichts, ein schwarzer, breiter Pinselstrich Grundelement einer Maske...

Wenn das Ergebnis dich an Pollock erinnert, dann kann es nur an dem liegen, dass ich in seiner Malerei ein Gleichgewicht zwischen willkürlicher freier Formung und imaginierter Form gefunden habe, in das ich einsteigen konnte – nachahmend seinem Geheimnis auf der Spur, die Fährte verfolgend, die mich in das Rätsel führt, um das es mir geht...

Ich denke, dass ich irgendwann meine ganz eigene Weise haben werde, diese Dinge auszudrücken, bis jetzt aber betrachte ich seine Art als Schulung für mich, als Einübung in einen Bereich, der sich mir dadurch öffnet...

Unsere Kultur ist darauf versessen, dass jeder ein Originalgenie ist, das Individuelle, Eigenständige ist fast der einzige Maßstab den sie kennt, der noch akzeptiert wird, alle anderen Kriterien werden in Frage gestellt – und so kann und will niemand beurteilen, ob neben der Originalität, dem Noch-nie-da-Gewesenen, auch eine andere, eigene Qualität in der Arbeit steckt oder eben nicht – mir geht es um diese Qualität, nicht um Originalität.

In anderen Kulturen ging es darum, durch nachahmendes Üben eine Reife zu erreichen, die auch schon ein Vorgänger erreicht hatte – in Nachfolge des Meisters wurde man Meister – in Nachfolge des Eingeweihten wurde man zum Eingeweihten.

Pollock habe ich mir selbst zum Meister gesetzt. Und dieser wiederum hatte Picasso zum Meister – seinen selbsterwählten Rivalen, seine Herausforderung – denn er lehnte die Nachfolge ab, wollte in keine Fußstapfen treten, quälte sich im Gegenteil damit, nach und neben ihm auf eigenständige Weise als Maler zu bestehen, die eigene Spur verfolgen zu können…"

Er brach ab, verstummte. Ich sagte nichts. Mir kam dieser Monolog wie eine Rechtfertigung vor – was er ja auch war – als Eingeständnis einer Tatsache, die in unserer Kultur wirklich peinlich ist: Er war nicht originell – die Ursünde in der Moderne.

„Jeder begabte Dekorateur stellt heute Tropfbilder für seine Schaufenstergestaltung her, die dem Prinzip der Bilderzeugung Pollocks folgen, etwas, was dieser ahnen konnte und was ihn in den Zweifel führte – die öffentliche Kunstmeinung ignoriert diesen Zweifel, indem sie das erstmalig Gewagte (was allerdings nicht ganz zutrifft, er war ja nicht der erste, der diese Technik anwandte) als das schöpferische Original etikettiert, die Nachfolgenden aber als bedeutungslose Nachahmer achselzuckend beiseitelegt. Es ist der Trumpf des Pioniers, der hier sticht.

Für Pollock war jedoch etwas anderes wichtig, an das er sich halten konnte: Seine eigene, selbstbezügliche Erfahrung während der Entstehung des Werkes, die ihm die Gewähr gab, dass sein Weg noch derselbe war, nur weiter ins

Unbekannte führend, wie am Beginn, als er als Suchender noch auf Bekanntes und Anerkanntes aufbaute.

Aber wer könnte einem sensiblen Dekorateur sein Verständnis dafür, was er macht, sein Gefühl für die Farbe und für das Eingebundensein in den Werkprozess einfach abstreiten, nur weil er nicht der originäre Erfinder dieser Malweise ist?

Ich tue es nicht; aber für mich ist auch nicht das Ergebnis dasjenige, um was es dabei geht, sondern die Aktion, und das, was diese im Maler bewirkt. Von daher ist jeder Akt etwas von scheinbar ähnlichen Akten Unterschiedenes, da, je nach Person, sein Stellenwert in dessen Leben unterschiedlich sein wird; für den Akteur und auf dessen Handeln bezogen ist es vielleicht ein Kunstwerk, vielleicht auch nicht, diese Bewertung ist völlig belanglos, ist nur für den Marktwert seiner Produktion interessant – und dieser hängt eher davon ab, ob er als Maler oder als Schaufenstergestalter bekannt wurde und anerkannt ist, ob er als Künstler einen guten Galeristen hat oder nicht, ob er sich als Marke gut eingeführt hat."

Der Maler schwieg einen Augenblick, sein Monolog, den ich nicht unterbrechen mochte, machte eine Pause. Ich spürte eine unterschwellige Verbitterung in seinen Worten, eine Verletzung, die ihn wohl selbst betraf.

„Ich für mich", setzte er fort, „fühle mich zu sehr im Ungefähren, Beliebigen, wenn ich ohne Motiv arbeiten würde, ich brauche die Verankerung in einem Thema, die Herausforderung, die darin liegt, das Thema zu treffen, das Bild durchsichtig für etwas Eigentliches zu machen, um das es mir geht."

Etwas verwirrt fragte ich ihn: „Für etwas anderes, eigentliches, jenseits des Bildes?"

„Nicht jenseits, nein." Nun war es eine andere Art Erregung, die sich in seiner Stimme bemerkbar machte, als vorhin, da er über den Kunstbetrieb gesprochen hatte. „Ein Jenseits der Kunst gibt es nicht, die Kunst ist selbst das einzige Jenseits das wir haben, aber ohne dieses Jenseits in der Kunst ist sie keine Kunst..."

Ich verstand. Die Erlösung von – die Errettung aus – der alltagsbanalen Welt lag für ihn in der Kunst; und so gab es doch ein Kriterium um Kunst und Unkunst zu unterscheiden: ob sie diesem Anspruch genügte. Und damit war eine Scheidung der Geister und Werke gegeben, Erfolg auf dem Kunstmarkt war für ihn jedenfalls nicht das, was Kunst zur Kunst machte.

„Ich erwarte von einem Bild nichts weniger, als dass es ein Ruf ist, der mich erreicht, mich aus meinem Automatenschlaf aufschreckt und mir zum Bewusstsein bringt, dass ich als Mensch existiere, nicht als biologische Maschine... Und wenn kein Ruf für mich, dann für irgendeinen anderen, vielleicht nur für einen einzigen Menschen. Dann ist es ein Kunstwerk, beweist es sich als Kunst. Kunst ist das Refugium der Erlösung. Ist der Weg, der uns geblieben ist..." Wieder stockte er.

Ich erkenne, wenn ich einen Gläubigen vor mir habe, und es war meine Einstellung, keinen fremden Glauben zu kritisieren, mich aber ebenso wenig auf ihn einzulassen, da beides, meiner Erfahrung nach, zu nichts führte. Ich konnte der Kunst diese Last nicht aufbürden, Erlösungsmittel zu sein, ein Weg aus der öden Fremdheit in ein mögliches reicheres Sein. Eine Öffnung ins Eigentliche, eine Tür ins Daheim.

Andrerseits: wenn es so etwas gäbe, wäre dann nicht die Kunst der einzige Bereich, in dem dies legitimerweise möglich schien? Setzte man individuelle Glaubenssysteme einmal beiseite, da diese vor dem skeptischen Blick zurückweichen mussten? Ganz zu schweigen von den orthodoxen Glaubenssystemen der Millionen, die weder Tür noch Fülle waren, sondern, im Gegenteil, Gefängnis und Einschränkung der Möglichkeiten der Existenz...

Lernen

Vor kurzem machte ich einen dieser seltsamen Zufallsfunde, wie sie oft als Beweis dafür vorgebracht werden, dass es so etwas wie Zufall doch nicht gibt. Ich stöberte in einem Buchantiquariat, das sich auf esoterische und New Age Bücher spezialisiert hatte, als ich im hintersten Winkel auf einen Stapel noch nicht eingeordneter Bücher stieß, die mir interessant vorkamen. Ich blätterte im zuoberst liegenden Band, der „Philosophia perennis" von Aldous Huxley, und bemerkte einen Exlibris Stempel mit einem mir bekannt vorkommenden Namen (und einer unbekannten Adresse) – dem des Malers. Es stellte sich heraus, dass die ganze wackelige Konstruktion aufgestapelter Bücher zu ein und derselben Bibliothek gehört haben musste, in jedem Band fand sich der gleiche Stempel.

Ich war auf ein Fundstück aus dem untergegangenen Leben des Malers gestoßen, hier als Strandgut angeschwemmt, durch Ignoranz und Geschäftssinn. Verkauft durch seine Exfrau – vermutete ich.

Einige dieser Bücher suchte ich mir aus, meinen Etat dafür (ich hatte mir selbst eine monatliche Summe für solche Käufe vorgegeben, die ich nicht überschreiten wollte) ausschöpfend. Und dachte daran, sie dem Maler zurückzugeben, ihn auf den Rest seiner Sammlung – oder was davon an diesem Ort gelandet war – aufmerksam zu machen. Er war nicht daran interessiert.

„Ich schaue nicht zurück", war sein einziger Kommentar.

So kam ich zu der aufgegebenen, verlorenen Bibliothek (oder wenigstens eines kleinen Teils davon) des Malers. Neben dem Buch von Huxley hatte ich mir „Die smaragdene Vision" von Henry Corbin, „Die Reise zum Herren der Macht" (original 1204 in Konya veröffentlicht) von Ibn Arabi, „Magie des Ostens" von Idries Shah, „Ein neues Modell des Universums" von P. D. Ouspensky, „Alchemie" von Titus Burckhardt, „Schmiede und Alchemisten" von Mircea Eliade, „Die Hermetische Tradition" von Julius Evola, von Roger N. Walsh „Der Geist des Schamanismus", „Die Traumfahrt des Parmenides" von Peter Kingsley, einen einsamen Band aus der Reih „Die Masken Gottes" von Joseph Campbell, und von Alexander Roob „Alchemie & Mystik" ausgewählt. Mehr ältere als neuere Literatur über diese Themen, aber wohl auch typisch für den Maler, der viele Veröffentlichungen auf diesem Gebiet für überflüssig, wenn nicht sogar für leichtfertig-ignorant hielt, hervorgebracht durch den Mechanismus eines boomenden Marktes, und dessen Gesetze erfüllend.

Der Maler wollte offensichtlich kein Missionar und kein Mitglied einer esoterischen Glaubensgemeinschaft sein: Er war nahe dem Geheimnis, hielt den Weg dazu für sich offen, aber verkündete nichts, was als Lehre systematisiert werden wollte. Hatte nicht den Anspruch, Offenbarer zu sein, dem zu folgen war, sondern nur den, dass er sich von niemandem seinen Glauben vorschreiben lassen wollte, auch nicht von den Anhängern des Okkulten, den davon gläubig Überzeugten. Aber noch weniger von den Skeptikern und bekennenden Agnostikern. Das machte mir seine Haltung sympathisch.

Mir kam es allmählich vor, als wären wir in ein unaufhörliches Gespräch verwickelt, welches sich, durch kurze oder längere Unterbrechungen unterteilt, von dem Tag an, als er mir seine Bilder zeigte, bis zu dem Tag, als die Kommunikation jäh abgebrochen wurde, zu einer durchgehenden Rede über uralte Gedanken und neue Standpunkte entwickelte.

Ich war dabei der Lernende, der Stichwortgeber, er der Lehrende, der Vermittler; dabei lag ihm nichts ferner, als mir gegenüber den Belehrenden zu spielen. Ich war der Fragende, und meine Fragen öffneten ihm den Raum für Antworten, in denen er seine Vorstellungen und Überlegungen schrittweise entwickelte. Trotzdem war er dadurch mein Lehrer geworden, den Lehrer, den ich zuvor nicht gesucht und nicht vermisst, von dem ich jetzt aber wusste, dass er mir gefehlt hatte; genauso wie das, worüber er mit mir sprach.

Einmal fragte ich ihn, warum er denn diese Dinge in seinen Bildern darstellte, statt sie zum Beispiel aufzuschreiben und ein Buch darüber zu veröffentlichen. Unter seinem prüfenden Blick kam ich mir dumm vor, als ob meine Frage meine ganze Unfähigkeit, seine Gedanken zu verstehen, deutlich gemacht hätte.

„Es ist eben so, dass ich in der Farbe, der Struktur, dem Symbol etwas ausdrücken kann, was mir im Geschriebenen nicht gelingt...

Ich bin Maler, und das heißt, ich habe in meiner Malerei ein Mittel, ein Medium, und gleichzeitig ein Werkzeug zur Hand, mit dem ich Neues schaffen, neue Konzepte realisieren kann...

Das ist wichtig... Manche dieser uralten Vorstellungen sind zu sehr mit den Formen verschmolzen, in denen sie bisher aufgetaucht sind; sie haben sich deshalb verbraucht...

Vor allem, wenn sie als inzwischen abstrakt-gegenständliche Ideen aufgenommen werden, in durch den gewohnheitsmäßigen Gebrauch definierter Worteinkleidung auftreten. Alle Vorstellungen dieser Art sollte man ständig erneuern, man sollte ihnen ständig neue Bezeichnungen geben, sollte sie ständig neu erfinden...

In der Malerei kann ich das, ich lasse mich dabei durch den Malprozess leiten...

In den Worten, den Begriffen, den Vorstellungsbildern verfange ich mich, ich stelle nur leere Wortschachteln, abgestorbene Worthülsen her, mit denen ich den Regen, den Tau, den Niederschlag des Gemeinten auffangen möchte, aber zu wenig davon sammelt sich in ihnen an und durchtränkt sie so, dass sie wieder geschmeidig werden und anfangen, in einem inneren Glanz zu leuchten, und damit die gemeinte Botschaft weitergeben können. Mir wenigstens ist es nicht möglich, diesen Eindruck durch das Geschriebene zu vermitteln, ich brauche dazu das Bild, aber nicht nur das Bild, ich brauche dazu die Malerei...“

Und dann sagte er, nach einer nachdenklichen Pause: „...und auch das reicht nicht hin, reicht bei Weitem nicht hin...“

Ich glaubte nicht alles, was er mir erzählte, am Anfang sogar das wenigste, so absurd oder mit meinen eigenen Überzeugungen hart zusammen stoßend kam mir manches vor. Aber es klang interessant, es hatte einen Klang von etwas Neuem, Unbekanntem, Widersprüchlichem. Dem, was ich bisher fraglos glaubte widersprechend. Was mich anzog. Ich spürte in seinen Worten eine Kraft, die mir meine Vorurteile aushebelte, sie umwarf, auf den Kopf stellte. Rätselsprüche aus einer unbekannten Kultur waren sie für mich.

Und daher machten sie mir meine eigene Geprägtheit wie im Spiegel eines ganz Anderen erkennbar. Aber nach und nach sah ich in ihnen Zusammenhänge, die auf ein ebenso festgezimmertes Weltbild verwiesen, wie ich es mit seiner Hilfe scheinbar verlassen hatte. Hier blieb ich reserviert.

Ich wollte verstehen, aber ich wollte mich nicht in einer anderen Weltsicht verlieren. Wollte mich De-Programmieren lassen, aber nicht Neu-Programmieren. Wollte so flüssig und flüchtig bleiben, wie ich durch die Dekonstruktion meiner schulmäßig gelernten Begriffe geworden war. Und wurde doch irgendwie von der anderen Begrifflichkeit angezogen, denn diese war nicht steif, unbeweglich, fest, sondern von derselben Wandelbarkeit und Flüchtigkeit, wie ich mich selbst inmitten der aufgelösten Vorurteilen meiner alten Ansichten erlebte.

Auch sah ich den Unterschied zwischen dem, was er vertrat und dem, was ich in esoterischen Büchern lesen konnte, mit denen ich jetzt anfing mich zu beschäftigen, da sich vieles scheinbar ähnlich oder gleichlautend anhörte. In den meisten dieser Texte wurde allerdings nur eine Gegenposition zur Moderne vertreten, ein altes Denken als lebendiger, wahrer, tiefgehender postuliert, ein ganzheitliches Denken dem diskursiven gegenübergestellt, aber natürlich in unserem gewohnten diskursiven Duktus, denn das ist die Art, wie wir Bücher lesen und verstehen können.

Auf einem Spaziergang dem Flussufer entlang (eigentlich konnte man in diesem Teil der Stadt nicht am Fluss spazieren gehen, oder der Begriff Spazieren umfasste noch ganz andere Inhalte, wie: umherschleichen, verbergen, klettern, Verbotsschilder nicht beachten, anderen Lebewesen ausweichen) sprachen wir einmal über das (sein) Motiv, sich mit solchen Ideen zu beschäftigen. Und das hieß zu dieser Zeit: Er sprach, ich hörte ihm zu, hin und wieder einen Einwand vorbringend. In diesem Fall nahm ich das, was er sagte, ohne große Widerrede als seine Konfession an:

„Wir besitzen die Fähigkeit, innere Welten zu schaffen, oder soll ich sagen, uns in ihnen zu bewegen? Für einen Angehörigen der Alten Kulturen wäre das keine Frage gewesen, für ihn war der Weg nach innen ein Weg in eine Anderswelt, die genauso real war wie die, die er sah, wenn er die Augen öffnete – oder genauso unwirklich. Für einen Schamanen, für einen griechischen Iatromagier, für einen bilderbewegten Gnostiker erklärten die Welten sich gegenseitig, sich durchdringend, aber nicht zu verwechselnd. Wir selbst haben größere Schwierigkeiten, einen Standpunkt zu finden, von dem aus der Blick in beide Richtungen möglich ist, ohne dass wir der einen oder anderen Seite Unrecht tun. Natürlich gibt es heute Menschen, genügend, für die keine Notwendigkeit besteht, überhaupt einen Blick auf die andere Seite zu werfen – und wenn es für sie tatsächlich möglich ist, ihr Leben ohne Fragen nach Tod und Sterben und ob etwas bei dem Übergang geschieht, oder nach Zufall und Schicksal, frei zu führen, ist es für sie ohne Zweifel das

Beste – sie werden nicht von uralten Ängsten gequält und vom Aberglauben gefesselt.

Aber wem ist eine solche Haltung möglich, ohne dass sie nicht in Wahrheit aus der Unfähigkeit kommt, sich mit den eigenen Ängsten oder dem eigenen Bedürfnis nach tieferen Bildern auseinander zu setzen? Oberflächlichkeit führt selten zu einer durchschauenden Weltsicht, genauso wenig allerdings, wie Tiefsinn Wahrheit verbürgt. Ich glaube, dass diese Zeitgenossen ihre Ruhe durch einen Verzicht auf zumindest die Hälfte der Möglichkeit, Mensch zu sein, erkaufen – sich selbst um eine Möglichkeit bringen, als Mensch zu wachsen. Aber das heißt nicht, dass wir einfach den Standpunkt der Vormoderne übernehmen können und in naiver Weise die Schöpfung unserer eigenen Fantasie (der individuellen, der gemeinsamen), als Wirklich im normalen Sinn des Wortes verstehen dürfen. Es ist im Gegenteil so, dass wir zu einem anderen Verständnis von Wirklichkeit kommen müssen, um das, was wir in uns vor uns haben, einordnen zu können.

Diese Bilderwelten, zu denen wir durch die Kreativkraft des Imaginierens Zugang finden, liegen nicht vor uns ausgebreitet wie ein zu erkundender Kontinent, ein zu bereisender Landstrich, haben wir nur das richtige Reisefahrzeug und die rechte Landkarte zur Verfügung. Sie realisieren sich eher in der bereitgelegten Landkarte, als dass sie außerhalb und unabhängig von ihr aufzufinden sind – was es schwierig macht, das von uns hervorgebrachte Bild von dem zu unterscheiden, was sich in ihm rührt, wenn wir es betrachten."

„Ein geläufiger Glaubenssatz ist der von der Landkarte, die nicht die Landschaft selbst sei – um den Unterschied zwischen der Vorstellung von etwas und der Sache selbst, den

Unterschied zwischen Beschreibung und Beschriebenem zu betonen. Zwischen Wort und Sachverhalt. Text und Realität.

Was aber auf ein dualistisch-vereinfachendes Modell der Wirklichkeit weist: Der Trennung von Form und Inhalt, von Erscheinung und Ding an sich. Demnach trägt alles, was mir bewusst wird, was ich benenne (was ich ausdrücken, erkennen kann) Modellcharakter, ist ein zusammengebasteltes, kleines Spielzeugmodell, als Ergebnis meiner Denktätigkeit, die sich an einer Wirklichkeit abarbeitet, die sie doch nie vollständig und endgültig erfassen kann.

Mag sein, dass es so ist – was aber, wenn die Landkarte die einzige Wirklichkeit wäre, die es gibt? Wenn die Landkarte die Landschaft als Realität erst erzeugt? Was, wenn der Fingerzeig, der dir gegeben wurde, dich in eine Richtung schickt, die es vorher nicht gab? Wobei von vorher oder danach zu reden so sinnlos ist wie vom Vorher des Urknalls zu sprechen: Der Weg, der sich im Nebel enthüllt, ist nicht ein Weg, der von einem Programmierer vorher geschrieben worden ist, diese Art Vorher gibt es nicht. Dein Stochern im Nebel schafft diesen Weg, und die Bilder, die du dabei aufdeckst, die dir zuströmen, sind deine eigenen.

In dir liegt das Vorher. Aber das Danach liegt nicht in dir, das Danach kommt auf dich zu. Du kannst dich deinem Vorher nicht entziehen, es ist dein eigener Grund, auf dem du stehst, du kannst dir den Boden unter deinen Füßen nicht selbst wegziehen, aber du kannst wissen, was gerade geschieht."

„Ich finde die Menschen bedauerlich, die keinen Zugang zu dem inneren Land haben, das auch in ihnen als Möglichkeit auf sie wartet – sie leben nur ein halbes Leben. Aber diejenigen, die ganz überzeugt sind, einen solchen Zugang zu besitzen und auch eine Landkarte davon, und schon alle Himmel und Äonen vermessen haben, die sie dort vorfinden werden – die bedauere ich auch, denn sie leben in einer Illusion über die Realität und die Fassbarkeit dieser Dinge. Wie in der Physik gilt auch hier der Grundsatz: Es gibt keinen neutralen Beobachter eines Geschehens, die Gegenwart des Erkunders schafft die Phänomene, die erkundet werden. Und anders (oder doch nicht anders?) als in der Physik gilt das Gesetz, dass die beobachteten Phänomene den Beobachter berühren, ihn formen, es also nicht gleichgültig ist, was ich beobachte oder heraufbeschwöre."

**

Unsere Gespräche hatten sich schrittweise in Übungsstunden, in Lektionen, verwandelt, in denen er versuchte, mir einen Weg zu den Einsichten zu zeigen, die er für sich selbst gefunden hatte.

„Du bist zu sehr in dein Denken über etwas verstrickt, kommst nicht davon ab. Es gibt einen Typus von Wissenssuchenden, der im Nachdenken über etwas und im Anhäufen von Informationen sein Wissen erweitert, und selbstverständlich alles am schon Gewussten misst – ob er nun damit übereinstimmt, daran anknüpft, oder sich davon absetzen will, eine kritische Haltung dazu einnimmt: Er bewegt sich immer im Theoriebereich der Reflexion über etwas.

Dann gibt es denjenigen, der eher praktisch-experimentell an eine Sache herangeht: Wie er seine Erfahrung gedanklich einordnen kann, interessiert ihn schon, er schenkt aber dem unmittelbaren Erleben die größere Aufmerksamkeit. Er lässt sich von der Existenz einer Sache nicht erst dadurch überzeugen, dass er eine theoretische Erklärung dafür findet, die seinem kritischen Verständnis entspricht, sondern zuallererst dadurch, dass er es lebhaft und leibhaft erfährt: Auch wenn es vielleicht erstmals unerklärlich bleibt. Das wäre auch der Unterschied zwischen Philosoph und Magier. Oder zwischen Wissenschaftler und Künstler. Für Roger Bacon war es die Trennungslinie zwischen dem Wissen durch Beweisführung und dem Wissen durch Erfahrung (übrigens, er übernahm diesen Gedanken von den Sufis...).

Natürlich gibt es auch Wissenschaftler, die mehr zu der anderen Seite neigen, ohne jedoch ihren wissenschaftlichen Standpunkt zu verlassen. Natürlich erlebt, lebt der Philosoph auch seine Denkbewegungen. Natürlich hat der Magier, der Schamane eine sinnerhellende Weltsicht als Erklärung für die Zusammenhänge seines Tuns. Ist in jeder Theorie die Praxis des Theoretisierens enthalten und in jeder Praxis der Vollzug, die Erfüllung einer Denkstruktur.

Es trennen trotzdem Welten die beiden Zugänge zur Wirklichkeit. Und du hast dich zu sehr auf den einen Modus eingelassen. Wenn du in unseren Übungen weiterkommen willst, musst du diesen Stolperstein übersteigen: Erlebe deine Erfahrungen, distanziere dich nicht sofort wieder davon durch den Versuch, sie in eine intellektuelle Konstruktion einzuordnen, die ihnen nicht entspricht."

„Du musst für dich selbst die Frage beantworten: Führt der Weg der inneren Übung in die Illusion - oder aus der Illusion heraus. Was du für wahr hältst, gibt dir die Richtung vor, in die du dich entwickelst. Du kannst auf beiden Wegen Erfolge und Bestätigungen haben - aber welche beweisen sich als beständig, begründet, substanziell?

Du bist es selbst, der sich die Grenzen setzt, den Horizont, jenseits dessen es nichts mehr zu sagen oder zu sehen gibt. Du gibst dir die Reichweite deiner Erkenntnisfähigkeit vor. Deinen Erfahrungsspielraum. Spiele das Spiel der eingeschränkten Möglichkeiten, und du wirst nicht über diese Einschränkung hinauskommen. Spiele das Spiel der unbegrenzten Entfaltung und du wirst weder größer noch stärker noch besser sein als zuvor, aber in einem Meer, einem Ozean der unendlichen Vielfalt aufwachen, dafür erwachen. Es liegt an dir.

Du begrenzt dich selbst. Begrenzt dich als Teil eines unendlich vielfältigen Wesens, schnürst dich davon ab, sperrst dich aus, verweigerst den ungehinderten Durchfluss der Fülle, wehrst die Überwältigung durch den überreichen Zufluss an Informationen ab. Nimm Hoffnung, Erwartung, Wunsch zu deinen Erkenntnismöglichkeiten dazu – warum Eigenschaften, Fähigkeiten, Kräfte aussperren, die da sind und etwas bewirken können? Nenne sie nur als das, was sie sind – und sie irrlichtern nicht mehr vor dir her, führen dich nicht mehr in die Irre.

Akzeptiere deinen Glauben, dein Dafürhalten wollen – und werde dir klar darüber, was er für dein Erkennen bedeutet."

„Versuche dich, in das Kind zurückzuversetzen, welches du einst warst. Deine Neugier wiederzufinden. Dein Überwältigt sein von der Welt. Wie viele Dinge es gibt. Wie viele Wesen. Und wie alles strahlt, glänzt, leuchtet. Alles, was du siehst, gibt dir den Impuls, dich damit zu verbinden. Nichts ist neutral. Ist blass, gedämpft, ohne inneres Licht.

So wie heute, wo du die Dinge interesselos anschauen kannst, vermeintlich objektiv, in Wirklichkeit nur gelangweilt und uninteressiert. Du sollst nicht wieder kindlich werden, kannst es nicht, nicht ohne dabei kindisch zu sein. Du sollst dich nur daran erinnern, dass dir einst ein anderer Blick auf die Dinge möglich war. Und dass dieser andere

Blick mehr der Wirklichkeit entsprach als dein verengender, angepasster Blick heute - dass du etwas verloren hast. Einen Zugang zur umfassenderen Wirklichkeit. Zum Bewirkenden. Du sollst dir bewusst sein, dass du auf der Suche nach einem Zugang zur wahren Realität bist - etwas in dir fühlt sich von seiner eigenen Welt ausgeschlossen, abgetrennt von ihr, fühlt sich blind, taub, unempfänglich gemacht. Und fleht, bettelt, tobt, stellt sich tot, verfällt in Katalepsie... "

„Ich nenne jetzt drei Grundannahmen, über die du nachdenken sollst: Ob du damit einverstanden sein kannst oder nicht, ob sie für dich richtig klingen oder nicht, ob du damit übereinstimmen kannst.

Erstens: du trägst eine Essenz in dir, den Kern deines Wesens, den du von nichts Weiterem ableiten, durch nichts Weiteres begründen kannst.

Zweitens: du hast eine bestimmte, in deiner Vergangenheit erworbene Persönlichkeitsstruktur, die von inneren und äußeren Erfahrungen geprägt ist.

Und drittens: die Essenz deines Wesens geht nicht in dieser erworbenen Persönlichkeit auf, ist nicht deckungsgleich mit ihr.

Das macht dich zu einem Suchenden. Einem Sucher nach Erfüllung, Übereinstimmung, Angemessenheit. Nur zu finden im Jenseits, im Darüber-Hinaus deiner gewordenen Person. Dein Ausgangspunkt ist: dass du dich selbst als Suchenden begreifst. Akzeptierst du das, kannst du einen ersten Schritt ins Unbekannte tun."

Nach und nach wurden seine Erklärungen zu Anleitungen, wie ich mich in diesem Unbekanntem bewegen sollte, wollte ich mich auf seinen Weg einlassen.

„Es gibt einen Ort in dir, stelle ihn dir vor, an dem jemand auf dich wartet. Schon immer gewartet hat, bereit, jederzeit zu erscheinen, wenn du bereit bist, ihn aufzusuchen, ihn erscheinen zu lassen. Der auf dich Wartende ist in dir, du musst dich nur dazu entschließen, dich aufzumachen und den Ort dafür zu schaffen.

Wessen Gesicht dieser Jemand annimmt liegt an dir, an deinen Erwartungen: Du willst ihn vielleicht Engel nennen, oder deinen himmlischen Zwilling, als mittelalterlicher Hirte hättest du ihn wahrscheinlich Hauptmann genannt, ihn als Anführer einer Seelenschar gesehen, als Schamane oder Initiant eines steinzeitlichen Jägerstammes wäre es ein Tier, das dich begrüßt.

Dein Begleiter für die Seelenreise erwartet dich, wie Vergil auf Dante gewartet hatte, die wagenlenkenden Sonnentöchter auf Parmenides. Diese Begegnung mit dem schon immer in die Geheimnisse eingeweihten Teil deines Selbst, dem Boten der Gnostiker, der dich zu deiner Reise aufruft, ist erst der Beginn dieser Reise.

Von hier an ist Aufbruch. Aber auch Abstieg. Aus der Verirrung im Wald führt der Weg Dantes nicht direkt in den himmlischen Bereich, zuerst mussten die Höllenkreise durchquert werden. Ein Tor muss durchschritten werden. Der Eingang zur Unterwelt. Das Torhaus der Gänge von Nacht und Tag des Parmenides. Bleibe vor dem Tor stehen. Warte darauf, dass dich dein Begleiter, wie Hermes, der Seelenführer, an die Hand nimmt und dich hindurchführt. Das ist das erste Bild, das du anschauen und meditieren sollst."

Er zeigte auf das Gemälde, das er „Eingang in den Hades" genannt hatte, stellte einen Stuhl für mich hin und erwartete wohl, dass ich mich setzen und durch das Betrachten seines Bildes in die richtige Stimmung für diese Übung kommen sollte.

„Es ist schwierig für mich", sagte ich, „es auf diese Weise zu tun. Worte geben mir mehr als Bilder. Worten kann ich mich überlassen und ihnen folgen. Bilder sind mir zu flächig, zu ausgebreitet, ich weiß nicht, wie ich alles gleichzeitig aufnehmen kann. Worten folge ich wie an einem Faden, der mich zu einem Ort führt, an dem diese Gleichzeitigkeit da ist. Das Bild löst sich für mich dagegen in Blickführungsbahnen auf, die Übersicht verwandelt sich in ein Hintereinander-Nacheinander."

„Ich kenne das Problem, sagte er. Ich könnte dir zeigen, wie du durch eine Technik des Blickens, oder besser, des Nicht-Blickens, des absichtslosen Sehens, des weichen, nicht fixierenden Blickes zu einer Zustand der Zusammenschau kommen kannst, in der dir das Bild als Ganzes gegenwärtig ist, gleichzeitig vertiefte Innen- und klarste Überschau.

Aber ich möchte dir eigentlich nicht das Bild vorführen, ich möchte dich dazu bringen, dir das innere Bild eines Ortes vorzustellen, dem dieser Eingang in den Hades entspricht, mitsamt dem Wartenden, der schon so lange für dich da war, bisher noch unentdeckt.

Jetzt offenbart er sich. Nehme ihn, wie du eine Traumperson betrachten würdest: Man nimmt immer den Kern eines Wesens war, das Äußere ist nicht das Eigentliche. Du kennst die Identität einer Person, auch wenn sich ihre Erscheinung im Verlauf des Traumes ändert. Fühle den Wartenden. Er ist derjenige, der nur auf dich gewartet hat. Einzig auf dich. Und du begegnest ihm jetzt."

„Der, der auf dich gewartet hat, ist dein Doppel, dein lichtes Ich, dein Möglichkeits-Ich. Er wartet auf den Augenblick, an dem du anfängst, ihn zu suchen, ihn sehen zu wollen. Du willst ihn suchen, weil du er bist und du dich in ihm sehen willst. Als verwirklichte Zukunfts-Möglichkeit deines eigenen, eigentlichen Lebens.

Wenn du es so nennen willst, ist deine, als Lichtgestalt symbolisierte, mögliche Vollentfaltung die Anverwandlung eines allgemeinen, überpersönlichen schöpferischen Potenzials der Welt in deinen personalen Angeloi – von dir vor dich hingestellt, zu dir von dir selbst gesandt, damit du erahnen, erkennen kannst, wer du bist – sein wirst – sein könntest.

Du kannst dich verfehlen, das bleibt dir überlassen, du kannst dich von dir abwenden, du kannst dich gegen diese Zumutung wehren – es liegt an dir. Der andere, dein Spiegel-Ich, ist nur der Zeuge deines Verhaltens ihm gegenüber. Dein Richter, könnte man sagen. Umarme ihn aber, und er wird dich annehmen. Dann erlebst du: du bist angekommen. Aufgenommen worden. Eingelassen, in dem du dich darauf eingelassen hast. Von diesem Beginn an hast du einen Weg. Deinen Weg."

„Vergiss nicht: Der Grund deiner Meditation ist nicht ein Bild, mit dem du dich beschäftigst, es ist deine Suche – die in dir dich treibende, drängende Suche, die dich zu diesen inneren Ort geführt hat. Du bist ein Suchender, deswegen bist du dort. Der Ort wird, als Station einer Entwicklung, von dir dafür geschaffen. Du bist es, der diesen Ort für dich entwirft.

Es macht Sinn, an den Anfang einen Durchgang zu setzen, einen Durchbruch, es könnte auch ein Kreuzweg sein, wie in der Chymnischen Hochzeit des Christian Rosenkreuz, oder ein Hafen an der See, ein Passweg im Gebirge, alles Orte des Übergangs vom jetzigen Zustand in einen neuen. Der Beginn einer Reise eben. Deiner Reise. Schmücke diesen Beginn aus. Werde aufmerksam auf die Symbole, die du damit verbindest: Zeichen des Anfangs; Wegfinder im Unbekannten; Schutzzauber im Ungesicherten; Führungsmacht deiner Schritte dort. Lasse diese Bildsymbole in dir entstehen. Wie Traumbilder. Aber lasse dich nicht von dem Traum mitnehmen, diesen Zustand hast du jede Nacht im Schlaf. Bewahre dich. Und wähle dann ein Bild.

Lasse alles andere verschwinden. Fasse dich selbst in diesem Bild zusammen. Du bist es. Der Sucher. Deine Suche hat dich hierher geführt und führt dich weiter. Du bist auf der Suche, weil dir das, worin du bist, nicht genügt. Nicht genügen kann, weil es nicht passt. Es ist zu wenig. Ist zu eng. Ist nicht richtig. Das ist der Treibsatz, der dich treibt. Aber Not, Zwang ist es nicht allein. Die Suche gilt dem Mehr, der Weite, der Fülle. Der positiven Bestätigung. Ermutigung. Die wird kommen, darauf kannst du hoffen.

Als Suchender unterliegst du einem Paradoxon: Alles, was du glaubst als Sinn gefunden zu haben, beendet deine Suche. Aber die Suche kann nicht zu Ende sein, ohne den Sinn der Suche erfüllt zu haben. Und sie erfüllt sich erst im Maximum. Die Mystiker nannten es „Aufgehen in Gott". Deswegen gibt es kein wirkliches Ende der Suche. Nur das falsche der Täuschung durch die Beantwortung aller Fragen in einem geschlossenes System der Welterklärung, geschlossen auch dann, wenn alle Rätselauflösung stets nur um die nächste Ecke, der nächsthöheren Ebene auf dich warten soll...

Das sind Sackgassen, aus denen herausgefunden werden muss."

Zweifel

Das Leben ist eine Fälschung. Dieser Satz, einmal irgendwo gelesen (Vaclav Havel?) hat sich bei mir festgehakt. Bin ich also nicht der Einzige, der dieses Gefühl mit sich herumträgt...

Es setzt sich zusammen aus Enttäuschung, Wut und Sehnsucht. Enttäuschung darüber, auf eine Attrappe, eine Illusion hereingefallen zu sein, sich an Gefälschtes gebunden zu haben – Wut darüber, durch Fälscher getäuscht worden zu sein (wer auch immer sie sind, in welcher Absicht sie auch immer agieren) – Sowie eine sich steigernde Sehnsucht, die Dinge zurechtzurücken, das wirkliche Leben zu finden, sich aus der Fälschung herauszukatapultieren und mit einem schwungvollen Flic-Flac im Original zu landen. Herauszufinden, wie die Dinge in Wirklichkeit sind. Sozusagen den Schleier der Maya zu durchstoßen, ihn aufzuheben.

Das war meine Stimmung, als ich unsanft aus den Millionärsträumen gerissen wurde: nicht freiwillig, aber doch bereit, das Ende des Träumens als Befreiung zu nehmen. Aus dem falschen Leben herausgefallen zu sein, war nicht so schlecht. Aber wo war ich gelandet? Im wirklichen Leben? Was machte den Unterschied aus, außer, dass ich kein Geld mehr hatte?

Und jetzt: Was mir der Maler bot, war eine Aussicht auf eine Landschaft, die ganz anders gemalt war als die gefälschte, die ich bisher als Realität ansah – wie wenn sich eine vor einem ausgebreitete Szenerie nur als Theatervorhang herausstellte, der sich plötzlich zu Falten zusammenzieht und zur Seite bewegt, eine Öffnung für den Bühnenraum dahinter freigebend. Der – wiederum nur gemalte Szene ist, Kulisse eben.

Und wenn man den Kulissenmalern auf der Spur ist, ihre Absichten ahnt, die Fertigung des Prospektes nachvollziehen kann, Farbe, Stoffe, Holzgerüst und Schraubbohrer erkennt, wächst die nochmalige Enttäuschung darüber, aus der ersten Fälschung wieder nur in eine zweite geraten zu sein.

Vielleicht las ich Zuviel, angeregt durch die Themen, die er mir vorlegte, beschäftigte mich zu intellektuell mit den Dingen, die man mehr „spüren" sollte, wie immer behauptet wird – aber ich wollte mein Denken nicht ausschalten, das höchste und nur uns eigene menschliche Vermögen, wie ein italienischer Philosoph des 15.jhrd, Marsilio Ficino, einmal geschrieben hatte, der unser freibewegliches Umkreisen der Dinge, Relationen und Begriffe im Denken als unsere eigentliche Leistung ansah: Tiere hätten ebenso Empfindungen wie wir, Engel genauso eine alles aufhellende Intuition – einzig wir Menschen würden durch das Denken frei sein zu wägen und abzulehnen oder anzunehmen.

Doch andrerseits sah er es auch als das Ziel eines philosophischen Lebens an, in den Zustand des Engelbewusstseins entrückt zu werden, in dem die Zusammenhänge auf einen Schlag und in vollster Klarheit vor einem ausgebreitet liegen, inwendig in einem selbst, so dass das Selbst diese Erkenntnis selbst ist, ungeschieden von ihr – die Entzückung der Erleuchtung, die er in einem solchen Augenblick erlebte, war ihm das eigentliche Ziel seiner Studien, nicht das Wissen, das er dadurch anhäufte. Er war eben doch auch Mystiker und Magier, bereit für die magische Verwandlung seines Bewusstseins in ein übermenschliches Engelsbewusstsein, wie man es bezeichnen kann, Vorläufer (und

179

Mit-Übermittler in einer Kette von Übermittlern) der späteren Magier, Adepten und Erforscher des verborgenen Wissens in uns. Und das war es doch, was der Maler mir anbot.

Ich blieb Skeptiker, und wusste doch, dass Skepsis mir bei der Bemühung um diese Dinge nicht helfen würde. Andrerseits: Wenn ich bewusste Lüge, Selbsttäuschung, Fahrlässigkeit, Illusion und Trugschlüsse nicht aufspüren und als solche benennen würde, was wäre das für ein Wahrheitsfinden?

Einmal sprach er über Blavatsky und ihren Aufenthalt in der Stadt und über das Werk, dass sie hier schrieb, oder, wie sie sagte, nach Diktat ihres geistigen Meisters niedergeschrieben hatte. Ich konnte nicht akzeptieren, wie man über solche offensichtliche Schwindeleien, nur weil inzwischen mehr als hundert Jahre vergangen sind, hinwegsehen konnte. An diesem Punkt fing mein Zweifel an dem Maler an. Vorspiegelung von etwas, Schaumschlägerei, Taschenspielertricks: Das hatte nichts mit Wahrheitsfindung zu tun, entwertete alles darauf Aufgebaute.

„Du musst dann auch alles, was in den Medien passiert, jeden Hype, jeden Star, jedes Thema und jede Aufregung über etwas ablehnen: und hast du nicht auch deine Lieblingsmusiker, deine Lieblingsschriftsteller, deine Filme, deine öffentlichen Helden? Alles gemacht, alles auf Halbwahrheiten aufgebaut, alles riesengroß aufgeblasen... Es ist das Genre der Erzählung, der Gestus des Erzählens, der dabei zur Wirkung kommt. Die Erhöhung der Wirklichkeit durch die Fiktion."

„Eben deswegen! Ich brauche keine sensationellen Wunderberichte, um mich von einem guten Argument überzeugen zu lassen oder einen Gedanken als wahr, wenn auch vielleicht von mir noch nicht ganz begriffen, anzunehmen. Ich brauche nicht den Anhauch des Mysteriösen, um mich für etwas zu interessieren!"

Was sollte man also heute, mehr als Hundertzwanzig Jahre nach dem Geschehen, von den von einem geheimen Meister gelieferten oder diktierten Blättern der Madame Blavatsky halten, die auf diese Weise ihr berühmtes Buch „Die entschleierte Isis" geschrieben haben wollte, bezeugt von ihrem Mitstreiter Olscott? Sollte man den Bericht unangezweifelt stehen lassen, oder die Legende als Legende achselzuckend beiseitelegen, oder, wie es damals auch einige taten, zwei und zwei zusammenzählen, um sich ein Urteil über den Fall zu bilden?

Die Idee, auf diese Art Bücher zu schreiben, war ihr von Emma Harding-Britten vorgemacht worden, die zwei Jahre zuvor ihr Buch „Magie als Kunst" auf eben diese Weise produziert haben wollte (ihr Meister hieß Chevalier Louis), was sehr skeptisch (auch von ihr und Olscott) aufgenommen worden war.

Die Vorstellung, dass ein hochentwickeltes Übermensch-Bewusstsein sich genau der hundert Bücher bediente, die in der Bibliothek Blavatskys zu finden waren und deren Gedankenspuren und Ideenbilder (ohne Quellenangabe selbstverständlich, ein Meister kann darauf verzichten) sich überall in ihrem Werk nachweisen lassen (was ein eifriger und pedantischer Kritiker getan hat), schien mir doch sehr weit hergeholt. Und wenn dieser Meister sich auf ihre Bibliothek beschränkte, wie weit war er dann mit ihrem Unterbewusstsein identisch, vorausgesetzt man unterstellte ihr nicht bewusste Täuschung und Augenwischerei?

Raffinierte Betrügerin oder unbewusstes Medium – welches Attribut sollte man ihr eher zusprechen? Der Maler wollte ihr beides nicht unterstellen – sagte, es wäre nicht relevant, wie und auf welche Art das Werk entstanden wäre. Auch wenn alles nur ein Werbetrick von Menschen gewesen wäre, die um ihre ökonomische Existenz kämpften und zu Mitteln des Jahrmarkts und der Übertreibungen gemäß der Mentalität ihrer Zeit griffen – die Wirkung des Buches auf die lesenden Zeitgenossen wäre das entscheidende Kriterium, auf das es ankäme.

Dass sich viele Menschen davon berührt und umgewandelt fühlten, sei die wirkliche Signatur des Ganzen. Gerade die Existenz des Vorläuferbuches zeige, dass es nicht um eine bewusst in die Welt gesetzte Entstehungslegende ginge, denn diese sei bei dem vorausgegangenen Buch dieselbe, sondern um das Werk selbst, das in sich die produktive Kraft des Etwas-in-Gang-Bringens trage, im Gegensatz zu dem untergegangenen Vorgänger. Die Wirkungsgeschichte sei der Prüfstein, nicht die werbewirksame Legende.

Ich konnte dem nicht zustimmen. Ein von einem übermenschlichen Wesen diktiertes Buch erhebt Anspruch auf unhinterfragbare Autorität. Es stellt sich außerhalb kritischer Reaktion, ist Offenbarungstext. Keine Behauptung braucht belegt zu werden, keine Zumutung bewiesen. Und Zumutungen gibt es genug. Der Trick besteht darin, zu sagen, der Verstand sei nicht zuständig, da er zu gering, zu schwach, zu eng sei, um das Offenbarte zu fassen. Nur wer die Offenbarung nachvollziehen kann, in denselben Bewusstseinszustand getaucht, könne zu einem adäquaten Urteil darüber kommen. Das ist so wahr wie unüberprüfbar. Deshalb bedeutungslos. Nicht, weil keiner Formallogik genügend oder dem gesunden Menschenverstand widersprechend (beide sind nicht für alles in der Welt zuständig, auch wenn sie es sich anmaßen), sondern weil vom Typus der sich selbst erzeugenden Wahrheiten: Die Nachprüfung einer Offenbarung auf dem Weg des Offenbarens erzeugt eine neue Offenbarung, in Abwandlung der alten, die, wie so oft geschehen, an ihre Stelle tritt. Und wer braucht schon solche scheinbaren Offenbarungen?

„Wir alle," sagte der Maler, „wir leben davon. Von abgenutzten, heruntergekommenen, unkenntlich gewordenen uralten Offenbarungen, in Hollywood-Filme übersetzt, in Literatur herumgereicht, in Kunstwerken wiederbelebt. Wir leben noch immer von den Überresten einstiger intuitiver Großtaten, den Gründungslegenden mythischer Erzähltraditionen, aus denen sich Religionen aufgebaut und weiterentwickelt haben. Und wer in diesem Bereich schöpferisch wirkt, ist kein Scharlatan, sondern ein Kulturheros: Wer einen neuen Mythos in Gang setzen kann, ist kein Fortschreiber und Verwalter der gewordenen Welt, sondern Stifter einer neuen. Ist wichtig für uns. Für unser Lebendig sein, unsere Entwicklung, unsere Verwandlung."

In jedem schöpferischen Prozess stellt sich die Erfahrung ein, dass es eine „Führung" gibt, der Prozess sich aus sich selbst entwickelt, unabhängig von dem Bewusstsein, das glaubt, dieses Werk zu betreiben. Die Person meines Romans agiert nach ihren eigenen Regeln. Ein Satz entwickelt sich eigenwillig. Eine Idee entfaltet sich in ungeahnter Weise. Ein Resultat ergibt sich als Geschenk. Alles Erlebnisse, die einem zeigen, wie man in etwas eingebettet ist, das mehr ist, als man von sich selbst glaubt, sich von sich selbst bewusst ist.

Man kann diese Inspiration göttlich nennen – oder von den Musen bewirkt – oder aus dem Ozean der Ideenwelt gefischt, von seinem höheren Selbst, vom ins Grenzenlose reichenden Unbewussten eingegeben – dem persönlichen Unterbewusstsein oder dem gehirnlichen Cortex temporalis geschuldet. Alles Bezeichnungen, wie sie, je nach kulturellem Kontext, dafür verwendet worden sind.

Man könnte es daher auch als Eingabe eines Meisters bezeichnen – wenn das Konzept der verborgenen Meister für einen Gültigkeit hat. Das Erlebnis des Inspiriert seins ist jedenfalls so eindeutig und eindrücklich, dass man dafür Vorstellungen entwickeln möchte, es auf einen Namen bringen möchte, um es zu fassen, es in seiner Wirksamkeit, seiner Wirklichkeit zu beschreiben.

Warum also nicht Meister? Diese Vorstellung ist so gut wie jede andere. Und warum nicht die Leistung Madame Blavatskys anerkennen? Sie hat, als Gegenbild zu den sich als offizielle Doktrin generierenden positivistischen Wissenschaftsvorstellungen (auch der Materialismus war damals noch heftig und kämpferisch, verstrickt in die Rückzugsgefechte der Altgläubigen), ein auf evolutionäre Wandlungsphasen beruhendes Gedankengebäude des Weltganzen entwickelt. In Konkurrenz (und mit teilweise denselben Denkformen) zu den materialistischen Wissenschaften als eine Entwicklungsgeschichte der Geheimwissenschaften, der Kulturen, des Erdorganismus, des Universums – und als leuchtendes, schimmerndes Jerusalem der Sehnsüchte nach überirdischen Sphären ausgemalt (in ihrem Falle sollte man wohl besser Shambala sagen): ein Konzept von der Entwicklung des Menschen in Raum und Zeit, das diesem die Würde zurückgab, die ihm von den offiziellen Wissenschaften zur gleichen Zeit genommen wurde.

Was ich jedoch nicht verstehe, ist das Bemühen dieser Menschen des 19. Jahrhunderts (denn das sind sie ihrer Prägung nach, kein mittelalterlichen Genealogen mehr), eine uralte Herkunft ihrer Gedanken wie als Gütesiegel nachzuweisen. Nicht nur bei Blavatsky war das so. Fantastische Zahlen werden genannt, Epochen und Äonen erfunden, um die Abkunft des Geheimwissens aus einer angenommenen Urzeit zu belegen: Je näher dem postulierten Ursprung der Welt, desto glaubhafter augenscheinlich die Wahrheit einer Aussage...

Warum musste es bei Blavatsky eine geheimnisvolle tibetanische Bibliothek sein, aus dem sie den Stoff ihres geheimen Wissens erhalten haben will, wenn es auch tatsächliche Studien koptischer gnostischer Texte in Londoner Bibliotheken sein konnten? Muss denn das Geheimnis immer in die Nähe der Scharlatanerie gerückt werden, so immer auch diejenigen anziehen, die dafür anfällig sind?

**

Etwas, worüber wir uns nicht einig waren, war daher die Frage nach den Meistern, nach ihrer Existenz, nach ihrer Wesensform. Für mich war schon der Gedanke absurd, dass jemand eine solche Position für sich beanspruchen wollte, sich selbst als Meister sah – als Bemeister des Weges, Erfüller des Zieles, Schicksalsmeister.

Oder, wenn nicht ein menschliches Wesen zur Diskussion stand (auch wenn es sich bei einem Menschen um jemand handelte, der sich zur Höhe eines Zarathustras, Buddhas, eines Jesus, Mani oder Mohammeds entwickelt hatte: Er würde doch noch immer dem Schicksal aller jemals gelebt habenden unterworfen sein – Geburt und unausweichlichem Tod als deren Folge...), wenn es also um ein metaphysische Wesenheit ging, wieso traten diese oft auf so obskure Weise in Erscheinung, sich Menschen offenbarend, die fragwürdig und seltsam waren? Um diesen eine Reputation zu geben, die sie sonst nicht hatten?

Ich konnte das nicht akzeptieren, ich bestand darauf, dass die aufgestiegenen Meister eine Fiktion seien, längst in den Bestand der Literatur übergewechselt – eine Funktion innerhalb eines Glaubens, der Sehnsucht und Hoffnung mit der Trost gebenden Vorstellung einer Lenkung der Geschichte durch weiterentwickelte, wahrhaft väterliche Wesen verband. Der geheimnisvolle Fremde, der auftaucht und eine Botschaft hinterlässt, die inspirierend nachwirkt. Die chinesischen, buddhistischen, arabischen Meister in den sagenhaften Geschichten dieser Kulturen. Die Meister der Theosophen (Blavatsky empfing ihre Inspiration von verschiedenen Über-Persönlichkeiten), ebenso der Roerichs, welche die Meister von Blavatsky übernahmen und für sich beanspruchten, genauso Crowleys Aiwass'. Die aufgestiegenen Meister, die heutzutage gechannelt werden: sind das nicht alles allesamt eher literarisch-symbolische Figuren, aus einer Erzählung in die nächste übernommen? Wie Meme, jeweils durch die Intention des Erzählers verändert und dann unter demselben Label weitergereicht?

Der Maler sagte: „Ich will dir etwas zum Nachdenken geben. Ibn Arabi berichtete, wie ihm Chidr, der Grüne, zweimal begegnet ist; und Arabi war bestimmt jemand, der eine Vision oder Einbildung von einem Realgeschehen unterscheiden konnte. Er sagte, dass er den Grünen auf sich zukommen sah, als er im Hafen von Tunis an Bord eines Schiffes stand, auf das nächtlich-dunkle Meer und den sich darin spiegelnden hellen Vollmond schauend, und dieser über das Wasser ging, als ob es festes Land wäre. Nur daran erkannte er, dass er jemand Besonderes vor sich hatte. El Chidr ist der Lehrer der Sufis, ihr erleuchtender Führer. Ihr Meister. Du kannst das für eine mittelalterliche Heiligenlegende halten, für eine orientalische Märchenerzählung – und seine Worte und den Glauben der Sufis für bloßes Gerede nehmen. Warum aber? Weil du dieses Erlebnis nicht verstehst, dich seine Erzählung, für real genommen, beunruhigt, verunsichert?"

Dennoch: für mich besteht der Prüfstein intellektueller Redlichkeit unter Anderem in der Einstellung zu der Behauptung, es hätte jemand reales Gold im Alchemistenofen erschaffen, und es gäbe die ewig lebenden geheimen Meister. Beides sind Träume, als Symbol wahr (oder unwahr, je nach Standpunkt), sind Realitäten in der Welt der symbolischen Beziehungen und Prozesse, aber irreal in der Alltagswelt. Der Traum des Alchemisten, den Stein der Weisen zu schaffen, ist die Realität des Steins der Weisen - der Traum vom ewigem Leben die Realität der geheimnisvollen Geschichten von Wundermeistern in verborgenen Berg- oder Wüstenklöstern oder von Wanderern, die über Jahrhunderte immer wieder auftauchen und ihre Existenz bezeugen – trat der Graf von St. Germain nicht vor einigen Jahren sogar im französischen Fernsehen auf, oder war es Fulcanelli?

Warum aber schreibt jemand ein Buch, in dem er als Wahrheit darstellt, Goldmachen sei erreichbares Ziel der Alchemie, oder ein anderer, er hätte direkten Kontakt mit mindestens drei aufgestiegenen Meistern gehabt, die sich in seinem Wohnzimmer materialisiert hätten? Was ist der Hintergrund dafür? Aufspringen auf den erfolgreichen Zug der Geschäftemacherei durch Esoterikthemen?

Ich will nicht die Möglichkeit abtun, dafür verstehe ich zu wenig davon, dass irgendjemand irgendeinmal den Prozess des Goldmachens erfolgreich durchgeführt hat – dass irgendwo auf (oder über, unter, neben) der Welt die geheimnisvollen Meister existieren – ich bezweifele einfach nur, dass es bis jetzt glaubhafte Zeugen dafür gibt, Menschen, die selbst damit in Berührung gekommen waren und deren Zeugnis vertrauenswürdig ist, Menschen, die nicht von diesen Behauptungen profitieren. Nicht Gründer von Glaubenssystemen, die dadurch deren Legitimität nachweisen wollen, nicht Verkäufer von okkulten Büchern und Lehren. Keine Erfinderinnen von theosophischen Systemen, die erwiesenermaßen ihre gutgläubigen Anhänger betrogen haben, keine Rückdatierer von Begründungsurkunden scheinbar uralter Logen, keine Fabulierer geheimnisvoller Geschichten, die als beispielhafte Erzählungen großartig wären, zum Nachdenken bringen würden, aber als Tatsachenbehauptung einfach nur lügenhafte Vorspiegelungen sind – keine Aufschneider und Profiteure der Sensation des Geheimnisumwobenen.

Entwicklung

Für den Maler waren meine Vorbehalte nur hinter sich zu lassende Stationen auf dem Weg zu einer Abklärung, die für ihn wohl schon erreicht war, meine Zweifel und die Ablehnung aller unerklärlichen Geschichten hinderten ihn nicht daran, mit mir weiter darüber zu sprechen. Er spürte, dass mein Interesse an diesen Themen tiefer ging als mein erster kritischer Kommentar zeigte. So erläuterte er mir, inmitten des kreativen Chaos seines Studios, umstellt von bemalten Leinwänden, seine Farben herstellend oder einen Bildhintergrund präparierend (wenn er an dem eigentlichen Bild arbeitete, wollte er niemanden um sich haben), was sich für ihn mit dem Alchemisten verband, der Alchemie und dem Entwicklungsweg, der in ihr praktizieret wurde, ein westlicher Sufi-Weg, der Weg der inneren Entwicklung, als Rückweg in das Eigentliche, aus dem wir kommen:

„Seit sich die ersten Nervenfasern deines embryonalen Gehirns organisiert haben, im Wechselspiel von genetisch bedingtem biologischen Wachstum und von außen auftretenden Reizen (auch der Uterus ist eine erste Außenwelt für den sich entwickelnden kleinen Körper: Im rötlichen Dämmerlicht fast schwerelos in einer wärmenden, umspülenden, sanft massierenden Urflüssigkeit schwebend, von musikalischen Schwingungen moduliert...), seitdem ist dessen Struktur immer komplexer geworden, durch exogene und endogene Einwirkungen geprägt. Die sich in das sich entwickelnden Wesen einkörpern, verkörpern, zuerst nur leiblich-organisch, dann im Funktionalen der Nervenzellen, später dann im Bereich der Wahrnehmung und Selbstwahrnehmung, aber immer auf die Einbindung in das Ganze bezogen.

Das ist ein Entwicklungsprozess, in dem das, was auf dich einwirkt ebenso wichtig ist wie das, was vom genetischen Material bereitgestellt wird: Du wirst durch deine Erfahrungen, auf jeder Ebene des Weltbezugs, organisiert und damit programmiert.

Der Kern aller Einweihungslehren, die eigentlich Entwicklungslehren genannt werden sollten, ist jedoch die De-Programmierung alles dessen, was sich auf diese Weise aufgebaut hat: Reflex, Instinkt, Verhalten, Charakter, Habitus, Gewohnheit, Wahrnehmungs- und Denkstruktur.

Und gleichzeitig deren Neu-Programmierung. Das geht normalerweise nicht so weit, dass die körperliche Grundlage wieder aufgelöst wird, aber auch davon erzählen die Mythen von den höheren Graden der Einweihung, die von Wesen – Meistern – in einem anderen als dem normalen physischen Leib berichten, die sich diesen Leib selbst geschaffen, als ihre eigener Baumeister selbst errichtet haben, aus dem umgewandelten Material ihres der Zeit ausgelieferten Körpers.

Ob eine solche weitgehende De- und Neu-Programmierung wirklich möglich ist, kann ich nicht beurteilen, sie wäre aber eine konsequente Fortführung dieses Gedankens. Aber in den Bereichen, die der Selbsterfahrung zuerst zugänglich sind, liegt der Einstieg in diesen Prozess der selbstgesteuerten Programmierung, der Selbstschöpfung, der Erschaffung eines neuen göttlichen Wesens, dessen Ausgangsmaterial du selbst bist.

Du beginnst dort, wo du dich im Augenblick befindest, in dem Zustand, der dein aktueller ist, und führst den Vorgang Schrittweise in der Gegenrichtung deines Werdeprozesses durch.

Angefangen mit der Aneignung neuer Gedanken, eines selbstwahrnehmenden Denkens, dem Abbau von Vorurteilen, umfasst der Prozess immer umfangreichere, tiefere Anteile deiner selbst: über die Installierung neuer Gewohnheiten, der Überwindung von Abneigungen, von Phobien, der Auflösung tiefverwurzelter Stammestabus und fixierter Verhaltensregeln oder familiärer Muster führt der Weg. Und darüber hinaus: über die Selbstformung deines Habitus, deines Charakters, neben dem Erwerb aktiver Gedächtnisleistungen und erweiterter Bewusstseinsfähigkeiten, bis in den Bereich der instinktiven Reaktionen und der Beherrschung körperlicher Prozesse.

Es ist gleichzeitig ein Weg aus der Geborgenheit der Herkunft, der Familie, der Sitten der Zeit, in die Heimatlosigkeit und Einsamkeit, bis sich die Tür öffnet in eine neue Heimat des Universellen, alles Umfassenden.

Rezepte dafür gibt es in jeder Himmelsrichtung, aus jeder Erdregion und jeder Geschichtsepoche – Schulung dieser Art wurden angeboten, seitdem die ersten Schamanen als Berater und Leiter ihres Stammes auftraten. Du kannst dir vorstellen, was für eine gewaltige, was für eine unlösbare Aufgabe das ist – und wie weit du und ich auf diesem Weg schon gekommen sind. Anfänger des Weges sind wir, werden wir immer sein, aber der Weg ist schon sichtbar, den wir gehen können."

„Denke darüber nach, was der Alchemist will, was sein Ziel ist. Will er Gold machen? Reich werden? Will er die ultimativ-lebensverlängernde Arznei herstellen? Ewiges Leben also? Ein Mittel in der Hand haben, gegen jede Krankheit einsetzbar – so wie heute die Biogenetiker von einer möglichen Lebensverlängerung durch eine zukünftigen Medizintechnik schwärmen, die durch ihre Methoden erreichbar sei – ist das der Antrieb des Alchemisten?

Denke an die Herkunft seiner Vorstellungsbilder, den Hintergrund seines geduldigen Bemühens – im Mythos von der Urheberschaft des Hermes Trismegistos, des ägyptischen Thots, für die hermetische Kunst und Philosophie liegt der hilfreiche Fingerzeig.

Was war in Ägypten der zentrale Inhalt des Geheimwissens? Die Verwandlung des Pharaos in einen Gott. Wie man ein Gott wird wurde erforscht und gelehrt. Der Pharao ist nicht der Stellvertreter Gottes auf Erden, wie in späteren Kulturen von deren geistigen und weltlichen Führern gesprochen wurden, er ist der Gott selbst. Und daher von existenzieller Bedeutung für das Land, dessen Gedeihen in jeder Hinsicht von ihm abhängt. Ein staatspolitisches Faktum also. Ein politisches Geheimnis daher auch.

Dieses Konzept, und Bruchstücke des damit verbundenen Wissens, wurde in einer späteren, veränderten Gesellschaft aufgegriffen und weiterentwickelt: In kleinen Gruppen und als Einzelindividuum wurde die Verwandlung in einen Gott gesucht.

In der Spätantike, in der Gnosis war die Staatsangelegenheit zur Privatsache geworden – trotzdem trug sie noch immer die Züge einer Metamorphose ins Übermenschliche. Nur durch das Bemühen des Einzelnen erreichbar, der durch und über die Planetensphären hinaus in die Identität mit dem wahren Einzigen, dem All-Ganzen, hineinwächst. Sich selbst ins Göttliche transformiert.

Solche Vorstellungen setzen sich noch bis Paracelsus fort, wenn er sagte:

„Im Menschen treffen sich äußerer und innerer Himmel. Der Himmel ist der Makroanthropos, der Mensch der Mikrokosmos... Im Menschen nämlich sind Sonne und Mond und alle Planeten, desgleichen auch in ihm die Sterne und das ganze Chaos... Darum muss das Gestirn dem Menschen folgen und ihm unterworfen sein – und nicht der Mensch dem Gestirn..."

Dieser Mensch, der sich seiner selbst bewusst geworden ist, seinen Körper, seinen Leib, seine Psyche und seinen Geist kennt und beherrscht, regiert damit den Himmel, ist göttlich geworden, ist, wenn er sich selbst in allen seinen Kräften durchschaut, ein unsterblicher Gott, identisch mit dem Makroanthropos.

Im „Großen Werk" der Alchemisten ist der Prozess der Transformierung ihrer selbst in dieses göttliche Wesen beschrieben, die Handlungsfolge, die ihn Stufe um Stufe diesem Ziel hin zuverwandelt. Die Alchemisten geben sich in ihren Schriften gegenseitig Rezepte, Ratschläge, Tipps, wie sie zu verfahren haben, um ihre eigene Transmutation durchzuführen. Verschlüsselt, in Andeutungen und mit versteckten Hinweisen („so du meine Rede recht verstehst..."), da ihr Geheimnis noch ketzerischer ist als manches, wofür man in dieser Zeit schon in die Kerker der Inquisition gekommen wäre. Das ist das großartige Konzept – und das Scheitern gehört naturgemäß dazu. Das Nichterreichen. Steckenbleiben. Aufgeben. Sich vergeblich abmühen."

„Es ist nicht so, dass dieses Wissen geheim gehalten worden ist, weil es nicht für jedermann gemacht sei, nicht für jeden begreifbar wäre (was natürlich auch stimmt). Das ist die gewöhnliche Erklärung. Doch dann würde es sich sozusagen selbst schützen, da nur dem dazu Befähigten interessant und von Nutzen.

Es ist eher so, dass durch die Geheimhaltung verhindert werden sollte, dass andere als die vorgesehenen Personen – der Pharao und seine Priesterkaste – die Gottwerdung erreichen. In der Überzeugung, dass dieser Prozess funktioniert, musste er zum Staatsgeheimnis werden, um die Welt von einer Unzahl von Göttern zu schützen, die sich gegenseitig ihre Titel und Ansprüche streitig machen und den hierarchischen, pyramidenförmig aufgebauten Staat mit nur einer einzigen möglichen Spitze ins Chaos stürzen würden.

Was daraus folgt, wenn ein Einzelner sich selbst autorisiert, ein Gott zu sein, sieht man am Beispiel des Simon Magus – der sich selbst dazu erklärte, Kraft seiner Einsicht, dass dies dem Menschen möglich ist – Erkennen dieser

Möglichkeit, Gnosis genannt, und Ausschöpfen dieses Potenzials sind ihm ein und dasselbe – aber er tut es noch im Rahmen des üblichen antiken Denkens über Gott und Göttlichkeit.

Ein Zeitgenosse von ihm; Jesus, sagte im Grunde das gleiche (...der Vater und ich sind eins...), aber er bringt eine andere Nuance ins Spiel, die ihn zu etwas Besonderem macht, zu einem Neuerer – er erklärt sich nicht zum Herrscher über Himmel und Erde, wie es jeder andere Gott tun würde, er sagt stattdessen: Mein Reich ist nicht von dieser Welt.

Verzicht auf die Anmaßung der Herrschaft, Mitleiden mit den Ohnmächtigen, Gott werden und doch Mensch bleiben: ein anderes Programm. Als Mensch sein Schicksal erdulden. Es annehmen. Opfer sein. Obwohl doch Gott... "

„Die Gnostiker und auch in deren Folge die Alchemisten beziehen sich allerdings noch auf das andere, ältere Bild der Gottgleichheit. Zur Identität mit dem Ursprung kommen. Sich ins Göttliche erhöhen. Zur Welt heranwachsen, über die Welt hinauswachsen. Den für den Menschen vorgesehenen Platz wieder einnehmen. Sie folgen dem uralten Pfad, dem Menschen schon immer gefolgt sind, überall, zu jeder Zeit. Sie wagen ihre Selbsttransformation."

Ich hatte den Maler, der sich ins Feuer geredet hatte, in seinem Redefluss bis jetzt nicht aufgehalten, doch nun hakte ich ein:

„Aber ist dieses Programm nicht eine völlige Überforderung des Einzelnen, deshalb irreal und nur Utopie? Und wenn seit Jahrtausenden solche Versuche stattgefunden haben, wo sind denn alle die Übermenschen geblieben, die sich auf diese Weise selbst produzierten? Woran sieht man ihren

Einfluss, in der katastrophalen Realgeschichte etwa, und wenn ihre Existenz dafür nichts bedeutet, warum dann der ganze Aufwand? Warum soll ich nicht einfach die Bedingungen akzeptieren, unter denen ich angetreten bin und das Beste daraus machen, das Beste mir mögliche?"

Die Heftigkeit, mit der ich ihn unterbrach, überraschte mich selbst. Warum bin ich, so wie ich bin, nicht gut genug?

„Du widersprichst dir. Das Beste aus dem zu machen, was du im Augenblick bist, um das geht es ja. Es geht um dein Potenzial. Um das, was in dir steckt. Um nichts mehr. Und warum wir den Weg gehen sollten? Weil wir schon auf ihm sind, Jedefrau, Jedermann. Weil er unser Schicksal ist – das uns Zugedachte – und ihn jeder auf seine Art und in seiner Geschwindigkeit begeht.

Jeder, der einigermaßen Selbstbeherrschung gelernt hat, der an seinem emotionalen Selbstausdruck laboriert, der sich entwickeln will, lernen will, der neue Gedanken zulässt und aufgreift, sogar (oder: gerade) der Bodybuilder im Fitness-Studio, der sich im wöchentlichen Schweiß seinen Körper aufbaut, einem Idealbild folgend, geduldig, Schritt für Schritt seine Übungen exerziert und dadurch Standfestigkeit beweist – jeder ist auf seine Weise Teilnehmender an dieser Entwicklungsprozession.

Alle die dadurch erworbenen, umgeformten Eigenschaften bezeugen uns als Wesen, die an sich selbst arbeiten, die sich nicht der Entropie, der Trägheit überlassen, dem Fall, der Schwerkraft der Verhältnisse. Zeigen uns als von Natur aus Übernatürlich, uns selbst überformend, selbst bewusst gestaltend. Es ist der alchemistischer Prozess, der das Geringere in das Erhöhte überführen will, Blei in Silber, Silber in Gold, analog zu der Arbeit an sich selbst, um die eigene Verfassung in einen höheren Zustand zu stemmen. Ein zutiefst alchemistisches, gnostisches Motiv. Und in jedem von uns treibt dieses Motiv."

„Das Herz, das geheime Ziel dieser Arbeit (den die überall anzutreffenden, überall angebotenen Anleitungen zur Selbstvervollkommnung, als Training für das Gedächtnis – für die Kreativität, den Willen, den Körper – sind nur deren Widerspiegelung im Äußeren), ist durch die tradierten Initiationsbünde weitergereicht worden, von einem Zeitausdruck in den anderen übersetzt. Ist als Hermetik, Alchemie, Magie, Rosenkreuzertum, Theosophie, modernes Adeptentum, oder wie auch immer die jeweilige zeitabhängige Konstellation sich nannte, immer wieder neu formiert aufgetreten. In Abhängigkeit voneinander, manchmal in Gegnerschaft, in Abspaltung auseinander gehend oder wieder ineinander fließend.

Lange, bevor es eine moderne Psychologie gab, die sich heute mit intelligenz- und gedächtnisleistungssteigernden Methoden auf dem Markt tummelt, hat zum Beispiel jemand wie Trithemius, der Renaissance-Abt und Magieforscher, in seiner Steganographia, als Verbindung der Gedächtniskunst antiker Rhetoriker und der kombinatorischen Weltdeutung eines Raimundus Lullus, Anweisungen zur bildhaften Vorstellung von Gedächtnisschaubühnen gegeben, die eine Gedächtnissteigerung ermöglichen – und andrerseits auch erst durch eine Steigerung des Gedächtnisses möglich werden

„Das Buch soll die Kunst lehren, einem Menschen, der bloß seine Muttersprache versteht, in zwei Stunden vollkommen Lateinisch lesen und schreiben zu lernen, und zwar mit Verständnis"... schrieb er etwas zu vollmundig in einem

Brief darüber – was ihn noch mehr in den Ruf brachte, ein Schwarzmagier zu sein.

Wer von Selbsterfüllung spricht, von Arbeit an sich selbst, von Individuation, greift auf Vorstellungen zurück, die in der Hermetik wurzeln, in Alchemie, Magie, Geheimwissenschaften kreisten und heute mit einer Vielzahl von alternativ-psychologischen Richtungen assoziiert werden. Das geduldig-prozessuale Arbeiten der Alchemisten an ihren immer wieder neu anzusetzenden Mischungen, um Stufe um Stufe dem großen Ziel näher zu kommen, die lebenslangen Bemühungen der Adepten um Erleuchtung, alles verweist auf das große Werk, an denen sie beteiligt sind: Ihre Selbsterschaffung als mentale Wesen, in selbsterschaffenen mentalen Welten lebend, diese dadurch durchschauend und überwindend... "

Während seiner Rede stellte sich mir das Bild unseres Planeten ein (einmal um den Erdball gekreist und dann auf einen ausgesuchten Punkt des Globusses gezoomt, gegoogelt...), wie es auf ihm von Individuen wimmelte, von denen jeder für sich die Arbeit der Selbstdisziplinierung, Selbsterziehung, Selbstvervollkommnung leisteten: der Zen-Jünger in seinem Meditationsraum, der buddhistische Mönch in seiner Tempelzelle, der orthodoxe Einsiedler in seiner Klause; Meditierende jeder Nationalität in den Räumen, Kammern, Winkeln, die sie sich dafür eingerichtet hatten, in Kalifornien ebenso wie in Warschau oder Singapore – bemühte Menschen, die sich nicht nur treiben lassen wollten, sondern für ihre eigene geistige Entwicklung etwas taten.
Und dann das Heer der Lernenden, Trainierenden, ihre Intelligenz, ihre Stärke, Schnelligkeit, Muskelkraft

verstärkenden, die alle an sich arbeiten, sich verbessern wollten. Es scheint wirklich etwas Selbstverständliches, Allgemeingültiges zu sein: das, was man hat, zu verbessern, es auszubauen, es zu steigern.

Aber warum tun sie es? Ist es nicht das Motiv, besser als die anderen zu sein, welches die meisten treibt, der Konkurrenzkampf also? Ist es nicht ein Ziel, eine zu überwindende Grenze, ein vorgestelltes Ideal, um das sie sich mühen, Beweggrund also ein Antreibendes außerhalb ihrer selbst?

Warum konnte niemand in sich ruhen, bei sich bleiben, zufrieden mit sich und der Umwelt, warum musste alles in Bewegung sein, ins Größere wachsen, durfte nichts stehen bleiben ohne gleich wieder zusammenzuschnurren, zu schrumpfen, sich aufzulösen?

Und wenn die Vervollkommnungsarbeit an sich selbst allgemeines Ideal ist, was ist mit den Menschen, die nicht mithalten können? Wird zum Beispiel in einer Gesellschaft, die auf Körpervervollkommnung aus ist (wie unsere in weitem Maße schon) nicht derjenige verachtet, der dick, träge, unförmig, sein Gewicht mit sich herumschleppt?

Bei diesem Gedanken merkte ich: Genau hier lag mein eigenes Vorurteil. Ich mochte Menschen nicht, denen man ansah, dass sie keine Selbstdisziplin besaßen, die in sich reinstopften, was immer sie greifen konnten, nicht auf ihr Gewicht achteten – entweder weil sie sich in dieser Hinsicht aufgegeben oder noch nie über ihre Wampe nachgedacht hatten. Also lag dieses Vorurteil schon selbstverständlich in der Luft – auch ich war davon infiziert. Ich konnte sie nicht nehmen, wie sie waren, reagierte antipathisch.

Und mit den anderen Idealen, gab es da nicht auch immer Verlierer, Letzte in der Schlange, im Fortschrittsstrom Abgehängte? Was war mit Intelligenz?

Wenn jeder für seine Intelligenz selbstverantwortlich sein wird, weil er sie üben kann, sie ausbauen, erhöhen kann – vielleicht sogar mit Hilfe von Medikamenten – was ist dann mit den sogenannten Dummen? Werden sie dann nicht nur bemitleidet (oder übervorteilt) sondern auch verachtet werden, weil sie sich keine Mühe geben?

So wie wir jeden insgeheim verachten, der sich fallen lässt, zusammen sinkt, zerbricht, der am Weg liegen bleibt, der auf der Straße, im Suff, an der Nadel endet? Wir weichen ihm instinktiv aus, weil er uns ein Beispiel dafür gibt, was auch aus uns werden könnte, wenn wir nicht im Rennen bleiben. Und dieses Rennen ist in vollem Gange – alle die Angebote, die es dazu gibt, besser im Beruf, überzeugender im Auftreten, schlagfertiger und erfolgreicher zu sein, bezeugen es: NLP, Mindmapping, Brainpower, Gedächtnistraining, Coaching aller Art, und, noch verschärft, Dianetik usw., werden uns von allen Seiten eifrig als Helfer in unserem Bemühen angeboten, uns einen scheinbaren Vorteil im Gedränge um den besseren Job und den schnelleren Spurt im Leben zu verschaffen.

Diese grundsätzlichen Zweifel an dem Gedanken der Selbstentwicklung behielt ich allerdings für mich, sagte nichts dem Maler darüber. Ich wusste ja auch nicht, wie ich das Ganze beurteilen sollte: War es etwas uns Eingepflanztes, Natürliches? War es ein Fluch, ein Segen? Sind wir dazu verdammt, uns zu entwickeln oder ist es die uns gegebene Rettung, die Lösung unseres Dilemmas?

Bei Ellen wäre ich noch weniger mit meinem Zweifel angekommen. Ich wusste, wie sehr sie von dem Gedanken, dass alles der eigenen Weiterentwicklung dienen kann und soll, überzeugt war. So sehr, dass sie sogar die unwürdigsten, belastendsten Erlebnisse in ihrem Job als Gelegenheit zu wachsen akzeptierte und begrüßte.

Und noch etwas machte mich nachdenklich: Meine Überlegungen führten mich an den Punkt, an dem auch die orthodoxen Vertreter der jungen Christengemeinden standen, als sie anfingen, sich von denjenigen ihrer Mitglieder zu distanzieren, die sich mit einem geheimen Wissen, der Gnosis, beschäftigten. Wie sie wollte ich nicht akzeptieren, dass auf diese Weise Auserwählte aufkommen, die den anderen weit vorauseilen, die Menge als Uneingeweihte, Unentwickelte zurücklassend. War ich wirklich auf den Standpunkt der damaligen Kirche eingeschwenkt?

Bis jetzt war ich immer der Meinung gewesen, der Einzelne habe das Recht, seinen eigenen Glauben zu entwerfen und sich selbst zu autorisieren, Glaubenssysteme zu erschaffen, als religiöse Kunstwerke, kraft seiner schöpferischen Intelligenz, in denen sich dasjenige realisieren kann, was man damals Offenbarung des Heiligen Geistes nannte – und nicht einem politischen Gremium, wie der Bischofsversammlung, unterworfen zu sein. War das ein Widerspruch zum Widerspruch, zu dem mich die Ausführungen des Malers reizten?

Als ich dann einmal in einer nachdenklichen Stimmung mit Ellen zusammen war (sie lag mit ihrem Kopf in meinem Schoß, die Beine seitlich angewinkelt, und wäre sie eine Katze gewesen, sie hätte bestimmt geschnurrt) und ihr dann doch, ein wenig zögernd, von meinen konfusen Überlegungen erzählte, lachte sie mich aus:

„Du denkst zu kompliziert, weil zu grundsätzlich und damit zu extrem. Frage dich doch einfach: Möchtest du ein fetter, träger, ungepflegter, biersaufender, kaum aus dem Bett oder Sofa hochzubringenden und nur Sexvideos konsumierender, völlig unehrgeiziger Typ sein? Nein?

Und das Gegenteil: möchtest du ein von Ehrgeiz zerfressender, völlig zielorientierter, mit Ellenbogenmentalität ausgestatteter, über Leichen gehender Karrieretyp sein? Auch nicht?

Nun, dann hast du dich selbst dazwischen platziert, vielleicht ein bisschen mehr in die Richtung Manager gehend (nein? – Du wirst dich selbst am besten einschätzen), aber doch die Extreme ins Gleichgewicht auspendelnd. Und das tut doch fast jeder.

Wo liegt dein Problem? Es gibt eben unterschiedliche Menschen, man muss sich doch nicht im Grundsatz für die eine oder die andere Lebenshaltung entscheiden. Ich neige allerdings ein wenig mehr zu dem Manager-Karrieretyp, mehr als du jedenfalls, aber das weißt du ja...

Dir fallen bei diesem Thema gleich Kampf ums Dasein, Auslese, Nazi-Typen ein – Negativbeispiele der Extreme. Um das geht es doch nicht. Es geht um etwas, was so selbstverständlich ist, wie in der frischen Luft freier zu Atmen, im Sonnenlicht sich wohlfühlen, so natürlich wie der Wunsch des kleinen Kindes, groß zu werden, zu wachsen. Zerstöre dir nicht dein Gefühl für ein Ziel, indem du es grundsätzlich anzweifelst und deine Schritte dorthin vergrübelst."

Aber mit diesem Kommentar Ellens war das Thema für mich noch nicht abgeschlossen. Es sind eigentlich zwei Dinge (ich muss sie auseinanderhalten) die mich seit den Ausführungen des Malers beschäftigten: Was war das

Motiv, das Ziel aller dieser Bemühungen um sich selbst, ihre Triebfeder (wenn man überhaupt von einem einzigen Motiv ausgehen kann), was lag dem zugrunde? War es einfach die Natur des Menschen, die sich darin ausdrückte? Ob naturalistisch genommen oder spirituell erhöht? Meditierten, tanzten, trainierten diese Menschen, weil sie eben Menschen waren?

Denn wenn sie es taten, um das zu erreichen, wovon der Maler als fernes Ziel sprach, dann waren ihre Anstrengungen wohl vergeblich und sinnlos. Der Gedanke an so viele verschwendete, vergeudete Bemühungen machte mich depressiv – aber wenn der Sinn der Bemühungen in sich selbst lag, im Wachsen, zur Reife bringen, zum Ausfalten, wo etwas eingefaltet war, zum Ausbilden, wo etwas bisher nur als Keim da war – dann tröstete mich dieses Bild der bemühten, eifrigen, geduldig an sich Arbeitenden.

Das andere war der Aspekt des Auseinanderdividierens in Eifrige, Strebende, Vorwärtskommende und Zurückbleibende, abgehängt Untergehende. Und das war etwas Grundsätzliches, was ich nicht durch die Bemerkung von Ellen für erledigt hielt.

Jedes Erlösungsszenarium selektiert die teilnehmenden Personen in Erlösungsfähige und -würdige und Erlösungsunwürdige, Verlorene. Die Scheidung der Geister ist ihm immanent. Jede Erlösungsreligion kennt Insider und Outsider. Mitglieder und Außenstehende, Gute und Böse.

Seit Zarathustra ist dieses Gutsein nicht mehr nur mit einer Gruppe identisch, der man durch Tradition und Geburt angehört, sondern durch die Entscheidung des Einzelnen gegeben, der sich durch sein Verhalten für oder gegen das erkannte Gute entscheidet – der Einzelne ist für sich und die allgemeine Entwicklung mitverantwortlich. Das bürdet ihm die Last der Welt auf und gibt ihm gleichzeitig die zentrale Stellung, die wir heute noch als Menschenwürde erleben – als unantastbaren Wert des Individuums.

Seit Zarathustra seinen Anhängern erklärt hatte, dass es einen Kampf zwischen Gut und Böse gäbe, und jeder aufgerufen ist, sich für eine der beiden Seiten zu entscheiden, und dass der Glaubenskämpfer des Guten dadurch dem Kampf dient, dass er Reinlichkeitsvorschriften beachtet, Nahrungsvorschriften, Vorschriften der Lebensführung – sich also strikt diszipliniert – und diejenigen Anteile der Welt meidet oder bekämpft, die Ahriman gehören, wie etwa Ungeziefer oder Menstruationsblut – seitdem gibt es Rein und Unrein und damit die Möglichkeit, im Unreinen zu enden, gelingt einem nicht das reine Leben. Fatal für das weitere Schicksal, denn die Unreinen werden im Endgericht verdammt und abgetan – abgefackelt muss man sagen, denn das Ende ist ein Welten-Feuerbrand.

Seit die Welt als großer Organismus erkannt und beschrieben worden ist, als hierarchisch gestufter Leib, im griechischen und schon im indischen Denken, seitdem gibt es eine selbstverständliche Diskriminierung derjenigen Teile, die eine nicht so hervorgehobene, leitende Rolle im Weltganzen spielen, wie der Kopf und das Herz in dieser Körpermetaphorik: Die Kaste der Unberührbaren, die Sklaven, die leibeigenen Bauern, die Frauen, wurden, ebenso wie die Tiere, auf ihren untergeordneten Platz gestellt, so dem Organismus dienend, wie alles übrige auch.

Wer sich das Alles-Was-Ist als vielgliedrig organisiertes Ganzes denkt, denkt damit Haupt- und Nebensachen, Zwecke und Ziele, Förderliches und Schädliches, Hinderliches und Auszuscheidendes, ebenso wie Kräftigendes und Wertvolles neben Unwertem und Krankem, und verbindet organische Prozesse mit Werturteilen, und diese mit Einzelerscheinungen des Ganzen.

Wer ein Ziel annimmt, auf das alles hinstrebt, dem ist es nicht gleichgültig, ob eine Sache oder Meinung oder ein Mensch sich als Hindernis in den Fluss dieser Bewegung zum Endziel stellt. Er erkennt in ihnen den Feind. Wer die Geschichte als Entwicklung zur Realisation des Weltgeistes oder der Demokratie oder der sozialistischen Gesellschaft sieht (es gibt noch mehr dieser Idole), findet im Bezug dazu Überwundenes und zu Überwindendes. Er weiß von Erdteilen, von Rassen, von Völkern, von Klassen, von Gruppen und Sekten, von Individuen, die unwichtig oder sogar schädlich im Hinblick auf das Erstrebte sind. Verachtung der unzivilisierten Wilden, des Randständigen, Antiziganismus, Antisemitismus, Antiislamismus, jede Art von Abwehr und Projektion sind die Folgen.

Wie also kann man Entwicklung, Entwicklungsziele, organischen Zusammenhang denken, ohne in die Falle zu geraten, Vorurteile und Eigeninteressen an ihnen festzumachen und sie in ihnen zu verewigen? Denn diese zusammenfassenden Ideen sind zu zentral, um sie zu negieren oder aufzugeben.

Schreiben

Ich neige zu der für einen Schriftsteller vielleicht unpassenden Ansicht, dass Worte eher verschleiern, als dass sie Wirklichkeit vermitteln, dass diese eher jenseits der Sprache gefunden werden kann, als in und mit ihr. Gleichzeitig muss ich anerkennen, dass wir der Sprache nicht entkommen können – das stumme Ergriffensein, das wortlose Stehen vor dem Anblick, dem Bild, das ich so viel höher als das beschreibende Wort stellen möchte, zerfällt und vergeht in dem Augenblick, in dem sich das Bild, die Schau uns entzieht – nur die Erinnerung bleibt und von ihr nur das, was in Worte gefasst werden konnte. Das Wort bleibt mir also – und damit etwas wiederum Unerschöpfliches, nicht auszuschöpfendes, es ist kein sich Begnügen, es ist ein sich Bereichern, wenn man mit Worten, dem Wort, zu tun hat, mit ihm umgeht. Das war meine Entdeckung in dieser Zeit.

Lange Zeit blieb mein Schreiben sporadisch, auch ungeordnet, meine Notizbücher füllten sich, aber einen roten Faden gab es noch nicht in den vielen Gedankensplittern und kurzen Exkursen, aus denen ihr Inhalt bestand; vielleicht auch bedingt durch die Art ihrer Entstehung: Mich für 1–2 Stunden an einem öffentlichen Ort zu installieren, mich gleichzeitig davon abzuschirmen und zu schreiben, gelang mir, aber länger und vor allem regelmäßig an etwas durchgängig zu arbeiten, war mein Stil nicht.
Einmal schrieb ich eine Art Gespenstergeschichte, fast nur als Pointe, als Kürzest-Geschichte, aber die Idee, die dahinter stand, gefiel mir, und ich begann sie auszubauen, mir immer wieder kurze Absätze zu diesem Keim einer Erzählung notierend. Noch sehr vage handelte sie von dem Erscheinen eines Alternativweltlers (eine Fantasygeschichte also) in unserer Gegenwart, der aber hier nur als eine Art Gespenst auftrat, mehr im Schlaf oder im Wachtraum wahrnehmbar, da er zwischen den Möglichkeiten existierte – herausgefallen durch irgendeinem Umstand aus seinem soliden alternativen Dasein und nicht richtig angekommen in unserer eigenen Solidität. Die sich dadurch aber als Bewusstseinskonstrukt mit Schlupflöchern herausstellt. Als

ebensolche fiktionale Erzählung, darin gleich der Alternativwelt.

Die ursprüngliche Inspiration zur Ausarbeitung meiner Gespensternovelle, wie ich sie anfänglich genannt habe (jetzt allerdings scheint mir diese Bezeichnung nicht mehr passend) hatte ich durch eine seltsame Begegnung: In einer dieser Raucher-Hotelbars, die ich auf der Suche nach einem bequemen, angenehmen Schreibplatz ausprobierte (aber hier konnte ich nicht wirklich schreiben, der Raum war überfüllt, das Gedränge zu dicht, der Lärmpegel zu hoch, und kein Rückzug in die Stille möglich), sprach mich plötzlich mein Tresennachbar an – ich hatte ihn vorher nicht bemerkt – und versuchte sich in Smalltalk.
Er begann das Gespräch harmlos mit einer Bitte nach einer Zigarette, die ich ihm aber, als Nichtraucher, nicht geben konnte und wechselte dann zu anderen Themen über, wohl um den angeknüpften Kontakt nicht wieder abzubrechen. Fragte, woher ich komme, was ich hier mache, ob ich allein sei und ähnliches, was mich allmählich anfing zu nerven. Dann begann er von sich zu erzählen, kein Name und auch nicht, was er selbst hier machte, aber kurze Episoden aus seinem Leben, oder waren es doch nur erfundene oder woanders gehörte Geschichten?
Normalerweise interessiere ich mich nicht für die mir aufgedrängte Lebensgeschichte eines Unbekannten, aber etwas an seinem Tonfall hielt mich am Zuhören.

Unvermittelt sagte er: „Alles so normal, so real... komme ich ihnen wirklich real vor?"

Mir fiel nichts ein, was ich dazu sagen konnte; jetzt schwieg er, starrte in sein Bier.

„Wissen sie, ich bekomme die Dinge nicht mehr richtig zusammen, erschrecken sie nicht, ich bin nicht verrückt, aber vielleicht ist es mein Zustand... Ist es seit damals, vor ungefähr einem Jahr. Ich ging gedankenverloren über eine Straße, wollte sie eben überqueren, und merkte plötzlich an einem böigen Windzug, einem pfeifendem Fährgeräusch und heftigem Hupen, dass mich fast ein Auto überrollt hätte...

Stand am Straßenrand, zitterte, war wie abwesend, wie wenn etwas in meinem Bewusstsein gerissen wäre... ein durchgehender Faden, ein kontinuierlicher Zusammenhang... plötzlich nicht mehr da... und seitdem gibt es nur Bruchstücke, Erinnerungsscherben und Kurzgeschichten, die sich irgendwie in Nebel auflösen...

Wissen sie, ich glaube, ich bin damals gestorben, sterbe jetzt eben und male mir das alles nur aus... Bin ich für sie real? Könnten sie mich vielleicht anfassen und mir sagen, ob ich wirklich bin?"

Was sollte ich ihm antworten? War ich jemand in seinem Traum, dann war jede Antwort irreal, auch wenn ich sagte, ich fühlte mich als wirklich vorhanden und auch er fühlt sich für mich recht wirklich an. Wie sollte ihn das Überzeugen? Noch schwieriger: meine eigene Überzeugung, real zu sein, war plötzlich ganz dünn, ganz brüchig geworden, er schien mich mit seiner Verwirrung angesteckt zu haben.

Jetzt war ich es, der wortlos in seinen Drink starrte. Als ich schließlich zu ihm aufblickte, war er nicht mehr da. Seine Zigarette kräuselte noch einen schwachen Rauchfaden in die Luft. Aber woher plötzlich diese Zigarette?

**

207

Im Nachdenken über Alternativen – alternative Verläufe und alternative Konzepte – wird man befreit von der unhinterfragbaren Einmaligkeit des Realgeschehens. Das Gefängnis des „Es ist so" entlässt einen, erkennt man, es könnte auch ganz anders sein, ganz anders gewesen sein. Und gleichzeitig schärft sich der Blick auf dasjenige, was tatsächlich vorgekommen ist, tatsächlich existiert – man sieht es nun in seiner Bedingtheit und Beschaffenheit. In seiner Abhängigkeit. Die Alternative relativiert und erklärt das Bestehende im gleichen Zug. Deswegen fand ich Parallelweltgeschichten immer interessant. Den Ausgangsort der Gespenstergeschichte, zu der ich durch die Episode in der Bar angeregt worden war, wollte ich deswegen in einer anderen Realität ansiedeln, weil ich den Blick auf unsere eigene Realität lenken wollte, von außen gesehen, verfremdet.

Auch Koslowski als Name und Charakter fiel mir ein (oder eher zu), als ich in einer Hotelbar saß, über deren Ausstattung sinnierend. Die vorherrschende Farbe war ein dunkles Blau, kontrastiert durch einen rötlich-mahagonifarbenen warmen Holzton, angeklebte Kannelüren an den Stützen deuteten diese zu Säulen um. Im Übrigen war viel Spiegelglas, und für den Boden neben Teppich auch Stein verwendet worden: offensichtlich sollte die Einrichtung edel, gediegen aussehen. Alles im gedämpften Licht indirekt strahlender Halogenlampen – die breiten Ledersessel um die eigentliche Bar verführten zum Sich Hinein fallen lassen und sich hinzuflätzen, um erst nach der letzten Runde mühsam wieder daraus aufzutauchen.

Der Tresen war gut besetzt, einige Barbesucher standen auch in zweiter Reihe, sich mit den Glücklicheren unterhaltend, die einen Barhocker ergattert hatten. Wahrscheinlich gehörten sie als Gruppe zusammen, Manager auf

Schulungskurs vielleicht, Teilnehmer an einem der vielen Spezialevents, die in solchen Hotels gerne abgehalten werden.

In dieser Umgebung erfand ich Koslowski, als Bargänger, Nebenmann-Anquatscher, räsonierender Überlebensphilosoph. Zuerst stand er für sich, dann ordnete ich ihn, ich weiß nicht warum, der Alternativwelt-Geschichte zu, obwohl er im eigentlichen Sinn nichts damit zu tun hatte, oder, im Gegenteil, soviel mit dieser wie mit allen anderen möglichen Geschichten. Aber ich skizzierte in ihm einen modernen Diogenes, einen verfremdeten buddhistischen Bettelmönch, einen westlichen Majzub, seine Wurzeln zogen sich durch viele Welten hindurch, in allen war er derselbe, unbeeinflusst von Umständen, von wechselnden Äußerlichkeiten. So konnte er ebenso gut in einer parallelen Wirklichkeit erscheinen.

Ihm legte ich die Einwände in den Mund, die mir im letzten Gespräch mit dem Maler doch nicht gekommen waren, Bedenken oder Empfindlichkeiten, die ich damals noch nicht formuliert hatte. Dieses unausgesprochen gebliebene Unbehagen verdichtete sich zu Koslowski: Er war die Antithese.

Nicht direkt zu dem, was der Maler gesagt hatte oder explizit vertrat, aber zu vielem, was meiner Empfindung nach damit verbunden, darin mitenthalten war.

Andrerseits war Koslowski auch nicht gerade ein positives Vorbild, vernachlässigte er in seiner Einseitigkeit vieles, was mir wichtig ist: Ich wäre nicht bereit gewesen, aus Verachtung aller äußeren Umstände, aller Forderungen der Umwelt an mich, das Leben eines Säufers zu führen – eines ausgeklinkten, selbstgenügsamen Einzelgängers, von welchem heiligen Geist auch immer erfüllt.

Ist nicht das Festhalten an der Idee der Selbsttransformation nur noch etwas fürs Hausfrauengemüt, welches sich durch Aquarellmalerei und einmal in der Woche einen Tag im Fitness-Studio weiterentwickeln will, um ein bisschen was für die Seele und ein bisschen was für die Figur zu tun? Ist diese Idee damit nicht dort angekommen, wo sie hingehört: Im durch und durch Banalen, Abgedroschenen, Durchgenudeltem? Oder ist sie etwas Essenzielles, Nicht-Tot-Zu-Machendes, weil in jedem Ich sich immer wieder neu verwirklichend – gerufen und ungerufen?

Überhaupt das Ich – jeder hält sich für eines, aber was an all diesen Original-Ichs ist schon original? (Und auch an diesem Gedanken...). Sind wir nicht alle aus Versatzstücken zusammengesetzt, Flickwerk aus unterschiedlichen Einflüssen und Herkünfte – von uns nicht überschaut, geschweige denn kontrolliert? Und dieses Sammelsurium-Ich arbeitet an seinem Selbst-Ausdruck – isn't that ironic? Und wenn sich dieses bedingte Ich auf den Weg macht, sich zu einem wirklich in sich begründeten Ich zu entwickeln, unter dem Banner der Selbsttransformation – wo landet es? Im buddhistischen Alles-Ist-Eins Urselbst, jenseits aller individueller Persönlichkeitseinschränkungen? Und das hieße ja auch, jenseits aller Differenz und aller Differenzen, die Unterschiede, Gegensätze, ein Gegenüber begründen, oder doch nicht?

Wer darauf bestehe, immer sich selbst zu sein, brauche sich selbst als besseren Zwilling. An ihm kann er sich messen, kann er sich spiegeln. Braucht ein Idolon von sich selbst, wie er in Wahrheit ist, jenseits des Zufalls. Sein Zwillingsgeist, mit dem er sich in einer möglichen Zukunft verabredet. Sein zukünftiges Selbst diktiert ihn, bindet ihn, und gibt ihm zugleich Konstanz, Substanz. In all den freiflutenden Möglichkeiten – der Wind, der weht, wohin er will – hilft mir der Kontakt mit mir selbst zu einer eindeutigen Form, die ich erreichen, ausfüllen möchte.

Dadurch bin ich aber auch Ertrinkender im Mahlstrom der ständigen Veränderungen und greife nach meiner Identität wie nach einem Strohhalm – und mehr als ein Strohhalm ist diese zerbrechliche Identität auch nicht. Koslowski dagegen sagt: Warum sie nicht in den Wind schreiben? Warum nicht den Sturm, die Welle reiten? Ich weiß dann zwar nicht, wer reitet, aber als Surfer balanciere ich auf der Welle, als Fisch schwimme ich in der Welle, als Vogel schwebe ich über der Welle.... Frei von ihr, verbunden mit ihr...

Die betrunkene Persona Koslowski schickte ich in das Labyrinth solcher Gedanken um Identität und Auflösung im Ursprung, um Erlösung vom Verwirklichungszwang von Urbildern. Von Gedanken um die Realisation eines durch alles reichenden singulären Ereignisses, das den Namen Koslowski trägt: einer stehenden Welle im fließenden Vorüberziehen der Dinge. Ich machte ihn zum Wellenreiter auf einer Tsunami- Woge, die seine Welt in Trümmer legt, unbeschadet durch die Bruchstücke manövrierend, während der Wirbel der Veränderung alles erfasst. Nur das trunkene Ich Koslowski übersteht die Transformation, da er, an jede Veränderung angepasst, jede Veränderung mitvollziehend, durch keine Veränderung berührt wird.

**

Die Alternativwelterzählung war, wie gesagt, noch nicht sehr deutlich ausgearbeitet, bestand aus einzelnen Motivskizzen, unverbundenen Sätzen und kurzen Abschnitten, zwischen meinen übrigen Notizen verstreut, die andere Absichten und Projekte betrafen. Eines davon ist durch den Maler angestoßen worden, durch mein Zusammensein mit ihm und durch das Bild, der Alchemist, welches er mir verkauft hatte.

Mit ihm verbindet mich etwas, was ich noch nicht durchschauen, nicht ausloten kann. Ich finde mich durch das Gemälde in etwas verwickelt, was weiter geht, mich mitnimmt, aber ich weiß noch nicht wohin. Es steht am Anfang einer inneren Entwicklung, die durch den Maler angeregt wurde.

Er sagte mir, ich solle mich damit beschäftigen und zu ihm kommen, wenn mir irgendetwas dazu einfallen würde, egal auf welcher Ebene der Reflexion: Betrachtungen über die Farbe, über den Bildtitel, über das Format; nachsinnen über das Thema, die Komposition, die Formelemente: Alles wäre in Ordnung, wäre willkommen, würde mich weiterbringen. Er sagte nicht wohin weiterbringen, sagte nicht warum, brachte mich aber dazu, mich darauf einzulassen. Und bewirkte damit mindestens zweierlei: es begann ein intensiver werdender Austausch mit dem Maler über die Intention seiner Arbeit, die Hintergründe seiner Bilderwelten. Parallel dazu fing ich selbst ein Projekt an, das für mich immer wichtiger wurde, immer mehr Raum in meinem Leben einnahm: Ich entwickelte das Konzept einer Geschichte über einen Alchemisten. Vertiefte mich deswegen in Historisches: Das Erscheinen der Alchemie in den verschiedenen Epochen ihres Auftrittes. Und fühlte mich besonders zu einer Zeit, einem Landstrich hingezogen, die mir beide bisher ein weißer Fleck in meiner Bewusstseins-Landkarte geblieben waren: dem Frankreich des frühen 16. Jahrhunderts, insbesondere die Gegend des ehemaligen Herzogtum Groß-Burgunds.

Hier musste mein Alchemist gelebt, hier seine Ausbildung, seine Prägung bekommen haben. Ich begann, alles zusammenzutragen, was ich über diese Gegend in Erfahrung bringen, über diesen Zeitraum herausfinden konnte. Und alles, was mir unter dem Stichwort Alchemie begegnete. Aber bei diesem intellektuellen Arbeiten blieb es nicht. Eingeführt durch den Maler, der mir seine Mythologie auseinander setzte, hatte ich begonnen, übungsweise symbolische Vorstellungsbilder zu entwickeln, die sich festigten, präzisierten, und anfingen, eine Rolle auch in meinen Träumen zu spielen. So begann ich auch von dem Alchemisten zu träumen, den ich mir, über die Fakten hinweg oder hindurch, angefangen hatte als Person auszumalen. Mir ein konkretes Bild von ihm zu machen. Das rührte etwas auf, was wirklich seltsam war.

An zwei merkwürdige Erlebnisse kann ich mich ganz deutlich erinnern - sie haben sich mir eingeprägt. Ein Art Traum und eine Art Vision, ich kann sie nicht anders benennen, obwohl sie nicht das waren, was ich eigentlich unter dieser Bezeichnung verstanden hätte.
Einmal geschah etwas mit mir, als ich vor einer Schaufensterdekoration stand, die aus irgendeinem unerfindlichen Grund (denn es gab keinen besonderen Anlass oder Anknüpfungspunkt) modisch gekleidete Figuren ausstellte, über deren Puppenköpfe spitze, meterhohe Papiertüten gestülpt waren.
In meinem Bauch krampfte es, mich fror, eine plötzliche Schwäche ließ meine Beine zittern. Aber warum schockte mich diese Gruppe in ihrer Pose erstarrter Schaufensterpuppen?
Was rührte sich in mir, so stark, dass mir beinahe schlecht wurde?

Erinnerungen drängten, aber es waren nicht meine Erinnerungen. Bilder überlagerten die Schaustücke, aber es waren nicht meine Erinnerungsbilder. Ein mentaler Film unbekannter Herkunft flackerte über die Fensterfront, schemenhaft angedeutete Szenen, blass, undeutlich, fast stärker noch Geruchseindrücke und Geräusche. Verbranntes Fleisch, beißender Rauch, irrsinniges Schreien. Weinen. Stoßendes Weinen. Und der Eindruck, dass ich selbst es war, der hier vor Entsetzen und schneidendem Kummer tränenlos weinte. Doch war ich das wirklich?

Etwas drängte sich auf, drängte sich in mich, bedrängte mich. Ich trat einen Schritt zurück, Normalität kam von den Rändern meines Blickfeldes, hob das Unerträgliche auf, lies es als Überfall eines fremden Bewusstseins erscheinen.

Der Alchemist. Ich hatte die Erinnerung des Alchemisten erlebt. Aber warum? Und wie? Dieses überfallartige sich Aufdrängen fremder Eindrücke machte mich auf Vorgänge aufmerksam, die sich seit einiger Zeit in mir abspielten. Es gab kurze Momente, in denen die Kontinuität meines Bewusstseinsflusses durch eine Art überkreuzende Bilderfolge aufgehoben war; der Faden meiner eigenen Identität riss plötzlich ab und wurde durch einen Querschuss abgelöst, der ein ganz anderes Muster wob.

Mir kam der Verdacht, dass sich diese querliegende Identität zuerst in meinen Träumen gezeigt hatte, in einer immer dichter werdenden Folge, in Nächten, in denen eine abenteuerliche fremde Existenz immer weiteren Raum eingenommen hatte, das Bild einer anderen Epoche, das Bild einer anderen Wirklichkeit entwickelnd. Im Traum, oder was ich dafür hielt, war mir der Alchemist nach und nach real geworden.

Denn die Geschichte hatte schon vorher damit angefangen, dass ich eines Morgens verwirrt vor meinem Spiegelbild stand und mich nicht erkannte.

Im Spiegel sah ich einen Unbekannten – wer war dieser kleingewachsene Mann, ein wenig angespeckt, schon halb beglatzt, mit diesen erschrockenen Augen, diesem selbstquälerischen Ausdruck, den tiefen Furchen quer über die Stirn, durch langjährige Gewohnheit gefaltet? Mit fragenden Augen blickte ich mich an, blickte auf den Fremden, der mir diesen Frage-Blick zurückgab. Für einen seltsam gedehnten Moment wollte ich mich ganz anders sehen, erwartete ich jemand anderes vor mir: hagere, herrische Gesichtszüge, verächtliche Mundwinkel, durchdringendes Starren.

Dann kehrte sich die Situation um 180°, das erwartete Bild wurde fremd, das Fremde wurde zum Gewohnten. Ich schlüpfte in mein eigenes Selbst zurück, die Irritation verschwand ins nie Gewesene. Und ich tauchte wie aus einem Traum auf, um wieder gewohnter Weise die Rasur zu beginnen, den üblichen 3-Tage-Bart abzuscheren.

Was war eben gewesen? Ich hatte erwartet, einen Anderen zu sehen. Mich selbst, im Spiegel, als einen Anderen zu sehen. Als einen bestimmten Anderen, nicht nur anders, sondern spezifisch anders. Und der beunruhigende Eindruck eines erwarteten Andersseins verstörte mich mehr, als wenn ich mich nur nicht gleich erkannt hätte – irritierend genug, über eine solche Selbstverständlichkeit zu straucheln, aber warum suchte ich ein anderes Gesicht im Spiegel?

Zusammen mit dieser Frage tauchte dann eine zuerst vage Erinnerung an einen Traum auf, den ich geträumt hatte – ich wusste nicht mehr, ob in der letzten Nacht oder Nächte vorher: Ich war allein unterwegs, zu Fuß, folgte einer Straße, mehr einem Weg, eher noch einer Karrenspur, die sich im überhellen Mondlicht in allen Details abzeichnete. In der Ferne bellte ein Hund, nicht bedrohlich, aber die in alle Richtung ausgebreitete Lautlosigkeit unterbrechend, die diese Gegend als unbewohnt oder als nicht sehr dicht besiedelt kennzeichnete: Kein fernes Rauschen von Motoren auf einer Überlandstraße, kein Nachtflieger am Himmel, kein Geräusch von Nirgendwo - mein Atem ging gleichmäßig, meine Schritte waren fest, aber es waren nicht meine Schritte, nicht mein gewohnter Gang - ich schaute auf meine Hände, auf den Teil meines Körpers, den ich einsehen konnte und erkannte mich nicht...

Im Traum hätte mich das nicht verwundern dürfen, im Traum nahm man solche und noch merkwürdigere Dinge als Selbstverständlich hin, aber in diesem Traum, in dem ich mich jetzt befand, versetzte mich diese Entdeckung in einen wilden Schrecken, voller Panik versuchte ich aufzuwachen, aber ich träumte weiter, dass ich mich in diesem fremden Körper befand. Ich fühlte mich ganz identisch mit mir, meinem gewohntem Selbst, nur die Hand, die ich vor mich hielt, gehörte mir nicht... Und dieser seltsame Zustand, wie er nur im Traum vorkommen konnte, schien mir real wie im Wachleben. Ich bückte mich, hob einen kleinen Stein auf, der vor mir in der Wagenspur lag, spürte das Gewicht des kleinen Kiesels in meiner Hand, warf ihn in die Luft, fing ihn auf und schleuderte ihn in das Gebüsch neben der Trasse; und alles war real, fest und zusammenhängend: kein Unterschied zum Nicht-Traum feststellbar. Andrerseits, und das sagte ich mir im Traum, konnte ein Traum mir jeden Realitätsgrad vorgeben, wie sollte ich, im Traum gefangen, feststellen, ob der Traum Kontinuitätslücken aufwies, wenn der Traum mir das nicht vorführte?

Der Körper, in dem ich mich befand, trottete weiter vor sich hin, die Zeit verstrich, nicht anders, wie wenn sie in Realzeit verlaufen wäre, nichts Besonderes geschah. Und plötzlich war ich wach und fand mich in genau derselben Einschlafstellung wieder, in der ich mich hingelegt hatte, eingewickelt in meine Decke. Ich wusste im ersten Augenblick nicht, wie viel Zeit seitdem vergangen war. War überhaupt Zeit vergangen?

Hatte der Maler etwas mit mir angestellt? War dies das Ergebnis der Übungen, die er mir vorgegeben hatte?

**

Als ich begann, die Geschichte meines Alchemisten aufzuschreiben, war ich in Versuchung, ihn nach den literarischen Fantasy-Klischees mit magischen Fähigkeiten auszustatten, gemäß dem konventionellen Bild, das man sich von einer solchen Figur macht. Aus dem Anspruch der Literatur, gute Geschichten zu erzählen, Effekte und Steigerungen haben zu wollen, ist eine Gestalt entstanden, die nur in der Fantasie je existiert hat, ist der Magier inzwischen eine genau definierte Figur, mit all den festgelegten Fähigkeiten, die ihm selbstverständlich zugesprochen werden und ihn damit ausmachen.

Aber irgendwie konnte ich das nicht. Meine Erzählfigur sperrte sich merkwürdigerweise gegen seine literarische Umformung, ein Vorgang, der mir magischer schien als alles, was man jemandem als magisch andichten kann – weil als realer Widerstand von etwas nicht Existierendem erlebt, als konkrete Erfahrung des Widerstrebens einer von mir ausgedachten Existenz. Er bestand darauf (so muss ich es wohl ausdrücken), wahrheitsgemäß beschrieben zu werden: als ein neugieriger, zweifelnder, hoffender und enttäuschter Mensch, skeptisch und enthusiastisch zugleich, innerhalb der Schranken seiner Zeit. Ich wollte ihm gerecht werden. Wem aber gerecht werden, da er ja doch aus meiner Fantasie entstanden war, Teil meiner inneren Aktivität, aus Lust am Schreiben, aus dem Trieb, eine Geschichte zu Papier zu bringen?

Andere magieverdichtete Erlebnisse kamen hinzu, versetzten mich beim Schreiben in einen Zustand gesteigerter Empfänglichkeit für mein Sujet: Vorgänge, die ich nicht erklären konnte. Einmal beschrieb ich (ich dachte mir den Ort östlich von Lyon, auf der anderen Seite der Alpenscheide, schon im heutigen Italien) den Anblick und Aufstieg zu einer Burg, auf welcher den Arzt und Alchemisten ein Abenteuer erwartete – beschrieb das Bild, das sich mir dabei einstellte, mit wenigen Worten, wollte mich nicht so sehr damit aufhalten, doch ich hatte dabei einen zwar nicht ausformulierten, aber doch deutlichen Eindruck der Szenerie. Wenige Wochen später, bei meiner fortgesetzten Suche nach Anschauungsmaterial und Quellen aus dieser Zeit, , fand ich einen wildromantischen Kupferstich einer Burg im Aosta-Tal, auf einer Felsenklippe am Ufer der Dora Baltea, umstellt von der Kulisse des Hochgebirges. Hatte ich dieses Bild früher schon irgendwo gesehen gehabt? War es eine untergegangene Erinnerung? Vielleicht aus der Kindheit? Es traf mich wie ein Schlag: Genauso hatte ich mir den in meiner Fantasie selbsterschaffenen Ort vorgestellt. Und diese Träume, die mich dazu gebracht hatten, das Projekt überhaupt erst anzufangen: welchen Hintergrund hatten sie? Der Maler gab mir die Technik des Bildvorstellens, aber sie verselbstständigte sich, brachte mich mit etwas in Berührung, was außerhalb meiner eigenen Bemühungen lag: der Alchemist, der in mein Leben trat, hatte sein eigenes Leben. Was war er für mich? Mein Schreiben über ihn war mehr eine Bändigung seiner beunruhigenden Existenz als die Konstruktion einer Kunstfigur. Dabei musste ich ihn Schritt für Schritt entdecken, malte ihn mir nach und nach aus, hatte aber mehr das Gefühl, jemanden kennen zu lernen als jemanden zu entwickeln.

Magie! Angemessen wohl, wenn es um einen Magier ging... Der doch kein Magier in dem Sinne war, wie er heute als Klischee durch die Fantasy-Literatur geistert.

Die Arbeit an meinen Schreibprojekten füllte mich aus, doch irgendwie war sie zu sporadisch, um wirklich in die Tiefe der Ausarbeitung zu führen. Ich konnte mich einfach nicht entscheiden, welcher Idee ich schlussendlich folgen wollte: Alternativgeschichte oder Alchemist. Und zusätzlich standen weitere Einfälle als Stichworte in meinem kleinen Notizbuch.

Der Guru

Pascal B. Randolph begann auf seine Art, die Sexualität in den Diskurs der modernen Initiationswege einzuführen, nachdem er in Syrien eine prägende Erfahrung mit einer Frau hatte, die ihn während des Geschlechtsaktes in die geheimen Praktiken ihrer Tradition (nach seinen Angaben die der Nusairier) einweihte. In dem System, das er daraus entwickelte und das ganz auf der Bi-Polarität der Geschlechter und allen Seins aufgebaut war, auf Plus und Minus, Rot und Blau etc., war die Frau zwar nur notwendiges Ergänzungsmittel zur Weiterentwicklung der Kräfte des Adepten, aber er bestand darauf, dass sie Partnerin war, Geliebte, dass sie nicht unbeteiligt am Geschehen war, sondern als gleichwertiger Pol behandelt wurde. Der Mann sollte keine Frau berühren, wenn er nicht bereit war, sie (mindestens 3x!) zu befriedigen...

Bei Aleister Crowley liest sich das anders. Er holte sich die Frauen, die er zu seinen magischen Bewusstseinsexperimenten brauchte, wenn nötig von der Straße. Er benutzte sie. Auch ihm war die Qualität des Geschlechtsverkehrs wichtig, aber mehr in Bezug auf das Sekret, das er dabei herstellte, die Mischung aus männlichem Samen und Vaginalflüssigkeit der Frau. Dessen Konsistenz, Farbe und Geruch interessierte ihn, seine Beschaffenheit, sie war für ihn Indikator eines guten oder weniger guten Verkehrs.

Das Ergebnis hielt er in seinen Tagebüchern als Resultat seines Versuches fest. Die Gefühle oder gar das Verständnis der Frau war ihm dabei nicht wichtig, diese war Mittel zum Zweck des Adepten, der im Übrigen auch mit sich allein (oder mit einem anderen Mann) die heilige Handlung vollziehen konnte. Es kam ihm, wie auch Randolph, neben der die Lebenskraft verkörpernden Substanz auch auf die Energiesteigerung und -explosion an, die im Geschlechtsakt stattfindet und die er als Öffner für Bewusstseinserweiterungen nutzte, als Transformationsenergie, Transmissionsmittel, als verstärkte Energiezufuhr für magische Prozesse und Evokationen.

Ist es nicht vorstellbar, wenn man eine Linie von Randolph zu Crowley zieht, dass jemand bereit ist, auf dieser Linie weiterzugehen, über Crowley hinaus, und nicht nur den Geschlechtsakt als Mittel zur Steigerung der eigenen magischen Kräfte benutzt, sondern auch andere grundlegende Empfindungen (was allerdings auch schon Crowley getan hatte), welche starke Kräfte der Psyche freisetzen und die ebenso im Verbund mit der Sexualität auftreten können, wie: Demütigung, Unterwerfung, Schmerz, Todesangst?

Psychische Energie (als Konzept vorausgesetzt), gibt, wenn man bereit ist, sie zu erzeugen und sie für sich einzusetzen, sowohl die gesteigerte Lust wie der unerträgliche Schmerz: Warum sollte es nicht jemand geben, der diesen Weg wählt? Es wird immer jemand da sein, der irgendein Extrem der menschlichen Möglichkeiten realisiert, allein dadurch, dass es so viele Menschen gibt und jede mögliche Verhaltensweise durchdekliniert werden wird: Was möglich ist, wird auch irgendwann getan werden. Noch wahrscheinlicher wird diese Handlung allerdings dann, wenn sie nicht abseits-abwegig als Singularität erscheint, sondern in einem wie auch immer beschaffenen kulturellen Rahmen Sinn macht, sie sich als notwendig zeigt – auch wenn dieser Rahmen selbst für die Mehrzahl der Gemüter abseitig und unwahrscheinlich ist...

Die Hinweise des Malers auf die Herkunft des selbst geschaffenen Glaubens des Gurus von Randolph über Crowley machte mir zu schaffen: Was war die Rolle Ellens in dessen Spiel?

Denn das Bild, das ich von Ellen hatte, wie ich sie sah und erlebte, konnte ich schwer mit dem in Übereinstimmung bringen, was ich vom Maler nach und nach über den Guru und dessen Einstellung erfuhr – doch vielleicht war es ja nur der vorurteilsbeschädigte Blick auf einen Nebenbuhler, den er mir vermittelte. Dieser war nicht da, konnte mir nicht seine Sicht der Dinge erklären oder verteidigen – manchmal allerdings bekam ich durch Ellen eine überraschende Einsicht in seinen ihn motivierenden Hintergrund, die meine naiven Annahmen auf den Kopf stellten.

So habe ich gedacht, er wäre eine Art Sexmaniac, der für sich eine Möglichkeit gefunden hatte, seine Neigung durch eine Pseudoreligion zu verbrämen und auszuleben, wie viele selbsternannte Sektenführer etwa, die sich mit ihren Anhängern z.B. nach Südamerika zurückziehen, um dort unbehelligt von hiesigen Normen zu agieren.

Ellen klärte mich auf, dass er nicht sehr frei in seinem sexuellen Umgang mit ihr gewesen sei, er hätte sie selten und nie ganz unbefangen berührt, hätte, im Gegenteil, alle ihre Versuche, ihn spontane in Versuchung zu führen, abgewehrt (am Anfang ihrer Beziehung wollte sie ihn reizen, wollte ihre Macht über ihn austesten) – ihm dagegen war Sexualität Mittel für einen bestimmten Zweck, für den er sie reservierte. Man kann aber auch nicht sagen, er heiligte die Sexualität, dazu war sein Verhältnis zu ihr zu technisch bestimmt, zu manipulativ. Für ihn hatte Sex einen zentralen Stellenwert im Haushalt der verfügbaren Lebensenergien, mit gleichermaßen biologischen wie psychischen Aspekten, den er beachten und durch Rituale bekräftigen wollte.

Er suchte ein symbolisch aufgeladenes Leben, um ein mit Sinn erfülltes Leben haben zu können. Suchte sein Leben in ein Zeremoniell der Transformation umzuformen, ausgerichtet auf dieses Ziel – der Verwandlung der bloßen Existenz in ein Sinnbild. Als Verkörperung der großen Ordnung in Raum und Zeit. Und machte so auch aus der überall anzutreffenden sexuellen Anziehungskraft einen Kult um die Polarität, die zur Einheit führen wird. Überwindung der Sexualität (deren Voraussetzung die Spaltung in die Zweiheit ist) durch Sex war sein Programm – und Ellen sein Instrument dazu. Der Geschlechtsakt, so gesehen, ist die uns mögliche Form der wiedergewonnenen Einheit. Das einen schwebenden Augenblick dauernde Symbol dafür.

Für Biologen ist der Drang, der zum Koitus führt, nur ein Trick der Natur, die Weitergabe des Erbguts zu sichern, die Fortsetzung des Lebens. Für ihn reichte diese Erklärung nicht aus. War zu eng gedacht. Genauso, wie die dabei eingesetzten biologischen Instrumente mehrere, nicht unbedingt miteinander verbundene Funktionen haben, war für ihn der ganze Komplex der Triebe, der Anziehungskraft, des sexuellen Aktes etwas, was von simpler biologischer Notwendigkeit bis in die Höhen esoterisch zu verstehender Weltdramatik reichte. Wie für die antiken Hermetiker war ihm das, was auf der körperlichen Ebene existierte, Widerspiegelung des Ganzen, Wiederholung eines durchgängigen Prinzips (der Polarität) im Besonderen – wie oben, so unten. Dazu kamen weitere Vorstellungen, wie sie sich im Laufe der Zeit im tradierten Geheimwissen entwickelt hatten (ein von diesem Wissen Überzeugter würde sagen: Als Geheimnis weitergereicht worden waren).

Das betraf den Einfluss der ausgeübten und der nicht ausgeübten Sexualität auf die innere Entwicklung, die Kraft, die aus der Askese gewonnen werden konnte, und die noch größere Macht, die aus der Beherrschung der Sexualkraft im Akt kam (im Grunde eine verschärfte Askese, da gleichzeitig das zu Vermeidende ausgeübt wird).

Vorstellungen, die darauf hinausliefen, dass Sex eine Art Krafterzeugungsprozess war, Energiequelle, die angezapft werden konnte. Energie, die zu etwas anderem verwendet, sogar gespeichert werden konnte (wie es P. B. Randolph versucht hatte). Magische Energie.

Das machte aus einer rein persönlichen Beischlafbeziehung einen Pakt zur Herstellung besonderer

Energiezustände, einen Bund zur Entwicklung umfassenderer Bewusstseinsebenen. Machte aus der intimen Beziehung zwischen Ellen und ihm etwas Überpersönliches, wie er es Ellen erklärte. Daher war bei ihm jeder Sexualakt die Zelebrierung eines wichtigen Ereignisses (er versuchte sogar, wie die mittelalterlichen Magier, die günstigste Stunde dafür mit Hilfe der Astrologie festzulegen). Was einerseits, durch die atmosphärische Vorbereitung darauf (Duftöle, Kerzenlicht, verschiedenfarbige Beleuchtung, anregendstimmige Musik) eine sinnliche Verführungskraft entwickelte, der sie sich gerne öffnete und überließ, so dass sie den Funktionalismus, der dahinter stand, ignorieren konnte, jedoch andrerseits ihrer Lust an nicht reglementierter, spontaner Zärtlichkeit und aufregenden Eskapaden entgegengesetzt war.

Aber auf diese Weise vermittelte er ihr die Idee, dass Sex etwas ist, was eingesetzt werden kann, nicht nur für den kurzfristigen, flüchtigen individuellen Lustgewinn da ist. Seit ihrer Initiation in das, was zwischen den Geschlechtern vor sich geht (eine aufregende, neue Welt wurde dem Teenager über Nacht bewusst...), war sie, eher um der Wünsche der Männer willen als um ihrer eigenen, bereit gewesen, bei Gelegenheit auf diese Wünsche einzugehen. Und hatte den Sex als eine Möglichkeit des Austausches und der Akzeptanz, der Egobestätigung und des Erfahrungsgewinnes erlebt – was er weiterhin für sie bedeutete. Aber, durch den Guru angeregt, darüber nachzudenken, fing sie an, ihn auch als etwas anzusehen, was noch anderen Zwecken dienen konnte als der persönlichen, momentanen Befriedigung

Er schlug ihr nicht vor, zwang sie nicht dazu, sich zu prostituieren, er wollte nur, dass sie sich, sozusagen als Medium seiner magischen Verrichtungen, weiterentwickelte, vielfältige Erfahrungen auf diesem Gebiet machte – einige davon inszenierte er für sie, indem er ihr Männer vermittelte, die sie in verschiedenen Rollen (die Unschuld, die Erfahrene, die Unersättliche) empfangen sollte, um mit ihm später darüber zu reden, eine bewusstseinsfördernde Nachbesprechung, mit ihm als Supervisor. Er wollte sie – wie ich unterstelle – zu seiner Helena machen, sie in seine Wiederaufführung des gnostischen Mythos einbinden, indem er sie für diesen Part ausbildete, sie in die mythologische Figur transformierte.

Nachdem sie entdeckt hatte, dass es ihr nicht schwer fiel, Sex mit einem eben noch Unbekannten zu haben, der sich ihr im Verlauf des Zusammenseins als Körper und auch als Person enthüllte, und sie erlebte, dass die meisten sich um sie bemühten, ihr zeigen wollten, wie erregend und intensiv sie ihre Gegenwart empfanden, meinte der Teil in ihr, der pragmatisch, nüchtern und geschäftsmäßig war (der Guru nannte ihn: ihre männliche Seite), dass sie diese Aktionen ebenso gut in eigener Regie und nicht ohne den handelsüblichen finanziellen Ausgleich durchführen konnte.

Das Preisniveau war leicht zu ermitteln: Sie musste sich nur in der Sparte von billig zu haben bis exklusiv selbst einschätzen (in welcher Klasse sie mitspielen wollte) und den Versuch starten, ob die möglichen Interessenten auf ihre Vorstellung eingehen würden. Und sie taten es. Nicht jeder, der den Kontakt mit ihr aufnahm, aber genügend, um diesen Versuch zum Erfolg werden zu lassen. Mehr als sie gedacht, erhofft hatte. Genug, um ihr einen Lebensstandard in ganz anderen Dimensionen zu ermöglichen, als sie gewohnt gewesen war – was sie aber nicht im Mindesten interessierte.

Bis sie wusste, was sie mit dem damit verdienten Geld anfangen wollte, das sich nach und nach ansammelte, legte sie es auf ein Sparkonto beiseite, sich nur hin und wieder den Luxus leistend, einen schönen Gegenstand (eine Tasche, Schuhe, ein besonderes Kleid) einkaufen zu können, ohne über den Preis nachdenken oder sich woanders einschränken zu müssen.

Zu diesem Konto hatte nicht nur sie Zugang, sondern auch der Guru, dem sie eine Vollmacht ausgestellt hatte – nicht, weil er nach Belieben mit ihrem Geld umgehen durfte, hier zog sie den Trennungsstrich zwischen ihrem und seinem Leben, sondern, weil sie nicht wollte, dass, falls ihr etwas zustieße (ihre immer mitspielende untergründige Angst dabei), das Geld nicht als herrenloses Gut von der Bank kassiert, oder ihren Eltern als nachdenklich machendes Erbe übereignet werden sollte.

Und nun hatte der Guru es genommen – war damit verschwunden. Ohne weitere Erklärung. Ohne vorherige Ankündigung. Oder Bitte darum. Oder Streit deswegen. Sie wusste genug von seinen Plänen, um sich eine Vorstellung davon zu machen, wozu er es einsetzen wollte. Aber sie und er wussten, dass sie ihn bei diesem Vorhaben nicht so unterstützt hätte, wie er es gewollt und gefordert hatte. Und welches er nun wohl ohne ihre Einwilligung mit ihrem Geld irgendwo verwirklichte. Ein lang bedachter, ihr oft enthusiastisch vorgetragener Plan, in den Westen oder die Mitte des Kontinents zu ziehen und dort ein Aktionszentrum für seine Mission, ein Refugium für Gleichgesinnte zu gründen.

Aus irgendeinem Grund (sie dachte nicht darüber nach, aber es war ein hartnäckiges Widerstreben in ihr) hatte sie sich ihm in diesem Punkt verweigert. Sah sie nicht ein, dass ihm ihr Geld, durch persönlichen Einsatz zusammengebracht, selbstverständlich zur Verfügung stehen sollte, wie er es erwartete. Wollte ihn nicht als ihren Zuhälter ansehen und akzeptieren – und das hätte sie von ihm denken müssen, wenn er auf diese Weise von ihrer Arbeit profitiert hätte.

Sie brauchte das Geld nicht zwingend für sich – oder für einen anderen, von ihr geheim gehaltenen Zweck – allerdings dachte sie an eine Art Alterssicherung, einen Grundstock für das Leben danach. Und sie wollte es in etwas einbringen, was Sinn machte und Zukunft öffnete.

Was seine Pläne für sie auch bedeuteten – aber seine Art, es einzufordern, als ihm zustehenden Anteil an ihrem gemeinsamen Leben, als ihm selbstverständlich zu übergebene Mittel für seine Vorhaben, reizten nur ihren Widerstand.

Sie hätte nie geglaubt, dass er ihre Entscheidung nicht respektieren würde. Dass er sich über ein Nein (ein vorläufiges, zeitweiliges, eher dickköpfiges als grundsätzliches Nein) hinwegsetzen würde. Das brannte als Schmerz in ihr, zerriss tief drinnen eine Verbundenheit, von der sie geglaubt hatte, dass sie etwas Einzigartiges wäre.

Es hatte lange gebraucht, bis Ellen bereit gewesen war, mir diese Geschichte zu erzählen. Die Geschichte eines Vertrauensbruches. Und das Ende der Geschichte mit dem Guru, das Ende ihrer Gemeinsamkeit. Das vorläufige Ende – denn jetzt ist alles wieder ganz anders, hat sich alles erneut umgestellt.

Zuerst, vor dem Bruch, war es eine Geschichte des Vertrauens gewesen. Er war ihr Lehrer (in dem Sinn, wie es der Maler inzwischen für mich geworden war), der ihr die Welt erklären konnte, ihr den Schleier von den Augen nahm, damit sie sah. Sie widerstand, argumentierte, stritt, beugte sich, testete, akzeptierte: Phasen der Auseinandersetzung mit ihm um das von ihm Behauptete. Für sie wurde er so zum Freund/Lehrer/ Meister. Er war ihr erster Partner, den sie nicht wegen seinen Verführungskünsten annahm (und sie ließ sich gerne verführen...), sondern wegen seiner Haltung.

Sie fand eine Denkart, die sich mit ihrer eigenen deckte (mir sagte sie: Heute weiß ich nicht, ob es meine eigene, noch unbewusste Überzeugung war, die ich in seiner wiedererkannte, oder seine, die ich einsaugte wie trockene Erde den Regen...). Etwas, das tiefer ging, fester band, als bloße sexuelle Anziehung. Er gab ihr die Worte: Was sie sagen wollte, ohne es benennen zu können, sagte er, auf seine Weise, deutlich und klar. Das vermittelte ihr das Gefühl, synchron mit ihm zu denken, zu leben.

Und er hörte zu – sie fühlte sich uneingeschränkt verstanden, wenn sie ihm etwas sagte. Das war ihr wichtig, war fast das Wichtigste für sie – das Allerwichtigste fand sie freilich nicht bei ihm: Ein unbedingtes, drängendes Verlangen nach ihr, nach ihrer Gegenwart, einen Grad der leidenschaftlichen Aufmerksamkeit, der ihr Anerkennung, Selbstsicherheit, Geborgenheit gegeben hätte. Alles das, was sie in ihren vorigen flüchtigen, episodenhaften Beziehungen gesucht und manchmal auch zeitweilig gefunden hatte. Also fehlte ihr etwas in ihrer Beziehung zu ihm – sie war jedoch bereit zu akzeptieren, dass es so war, und folgte ihm in den Dingen, die für ihn Bedeutung hatten, die seine Welt ausmachten.

Und fand sich nun in Zweifel gestürzt. Wie hatte er das tun können? Und war das, was er getan hatte, auch Urteil über das, was er gesagt hatte, Gericht über seine Vorstellungen?

Es war ja so: Da er an ein metaphysisches Weltgebäude glaubte, in dem jede Handlung einen doppelten oder sogar dreifachen Sinn hatte, jedes Opfer seine Belohnung und jeder Tod seine Auferstehung, war er fähig, auf selbstverständliche Weise grausam gegenüber seinem Nächsten zu sein. Den, von dem er sagte, dass er ihn liebte, konnte er ohne Schuldgefühle hintergehen und ausrauben, da er nicht auf dessen gewöhnliche Ansichten über die Dinge Rücksicht nehmen musste, auf dessen einfältige Vorstellung von Recht oder Unrecht, sondern – in umfassenderen, übersinnigen Metaräumen sich bewegend – andere, gemäß seinem Denken, größere Maßstäbe einbrachte.

Und, im Bewusstsein einer übergeordneten Notwendigkeit, ja Schicksalsbestimmung, die alles rechtfertigte, nahm er ihr dadurch ihr ursprüngliches Vertrauen in ihn – verstörte, verletzte sie von Grund auf, und zerstörte gleichzeitig ihr existenzielles Sicherheitsgefühl. Alle ihre Einwände und Befürchtungen waren vor dieser Notwendigkeit nur kleinlich, mutlos und kurzsichtig. Es war schicksalsbestimmt, dass er seinen Plan verwirklichen konnte, und schicksalsbestimmt, dass sie ihm dabei helfen durfte.

Ihr Gefühl, nicht nur beraubt, sondern als Person ausgenutzt, von dem, dem sie am meisten vertraut hatte, hintergangen worden zu sein, war bloß vordergrundsverhaftet und eine zu überwindende Schwäche, wie er ihr gesagt hätte. Aber für sie war ein Bruch da und nicht mehr zu richten – seine Metaphysik ließ ihn sich in weite Räume verlieren, während er auf dem Feld der einfachen Realität irgendwie gestrandet war.

Ihre simple und unzweideutige ethische Maxime – tue nichts, was den anderen schmerzt, was ihn ängstigt, was ihn krank macht oder zerstört – wurden bei ihm zu einem vielschichtigen Gegentext, in dem das, was kränkte, in

Wirklichkeit die Schocktherapie zur wahren Gesundheit enthielt, der Abgrund der existenziellen Ängste, der sich vor ihr auftat, war eine Prüfung, die bestanden werden musste, um ein besserer Mensch zu werden, sein Verrat an ihr war in Wahrheit Treue zu ihrem eigentlichem (zukünftigen) Selbst.

In seinem Kontext war er ein Wohltäter, der für sich und für sie handelte, in ihren Augen ein Verräter seiner eigenen Ideale, wie er sie ihr vermittelt hatte. War er nicht ihr Lehrer in diesen Dingen gewesen, ihr Mentor, der sie in eine weltumfangende Mitgefühlsethik eingeführt und ihr ein Gewissen gab? Für sie war das Leben nicht kompliziert und hintersinnig: Wer ohne zu fragen nahm, was ihm nicht gehörte, respektierte den Besitzer nicht und war ein Dieb, mit welcher Begründung, aus welchen Motiven auch immer.

Gedankenfallen

Wenn jemand eine exklusive, verborgene Lehre, ein schwer zugängliches Gedankensystem für sich entdeckt, innerhalb dessen er Macht gewinnen kann, indem er Erkenntnisse (und, wie erhofft, Fähigkeiten) akkumuliert, wird er vielleicht beginnen, dieses Gedankensystem auszubauen, es für wahr zu halten und es dadurch wahr werden lassen. Verspricht diese Geheimoffenbarung ihm magische Kräfte und ein ewiges Leben, wird er darauf setzen und seine Welt wird sich nach dieser Lehre ausrichten, seine Interpretation der Realität wird durch das Bezugssystem dieser Lehre geformt werden. Und die Dinge, die ihm zustoßen, werden diese Interpretation bestätigen, da alles in den Sog dieser Art Denkens gerät.

Für den Außenstehenden hören sich solche Vorstellungen wahrscheinlich seltsam an, wie wenn er von den Tabus eines Südseestammes erfahren würde, und er zwar dessen Wortlaut begreift, nicht aber, wie menschliches Denken sich in ihnen verfangen kann, und nicht die selbstgezimmerten Hürden erkennt, die den Einzelnen in den Pferch dieser Weltsicht einsperrt. Jeder andere spaziert unbefangen um die Gatter herum, der Angehörige des Volkstammes sieht diese als unüberwindliches Hindernis.

Die Tabus regeln sein Leben und bestimmen es zwingend bis in den Tod – sind also blutige Realität für ihn. Und warum sollten sie auch nicht Realität für ihn sein, das eigene Leben ist so sehr dem Leben anderer verpflichtet, sein Körper und sein Geist wird durch die Gemeinschaft genährt, gepflegt, erhalten, gleichzeitig steht er unter der Drohung, von ihr ausgeschlossen oder verfolgt zu werden, verletzt er deren Gesetze; in allem ist er seiner Gemeinschaft unterworfen – und damit auch deren Tabus, so willkürlich oder seltsam (in den Augen eines Außenstehenden) auch immer.

Für mich klang das, was ich über den Guru gehört hatte, genauso merkwürdig, wie diese fremden Tabus. Jeder zimmert sich sein Weltbild zurecht, das konnte ich verstehen, es gibt im Grunde keine allgemeinverbindliche Sicht auf die Dinge, aber es gibt einen großen, allgemeinen Konsens, der vieles umfasst, viele Anschauungen, Meinungen, Glaubensrichtungen zulässt und für gleich gültig erklärt; die Ansicht des Gurus stand aber außerhalb dieses Mainstreams.

Er glaubte an Magie. An die Manipulierbarkeit innerer und eben auch äußerer Faktoren durch Ritual und mentale Stärke. Vielleicht glaubt jeder ein wenig an Magie – daran, dass es ihm möglich ist, den Verlauf einer Sache durch positives Denken zu beeinflussen, dass Wünsche wirken (bitte, bitte...), dass die Welt, wenigstens ein bisschen, auf uns ausgerichtet ist...

Aber er glaubte grundlegend daran. Baute eine systematische Welterklärung darauf auf. Richtete sein Leben darauf aus.

Von außen, von oben betrachtet, ist allerdings unsere Mainstream-Weltsicht auch nichts anderes als ein nur wenig größeres Gatter – mit von den meisten nicht hinterfragten, für sie daher unsichtbaren Zäunen. Wir sperren uns selbst in eine zulässige Interpretation der Dinge ein – schweigen betreten, wenn jemand eine Meinung jenseits davon ernsthaft vertritt, belächeln sie vielleicht – oder wehren uns erregt gegen deren Zumutung. Ignorieren sie jedoch meistens. Fühlen uns, in der Mehrzahl, in einer bestimmten, durch von uns anerkannten Autoritäten gesicherten Weltdeutung zuhause.

Und doch wird es immer Individuen geben, die sich davon befreien, die darüber hinauswachsen wollen. Und wenn ein solches Individuum sich nicht mehr von unseren selbstgezimmerten Schranken abhalten lässt, sie zu überklettern, wenn er unsere gemeinsame Weltsicht verlässt, hat er dann nicht genauso gute Argumente für sich, wie wir für uns? Hat er dann nicht einfach nur unsere gewohnte Seltsamkeit gegen eine ungewöhnliche Seltsamkeit getauscht? Fällt dadurch auf, dass er aus dem Rahmen fällt?

Ich war bereit, zu akzeptieren, dass nicht jedermann eine Standardansicht zu haben braucht (wobei: was heißt das heute noch?), war aber trotzdem nicht bereit, mich auf die Ansichten oder Einsichten des Gurus positiv einzulassen. Zu verquer, zu herbeigewünscht kamen sie mir vor. Zu irreal. Für mich hatte der Guru sich aus dem großen, gemeinsamen Gatter befreit, nur um in einem kleineren Gatter zu landen. Für ihn war es eine Befreiung in die Fähigkeit, sein Leben selbst zu gestalten, selbst zu interpretieren. Sich selbst vorzugeben, was er als Realität annehmen wollte und was nicht. Und in dieser Hinsicht war er mir sympathisch.

Warum sich dann aber in eine Weltdeutung wieder einzusperren, die so zeremoniell, ritualisiert, traditionsbelastet war, wie die Magie? Oder hatte ich eine falsche Sicht darauf? War nicht genügend darüber informiert? Vorurteilsbelastet? Wenn ich zum Beispiel die kursierenden Rezepte las, durch Magie zu Geld zu kommen, musste ich an Crowley und an seine Versuche denken, seine finanzielle Notlage durch magische Handlungen (meistens sexueller Art) zu überwinden – hat dies je funktioniert? Einem so willensstarker Magier sollte doch nicht wegen 5.000 Pfund die Bankrotterklärung abverlangt werden können, wenn Magie wirksam wäre... Ich glaube deshalb, die einzige Weise, durch Magie an viel Geld zu kommen, ist, einen Bestseller darüber zu schreiben, einen, in dem Zauberei Thema ist... wie Joanne K. Rowling es vorgemacht hat...

„Es ist grade andersherum", sagte Ellen. „Was du Mainstream nennst, ist die Überzeugung einer kleinen Minderheit, die vielleicht die intellektuelle Diskussion bestimmt, aber nicht die der Mehrheit der den Globus bevölkernden Menschen. Die Mehrheit glaubt an Magie, Zauberei, Sympathiewirkung. Überall auf der Welt wirst du Menschen finden, die wie selbstverständlich Glücksamulette benutzen, Vorzeichen beachten, Segenssprüche, Verfluchungen, Liebeszauber kaufen und einsetzen. Sie glauben daran, weil diese in ihren Augen wirken und ihre Wirksamkeit immer wieder gezeigt haben.

Einer meiner Kunden, ein hochgebildeter, studierter Mann, Ingenieur, Softwareentwickler, Unternehmer (ich habe übrigens seine Seite im Internet gefunden und dort ein Privatfoto von ihm gesehen, mit seiner Frau, sieht sehr sympathisch aus, zwei süße kleine Kinder...) glaubt ernsthaft an Voodoo, wie er mir einmal gestanden hat, seitdem er sich von einer seiner Mitarbeiterinnen dazu überreden ließ, einen Konkurrenten mit einem Schadenszauber zu verhexen und dessen Aktienkurs einige Zeit danach in den Keller fiel – verrückt, nicht wahr?"

Dem konnte ich nur zustimmen. Doch sie trug weiter ihren (wieder Mal) kleinen Monolog vor:

„Das reale Leben ist zu komplex, zu undurchschaubar, ist nicht berechenbar, sein Verlauf vorher nicht zu bestimmen – obwohl wir doch alles tun, um die Ding in ihren gewünschten Bahnen zu halten. Das reale Leben ist zu gefährdet, ist zu ungeschützt vor dem plötzlichen Einbruch des Unglücks, das über Nacht alles auf den Kopf stellen kann, jederzeit. Das reale Leben ist zu Sehnsuchtsdurchwirkt, von verlorenen Mühen, ungenutzten Gelegenheiten, folgenlosem Begehren, von Wunscherfüllungsfantasien gezeichnet. Ist zu belastet, um nicht so etwas wie Magie, als Korrektiv, geradezu zu fordern.

Wir brauchen sie. Setzen auf sie. Erhoffen uns von ihr die unrealistische Wendung, die unmögliche Rettung, das unverdiente Glück. Nennen es nur nicht magisches Denken, aber wie anders sollte man dieses irreale Bestehen auf das Unwahrscheinliche, Herbeigewünschte, Ersehnte denn bezeichnen?

Und das andere, der Zauber des Augenblickes, der unerwarteten Gelegenheit, des Wechsels der Umstände, des Glückszufalls – als was sollten wir es bezeichnen, wenn nicht als magischen Moment?

Und wenn sich unser Erleben verdichtet, die Zeit sich zusammenzieht, Lichtjahre sich zu Minuten verkürzen, Augenblicke sich zu Lichtjahren ausdehnen, wir in Sympathie mit allen Wesen verbunden sind, dann erfahren wir den magischen Zusammenhang aller Welten. Das Ursprungsmotiv aller magischen Vorstellungen, die von einem Miteinander aller Dinge und Wesen, ihrer Wechselwirkungen aufeinander, ausgehen, von gegenseitigem Erspüren und Beeinflussen. Wenn wir uns wirklich dem öffnen, was auf uns einwirkt, in einem intuitiven Erfassen, kann man dieses Erleben denn anders als magisch nennen? Im Inneren berührt zu werden von der Essenz eines anderen Wesens – das ist Magie."

„Bei dir klingt das sehr dichterisch und richtig", sagte ich. „Aber andere reden doch ganz anders darüber: konkreter und werkstattmäßiger. Mit Rezepten für ein Leben in Reichtum und Glück. Mit Angaben zur Wohnzimmermöblierung nach den Prinzipien des Feng-Shui. Mit Ankündigungen von Unheil oder günstigen Ereignissen, mit angstmachenden oder glücksverheißenden Voraussagungen. Mit Versprechungen von Wunschtraumerfüllungen.

Und der Guru, (oder sollte ich ihn eher Magier nennen?), wie hat er sich denn sein Magierwirken vorgestellt, was hat er dir darüber erzählt und was konkret getan?"

Sie schien nicht gerne darüber zu sprechen, wich aus: „Dafür habe ich mich nicht allzu sehr interessiert, dieser Teil seines Denkens ist mir fremd geblieben, manchmal habe ich sogar abgelehnt, ihm zuzuhören, wenn er davon erzählen wollte."

Redete dann aber doch weiter: „Er erklärte mir, dass es eigentlich egal sei, welche Art Ritual man installieren würde, egal auch, ob die Ritualgegenstände echt oder nur symbolisch angedeutet wären (in dieser Hinsicht unterschied er sich offensichtlich von anderen Magiebemühten), Hauptsache, man entwickele ein Ritual, man benütze symbolisch aufgewertete Gegenstände, die eine Matrix für mentale Energien entstehen lassen würden.

Du musst es dir wie die mühsame Bearbeitung eines Steines vorstellen, dem du durch stetiges Schleifen, Bohren, Sticheln ein Muster eingravierst. Oder wie eine Gewohnheit, die du dir antrainierst, eine Fähigkeit, die du einübst.

So schaffst du durch Rituale mentale Netzwerke, Organe zum Einfangen oder zum Wirksam werden lassen psychischer Energien, die du zu einem bestimmten Zweck, aus einem bestimmten Grund einsetzen willst.

Kennst du Tschechows Einakter „Der Bär"? Er verwendet darin einen alten Witz: Denke niemals an einen Bären, wenn du dir etwas herbeiwünschen willst, dann funktioniert' s nicht...

Worauf man natürlich ständig an das Tier denken muss. Aber das Prinzip ist kein Witz, hat tatsächlich etwas mit Magie zu tun, wie er mir einmal sagte: Erschaffe dir eine detaillierte Vorstellung von etwas, meinetwegen von einem Bären, lasse ihn in deiner Vorstellung lebendig werden, und bringe ihn dann zum Verschwinden. Er muss vollständig aus deinem Denken gelöscht sein, aktiv unterdrückt, ohne Erinnerungsspur. Schwer zu realisieren. Für die meisten macht es eher Sinn, sich einen Wunsch, ein ersehntes Ereignis zu visualisieren und dann loszulassen - jedoch übertragen und eingeschlossen in ein gezeichnetes Symbol, wie es A. O. Spares (eines seiner Vorbilder) vorschlug, einen Erinnerungsmarker, der bei Bedarf wieder aktiviert werden kann. Durch die Wiederholung, Wiederherbeiholung des vorher beiseitegeschobenen Denkaktes. Und dadurch soll sich ein Realisierungskanal für mögliche (erwünschte) Ereignisse aufbauen. So sagte er mir. Eine Öffnung für Synchronizitätsphänomene, scheinbar akausal nebeneinander laufend, im übergeordneten Sinn aber aufeinander bezogen oder sich erfüllend. Für Zufälle, die sich perfekt ergänzen. Ein Weg für Magie eben.

Magie ist Philosophie und Technik zugleich, erklärte er mir einmal. Es geht um eine bestimmte Auffassung der Wirklichkeit, das ist ihre philosophische Seite, aber es geht dabei auch immer um ein Handeln, eine Wirkung, und das ist ihr praktischer, technischer Aspekt... "

Hier musste ich einfach einhaken, obwohl Ellen ja nur berichtete, die Meinung des Gurus vortrug:

„Wenn Magie eine wirklich funktionierende Technik wäre", meinte ich (sie vielleicht zu heftig unterbrechend) „dann wäre man doch dabei geblieben oder hätte sie ausgebaut und weiterentwickelt. Stattdessen hat man auf eine materielle, nicht-mentale Technik gesetzt, hat physikalische Zusammenhänge erforscht und auf der Grundlage dieses Wissens Werkzeuge und Methoden entwickelt, die zuverlässig funktionieren, unabhängig von den Launen irgendwelcher Geister oder der mentalen Befindlichkeit der Betreiber. Was funktioniert, hat Recht, unabhängig von dessen Begründung.

Medizin, auf Magie gegründet, wäre nie von einer anderen Medizin verdrängt worden, wenn sie dieselben oder sogar bessere Ergebnisse erzielen könnte. Wenn es die magische Überwindung der Schwerkraft gäbe, ob zuverlässig oder nicht, hätte man doch nicht das Flugzeug erfinden müssen – erst heute haben wir eine Infrastruktur, die auf kontinentalweitem Flugverkehr aufbaut. Wenn es das Weitsehen, Weithören, Weitwahrnehmen gäbe, hätte man doch nicht das Fernsehen, Telefon, das Internet erfinden müssen... Heute haben wir – fast – alles, was man sich früher als magisch ausgemalt hat, aber mit Mitteln erreicht, die nichts mit der vorgestellten Wirkungsweise der Magie zu tun haben...“

„Ist schon gut“, sagte sie, „ich glaube, er meint eine andere Art von Technik. Eine mentale. Er ist davon überzeugt, dass Inneres und Äußeres zusammenhängen (eigentlich: eines sind) und dass es Mittel gibt, das Äußere im Sinne des Inneren zu beeinflussen. Und die Herstellung solcher mentalen Mittel, Werkzeuge, Apparate nennt er magisches Ritual, ihren Einsatz Magie.
Durch Ritual und Übung baut er sich selbst zu einem solchen Einwirkungsinstrument um. Dabei ist für ihn die Beeinflussung des Äußeren nicht so wichtig wie die Beherrschung des Inneren – vielleicht im Gegensatz zu anderen, die sich auch damit beschäftigen. Für ihn ist Magie ein Weg in das Innere, das auf diese Weise Kontur gewinnt, Gestalt annimmt. Bewusst wahrgenommen werden kann – wie eine vor uns liegende Landschaft, bevölkert von mythologischen Gestalten. Ist für ihn das Werk der Ausarbeitung, Konkretisierung desjenigen, was man unbewusst oder potenziell schon ist...“

Das konnte ich akzeptieren. Magie als Umgang mit psychischen Faktoren war mir, wenn auch als Konzept immer noch befremdend genug, wenigstens nachvollziehbar. Denn, soweit hatte ich verstanden: Die alten Zauberbücher, wie der Picatrix oder das des Abraham von Worms, sind keine Beschwörungsbücher übernatürlicher Wesen, oder Texte zur Erzwingung von Macht und Reichtum, als was sie immer von den Gegnern und auch unbelehrten Anhängern angesehen wurden – sie sind Anleitungen, um in Kontakt mit dem eigenen, inneren Engel zu kommen (und Engel wurde der Teil der Welt genannt, der das Heilige in individueller Begegnung ist), wozu nötig ist, sich den eigenen, persönlichen Dämonen zu stellen, um sie beschwören und bezwingen zu können.

Jede in die Tiefe gehende psychologische Methode heute rührt an eben diese Sphäre, ohne dass wir sie personifizieren oder verdinglichen. Wer weiß aber, wer im Recht ist – der, der alles nur als Schauspiel der Einzelpsyche ansieht und so behandelt, oder der, der darin das Entwicklungsdrama des ganzen Kosmos involviert sieht – Struktur und sich aufdrängende Notwendigkeit ist von jedem Standpunkt aus gesehen da.

Was ich aber dabei immer noch nicht verstehe: Sind die magischen Wirkungen, die sich im Außen manifestieren sollen – auf der Ereignisebene, im Raum der Erscheinungen, in der Kette der Wirkungen – etwas Reales oder etwas, worauf man nur hofft (also fiktiv), vielleicht etwas, was man in das tatsächliche Geschehen hinein interpretiert (mit dem gläubigen, voreingenommenen Blick darauf) – gibt es Magie im realem Sinne oder gibt es sie nicht? Letztlich läuft alles auf die Beantwortung der (nicht zu beantwortenden) Frage hinaus: Was ist die Wirklichkeit? Wie funktioniert sie? Wissen wir alles darüber und können deswegen bestimmte Vorstellungen als irreal ausschließen?

Sind unsere intellektuell-simplifizierenden Vorstellungen (naiv-wissenschaftlich) nicht ebenso ungeeignet, die volle, runde, tiefergehende Wirklichkeit zu erfassen und auszudrücken, wie wir es der naiv-vorwissenschaftlichen Weltbeschreibung vorwerfen? Befangenheit und Denkverbote der klassischen Metaphysik wurde durch ein prüfendes, experimentierendes Verfahren abgelöst, dieser Paradigmenwechsel hat aber zu ebensolchen Befangenheiten und Blockaden geführt wie vorher, nur auf andere Bereiche bezogen.

Inzwischen ist nochmals ein Wechsel eingetreten, die heutige Wissenschaft sucht in vieldimensionaler Mathematik die Weltformel, die alles erklären soll, alles beinhalten kann, jenseits aller Anschaulichkeit: Gibt es von dort einen Weg zu den Bildern der alten Welterklärungen, die auf ihre Weise ebenso von der sinnlichen Realität abgehoben waren wie die unsrigen? Können wir deswegen wieder an alte Konzepte anknüpfen, die in der Geschichte formuliert worden waren? Diese neu zu verstehen lernen, neu zu interpretieren? Und stellt sich dann der Realzusammenhang der Dinge nicht nochmals anders dar, als er heute gedacht wird?

Müsste eine wirkliche Welterklärung (als Formel wohl kaum auszudrücken) nicht alles beinhalten, nichts ausschließend, von den uns als faktisch akzeptierten wissenschaftlichen Tatbeständen des subatomaren Energetisch-Materiellen bis zu unseren eigenen Bewusstseinszuständen, in denen wir uns selbst und unser Wissen im Blick haben können? Und wäre dann das, was die um Magie Bemühten aller Zeiten versuchten, nicht doch etwas, was wir nicht nur mit psychischen Faktoren, gruppendynamischen Prozessen, Auto- und Fremdsuggestion erklären würden? Gäbe es dann einen Weg, magisches Wirken als real zu verstehen?

Vielleicht über das Prinzip der Synchronizität, wie manche es vorschlagen?

Aber das ist ein Black-Box Begriff, der singuläre Merkwürdigkeiten bezeichnet, die nur durch ihre sinnfällige Koinzidenz miteinander verbunden sind. Wäre das wirklich die Hintertür, durch welche Magie wirksam werden könnte?

**

Zeit ist nicht stetig, sondern gequantelt. Diese Überzeugung der modernen Physik (einiger Physiker, muss man sagen, noch streitet die Wissenschaftsgemeinde darüber), stimmt mit der möglichen subjektiven Erfahrung von dem überein, was man Gegenwart nennt – die Realität der Dinge in einem sie zusammenfassenden Erleben, deren Erscheinen in der Gegenwart meines Bewusstseins.

Ich bin immer. Immer gegenwärtig. Aber dazwischen gibt es Ablenkungen, Blackouts, Auszeiten. Meine Aufmerksamkeit ist löchrig. Ist ein fortlaufendes Band mit Lücken. Immer wieder weckt irgendetwas meine Aufmerksamkeit aus einem zwischenzeitlichen Abwesenheitsschlaf. Versetzt mich erneut in meine Gegenwart. Mein reales Zeiterleben ist daher nicht fließend-kontinuierlich, sondern gekörnt-diskret. Unterbrochen. Digital.

Ibn Arabi, der andalusische Mystiker-Philosoph, dessen Schrift ich in der Rest-Bibliothek des Malers gefunden hatte, spricht von der Gegenwart des Erscheinenden als einem nicht zeitlich unbegrenzten Dauerzustand (Dauer ist für ihn einzig ein Attribut Gottes), sondern als einem Zustand, der ständig neu geschaffen wird – nur durch Gott in die Existenz tritt.

Durch diesen, durch dessen Atem, wird die Gegenwart der Erscheinungen immerwährend erschaffen, in jedem

Augenblick. Durch eine Neuschöpfung aus dem Nichts. Ohne Gottes schöpferischen Atemzug, dem Hauch der Ausatmung, gäbe es nichts; der Atem, die Schöpfung, wird zurückgenommen und anschließend erneut die Welt in Existenz geatmet; kein zeitlicher Moment ist also dem vergangenen gleich. Dadurch wird die Welt der Erscheinungen ohne Unterlass durch eine völlig neu geschaffene, (fast) identische ersetzt. Fast – so wird Veränderung, Alterung, Bewegung möglich. Bewegung, Zeit ist also gequantelt – kann in einzelne Momente aufgeteilt werden, die nicht mehr unterteilt, auseinander genommen, auf etwas anderes als auf ihren eigenen Ursprung im Erschaffungsakt zurückgeführt werden können.

Was aber, wenn das Neuerschaffene nicht identisch (oder: fast identisch) mit dem eben Vergangenem, ins Wesenlose versunkene, wäre? Wenn es sich gravierend unterscheiden würde? Ein Kommentator Arabis sagte dazu:

„Gott ersetzt das weiß Erscheinende durch ein anderes (nur wenig verändertes) weiß Erscheinendes. Wollte er, könnte er es durch etwas Schwarzes ersetzen"

Wie könnten wir jedoch den Unterschied merken? Es wäre die einzige existierende Gegenwart (für diesen Bruchteil existierend), könnte mit nichts verglichen werden und mit nichts in Beziehung gesetzt – den alle existierenden Beziehungen wären in ihm enthalten und daher nicht außerhalb seiner Existenz. Wir könnten nicht wissen, ob wir nicht längst in einer anderen Welt lebten, weil der Vergleich mit einer vorherigen oder nachfolgenden nicht möglich ist. Ist Weiß weiß geblieben? Oder hat es ins Schwarze gewechselt? Für den frommen Mystiker ist es selbstverständlich: Gott stellt uns nicht in eine willkürlich veränderte Welt, er gibt uns Konstanz und Ordnung, indem er das Neue als Altes an die Stelle des Vergangenen setzt. Was aber, wenn man an diesem Vorgang herumpfuschen könnte?

Für uns ist an die Stelle Gottes das Naturgesetz getreten, welches Regelgerechtigkeit, Stetigkeit und Ordnung ausdrückt und zusichert. Wenn nun dieses Naturgesetz (nicht ganz so Allmächtig wie der letzte Grund alles Existierenden) sich als optische Täuschung, als Interpolation, als Geradebiegen des Krummen herausstellen würde, und damit vielleicht auch als hintergehbar und austricksbar – wenn die Quantennatur der Wirklichkeit prinzipiell Sprünge zulässt, die wir als irrational, unvorhersehbar, willkürlich bezeichnen müssten – wenn wir sie denn bemerken könnten – wäre dann nicht die Sicht auf ein Universum geöffnet, in dem Wunder möglich sind? Der eiserne Vorhang der Naturgesetzlichkeit ein wenig angehoben, die Falle der Determination aufgehoben?

Was mich jedoch bei solchen Überlegungen stutzig macht: Die Hermetiker der Antike und ihre arabischen und abendländische Nachfolger suchten die Große Ordnung zu erfassen, durch die, in der es möglich war, magische Wirkungen zu erzielen – in Erfüllung der Gesetze des makro-mikrokosmischen Allganzen. Nicht das Durchschlüpfen durch die Maschen der Gesetzlichkeit, sondern die Beachtung der Regeln sollten zum gewünschten Ergebnis führen
Regeln freilich, die Beeinflussung durch Moralität, Willen und Ritual einschlossen. Was für uns heute abwegig scheint. Als Verwechslung von Kategorien des Innen und Außen. Denn der einzige Ort, an dem beides zusammenkommen kann, Außen und Innen, ist uns unser

Bewusstsein, das beide trennt und auseinander hält, vereint und aufeinander bezieht.

Und das, was ich von den Ansichten des Gurus über die Funktion und das Funktionieren von Magie und mentaler Entwicklung gehört hatte, gab mir den Eindruck, als ob bei ihm diese Verwechslung der Kategorien vorliegen würde. Und eine Verwechslung des Unbedingten, Selbstgesetzten mit dem Abhängig-Bedingten, das uns umgibt und uns selbst auch ausmacht. Der berauschenden Entdeckung, dass wir Teil des Unbedingten sind, integraler Teil davon, und in Wahrheit ungeschieden von ihm, und den Implikationen, die schon die Gnostiker der Antike daraus gefolgert hatten, muss noch immer die ernüchternde Erkenntnis entgegengehalten werden, wie beschränkt wir gleichzeitig sind.

Du bist das, was du sein willst – du entscheidest dich dafür, ob du dich einschränken, begrenzen oder ob du grenzenlos sein willst. Das Alles-was-ist (konventionell Gott genannt) ist in allem, was ist, ist von allem, was ist ungeschieden, ist in allem ganz und gar gegenwärtig. Auch in dir. Du entscheidest, wie viel du von allem realisieren, wie viel du davon zulassen willst. Das Ganze ist immer Alles, nur durch Selbstaufgabe kann es weniger sein – was aber Illusion ist, Einschränkung nur des Blickes darauf.
Soweit konnte ich dieser Philosophie folgen. Der daran anschließende Sprung vom überpersönlichen Ganzen zum individuellen Fall, kurzschließend beides gleichsetzend, kam mir aber eher wie Größenwahn vor als wie eine Korrektur der Kleingeisterei, die ja manchmal notwendig wäre. Als ob ich vergessen würde, wie bedingt ich doch in meinem individuellen Zustand bin, wie eingebunden in

anderes, das mir nicht einfach willig zur Verfügung steht – kann ich vergessen, dass ich trotzdem noch der Gravitation unterworfen bin, auch wenn ich beschließe ohne Flügel fliegen zu können?

Klar, ich bin ebenso das Gesetz der Schwerkraft wie der fallende Körper, aber in meinem gegenwärtigen Zustand eben ein wenig mehr der fallende Körper als das Gesetz, das ich aufheben möchte. Für mich, in meinen Einschränkungen, wirkt das Gesetz uneingeschränkt. Der Traum kann es aufheben. Löse ich mich aus meinem individuellen Bewusstsein, kann ich es aufheben – zu dem Preis, dass ich meinen Körper, der weiter dem Gesetz unterliegt, aufgeben muss.

Und: gibt es für mich etwas anderes als das in mir individualisierte Bewusstsein? – Etwas Umfassendes, darüber Hinausgehendes, trotzdem mir Zugehörendes? Denn wenn ich mein individuelles Bewusstsein im zerschmetterten Körper verliere, hilft mir ein allgemein postuliertes Bewusstsein aller Dinge nichts – falls ich nicht mehr bin. Und auch wenn ich ohne Körper weiter als Eigenbewusstsein existierte, gäbe es da nicht auch in diesem Zustand Einschränkungen, Grenzen, die Differenz zwischen mir und dem Anderen?

Wann also wäre der Zustand erreicht, dass Ich und Alles grenzenlos identisch wären? Doch erst dann, wenn dieses Ich nicht mehr Ich, sondern Alles wäre... Weit jenseits meines jetzigen Zustandes also.

Als Kind muss man lernen, Allmachtsfantasien von dem zu unterscheiden, was tatsächlich möglich ist und wahrscheinlich eintreten wird. Zu gut haben wir allermeistens diese schwer zu schluckende Lektion gelernt, trauen uns nun überhaupt nichts zu, was über das normale, geduckte Dasein hinausführt.

Hier kann Ermutigung hilfreich sein, notwendig auch. Du kannst, wenn du willst, lautet das Motto der Lebenshelfer, die ihre psychologischen Ratgeber damit verkaufen (was im Umkehrschluss natürlich auch heißt: wenn du nicht kannst, willst du nicht – womit der schwarze Kater wieder bei einem selbst gelandet ist). Tue, was du willst, sagt die Fraktion der selbstermächtigten Magier in Nachfolge Crowleys. Finde dein eigentlich von dir Gewolltes heraus und realisiere es dann – suche und finde den wahren Willen in dir, der dich dazu bringt, das Erhoffte auch zu erreichen.

Wenn der Mystiker das Einheitserlebnis im Urgrund der Dinge und Kräfte sucht, dann kann ich das verstehen und akzeptieren. Als Haltung und als Möglichkeit. Wenn der Magier oder Adept seinen Willen über alles auszuspannen und in den Verlauf der Welt einzugreifen versucht (und das bedeutete es ja, wenn es ihm auch nur gelänge, ein einziges Elektron zu beeinflussen), dann zweifele ich an einer solchen Praxis.

Aber vielleicht bin ich ja eher ein Mystiker, und deshalb voreingenommen. Missfällt mir irgendwie der Gedanke an eine solches Beeinflussungskonzept. Als Überschätzung der eigenen Möglichkeiten und als Überheblichkeit. Ist dann wohl nur eine Temperamentssache, wie man es beurteilt. Ob als Chance oder Fehldeutung.

Verirrt man sich mit solchen Vorstellungen nicht in vorwissenschaftlichen Denkstrukturen, verfängt sich im Aberglauben, strandet in der Täuschung? – Oder befreit man sich, im Gegenteil, nicht mit Hilfe uralter Bilder aus dem Gefängnis, das uns inzwischen die skeptisch-rationale Weltausdeutung geworden ist? Befreit sich in einer

Willensaktion, nicht nur im Nachdenken darüber, wie die Welt beschaffen ist, und in der stillen Meditation, wie es mir eher entspricht?

Und war dann nicht meine Intention und die des Gurus dieselbe: Sich in einer Wirklichkeit zu erleben, die Wahrheit einschließt, Lebensfülle, Ziele?

Helena

Normal scheint immer das zu sein, inmitten dessen man sich wie selbstverständlich bewegt, ohne Reibung, Anstöße oder Behinderung – am Eich- und Quellpunkt des Koordinatenkreuzes, das für einen selbst Normalität, und Abweichung davon, anzeigt. Aber dieses Koordinatensystem bewegt sich mit uns, wir nehmen es mit, wenn wir uns verändern: Bald sind uns Dinge geläufig, die wir vorher für exotisch, unwahrscheinlich, ekelerregend, seltsam und irregulär gehalten haben. Unser ganzes Normalitätssystem verschiebt sich – unmerklich zuerst, am Ende sind wir vielleicht sogar im Gegenfeld des Ausgangsortes angelangt: Gut ist Böse, Böse gut, eine Umwertung der Werte...

Es wird nicht immer so extrem sein, und die Wenigsten stürzen sich Kopfüber in eine Gegenposition zum Bisherigen – aber auch das ist möglich: Konvertit über Nacht. Meist ist es ein schleichender Prozess: Ein Kontinuum, an dessen Endpunkt das für richtig akzeptiert wird, was man am Anfang noch ablehnen musste. Man kann es lernen nennen (Ich möchte dieses Wort lieber für den Prozess reservieren, bei dem ich meine Skala vergrößere, anstatt meinen Bezugspunkt nur zu verschieben). Man kann es Umkonditionierung nennen. Es geschieht überall dort, wo es nötig wird, Altes aufzugeben, um Neues annehmen zu können. Entweder, weil wir das Neue begrüßen, da es eine Bereicherung für uns ist, oder wir durch die Umstände gezwungen werden, uns ihm zu stellen.

Wenn wir uns dem Wachsen, Größer werden, Reifen nicht verweigern, werden wir vieles kennen, verstehen, akzeptieren lernen, was wir am Beginn noch als fremd ablehnen mussten, weil mit unserer Erstprägung nicht übereinstimmend. Wir können unsere kindlichen Maßstäbe nicht behalten – nicht, weil wir nicht unschuldig bleiben können, sondern, weil diese Maßstäbe nichts Unschuldiges an sich haben, sie sind einfach nur das, in was wir gesetzt worden sind und was wir deswegen angenommen haben. Nur unser vorurteilloses Annehmen des uns Vorgesetzten ist das Unschuldige daran: unser Kindheitszustand.

Es wird lange dauern, bis wir uns von dieser Erstprägung freimachen – vielleicht nie, bei den meisten ist es so. Oft wird es auch nicht nötig sein: Nur selten haben Menschen eine so unglückliche Mentalität und Vorstellungswelt übernommen, dass sie damit nicht zurechtkommen, nicht damit leben können, sie auf Dauer damit unglücklich sind – weil mit ihrer eigenen Natur oder mit den Vorstellungen einer erweiterten sozialen Umwelt kollidierend. Aus den Vorurteilen, Geschmäckern, Grenzziehungen des unschuldig Übernommenen müssten wir uns jedoch befreien, wollten wir größere Maßstäbe annehmen, umfassendere und objektivere. Das wäre der Weg aus der Enge in die Weite.

Ein anderer Weg ist der von der Unschuld des zuerst Angenommenen in die verwirrende Relativität aller Ansichten, Meinungen, Werte – verwirrend allerdings nur vom Standpunkt der Einmaligkeit und Absolutheit des unschuldig

Aufgenommenen. Hält man daran fest, ohne es anwenden zu können (weil vielleicht ständig mit der Realität hart zusammenstoßend), verirrt man sich im Verwirrenden. Jetzt ist einem vielleicht alles gleich gültig geworden, da unentscheidbar: Was ist gut, was ist schlecht, was richtig, was falsch? Wenn die Dinge einem nicht mehr aus sich heraus sagen, was sie sind – und sie können es nur in Bezug auf unseren festen Ausgangspunkt – wird es schwierig, sie zum Sprechen zu bringen: Sie offenbaren sich nur in einem Bezugssystem. Und nur in einem dynamischen, sich entwickelnden, offenbaren sie sich mehr und mehr, umfassender und tiefer.

Es gibt allerdings auch den Weg von einer Enge in eine andere, nur ausgetauschte. Festgebannt ist man auch dort, festgeklemmt und unfähig, sich weiterzubewegen. Ersetzen der alten Vorurteile durch neue, kann man es nennen, der alten Vorlieben durch fremde Geschmäcker. Viele der Erzählungen Ellens über die Spiele ihrer Kunden klangen mir danach. Sie selbst verschob ihren Aufmerksamkeits- und Erlebnisradius nicht einfach weiter, woanders hin, sondern erweiterte, vergrößerte ihn, wenn sie mit neuen Erfahrungen konfrontiert wurde – was nicht von ihr ausging, sondern durch die Wünsche der anderen bedingt war (und wohl den Unterschied ausmachte). Bei diesen aber wurden aus eher harmlosen Rollenspielen um Sex und Dominanz raffinierte Fesselungs- und Demütigungsinszenierungen, schmerzhafte Schläge und Blutergüsse, mehr und mehr ausgebaut und bald das Einzige, was noch erregen konnte.

Aus dem verständlichen Wunsch, dem anderen auch in den intimsten Momenten nahe zu sein (dem Wunsch, an die Grenze zu gehen), wurden bei wieder anderen ausgedehnte Urinier- und Kotaktionen, unverzichtbar, sollte das Treffen befriedigend sein. Sie selbst dagegen hielt Distanz dazu, hielt sich an eine Rolle, die sie übernahm, manchmal aus Sympathie, manchmal aus Professionalität, manchmal, um sich selbst auszutesten und Scham- und Ekelgrenzen zu überschreiten.

Aber sie grübelte über die Akzentverschiebung im Leben ihrer Kunden, die ihr Sexrepertoire auf diese Weise ausbauten: War es für diese eine Bereicherung, die Eroberung einer neuen Variante, oder eine verengende Festlegung auf extremere Verhaltensweisen, indem ihnen dadurch der einfache Akt zu langweilig wurde? Was sagte es über den Sex aus, wenn auch er ständig neu erfunden werden musste, sollte er erregend bleiben? Was über ihre Kunden, wenn diese, auf der Suche nach dem ultimativen Kick, sich so offensichtlich an Vorbilder orientierten, die sie in der Pornoszene (dem Internet) fanden?

Für sie genügte die Erregung an der Erregung des anderen Körpers, dessen sexueller Anspannung, die sinnlichen Anreize, die sich dem Tasten, dem Riechen, dem Schmecken, dem Auge und Gehör boten, wenn der Mann (manchmal auch die Frau oder beide) sich mit ihr und sie sich mit ihm beschäftigte, im ewigkeitsangrenzenden, zeitsprengenden Spiel der umeinander geschlungenen Leiber, dem Ritt oder dem Geritten werden, in der Stimulierung mit Zunge, Fingern, im Aneinanderreiben und sanft Berühren oder kräftig Gepackt werden – jede Region ihres Körpers war empfänglich für Reizungen, ob durch Streicheln, Massieren, Kneten – jedes Härchen ihrer Haut bereit, sich in Gänsehautwellen aufzurichten, ein Keuchen, ein Ächzen unterstreichend. Sie war Hingebung und Erfüllung der Sinne – war das nicht genug?

Warum schoben sich bei vielen die Bilder der Pornoindustrie zwischen sie, ihrem Angebot, und dem, was die Männer als Erfüllung ihrer Ansprüche suchten? Bilder, die auf Standardsituationen hinausliefen, auf die immer gleiche fantasielose Sexpraxis, mit immer demselben Ablauf (trotz wechselnder Darsteller in wechselnden Kulissen), zuerst die orale Beschäftigung mit seinem Glied, dann die vaginale Penetration, anschließend Analsex, und abschließend die Besamung ihres Körpers, ihres Gesichtes (in ihren Mund ließ sie es nur ausnahmsweise zu). Oder die besonderen Wünsche, die doch auch nur in das Alphabet der Genres einzuordnen waren, von Bizarr über Bondage, Kaviar, Natursekt, Rollenspiel usw. bis SM – warum diese Reduzierung auf ein Fachgebiet, statt sich dem auflösenden Strom des Geschehens anzuvertrauen?

Es war schon Standard geworden – jeder Zweite fragte danach – dass die Männer sie nicht nur im Mund nahmen, sondern dort auch ihren Samen verspritzen wollten (und, noch weitergehend, dass sie ihn dann schlucken sollte...) – war das einfach der Ausdruck ihrer sexuellen Dominanz, die sie in dieser Stellung noch stärker erleben konnten als im Herrichten der Frau auf den Stoß von hinten oder von vorn, als im heftigen Umgreifen ihres Körpers, um sie sich zurechtzubiegen? Sie fühlte sich nicht gedemütigt (weil sie diesen Gedanken nicht zuließ), wenn ihr jemand sein Glied in den Mund zwang, überragend in seiner sie bedrängenden stärkeren Körperlichkeit – dieser Anblick erregte sie eher – aber sie vermutete, dass es in ihm dabei dieses Gefühl des Demütigens gab – es sogar den größeren Teil des Reizes ausmachte, den diese Stellung für viele gegenüber den anderen hatte. Und wenn es so wäre: Sie würde dieses Gefühl ihm ermöglichen, für ihn die Gedemütigte darstellen, ihm das geben, was er sich von einem Zusammensein mit ihr versprach. Ihre Sache war es, gut zu sein, perfekt zu sein, und dadurch die Leitung über das Spiel zu behalten.

Wenn Ellen mir von den Szenen berichtete, die sie manchmal bei ihren Terminen erlebte – als Objekt des Begehrens, der Manipulation, als Mittelpunkt einer Privataufführung – fragte ich mich, wie sie, woher das kam und wohin es führte. Sind die Formen der Sexpraktiken Deklinationen des Möglichen auf diesem Gebiet, eingegrenzt nur durch die Organik des Körpers, seiner Öffnungen und Funktionen? Sind sie Ergebnis des Wechselspiels zwischen Körperlust und kulturell Erlaubtem, Toleriertem, Verdrängtem, Verbotenem? Und wenn nichts mehr obszön ist – wo bleibt das Obszöne? Seine Faszination? Die Erregung durch das Tabuisierte, die heimliche Überschreitung des gesellschaftlichen Verbots?
Verschieben sich die Grenzen, wo endet die Verschiebung, bei welchem Tabu? Gibt es keine wirkliche Grenze, außer der letzten, alles beendenden – der Aufhebung des Körpers als solchem? Das Extrem, der Endpunkt der Behandlung des Körpers als Objekt ist dessen Zerstörung, darüber hinaus lässt er sich nicht mehr manipulieren. Wäre dies die ultimative Körpererfahrung, die erreichbar ist, die erreicht wird – durch von diesem Weg Faszinierte? Was war das Motiv des Mannes, der das Geschlechtsteil seines freiwilligen Opfers aufaß: going to the extreme? Und wäre ein Darüber hinaus nur noch möglich, indem er sich selbst aufäße, Stück für Stück, sich dadurch selbst eliminierend?
Die Zerstörung des Begehrten ist möglicher Zielpunkt dieser Art von sexueller Praxis, potenziell in ihr angelegt, unterschwellig, unbewusst mitschwingend, auch wenn die sie

Ausübenden noch lange nicht dieses letzte Tabu verletzen wollten. Sie wollen im Allgemeinen nur ein wenig daran kratzen, sich ein wenig daran gruseln.

Die Schreie, das Schmerzgestöhne, das Widerstreben und die Gegenwehr, das Gebrochen werden des Widerstands, das sich in sein Schicksal ergeben – das ist das Spiel, das sie erregt, sie aufgeilt, welches sie in unlösbarer Verbindung zum Geschlechtstrieb erleben, indem Eigenlust und Schmerz des anderen sich mischen. Und wenn die Normen der Zivilisation aufgehoben sind, die Schranken wegfallen, die den Normalbürger lenken, wie verhält er sich da, wenn er in dieses Spiel einsteigen kann?

Mir kam die Geschichte der Berliner Domina in den Sinn (allerdings keine Normalbürgerin), die ich irgendwo gelesen hatte, welche im KZ die Gelegenheit bekam, in Realität an wirklichen (unfreiwilligen) Opfern alles das anzuwenden, was sie an Sexfolter mit freiwilligen Teilnehmern gelernt hatte – ihre Kunden waren überwiegend SS-Männer gewesen. Zusammen mit und für den KZ-Kommandanten zelebrierte sie nun ihren für das Opfer schmerzvoll-tödlichen Kult, als Spielmaterial junge Männer aussuchend, die sie bis an deren Ende zerfleischen konnte, die Hölle in der Hölle – Orgasmus und Tod, Höhepunkt und letalen Ausgang aufeinander abgestimmt. Steht dieses Entsetzensbild verborgen im Hintergrund aller dieser privaten SM-Bastelleien, dem harmlos-bürgerlichen Sonntagsvergnügen, dem Ausgleich für den Alltagsstress, als was es inzwischen angesehen wird? Das waren meine Fragen an die Szenen, wie ich sie von Ellen gemalt fand.

Sie lehnte es ab, so weit zu gehen, ihre Kunden für etwas zu verurteilen, was diese in ihrer Fantasie trugen (oder sogar nur unbewusst in sich hatten), ohne weitere Folgen für deren tägliches Leben.

„Jeder hat jede Tendenz in sich, jede Möglichkeit, konstruktive und destruktive. Jeder kann jede Neigung entwickeln: Herrschsucht, Grausamkeit, Zerstörungslust – Sanftheit, Zärtlichkeit, Ergebenheit. Ist als Mann in sich weiblich, ist als Frau in sich männlich. Jeder ist potenziell alles. Niemand kann sagen: Ich bin nur so, anderes ist mir nicht möglich, anderes ist nicht in mir. Oft sind es die Umstände, die uns auf etwas festlegen, unser Verhalten vorgeben. Und wenn jemand etwas in sich entdeckt, was er vorher noch nicht von sich wusste, eine Neigung, eine Fähigkeit, kann ich ihm helfen, sich darüber bewusster zu werden und sich weiterzuentwickeln – wenn er mag. Natürlich nicht, wenn er bemerkt, dass er eigentlich homosexuell ist und mit Männern zusammen sein will – dafür bin ich nicht mehr zuständig."

Sie lachte: „Einen meiner Kunden habe ich auf diese Weise verloren – er wollte unbedingt einmal mit mir und einem anderen Mann zusammen sein, um uns beim Sex zuzusehen, wie er sagte. Aber was er wirklich wollte und nur vor sich selbst nicht zugeben konnte, war: Er wollte einen Mann in sexueller Aktion sehen. Wollte zu dritt sich erlauben, was er als Paar sich nicht traute. Hat er aber doch, nach diesem Erlebnis – jedenfalls haben wir uns danach seltener getroffen, dann nicht mehr, und später habe ich ihn zufällig in einer Bar zusammen mit einem Mann gesehen, eindeutig flirtend. Ist irgendwie deprimierend, als Frau einen Mann an einen Mann zu verlieren", wieder lachte sie, „aber ihm habe ich auf diese Weise geholfen: Er ist sich über sich selbst klarer geworden, hat sich zu sich selbst befreit – wenn es denn eine Befreiung und nicht nur ein anderes Gefangensein ist."

„Wenn ich den Männern helfe, ihre sexuellen Fantasien zu entwickeln und auszuleben, ist das für mich nichts Schlechtes, im Gegenteil, es ist für mich ein Beitrag zu ihrer Entwicklung im Allgemeinen. Nur schade, dass es so oft keine Fantasie ist, die sie ausleben, sondern bloßer Abklatsch der Pornofilmszenen, die sie irgendwann gesehen haben und nun nachspielen wollen – von Männern darf man allerdings auch nicht zu viel verlangen", sagte sie jetzt lächelnd, „frau muss ihnen gegenüber tolerant sein, n'est-ce pas?

Was mich aber mehr belastet als der Destruktionstrieb meiner Kunden, diese müssen das mit sich selbst ausmachen, ist meine eigene Rolle in den vielen Begegnungen mit ihnen: Wie weit werde ich selbst deformiert durch das, was sie von mir fordern, was ich ihnen zu geben bereit bin?

Ich sehe mich nicht zynischer, abgebrühter, verbrauchter als früher, bin immer noch neugierig auf jede Begegnung, noch immer bereit, mich auf jemanden wirklich einzulassen, in ihm das zu sehen und zu finden, als was er sich selbst erlebt – wenn er sich nicht völlig überschätzt, sich selbst verfehlt – freue mich und bin gleichzeitig nervös (allerdings nicht mehr so stark wie am Anfang), wenn ich jemanden zum ersten Mal treffen werde, und wenn es dann jemand ist, den ich schätzen kann, ist es für mich immer noch eine Bereicherung.

Und für die, die ich schon kenne, die mich kennen und mir sagen, wie sehr sie mich mögen, bin ich uneingeschränkt offen und aufnehmend, bis auf diesen einen Punkt: Sie können mich nicht für sich selbst allein beanspruchen, können mich nicht vereinnahmen. Ich bin nicht bereit, eine andere Beziehung mit ihnen einzugehen als die, wofür sie bezahlen. Und kann doch nichts dagegen tun, dass sie sich noch etwas anderes versprechen."

„Wenn meine Deformierung nicht in der mechanischen Sexroutine besteht oder in der heimlichen Verachtung der Kunden, wie ich es bei anderen bemerkt habe, die den gleichen Job machen, bin ich vielleicht doch auf andere Weise deformiert: Ist mein Leben nicht ein Täuschen der anderen, ein Verheimlichen meines Selbst, ein Vorspielen von Gefühlen, die ich nicht immer, nicht jedes Mal auf Abruf haben kann?

Ich will nicht täuschen, aber täuschen sich die anderen nicht über mich?

Ich will nichts verheimlichen, aber wie kann ich den Zudringlichkeiten entgehen, wenn ich mich nicht ins Heimliche, ins Verschweigen zurückziehe?

Ich will niemandem etwas vormachen, aber versteht der andere denn den Unterschied und auch das Gemeinsame von echt und vorgespielt, von gewollt und unwillkürlich? Die Dialektik der Gefühle und Empfindungen? Trotzdem frage ich mich manchmal: Bin ich eine Betrügerin? Ohne es zu wollen? Der Wirkung nach?"

„Ich kann nicht allen alles geben, was sie von mir wollen – ihr kurzfristiges sexuelles Verlangen kann ich aber befriedigen. Ich kann ihnen mein eigenes Begehren geben, das Begehren meines Körpers, für den Augenblick nur, aber ohne Einschränkung, ohne Vorbehalt. Etwas, was ihnen genug sein sollte, da es viel ist – und für die meisten auch Grund genug, mich immer wieder zu buchen.

Ich gebe mich ihnen, dadurch, dass ich es bin, der sich gibt, aber ich behalte mich auch, da ich gleichzeitig bei mir bleibe, nach meinen eigenen Regeln handle. Ich behalte mir mein Privates vor, mein eigenes Leben, trenne Geschäft von der übrigen Lebenszeit ab, wie es jeder macht, auch wenn es viele meiner Kunden anders sehen oder anders haben wollen.

Manchmal denke ich: Das ist deren Problem, warum schauen sie nicht genau hin, warum sehen sie mich nicht so, wie ich bin und für sie sein kann? Aber vielleicht fällt das wirklich schon in das Gebiet der Täuschungen, auch wenn ich es nicht will, vielleicht lässt es sich nicht vermeiden, oder nur dadurch, dass ich meinen Job aufgebe...

Alles in ihm beruht ja darauf, dass Wirklichkeit und Illusion ineinander übergehen, sich vermischen... Ist denn das Gefühl, das ich vorspiele, nicht genauso wirklich, weil wirkend, wie ein so genanntes echtes Gefühl? Für mich ist die Empfindung, die ich dem anderen gebe, weil ich es so will, genauso real wie eine Empfindung, die mich unwillkürlich überkommt – was der andere selbstverständlich als seinen Teil daran verbucht, als seinen Triumph, seine Macht über mich...“

„Ich weiß, kein Mann wird verstehen, wenn ich ihm sagen würde, dass ich noch nie einen Orgasmus beim Sex mit einem Kunden hatte, dass das aber nichts bedeutet, da ich den Sex mit ihm genieße und auch zeige, wie sehr, und dass er meine Reaktion auf seine Berührung und auf sein Tun für echt nehmen kann: Dass ich mich ganz dem überlasse, was er mit mir macht und mich ganz in den Empfindungen auflöse, die er in mir bewirkt – mit dem Vorbehalt, dass ich dabei immer darauf achte, dass er selbst auf seine Kosten kommt.

Er wird es nicht verstehen, dass er, würde ich einen Orgasmus haben, weniger davon hätte, als jetzt, wo ich auf ihn eingehe und ihn spüre, mehr als im Orgasmus, bei dem ich nur in mir selbst bin, mir enthoben. Er würde es nicht akzeptieren, es als Beschönigung seines Versagens nehmen und sich betrogen fühlen. Betrogen um den Erfolg seiner Anstrengung, beschädigt in seinem Selbstbild als Mann.

Oder er würde mir einfach nicht glauben: Hat er doch selbst gefühlt, wie ich auf ihn reagiert, wie ich durch ihn den Gipfel erreicht habe. Deswegen spreche ich nicht darüber oder weiche in Allgemeinplätzen aus. Aber ein orgasmusartiges Gefühl, das ich in mir erzeuge, mir selbst einbilde, durch ihn, mit ihm, und ein Orgasmus, der meinem Körper ohne mein Zutun widerfährt, liegen so nahe beieinander, dass es für ihn auf dasselbe hinauslaufen sollte. Er ist aber nur zufrieden, wenn ich auf seine Frage, ob ich gekommen bin, erschöpft nicke."

„Kannst du dir vorstellen, dass ich eigentlich asexuell lebe? Kein Gefühl mehr, wie früher, unbedingt Sex haben zu wollen, einem Drängen nachgeben zu müssen, welches in mir treibt und eine Gelegenheit zur Erfüllung sucht? Ich bin nicht frigide, glaube wenigstens nicht, dass man meinen Zustand so bezeichnen soll, da ich Empfindungen habe, Erlebnisse, mich der Sexualität überlassen kann, wenn ich will – aber ich spüre überhaupt kein Verlangen danach.

Ich tue es für meinen Kunden, bin geil, bin sinnlich, bin dabei, weil er es so haben soll, er den Eindruck bekommen soll, er sei ein toller Liebhaber und ganz mein Fall – aber für mich selbst brauche ich es nicht. Habe ich durch meinen Job etwas Ursprüngliches verloren? Oder bin ich dadurch darüber hinaus? Jedenfalls lebt es sich leichter so. Konzentrierter.

Ich hänge keinen feuchten Tagträumen nach (und stell dir vor, manche Männer fragen mich tatsächlich nach solchen

Träumereien, ob ich mich nicht in Gedanken mit ihrem Schwanz beschäftigen würde... Als ob ich meine restliche Zeit auch noch damit ausfüllen wollte!). Weiß allerdings nicht, was wäre, wenn ich nicht so viel mit Sex zu tun hätte: Würde ich es vermissen? Auf Entzug sein? Darunter leiden? So jedenfalls fehlt mir der Sex nicht. Während ich ihn habe, brauche ich ihn nicht. Deshalb denke ich von mir als asexuell. Gleichgültig ihm gegenüber. Ihn umso besser ausführend. Paradox. Oder?"

**

Freitag Spätnachmittags war unser Kinotag. Wenn sie in der Stadt war. Wenn sie dafür Zeit hatte. Keinen Termin hatte. Dann trafen wir uns im Foyer des wie aus einer versunkenen Zeit übrig gebliebenen kleinen Programmkinos, das ausländische Filme in Originalfassung vorführte. Vor allem spanische Filme interessierten sie, danach französische und italienische. Ich verstand von diesen Sprachen zu wenig, um ohne Untertitel – was jedoch zum Glück eher weniger der Fall war – die Handlung verfolgen zu können. Bei finnischen Filmen ohne Untertitelung passten wir beide, obwohl mir Kaurismäki lag – aber ein auch sonst wortkarger Film ohne ein einziges verstandenes Wort, wäre denn doch zu langhinziehend.

An einem schwülfeuchten, drückenden Freitagnachmittag – „kein Kinowetter", wie ich bemerkte – sagte sie: „Wir könnten auch etwas anderes machen. Einen Besuch. Bei einem Bekannten – nicht besonders eng bekannt. Eher so etwas wie ein Geschäftspartner des Gurus" (sagte sie wirklich Guru? Von ihr hatte ich es so noch nie vorher gehört – nur der Maler und ich bezeichneten ihn so).

Wir nahmen ein Taxi. Unterwegs erzählte sie mir, dass Ashley sie gestern angerufen hätte, unerwartet, und ihr gesagt hätte, er wolle sie wegen „ihm" sprechen. Über ihn reden. Ihr etwas von ihm ausrichten.

„Ich muss dir vorher noch etwas sagen, sei nicht überrascht, er ist eine Frau. Oder ein Mann. Ein Es kann man ja nicht sagen. Jedenfalls beides. Das Wort Transe mag ich nicht, sie würde sich aber nicht darüber ärgern, ich glaube sogar, sie nimmt es als Ehrentitel, so wie manche Schwarze sich als Nigger bezeichnen, den Weißen ihr Schimpfwort im Mund umdrehen, ins Respektfordernde wenden."

Einigermaßen verwirrt sagte ich nichts dazu. Fragte nicht, was nahe liegend gewesen wäre, warum lässt du dich darauf ein, oder: glaubst du, der Guru will dir dein Geld zurückgeben? – ich schwieg. Sie war mit ihren Gedanken anderswo, erwartete wohl auch keinen Kommentar von mir. Abrupt wechselte sie das Thema:

„Die Zeit ist etwas Merkwürdiges. Gestern war ich noch ein Kind (das war doch so, sag ja...), ein kleines Mädchen, das Kleine-Mädchen-Träume hatte, in einer Kleinen-Mädchen-Welt lebte. Heute bin ich Erwachsen. Und ich erinnere mich an das kleine Mädchen von damals, als wäre es gestern gewesen. Es war ja auch gestern. Die Zeit dazwischen war fast nicht. Und ist doch gleichzeitig unendlich langsam vergangen, da jede Sekunde unendlich lang sein konnte - zwischen mir heute und damals liegen unendlich viele Gegenwarten. Und eigentlich gar keine Zeit.
Warum vergeht, verschwindet, verdunstet die Zeit so schnell? Warum bin ich jetzt schon erwachsen, nicht mehr das kleine Mädchen, dass sich mit ihrem Daddy deswegen streitet, weil er ihr nicht versprechen will, sie später zu

heiraten, wenn sie groß ist – und warum bin ich morgen alt und grau, und wieder ist keine Zeit vergangen…?
Ich mag nicht, wie alles der Zeit unterworfen ist. Ihrem zu strengen Diktat. Ich mag nicht, wenn ich spüre, wie mein Körper altert. Heute Morgen habe ich wieder eine Falte unter meinem linken Auge entdeckt, siehst du sie?"

„Nicht in diesem Licht, im fahrenden Auto…"

„Was fange ich mit mir an, wenn ich alt geworden bin, eine Katastrophe für mich, eine Alte in meinem Job… Schauderhaft. Und die Zeit rennt mir davon, ich fliege durch die Zeit, wie im Traum, zum Albtraum werdend, ich werde durch die Zeit mitgerissen, mitgeschleift, wenn ich zur Ruhe komme, ist schon wieder eine neue Gegenwart und ich finde ein neues graues Haar zwischen den anderen…"

„Wo hast du graue Haare", sagte ich ungläubig, „ich sehe kein einziges…"

„Ja du…Du bist ja auch blind. Oder schmeichelst. Verzweifelst du nicht auch, wenn du an deinem Körper spürst, wie er sich verändert, aber nicht zum Guten, als Wachsen, sondern als Rückgang, als Verschleiß? Wie du an ihm dein Schicksal ablesen kannst: Zerfall? Auflösung? Ende?
Dein Körper als Uhr, welche dir die schon vergangene Zeit anzeigt – dein Bewusstsein hält sich außerhalb der Zeit und überall auf – aber dein Körper nicht. Er zeigt dir den Ablauf der Zeit an. Und kann nichts diesen Verlauf aufhalten, gibt es kein Mittel dagegen?"

„Das wäre auch ein Mittel gegen das Wachsen, Reifer werden", sagte ich, „und gerade du hältst mir immer vor, ich soll mich dem mehr öffnen, mich darauf einlassen…"

„Ich weiß, man kann nicht das eine ohne das andere haben. Und trotzdem..."

Wir waren angekommen. Stiegen aus, ich bezahlte. Wer war dieser oder diese Ashley? – Sie hatte mich neugierig gemacht.

Die Straße war typisch für diese Gegend: Frisch renovierte Häuserfassaden neben verwitterten, mit Unrat vollgemüllten Hausruinen, oder Abbruchgrundstücken, als Ausschlachtplatz für Schrottautos genutzt, eine edel gestylte Boutique für Designerklamotten neben einem Ramschladen für gebrauchte Haushaltsgeräte. Das Gebäude, vor dem wir standen war schmal, der Eingangsflur dunkel und eng, die steile Treppe wie eingezwängt. Auf jedem Stockwerksabsatz eine zerkratzte, verschmierte Tür, mit mindestens drei verschiedenen Verriegelungen und Schlössern gesichert, an manchen zersplittertes Holz, wie von Einbruchsspuren. Wir stiegen bis unters Dach (es gab keinen Aufzug), die abgetretenen Stufen wollten nicht enden, wieder ging es einen Absatz höher, und nochmals.
Oben gab es eine Überraschung: Ein Dachfenster erhellte einen wie frisch geweißten Eingangsbereich, die Tür war in einer rötlichen Erdfarbe gestrichen, statt einer elektrischen Klingel gab es eine Art Glockenspiel, das aber mit einer Gegensprechanlage verbunden sein musste, den auf unser Anschlagen hin fragte eine durch einen Lautsprecher gefilterte Stimme nach unserem Wunsch.

„Ja, bitte?"

Nach dem Passieren der Eingangsenge und nochmals einer steilen und schmalen Stiege gab es eine zweite Überraschung: Der Raum war nicht klein oder verwinkelt, sondern bestand aus dem gesamten Dachboden, die Holzkonstruktion sichtbar, naturbelassene Baumwollstoffbahnen an ihnen so aufgehängt, dass man sich im Inneren eines Zeltes fühlte. Überall waren Teelichter platziert, die ein warmes Licht in dem sonst abgedunkelten Dachraum verbreiteten, Blumen (künstlich oder frische – ich konnte es nicht erkennen) waren in hohen Vasen in den Ecken aufgestellt, Tatami-Matten ausgelegt.

Ein intensiver, aber angenehmer Duft mir unbekannter Geruchsrichtung füllte den Ort. Die Musik, die von einer nicht lokalisierbarer Quelle ausströmend im Raum schwebte, erinnerte mich vage an Indisches, war aber mit elektronischen Mitteln aufgenommen und verfremdet worden, einem ruhig strömenden Fluss ähnlich, dessen Glitzern im Wechselspiel von Sonnenlicht und Schattenpartien in eine träumerische Stimmung versetzt.

Vor uns, am anderen Ende des Dachbodens – in einer Kirche wäre es der Altarbereich gewesen, und genau so kam mir die Rauminszenierung auch vor: ein sakraler Ort – war, wiederum aus Teelichtern, ein weiter Kreis markiert, in dessen Zentrum ein ebenfalls rundes Bett stand. Auf ihm saß jemand mit gekreuzten Beinen, Ashley, dachte ich, die aber schwieg, als wir näher kamen, und uns nur mit offenem Blick ansah.

Sie war nackt, und nach dem, was man sah, eindeutig eine Frau, zwei volle Brüste bezeugten es, vielleicht zu perfekt, um echt zu sein.

Ich wusste nicht, wie ich mich verhalten sollte. Um was ging es hier? Um das Gespräch mit Ellen über den Guru? Wollte verwirrt stehen bleiben, Ellen schob mich leicht nach vorn, sagte – „Hallo" – und wartete mit mir auf eine Reaktion Ashleys.

Als sie/er sprach, war die Stimme weder männlich noch weiblich, vielleicht beides in einem, unbestimmbar.

„Hallo ihr Süßen" sagte sie (der Schock des Banalen traf mich), „setzt euch zu mir, aber wollt ihr euch nicht auch ausziehen, wie es sich gehört, wen man zu mir ins Bett kommt?"

Ich war noch mehr verwirrt und fand die Szene peinlich, wollte wieder gehen, Ellen jedoch fing wie selbstverständlich an, ihr Kleid hochzustreifen, in der Sommerschwüle hatte sie darunter weder BH noch Schlüpfer an, war nun nackt, bis auf ihre Sandaletten, deren Riemchen sie nun langsam löste.

„Und du, Süßer?"

Mehr durch die Situation gezwungen als aus eigenem Mitmachen wollen, begann ich auch damit, mich auszuziehen, zuerst, pedantisch, die Schuhe, dann die Hose, das Hemd, die Unterhose und zuletzt die Socken, die ich in die Schuhe legte.

„Kinder, setzt euch neben mich. Ellen, kannst du mir meinen Schaft massieren, und du, sauge dich an meiner Brust fest, stärker, nimm die Brustwarze zwischen die Zähne, ja, fester, ist gut, ist gut..."

Ohne großen Übergang und ohne viel Überlegen waren wir plötzlich in eine Sexaktion verwickelt, die meine Erregung heftig aufsteigen ließ.

„Ist gut." Ashley löste sich von uns, stand auf, sagte: „wartet", stieg vom Bett und ging zu einer Räucherpfanne, die noch innerhalb des Lichterkreises daneben stand und in der etwas Glut glimmte. Davor war eine Schachtel mit Pulver und eine kleine, leere Holzschale. Sie löffelte eine Portion aus der Schachtel auf die Glut im Tiegel, ein heller Rauch stieg auf, der Duft, den ich nicht identifizieren konnte (aber jetzt erinnerte er mich ein wenig an Zitrone) intensivierte sich. Einen Augenblick lang blieb er unbeweglich stehen, wie in Gedanken versunken, von hinten betrachtet hatte er den Körper eines Mannes, breite Schultern, schmale Taille, schmale Hüften, kleine Pobacken, aber irgendetwas an seiner Art zu stehen, ihre ganze Haltung zeigte, dass sie eine Frau war.

Als sie sich umdrehte, verwirrte sich dieser Eindruck wieder, da sein Glied erigiert abstand, nicht sehr groß, aber eindeutig genug.

„Mönchspfeffer", sagte er als Erklärung, was mir jedoch keine Erklärung war, da ich diese Bezeichnung zum ersten Mal hörte. Jetzt legte sie sich auf den Rücken, forderte uns zur Fortsetzung auf. Ich verdrängte irgendwie ihren männlichen Aspekt, hielt mich an ihre weiblichen Attribute, an das von langen Haaren gerahmte Gesicht, an die Brüste, sie saugte an mir, während Ellen an ihm saugte, doch irgendwann leckte ich mit Ellen, auf ihre Aufforderung hin, gemeinsam an seiner Eichel, hatte seinen Penis im Mund, ohne mir darüber Gedanken zu machen, was ich gerade tat...

Dann ritt Ellen ihn, während ich zusah, in einem Gefühlsgemisch von Eifersucht und voyeuristischer Erregung gefangen.

„Wartet", sagte er wieder, „ich bin durch die Hormonpräparate ein wenig gehandicapt, kann nicht mehr ejakulieren, diesen Teil musst du übernehmen."

Wir wechselten die Position. Ellen legte sich auf die Seite, nahm Ashleys Penis in den Mund, ich schob mein steifes Glied in Ellen, fing mich an, zu bewegen, zuerst sanft, dann heftiger, schneller, saugte gleichzeitig wieder an einer Brustwarze Ashleys, so dass wir ein miteinander verbundenes Dreieck bildeten. So kam ich. Wir blieben einen Augenblick wie erstarrt liegen, dann überrollte mich plötzlich die Erkenntnis der Situation: Ich hatte Sex mit Ellen gehabt! Und gleichzeitig mit einer Mann-Frau!

„Nun zum Hauptteil",
sagte Ashley in meine erschöpfte Verwunderung. Er/sie stand auf, holte die kleine Schale, schaufelte vorsichtig ein wenig Asche in sie, ging zu Ellen und hielt sie an ihre gerötete Vaginalöffnung. Diese presste den Saft aus sich, Samen und Vaginalsekret gemischt, einige Tropfen, die Ashley mit dem Finger in die Schale wischte.
Ich verstand nicht. Wieder fragte ich mich: Um was ging es hier? Ashley schien sich in Gedanken auf etwas zu konzentrieren, hielt die Schale vor sich, zeichnete dann mit seinem Zeigefinger eine verschlungene Figur auf den Schalengrund, eine Sekret- und Aschenspur ziehend. Noch immer war ich von der Merkwürdigkeit der Situation eingesponnen.

„Jetzt könnt ihr gehen, ihr Süßen, war wirklich nett mit euch beiden, das nächste Mal ist es aber nicht gratis", sagte Ashley, „und nimm die Schale mit, du weißt ja, was du damit zu tun hast."

Wir zogen uns an, Ellen schien nicht so verwirrt wie ich, in Gegenwart Ashleys wollte ich sie aber nicht nach dem Sinn des Ganzen fragen, wartete ab, bis wir wieder auf der Straße standen und nach einem Taxi Ausschau hielten.

„Lass' es im Augenblick auf sich beruhen", sagte sie. „Ich wird's dir später erklären."

Wir fanden ein Taxi, sie wollte aber nicht, dass ich mit ihr nach Hause fuhr, so machten wir einen Schlenker durch meine Straße, ich stieg aus und sie fuhr nach Norden weiter.

Da sie später doch nicht mehr über den Vorfall sprach (und sich ihr Verhalten mir gegenüber nicht veränderte), blieb mir dieser Besuch ein Rätsel, eine merkwürdige Episode ohne weitere Folgen. Vielleicht nicht ganz: War mein eigenes Koordinatensystem dadurch nicht auch ein wenig verschoben worden?

Argumentieren

Legende: Es war einmal ein Mann. Sein Vater hatte ihm einen Krug voller Goldstücke vererbt, es war schon lange her, dass dieser sich hingelegt hatte um zu sterben. Den Krug hütete der Erbe seither pflichtgetreu. Er erinnerte sich ab und zu daran, vergewisserte sich, dass er noch da war und betrieb dann weiter sein alltägliches Geschäft, im Bewusstsein, einen beträchtlichen Schatz in der Hinterhand zu haben, jederzeit darauf zurückgreifen zu können, wenn notwendig – aber jetzt noch nicht, nicht jetzt.

Der Schatz ging ihm ja nicht verloren, er war noch da, verdarb nicht – oder? Wäre es verwesendes Fleisch gewesen, verrottende Felle, verrostendes Eisen oder keimendes Saatgut, er hätte sich darum gekümmert, hätte sich darum gesorgt. Aber so war es ihm nie wichtig erschienen, Gold blieb beständig, Gold blieb erhalten, Gold war einfach da – das genügte. Er kam auch ohne sein Gold über die Runden

- zwar nicht weit; lebte - zwar nicht prächtig; aber es genügte.

Einmal werde ich den Schatz nehmen und etwas ganz Besonderes damit machen. Einmal werde ich damit etwas Wundervolles erreichen. Bis dahin weiß ich, dass es diesen Schatz gibt, nur ich weiß davon, dass ist schon genug. Er fühlte sich auf diese Weise als der Hüter des Erbes seines Vaters. Sein Leben blieb äußerlich bescheiden; manchmal musste er sich einen Wunsch versagen, manchmal hungerte er sogar, aber er rührte den Schatz nicht an. Wenn die Gelegenheit kommt, die besondere Chance, werde ich das Gold nutzen, sagte er sich dann. Aber diese besondere Gelegenheit kam nie.

Sein Leben verlief weiter in engen Bahnen, eingeschränkt und eingezäunt, keine großartige Möglichkeit öffnete sich überraschend. Einmal, als er fühlte, dass für ihn selbst die Zeit gekommen war um zu gehen, überdachte er sein Leben und konnte keinen Fehler finden, obwohl ihn irgendetwas quälte. Es war ihm, als stehe eine hohe, schattenlichthafte Gestalt neben seinem Bett, die ihn aufforderte, seine Besitztümer zu nehmen und vorzuzeigen, was er hatte.

Hier habe ich einen Krug mit Gold, alles noch vollständig, wie ich ihn selbst erhalten habe, sagte er voller Stolz zu dem Wächter.

Dessen Gesicht sah ihn voller Trauer an: Es ist nur Metall sagte er, ist nicht Leben geworden. Es hat sich nicht verwandelt, ist nicht gewachsen. Wo ist die Fülle, die dir dadurch möglich gewesen wäre?

Jetzt erschrak der Sterbende, wusste, was ihn quälte, trauerte mit dem Engel um seine verpassten Möglichkeiten, seinen nicht realisierten Reichtum.

Angst erfasste ihn, bedrängte seine Brust in Atemnot, verengte seinen Blick, Schatten flackerten im Augenwinkel, zogen sich um ihn zusammen. Er wollte sich wehren, umkehren, zurückgehen, alles anders machen, jetzt, da es zu spät war.

Nun weiß ich, um was es geht, gib mir Zeit, ich will mich ändern, gib mir eine neue Chance, einen Neubeginn.

Sanft sagte das Gesicht, Trauer im Blick: Du wirst deinen Neubeginn bekommen, aber jetzt folge mir. Nimm deinen Goldschatz und komme mit...

Diese kurze Erzählung kopierte ich aus einem schmalen Bändchen byzantinisch-syrischer Legenden, welches mir auf einem meiner Streifzüge durch die öffentlichen Bibliotheken ins Auge gefallen war. Auf ihre Art war es eine Erwiderung, wie sie mir auch der Maler (und Ellen, nicht zu vergessen) auf meine Koslowski-Trotzreaktion hätte geben können – eine Fabel über das Lernen und Wachsen...

Ich verstand nun, auf welchem Hintergrund deren Haltung Sinn machte: in einer Welt, die von einem allem unterliegenden Entwicklungsziel bestimmt ist, auf welche Weise auch immer.

Ich dachte, ich könnte die Geschichte in meiner eigenen Erzählung über den Alchemisten unterbringen, als Fundstück, aber damit war ich noch zu sehr am Anfang, als dass ich es anders als nur in meiner Sammlung von Notizen ablegen konnte, Text zu Textbruchstücken.

**

M ein Leben hatte sich neu ausgerichtet. Durch Ellen fand ich mich in Geschichten verwickelt (wenn auch nur als Erzählung, selten, wie mit dem Transsexuellen, in der Realität), durch den Maler in Gedankenspiele, die mir Neuland waren – etwas, was ohne die Begegnung mit beiden nicht in mein Leben eingetreten wäre.

Ellens Lebensführung färbte auf mich ab – ein bisschen wenigstens: ich wurde unbekümmerter, offener, sogar vegetarischer. Was heißt: Am Anfang (nachdem mir mein Fauxpas aufgefallen war), vermied ich es, mit ihr zusammen im Restaurant, Fleisch zu bestellen, weil ich ihre strikt vegane Haltung den Tieren gegenüber nicht herabsetzen wollte – später aß auch ich kein Fleisch mehr, sogar wenn ich allein war. Was aber nicht nur auf ihren Einfluss, sondern auch auf den Maler zurückging, der zwar kein Vegetarier war (hier war er mit sich selbst im Widerspruch), mir aber den Kontext vermittelte, aus dem diese Lebensführung kommt, in dem die Achtung vor dem Lebendigen es jemandem unmöglich macht, andere Lebewesen, die bluten, die atmen, die Schmerz empfinden, die eine Stimme besitzen, töten zu lassen und aufzuessen. Oder auch nur in irgendeinem Sinn zu benutzen.

Mit dem Maler führte ich unser nicht endendes Dauergespräch weiter, diskutierten wir über die Themen, die er aufgebrachte. Bei Gelegenheit sprach ich auch über mein Schreiben und meinen Fortschritt damit (besser gesagt: mein Stehen bleiben), er schien sich aber weniger dafür zu interessieren, als ich mir insgeheim gewünscht hatte. Bemerkte dazu nur etwas Allgemeines:

„Mache dir klar, was Literatur sein kann. Es geht um die Freude an der Sprache. Dann um die Freude am Erzählen. Dann um den Stoff, das Erzählmotiv, die Freude an Entwicklung, Spannung, Lösung. Dann um das, was mitgeteilt wird: Was wäre das für ein ödes Werk, wenn es uns nichts mitteilen würde. Uns nicht zum Teilhaber an etwas machen würde, das uns verbindet. Uns Leser und den Autor und das, worüber nicht gesprochen, wovon aber gesagt wird. So sehe ich die Literatur. Und so sehe ich meine Malerei. Also die Kunst."

Das, worüber nicht gesprochen, wovon aber gesagt wird, war sein eigentlicher Gesprächsgegenstand, den er variierte. Ich stimmte ihm im Grundsatz zu, dass es um ein in uns Innewohnendes geht, das wir weiterentwickeln müssten und um ein Aufgeschlossen sein gegenüber dem, was sich uns dabei erschließt – aber über die Details und jeweiligen Inhalte waren wir uns nicht einig. Ich war mehr am Subjektiv-Psychologischen orientiert, er richtete sich, wie er sagte, am Objektiv-Realen aus, hielt meinen Standpunkt für ein Durchgangsstadium.

Zum Wahrnehmen des auf uns Wirkenden, zum sich Bewegen in einer durchschauten, unverrätselten Realität, in der Handeln möglich, gefordert, wirksam ist – dazu wurde unser Gehirn gebildet, wurden wir im Aufwachsen sozialisiert, wurden wir als Bewusstsein konditioniert. Aber gleichzeitig hat unser kognitiver Apparat einen Überfluss von Möglichkeiten und Fähigkeiten, er ist durch die entstandenen Festlegungen nicht ausgelastet, ist nicht vollständig gebunden – noch nicht endgültig formiert. Dieser nicht formatierte Überschuss geistert in unserer Fantasie, wird akut in unseren schöpferischen Phasen, entlädt sich in religiöser Ekstase – bei manchen Menschen. Die wenigsten überschreiten jemals den sicheren Bereich ihrer programmierten Empfindungen, Wahrnehmungen, Meinungen. Einigen allerdings, denen eine solche Überschreitung unfreiwillig zustößt, durch Krankheit etwa, durch Fehler im chemischen Haushalt des Gehirns oder durch dessen Verletzung, verlieren sich im Chaos fremder Realitäten, verlieren sich in ihren eigenen Welten, werden dadurch aus der allen gemeinsamen Welt herausgerissen.

Andere entdecken in sich den Wunsch und die Möglichkeit, ihrer Programmierung zu entkommen, erleben diese Fähigkeit des Gehirns und des Denkens, sich über die eigene Gewordenheit hinwegzusetzen als Steigerung und Vervollkommnung ihrer Selbst, als Installation und Realisation einer unabgeschlossenen Bewusstseinsverfassung, die über jede Festlegung hinausführt. Paradoxon. Zen-Koan. Diese versuchen dann, einen Weg zu finden, ihre De-Programmierung durchzuführen, ohne aus der gemeinsamen Welt der Mitmenschen entrückt zu werden, in deren Augen verrückt zu werden.

Eine doppeldeutige Weltsicht entsteht, ein Diesseits und Jenseits (der Normalsicht), ein Haupt- und ein Subtext. Aber die Phase der De-Programmierung ist oft nur kurz, nur ein Moment der Verwirrung, der Auflösung, Auslöschung sogar. Danach verlangt unser existenzielles Sicherheitsprogramm den Aufbau einer verbürgten Welt, in der wir uns handelnd bewegen können, uns nach dem richtend, was wir als Realität erfahren und als Wahr anerkennen können.

Diese verbürgte Weltsicht, eine andere zwar als zuvor, eine neue, aber doch eine wieder festgelegte, wird vielleicht durch Lehren gegeben, die an die Stelle der alten Programmierung treten, diese erweiternd, ersetzend, umfassend integrierend. In der Biografie des Einzelnen kommt es nämlich oft zu einem Zusammentreffen von noch unbewusstem Drang, die eigene Beschränkung zu überschreiten und der Offenbarung eines Wissens, das Jenseits dieser Einschränkung liegt.

Das richtige Buch. Der rechte Mensch. Das Wort, das einen berührt. Die geheime Lehre, die geahnt wird. Macht sich dann der Sucher auf, dem nachzugehen, was ihn so stark getroffen hat, ihn in seinem Drängen nach Überschreitung bestärkt hat, findet er vielleicht eine schon gut ausgebaute und festgelegte Infrastruktur vor: Von Hinweisschildern, Wegbeschreibungen, Ausmalungen zukünftiger Zustände und geistiger Welten, von Zielvorgaben und Andeutungen letztgültiger Dinge.

Die Neu-Programmierung, die in diesen Lehren angelegt ist und auch so gefordert wird, setzt ein. Diese Programmierung ist nur in den wenigsten Fällen so rigide wie die Basisprogramme, sie wurde ja von Suchenden geschaffen, die aus genau demselben Drängen heraus wie der Neuankömmling ihre Grenzen überschritten haben – sie ist deshalb eine Meta-Programmierung, in der Unterprogramme ständig durch übergeordnete Programme relativiert werden, sobald man an die Grenzen stößt und auf das nächste Level wechseln kann. Aber sie ist trotzdem oft nur eine weitere Programmierung, abzulesen an einem Kriterium, das sich als Prüfstein für jede mentale Haltung eignet: Ist das Programm bereit, sich selbst in Frage zu stellen, wenn Probleme aufkommen, die nicht mehr in seinem Kontext allein zu lösen sind?

Geheimlehren sind im Allgemeinen in sich geschlossene Systeme, die auf jede Frage eine Antwort geben, allerdings nur im Sinne der Lehre – fragt man von einem anderen Standpunkt, unter einem anderen Gesichtspunkt aus, erhält man die Auskunft: Frage nicht zulässig – du musst deinen Fragestandpunkt ändern, damit du eine Antwort, die Sinn macht, bekommen kannst. Dabei machen diese Lehren durchaus den Eindruck von Offenheit, von Nicht-

Abgeschlossen sein, denn sie verweisen oft auf eine höhere Ebene, auf der sich Fragen, die sich ergeben und die jetzt noch nicht beantwortet werden können, lösen werden, sind also für eine Entwicklung nach oben offen – ist aber Offenheit gegeben, wenn der Rahmen schon festgelegt ist, innerhalb dessen die Entwicklung stattfinden wird?

Der grundsätzliche Zweifel muss erlaubt bleiben: Es kann alles auch ganz anders sein. Wirkt dieser Zweifel zerstörerisch, wird er als der Teufel gesehen, der alles in Frage stellt und daher negativ bewertet wird, handelt es sich im Grunde um ein religiöses System, um Glaubensüberzeugungen, die Bejahung brauchen, um sich festigen zu können, keine zersetzenden Infragestellungen.

Offenheit heißt: In der Schwebe bleiben. Geschlossene Systeme lassen Dinge nicht in der Schwebe – sie sind fest gebaute Architekturen, ein Stein stützt den anderen, baut auf dem anderen auf, der Bau stemmt sich so gegen die Schwerkraft des Alltäglichen in wunderbar kühner Konstruktion – und fällt trotzdem, weil selbstbezüglich, in sich zusammen, entfernt man auch nur eine Stütze.

Was aber hat meine Sehnsucht, mich über mich selbst zu erheben und zu entwickeln, mit irgendwelchen speziellen Überzeugungen zu tun? Mit dem Glauben an die historische Existenz Atlantis zum Beispiel, der in den meisten dieser Lehren wie selbstverständlich mitenthalten ist? Ein literarischer Mythos, dessen Entwicklung und Ausarbeitung im Laufe der Zeit nachvollziehbar ist, der daher eher unter die allgemeinen Glaubensüberzeugungen fällt?

Aus einer Anmerkung innerhalb eines Gründungsmythos der Athener, der von deren Vorfahren und ihrem heldenhaften Kampf gegen ein in Vergessenheit geratenes sagenhaftes Volk erzählt, wurde die feststehende Tatsache eines untergegangenen Kontinents, dessen vormalige Existenz alle Ungereimtheiten der Geschichte erklärt. In Romanen und Visionsberichten wurde er in Folge detailliert beschrieben und nimmt seitdem auf der mentalen Landkarte einen fest umrissenen Ort ein: Atlantis gab es gewiss, den man weiß, wie es aussah...

Muss ich an Atlantis als einmal real existierend gewesen glauben (obwohl jeder Beweis bisher widerlegt oder durch eine andere These überholt worden ist), um von der Möglichkeit überzeugt zu sein, über mich selbst hinauswachsen zu können? Da die meisten dieser Lehren, die dies im Angebot haben, auch Atlantis im Programm führen, scheinbar ja – nimmt man diesen Baustein weg, kann der Rest wohl auch nicht bestehen bleiben, also glaubt man an Atlantis oder an andere Offenbarungen, da die eigene Erfahrung des Weges dessen Wirklichkeit und die der Lehre verbürgen. Programmierung. Man ist einer neuen Programmierung in die Falle gegangen.

Das alte Programm (die heutigen historischen, geophysikalischen oder sonstigen Wissenschaften) sagt mir, Atlantis gab es nicht, das neue (sich als uraltes gebend) will mich dazu bringen, zu glauben, es gab Atlantis.

Solange es aber dafür nur spiritualistische Beweise gibt, die ich nicht überprüfen kann, und archäologische Beweise nicht so eindeutig sind, dass sich darauf eine Rekonstruktion stützen kann, muss diese Frage offen gehalten werden, im Schwebezustand zwischen nein und möglich. So zweifelnd, wie ich, war der Maler nicht. Er nahm die Überlieferung, das traditionale Gedankengut, als etwas, was es wert war, sich damit zu beschäftigen, es aufzunehmen. Er nahm es als Weg, als Hinführung, als Rätselspur, als Aufgabe.

Das, was den Maler anzog und überzeugte, die Kette der Überlieferung, auch äußerlich nachvollziehbar in den wie rätselhafte Monumente im Strom der Zeit auftauchenden Zeugnissen, hier als gnostischer Papyrus, dort als mündlich tradierte Sage, erwähnt in einer Schrift aus dem Altertum, oder als Zaubertext auf einem Amulett in einem Grab gefunden, scheinbar einen ununterbrochenen unterirdisch fließenden Strom markierend, der bis in die neuzeitliche Tradition der Geheimgesellschaften hineinwirkte, gerade dem stand ich skeptisch gegenüber.

Wie sollte so etwas möglich sein? Die Überlieferung verändert, kehrt den Sinn um, verzerrt oder simplifiziert. Die Überlieferung wird unterbrochen, neu aufgenommen und anders interpretiert. Wie sollte irgendetwas unverändert die Zeit überdauern?

„Was wäre, wenn es noch einen anderen Zugang zur Kenntnis über diese Dinge gäbe, als den durch Überlieferung - durch deren Aufnahme, Annahme, dem Nachdenken darüber? Einen direkten Zugang dazu, im überklaren Zustand des Bewusstseins möglich, zu allen Zeiten immer wieder gefunden, lichthelle Erkenntnis, die sich durch sich selbst bestätigt? Durch darin Eingeweihte gefunden, in einer Traditionslinie stehend, die das Geheimnis des Zugangs bewahrt und vermittelt hat? Was, wenn die Überlieferung nur der Abglanz, der Widerschein, die Außenseite dieser unmittelbaren Erfahrung wäre?

Und noch etwas (er hatte eines seiner Gegenbeispiele, wie er sie liebte, parat): Gurdjieff hatte als Jugendlicher eine Art Aufwacherlebnis, als er einen Bericht über die Entzifferung und vorläufige Übersetzung babylonischer Keilschrifttexte las, bei archäologischen Ausgrabungen nahe Mosul entdeckt. Und er feststellte, dass dort eine ihm seit seiner Kindheit vertrauten Erzählung aufgefunden worden war: Ihm vertraut durch die Stimme seines Vaters – als Balladensänger und Epenerzähler in Armenien bekannt und berühmt – der diese Geschichte oft rezitiert hatte. Den er sich einmal mit dem Popen darum streiten hörte, ob der Bericht über die Sintflut original aus der Bibel stammte oder doch eher auf ältere Quellen zurückging, wie sein Vater meinte, und als Beleg sein Epos zitierte: Das Gilgamesch Epos.

Nun wiederentdeckt in den verschüttet gewesenen Trümmer der Bibliothek Assurbanipals in Ninive, eingeprägt auf Tontafeln vor über 3-tausend Jahren. So lange Zeiträume also konnte eine mündliche Tradition überbrücken – fast unverändert einen einmal geschaffenen Heldengesang weiterreichend.

Und du, an Zeitungsartikel gewöhnt, die 5 Minuten nach dem raschen Überfliegen schon vergessen worden sind – du kannst nicht akzeptieren, dass es Tradierungen gibt, die Völkerbewegungen, Vertreibung, Zerstörung, den Aufstieg und Fall von Großreichen und Zivilisationen, den Wechsel des Klimas und der Kulturen, den Wechsel der Zeitalter und Epochen, der Religionen und der Weltanschauungen, überdauern?"

Nein, ich glaube nicht an eine unverfälschte Kette von Mitteilungen aus der Frühzeit des Bewusstseins bis zu uns Heutigen. Ich glaube nicht an geheime, aufbewahrte Überlieferungen, die uns über rosenkreuzerische, freimaurerische, theosophische Geheimgesellschaften zugekommen sind. Ebensowenig, wie ich an die Inhalte glaube, die mir als gechannelten Botschaften von überirdischen Wesen präsentiert werden und mir die Welt erklären wollen.

Ich glaube dagegen an ein Gewebe von Gedanken – Vorstellungen, Begriffen, Visionen, Schauungen, Empfindungen, Anweisungen – an dem ununterbrochen gewirkt worden ist, von der Vorzeit an bis ins Jetzt. An dem noch gewirkt wird.

An rätselhafte Relikte in diesem Gewebe, Kettenfäden, die bis in die prähistorische Urzeit des Menschen reichen, an neue Fäden, die erst vor kurzem eingefügt worden sind, an eine Vielzahl und Buntheit des Zusammengewobenen. Natürlich verlaufen in diesem Gewebe auch Fäden, die für eine Zeit lang ins Unsichtbare abtauchen und dann wieder an unvermuteter Stelle sichtbar werden, erneut die Textur mitwirkend. Und gewoben wird dieser Teppich der Bewusstseinsgeschichte durch das Ineinanderwirken aller Beteiligten, dem immer wieder neu Aufgreifen der Fäden, die einer vom anderen übernimmt.

Ich glaube an ein gemeinsames Webwerk der Sinnsuchenden, Sinndeutenden, Sinnstiftenden, welche die Stränge dieses Teppichs ineinander wirken, jeder seinen eigenen Faden verfolgend und hinzufügend, jeder in der Überzeugung, nur das Alte, schon längst gekannte, nichts weiter als neu ausgesprochen zu haben.

An Philosophen glaube ich, die auf ihre Art den Aufbau der Welt beschrieben, ihre Schau der Realität darstellten, indem sie auf mythische, mystische Vorstellungen zurückgriffen, auf Bilder, die sie vorfanden und denen sie eine gedankliche Ausformung gaben.

Ich glaube an Ekstatiker, Propheten, Visionäre, die sich an diese Überzeugungen anschlossen, sie vertiefend, an Glaubende, die sich in die so gefundene Gnosis einübten, an wiederum philosophisch gestimmte Wissende, die Schau und Überlieferung der Gläubigen systematisierten und in ihr Philosophieren übernahmen – an einen fortlaufenden Text der Welterklärung, Welterfahrung also, der dadurch über die Zeit fortgeschrieben wird.

Ich glaube an ein Auf - und Absteigen von Sinn: vom Aufheben vorphilosophischer Erfahrung ekstatischen Erlebens in die Klarheit (und Kargheit) eines Gedankengebäudes, vom anschließenden Hinuntersinken der Gedanken in empfundene Grundüberzeugungen, die sich in Visionen und neuen Innenwelterfahrungen ausprägen – und wiederum von neuem von jemandem als Gedanken ausformuliert werden. Ideen, die in einer solchen Runde den Prozess von Visionär zu Abstrakt zu Buchstäblich zu Symbolisch durchlaufen, der Evolutionsorganik religiöser Ideen entsprechend. Von einem Kreislauf dieser Vorstellungsbilder, der als großes Rad in der Zeit die Teppichwirkmaschine antreibt, am Gewebe der Sinndeutung wirkend, Kette und Schuss in Bewegung setzend, miteinander-ineinander webend.

Der Maler sah in diesem Zusammenwirken die Fortsetzungsgeschichte der Philosophia perennis, deren Bilder und Weltdeutung er sich anschließen wollte. Ich sah in ihm die einzige uns zugängliche Quelle von Sinn – gleichzeitig aber auch von Irrtum und Halbwahrheiten.

An eine überlieferte Urweisheit, uns buchstäblich von übermenschlichen Heroen, Meistern, Engelswesen übermittelt, glaube ich nicht. Und damit auch nicht an die Inhalte, die unter diesen Labeln kursieren. Ich glaube nicht an Atlantis, nicht an Agartha, nicht an die Weltenzyklen und den Stufenaufbau des Kosmos. Und vor allem nicht an die außergeschichtliche Herkunft dieser Vorstellungen, sondern an ihre Ausgestaltung im Verlaufe dieser ganzen Entwicklung. Dagegen glaube ich an die mythenbildende Tiefenstruktur, der sie ihre Entstehung verdanken, an den

Grund, aus dem sie Aufsteigen: An unser Innerstes, aus dem sie ihre Überzeugungskraft erhalten, ihre Wirkungskraft auf uns.

So glaube ich an die innere Wahrhaftigkeit eines katastrophalen Untergangs, wie sie die Apokalypse ausgemalt – an das Bild der Bestrafung von Hochmut und Bösartigkeit (wie wäre die Welt, wenn sie nicht moralisch wäre... Eben: so, wie wir sie heute sehen) – Ich glaube an die märchenhafte Überzeugungskraft von unterirdischen Höhlensystemen, eine Welt im inneren der Welt. Und damit verbunden an Könige, Imame (oder einen Kaiser Barbarossa, in einer anderen Sage), die dort auf ihren Auftritt warten, der die Außenwelt verändern wird. Ich glaube im weiteren an das intuitive Bild eines evolutionären Entwicklungsprozesses, der den ganzen Kosmos betrifft, diesen als entwicklungsfähigen Organismus verstehend.

Warum aber sollte das alles nur in genau der Form, wie präsentiert, wahr sein, genau mit diesen Worten gemalt, genau mit diesen Vorstellungen verbunden? Warum sollte ich das so nehmen müssen, wie es mir aufgetischt wird? Als buchstäbliche Realität?

Wenn ich mit dem Maler darüber sprach, stimmte er mir zu – bis auf einen Einwand, jedoch grundsätzlicher Art:

„Du wehrst dich gegen eine Faszination, die dich anzieht und der du nicht nachgeben willst. Warum beschäftigst du dich überhaupt mit Dingen, die du nicht als Real akzeptieren kannst? Warum lässt du sie nicht?

Weil sie dich nicht lassen. Weil dich etwas in diesen Vorstellungen berührt. Weil du etwas in ihnen spürst. Etwas zieht dich zu sich hin. Gibt dir etwas.

Du hast kein bloß abstraktes Interesse an kosmischen Welterklärungen, Einweihungswegen, Bildern spiritueller Dimensionen, du wirst von der lebendigen, konkreten Ausmalung dieser Dinge bewegt, die du nicht erklären, aber auch nicht einfach als Nichtig abwehren kannst.

Du versuchst sie, als Negativum zu verstehen, als hohle Form, als Sinnvakuum, das dir im Festgefügten die Möglichkeit öffnet, ganz anders zu denken. Und nur als Anlass, das ganz andere zu ahnen, akzeptierst du sie.

Warum nicht auch als Positivum, als andere Bilder, andere Inhalte, andere Erfahrungen – als Erfahrung des Anderen? Du schätzt sie als Verneinung des Gewöhnlich–Alltäglichen, als Herausführung aus diesem – warum sie nicht auch als Hineinführung in ein Übergewöhnliches, Überalltägliches, Überwirkliches akzeptieren und dich darauf einlassen? Dich auf das einzulassen, was du wirklich willst: In Kommunikation mit der Realität zu treten, die eben anders ist, als sie sonst gezeichnet wird."

„Aber genau darum geht es mir ja. Um das anders als sonst Gezeichnete und Gemalte. Doch wie diese Inhalte, von denen du sprichst, heutzutage auftreten (und das war deine Rede...), sind sie nicht anders – sie gehören völlig ins Hiesige, Normale. Mit ihnen wird gehandelt, mit ihnen wird Geld verdient. Mit ihnen wird Ansehen gewonnen. Anhänger gefunden. Meinung gemacht. Sie sind ganz und gar von dieser Welt. Sie sind geworden, gemacht, aus Interessen entstanden. Sie sind nicht neu, nicht schöpferisch, nicht produktiv. Sie sind Altlasten. Und warum sich diese Lasten schultern, wenn wir die Chance haben, neu anzufangen? Die Ding neu zu definieren? Anders auszudrücken? Ich weiß, wir sind Primitivlinge gegenüber der Tradition –

aber frei in unserem Spiel mit den Bausteinen, die wir aus deren Ruinen ausbrechen konnten.

Warum nun genau dasselbe Gebäude nochmals errichten, als Rekonstruktion von etwas Untergegangenem? Warum nicht experimentieren? Die Möglichkeiten austesten? Ungeahntes aufstellen? Weil wir Angst haben, dass wir uns damit übernehmen, Angst haben, uns zu isolieren, in unserem selbstgezimmerten Bau allein zu sein, ohne Verbindung zum Größeren, Umfassenderen, das wir doch damit erreichen wollten? Angst haben, den Sinn zu verfehlen, den wir suchen?

Genau das kann uns jedoch eher geschehen, wenn wir in verbrauchten Begriffen feststecken, uns mit schönen Worten zufrieden geben. Uns auf Autoritäten verlassen, die uns ins gelobte Land führen wollen."

„Es ist so, wie du meinst: Alles bisher Gesagte reicht nicht hin. Alles bisher Formulierte versperrt den Zugang eher. Wenn man sich an die Form hält. An die Äußerung. Du hast Recht, wenn du misstrauisch bist, skeptisch gegenüber den Begriffen, die dir vorgebracht werden. Sie sind tot. Erledigt. Leiden an Auszehrung.

Aber du hast nicht Recht, wenn du daher alles als Spiel deines Intellekts nimmst, dir frei verfügbar. Wirklichkeit ist Real. Ist Konkret. Und dir geht es doch um Wirklichkeit, oder?

Du musst dich auf das einlassen, was dir begegnet. Auch in den Begriffen, mit denen versucht wurde, das konkrete Ganze zu erfassen. Auch in den Systemen, die aufgestellt wurden, durch systematische Menschen. Es gibt solche Naturen, sie brauchen das System, die Systematik, lass' dich dadurch nicht abbringen: Auch sie suchten zu erfassen, was unfassbar ist – es ist ihr Weg, ihr Umgang damit. Und das, was sie gesucht und auf ihre Weise gefunden haben, das Geheimnis zwischen den Zeilen, das kannst du auch verborgen in ihren Texten finden. Du musst sie dir nur zugänglich machen. Um den Zugang geht es. Den Zugang ins Wirkliche. Und den gibt dir eben die Beschäftigung mit dem, was du als Überkommen und Hinderlich ansiehst.

Ich nehme diese Vorstellungen wie sie sind, weil sie mich weiter tragen. Warum auf ihre Hilfe verzichten? Ich weiß um ihre Dürftigkeit, ihren Schematismus. Um die Gefahr, dass dadurch der Blick vom Eigentlichen weggelenkt wird. Anders geht es aber nicht.

Du sagst, du suchst einen Ausgang aus dem Hier-Ist-Alles-Abgeschlossen, und die Erzählungen von dem Anderen öffnen dir einen Spalt, der ins Anderswo führt – mehr willst du aber auch nicht.

Ich suche einen Eingang in ein Eigentliches, und dieses Eigentliche erkenne ich in allen Beschreibungen, die je davon verfasst worden sind. Sie geben mir die Idee ein, mich dorthin aufzumachen.

Der Impuls aber, aufzubrechen, den bekomme ich nicht durch die Beschreibung allein. Den bekomme ich durch die Anziehungskraft des Anderen. Seine positive, strahlende Lockung. Seine Existenz. Dadurch, dass ich weiß: hier bin ich nicht, als Eigentlicher, dort bin ich. Das, was zwischen den Zeilen aller dieser Texte steht, ist real. Um diese Realität geht es. Sie öffnet sich mir, wenn ich mich ihr öffne. Und in die Realität eines Dialogs übergehe – keines Monologs, wie du unterstellst.

Ich würde ganz in Selbstbezogenheit, im Autismus enden, wenn ich nicht deine Existenz, so wie du vor mir sitzt, akzeptieren würde, dich als Real, als Wirklich annehmen würde. Es gibt dich, also bin ich nicht allein, also ist unser

Gespräch kein Selbstgespräch (ich glaube, manchmal kommt es dir, aus einem anderen Grund allerdings, so vor: Als meinen einsamen Redefluss...) – unser Gespräch ist real, keine Fiktion.

Dasselbe nehme ich von dem an, dem ich mich im inneren Gespräch offen lege: Es gibt den Lauschenden, sich mir Zuwendenden, mir Antwortenden (ich muss nur lernen, die Antwort zu hören und zu verstehen...), es existiert eine Präsenz, eine Gegenwart, eine Realität, an die ich mich wende. Es ist kein Selbstgespräch."

**

Ich weiß: Viele fühlen sich durch Inhalte angezogen und weggetragen. Sehnsuchtsbewegung. Fluchtverhalten. Mir ist etwas anderes wichtig. Ich stehe vor Rätseln. Suche das Verrätselte. Suche dahinter und davor. Sehe den Text und möchte ihn entziffern. Sehe den Text und möchte zwischen den Zeilen lesen. Schaue auf den Text und möchte hinter ihn schauen. Alles, was an mich herangetragen wird, möchte ich verstehen, indem ich es hinter mich lasse. Möchte es als die Spur eines Eigentlichen nehmen, das sich mir entzieht, wenn ich mich auf die Spur als Eigenes versteife.

Und auch alle diese alten Traditionen, Gedankentradierungen, heilige Schriften kann ich nicht so nehmen, wie sie überliefert wurden – an unsere heutigen Vorstellungen adaptiert oder sich dagegen sperrend – ich möchte in ihr Jenseits eindringen: In das, woraus sie gekommen sind: nicht die Wortbilder, die Kräfte dahinter interessieren mich. Das Ereignis, dem sie sich verdanken. Dem ich nahe kommen will.

Dagegen kommt es mir vor so vor, als ob die meisten sich an Worten berauschen, Wort-Trinker sind – aber eigentlich auch nicht an dem Geschmack, dem Aroma der Worte interessiert, wie Literaten etwa, sondern von den Vorstellungen angezogen werden, die durch die Worte aufkommen. Vorstellungen, die ihnen Trost, Zuspruch, Erhebung geben – Hilfe dem Hilfebedürftigen. Vorstellungswelten, in denen sie sich verlieren können, in denen sie sich wieder finden können, Zuhause fühlen können.

Mit welcher Leichtigkeit-Leichtfertigkeit die davon Überzeugten von diesen Dingen sprechen, die für sie wirklich existieren, obwohl sie nur im Sprechen und Benennen dingfest gemacht werden können – und je mehr darüber gesprochen (und geschrieben und gefilmt und ins Internet gestellt) wird, desto realer und selbstverständlicher werden ihnen diese Begriffe – auf was aber weisen sie hin, außerhalb des Sprechens? Auf welche Erfahrungen, die in Worte gefasst, auf Begriffe gebracht werden wollen?
Oder geht es schon längst nicht mehr um das Erleben, um dessen Benennen und dadurch Erkennen, sondern darum, ein System von Begriffen, von aufeinander verweisenden Wörtern auszumalen und Worte durch Worte zu verstärken und gewichtiger zu machen? Worte haben zwei Gesichter – sie ermöglichen Erfahrung und sie verhindern Erfahrung. Verhelfen zur Erkenntnis und unterbinden sie. Indem sie sich an die Stelle der möglichen Erfahrung setzen.
Alle diese Begriffe, die in der öffentlichen Esoterik gehandelt werden, scheinen mir mehr von der selbstgenügsamen als der aufhellenden Art. Verweisen auf überholte philosophische Konzepte vom Aufbau der Welt, auf schon im Altertum angezweifelte Welterklärungen, auf Neuerfindungen der unterschiedlichsten Schulen, die antike Begriffe

mit modernen naturwissenschaftlichen Erklärungen vermischt haben – erschaffen sie in Wahrheit nicht erst den Bereich, den sie aufzuklären versprechen?

Und die so gehandelten Begriffe werden in aller Unbekümmertheit verwendet, als ob sie selbstverständlich zu nehmen sind, wie Baum, Strauch, Himmelsblau und Wolke (eben sehe ich ein solches Panorama vor mir...) – obwohl auch diese genau anzuschauen wären, was sie den gerade repräsentieren, was gerade darunter zu verstehen sei, in diesem besonderen Fall: Als ob Strauch gleich Strauch und in jedem Fall von Baum und Kraut unterscheidbar.

In diesen Büchern werden Begriffe wie Aura oder Strahlung als Gegenständlich genommen, als Realitäten, die unabhängig davon sind, wie wir auf sie gekommen, wie wir ihre Begrifflichkeit gewonnen haben – wie, wenn Phänomene und Ereignisse, die da sind, die Eingetreten sind (Jemand hat sie registriert, bemerkt, beobachte), nicht anders als unter diesem Etikett auftreten könnten. Doch das Etikett wird von Beobachtern (wenn es denn solche sind, und nicht nur Nachsprecher) aufgeklebt, die alles unter dem Vor-Urteil der kodifizierten Geheimwissenschaften betrachten.

Genauso wenig, wie es den Baum gibt, gibt es die Aura. Unser mit Vorurteilen geprägter Blick erzeugt beides. Wobei der Baum handfestere Beweise für sich reklamiert als die Aura. Unser Blick ist es, den wir modifizieren müssen, unsere Vorurteile sind es, die wir um- oder abbauen müssen. Ob wir dann dem Baum (dem Tier, dem Menschen) eine Aura zusprechen, die Aura als Baum beschreiben, liegt an den Möglichkeiten unseres Blicks, die Dinge anzusehen und an unseren Fähigkeiten, ihnen in freier Weise einen zutreffenden Begriff zuzuordnen. Wenn wir wissen, was wir dabei tun, können wir von Aura sprechen – wenn wir es dann noch wollten.

Ich bin an der Wirklichkeit interessiert. Und habe die Vermutung (hier hätte ich früher Gefühl gesagt, aber Ellen zog mich manchmal damit auf: du hast doch gar keine Gefühle, kein Gefühl, du unterstellst, vermutest, rätst...), dass das, was für jedermann klar auf der Hand liegt, nicht alles sein kann.

Deshalb suche ich eine Erklärung, die über das allgemein Gegebene hinausgeht. Der Maler hatte nämlich recht: ich kann mich nicht mit dem begnügen, was ich vorfinde, und dieses Ungenügen ist etwas Grundlegendes, Existenzielles. Es macht mich aus. Ich kann nicht anders.

Also sperre ich mich nicht mehr dagegen, weiterdenken zu müssen, und rationalisiere meinen Unfrieden mit dem Angebotenen, indem ich ihn als unerfüllbar beiseitelege – ich gebe dem Drang nach und folge den Hinweisen, die mir gegeben werden. Wieder durch Worte – die ich aufnehme, die ich annehme, die sich mir einstellen, die mir zufliegen, die mir ins Ohr fallen. Die mir durch jemand übermittelt werden, den ich als Übermittler akzeptieren kann. Wie den Maler. Aber trotzdem misstraue ich den Worten. Habe nur nichts anderes.

Dem Ende zu

An einem der letzten Tage, bevor die Sphäre der Gemeinsamkeit implodierte, die das Leben des Malers, Ellens und meines in dem ehemaligen Speichergebäude umhüllt hatte (der anderen Mieter, in der mittleren Etage, war wie ausgespart, eine emotional Lücke), stiegen der Maler und ich auf das flache Dach des Gebäudes, mitten in der Nacht, den Anlass dazu weiß ich nicht mehr. Es war einer der seltenen Nächte in der Stadt, an denen die Sterne

sichtbar waren, nicht durch den orange-gelben Widerschein der Hunderttausende von Lichtern an der wie fest-
gelagerten Dunstschicht der Autoabgase und Ausdünstun-
gen der Stadt überstrahlt wurden. Die Winterkälte und ein
tagsüber kräftig wehender Wind hatten einen klaren
Nachthimmel hervortreten lassen und wir standen lange
Zeit stumm, in den für hier ungewohnten Himmelsanblick
vertieft.

An das danach entstehende Gespräch kann ich mich noch
gut erinnern, es ist wie ein letztes Wort an mich, das mir
der Maler mitgegeben hat – die Zeit abschließend, in der
wir in unserem Dreibund lebten.
Zuerst, unter dem Eindruck des flimmernden Sternenge-
funkels, sprachen wir über dieses. Für mich waren die
Sterne in meiner Kindheit ein Wunder gewesen, schön und
unbegreiflich, unbegreiflich schön. Aber nach und nach
hatte ich den Blick nach oben verloren, das Geschehen zwischen den Horizonten, was sich sozusagen auf meiner
Ebene abspielt, hatte meine Aufmerksamkeit restlos absorbiert.

Ihm sei es ähnlich ergangen, aber da um einiges älter, habe
er inzwischen ein erneuertes Verhältnis zu dem nächtli-
chen Himmel bekommen, ein bewussteres, beinahe religiöses, sagte der Maler:

„Ich fühle mich durch das allmähliche Sichtbarwerden der
Sterne im blau-dunklen Übergang zur Nacht wunderbar
getröstet und dem Alltäglichen enthoben. Jetzt habe ich
Religion. Welche? Ich weiß es nicht. Der Name dafür ist
auch nicht wichtig. Die Tiefe wird tiefer, die Lichtpunkte
strahlender, Muster zeigen sich, Ahnungen rühren sich.
Maßstäbe bilden sich – nein, Maßstäbe stellen sich ein.

Jetzt gibt es sie. Jetzt sind sie real. Sie waren immer in mir, jetzt kann ich auf sie hören. Sie sagen: All das ist unwichtig, was dich sonst beschäftigt. Welche Nichtigkeiten, welche Eitelkeiten, welche Vernachlässigung der wirklichen Welt. Ich bin verbunden mit den unzähligen Menschen vor mir, die wie ich zu den Sternen aufgeschaut haben und sie tief in sich erlebten. Sich selbst als tief erlebten. Und sich als leicht erlebten. Sich über sich getröstet fanden. Sich aus sich herausgehoben fanden.

Kannst du dir vorstellen, welch ein Verrat es war, als manche Menschen anfingen, dieses umfassende Verbundenheitsgefühl mit der nachtdunklen Weite und den Lichtfunken in ihr zu rationalisieren, ihr ein System einzuschreiben, Gesetze ausfindig zu machen, Regeln aufzustellen, sie gerade auf die Nichtigkeiten zu beziehen, aus denen das Gefühl uns herausführen möchte, kurz: die Astrologie zu erfinden?
Politiker und ihre Priester-Duzbrüder waren es, die für ihre alltägliche Zwecke und Absichten den rechten Augenblick, die zwingende Unterstützung, das Wohlwollen der ehrfürchtig bestaunten Wesen in Dienst nehmen wollten. Wann sollte der Krieg begonnen werden? Stehen die Sterne günstig für den Staatsstreich? Geht der Stern meiner Stadt glänzend auf? Oder drohen Krankheit, Katastrophen? Das ganze Schlamassel des alltäglichen Elends soll sich als prophetisches Bild am Himmel wiederfinden, als ob uns dessen Weite nichts Besseres lehren könnte! Bescheidung. Einsicht ins Notwendige. Akzeptieren des gegeben Möglichen. Unsere Grenzen angesichts des Grenzenlosen.
Aus diesem ersten Auftreten der Ratio, ihrem Fehlstart, ist nichts anderes entstanden als ein weitverbreitetes System fehlgeleiteter Empfindungen und unbewusster und

bewusster Täuschungen und Selbsttäuschungen. Ihr Höhepunkt ist in der jetzigen Praxis der Computerhoroskope erreicht: Wie gebannt starren die Gläubigen auf exakte Ziffern, Winkel, aufs Komma genau berechnete Übergänge und Ereignisse – alles als Liste, Zahlenmaterial, vielleicht sogar Wahrscheinlichkeitsrechnung vor einem liegend. Wer aber schaut noch zu den realen Sternen auf und verspürt eine Ahnung von dem, was sie für uns sein könnten? Ich glaube, wie die Astrologie mit dem Beginn der städtischen Kulturen aufgedämmert ist, so feiert sie ihr Popularitätshoch in staubverdunkelten, streulichtüberstrahlten sternlosen Stadtnächten, weit ab von der beinahe schmerzhaften Magie der Sternenschönheit."

Erneut dauerte unser gemeinsames Schweigen unter dem intensiven Eindruck der sternschönen Nachtkuppel über uns eine ungemessene Zeit lang an. Als der Maler wieder sprach, hatte plötzlich seine Stimmung gewechselt, etwas, was ich vorher an ihm nicht kannte; sein Tonfall schien bitterer zu sein, schwärzer, ein Pessimismus, den er vor mir bisher verborgen hatte, brach durch – oder war es der Gefühlsausbruch von jemandem, der etwas auf sich zukommen sieht, bedrängend, und nicht weiß, wie er der Bedrohung (vielleicht zu unbestimmt, vielleicht noch nicht greifbar) ausweichen kann?

Hatte er an diesem Abend eine Art Vorahnung von dem, was ein paar Tage später geschehen sollte? Und das, was er mir sagte, war das wirklich sein Bekenntnis, sein letztes Wort?

Ich hoffe nicht, hoffe, er kann irgendwann unser Gespräch mit mir wieder aufnehmen, zu Ende führen, unser durchgängiges, stetiges Gespräch, das für mich noch lange nicht aufgehört hat weiterzugehen. Vielleicht würde er dann ja seine Worte abmildern, ich jedenfalls kann sie so, als zu extrem, nicht akzeptieren – weiß allerdings auch nicht, was ich dagegen anführen könnte.

Er sprach über das Leben, das wir hier unten, unter der fernen Schönheit des Sternengewimmels führen müssten, klein, angesichts der Weite über uns, belanglos, angesichts der Leere allüberall.

"Schau dir doch an, wie jede Generation erneut mit leuchtenden Augen in die Diesseitsfalle tappt – voller Vorfreude auf das Leben, das ihnen was bringen wird? Enttäuschung, Vergeblichkeit, Verlust. Ein blinder, nicht voraussehender Lebenstrieb scheint in sie eingepflanzt, sie folgen einem Programm, das sie sich abstrampeln lässt im Bemühen, das Unerreichbare zu erreichen – was aber ist es, was sie erreichen möchten? Niemand weiß es wirklich. Sie verausgaben sich für eine Aufgabe, die sie nicht kennen, die sie aber erfüllen müssen – ihr Leben. Wie viele von ihnen würden bei der Geburt umkehren, wüssten sie, was ihnen bevorsteht? Wie viele freiwillig das schultern, was auf sie wartet? Die Freude am Da-sein wird immer als Argument dafür angeführt, dass es sich lohnen würde, zu existieren, wird dem Abgrund an Ängsten, Entsetzen, Enttäuschung, vergeblicher Sehnsucht, Leere, Langweile gegengewogen, der ihr Leben realiter bestimmt. Welchen Wert hat diese selbstbezügliche Freude wirklich, ist sie es wahrhaftig wert, dafür zu sterben, was am Ende ihr Schicksal ist? Mit dieser Situation konfrontiert, gibt es für mich nur zwei schwer zu ertragende Alternativen: Akzeptieren, dass es so ist, dass wir in einer Falle zappeln, die uns nicht entlässt, und dass es aus ihr keinen Trost-Ausweg – oder nur als Selbstlüge – gibt. Das ist die Einsicht, die sich uns heute aufdrängt, wenn wir alles anführen, was wir lernten, als Realität zu nehmen. Das ist die Situation, die der Existenzialismus (ich weiß, ein wenig aus der Mode gekommen) analysiert und auf seine Art bejaht hat.

Ich wähle die andere Möglichkeit, eine andere Haltung, halte mich an eine andere Einsicht: Ja, wir zappeln in einer Falle. Ja, die Freude an den guten Dingen, die wir finden können, ist – und fast nur zum Preis des Wegsehens von allem Dunklen, Schweren zu bekommen – gering gegenüber dem realen Unglück, das irgendwo auf uns wartet, geduldig, bis wir auf unserem Weg darauf stoßen. Ja, der Zerfall ist im Aufbau schon vorgegeben. Aber: es gibt eine Möglichkeit, die Falle zu verlassen. Der Falle zu entkommen.

Auf diese Unwahrscheinlichkeit setze ich. Nicht auf das Glück, das Glücklichsein, das Gelingen – wie es einem überall als letztes Ziel weisgemacht wird. Kinderkram. Von unreifen Menschen für unreife Mitmenschen ausgemalt und angepriesen. Wer allein das Leid überdenkt, das an einem einzigen Tag Menschen und Tieren überall auf der Welt zugefügt wird, wie könnte der unbefangen an seinem persönlichen Glücksfeeling festhalten, außer als an einem Zustand der hormonellen Befindlichkeit, der Chemie unseres Körpers geschuldet!

Ich sehe die Wirklichkeit genauso bitterschwarz wie einer dieser modernen Gnostiker ohne Gnosis – ohne den Glauben an eine Errettung, der ihnen nicht mehr möglich ist. Ich glaube ebenso wenig an eine Rettung durch irgendetwas, was uns bekannt ist. Alle die tradierten Möglichkeiten sind schon von irgendjemandem durchgespielt, und vom nächsten Mitspieler widerlegt und verworfen worden.

Ich glaube an das Unbekannte. Sich Eröffnende. An etwas, das sich ereignen und mich, uns, aus der Falle befreien wird. Hört sich seltsam an, nicht? Aber anders kann ich es mir nicht vorstellen, dass wir aus unserem Verrannt sein entkommen könnten. So oder gar nicht.

Und bis dahin rüste ich mich, dass ich bereit bin. Arbeite ich daran, dass ich das Ereignis erkennen kann. Vielleicht ist es der eine Pinselstrich, der mir zur Vollendung meines Bildes noch fehlte – vielleicht ist es der Augenblick meines Sterbens. Vielleicht liegt der Ausgang für mich im Lächeln eines Menschen, seinem Blick, der mich aus der Zeit stellt – und derjenige, der dann wieder in die Zeit zurückfällt, ist der Zurückbleibende, aber ich selbst bin gegangen – traurig, dass es meinen Schatten dann hier irgendwie noch gibt...

Ich weiß nicht, wie ich mir das Ereignis vorstellen soll, ich glaube aber, dass es stattfinden wird. Für mich, für dich, für uns, und dass dies das Einzige ist, was uns hinausführen kann..."

Hier war er für mich zu absolut. Zu ablehnend allem gegenüber, was in der Mitte zuhause war, nicht im auf die Spitze getriebenem Extrem, im Nichts, das ins Alles führen soll. Zu wenig liebevoll (oder mitleidvoll) dem Einzelnen gegenüber, der vielerlei in sich hat, im Mehr oder Weniger, gemischt ist, und deshalb unvollkommen – aber im Fluss des Lebens steht, seines Lebens, weder von ihm ausgesucht noch wirklich von ihm zu steuern – und welches der Maler durch seine herabsetzenden Worte verächtlich ablehnte.

Ich hätte gerne gehabt, dass er ein andermal sich selbst, in einer anderen Stimmung, mit einer anderen Stimme, widersprochen hätte, die schroffe Abweisung des konkreten Daseins gemildert hätte – würde gerne glauben, dass wir dann übereingestimmt hätten. Dazu ist es nicht mehr gekommen.

Ich erinnere mich an ein anderes Gespräch mit ihm, in dem er über die Situation und Leistung des Einzelnen ganz anders gesprochen hatte – merkwürdigerweise auch unter dem Eindruck einer hellklaren Sternennacht, damals aber in den dichtbewaldeten Bergzügen im Norden, auf dem weit auskragenden Balkon eines mitten in die Wälder gebauten Hauses stehend, der krummgezimmerten, verschachtelt-verwinkelten Eigenkonstruktion eines befreundeten Architekten (desselben, der mir den Tipp mit dem Lagergebäude gegeben hatte), auf dessen Einladung hin ich den Maler mitnahm, ihn aus seiner Arbeitsklause entführend – was selten möglich war.

Inmitten der eher gedämpften Geräuschkulisse einer Smalltalk Party führte er mich wieder auf die Felder seiner Philosophie, wie immer, wenn wir zusammen waren:

„Sieh' dir die unzählbar scheinende Menge der Lichtpunkte über dir an, das Glanzgewimmel – Giordano Brunos unendliche Welten – und denke dann an die Vielzahl der Bewusstseinslichter, die für uns wie diese Sterne aufleuchten würden, könnten wir unseren Globus von außen, von Oben, in der Überschau betrachten und hätten ein visuelles Sinnesorgan dafür.

Und genauso, wie viele beim Gedanken an die Unendlichkeit über uns ins Schaudern geraten sind, sich in einen Abgrund hinein fallend fühlend, ängstlich sich vom schwindelerregenden Sog der Weltraumtiefe abwendend, genauso sperren sich viele gegen den Gedanken einer Unzahl von individueller Welten, jede für sich stehend, dennoch verbunden wie kommunizierende Röhren, jede gleich gültig gegenüber der zeitlosen Quelle aller dieser

Bewusstseinsfunken. Jede einen anderen Aspekt der Unendlichkeit entwickelnd, eine andere Facette realisierend.

Ich bin Überzeugt (ich weiß, du zweifelst noch): Es gibt einen Sinn. Es gibt einen Zugang zur Quelle. Aber dieser wird nicht in einer singulären Einzelerzählung beschrieben. Es gibt unendlich viele Erzählungen darüber, so viele, wie es autonome Bewusstseinszentren gibt – selbst geschaffene Lichter, die einen Ausschnitt der Realität beleuchten. Wenn ich davon ausgehen müsste, dass ich niemals die Wirklichkeit treffen kann, dann werde ich an dieser Sisyphusarbeit verzweifeln, lethargisch werden, resignieren – und wenn ich, im Gegenteil, davon ausgehen würde, dass ich die Wahrheit schon besitze, dann bräuchte ich nicht mehr zu suchen – säße genauso fest, erstarrt fixiert.

Ich muss glauben, dass Wissen können möglich ist, und ich muss annehmen, dass es keine letztgültige, schon gegebene Offenbarung gibt, die mir die Suche erspart (und mir stattdessen die Aufgabe der Missionierung dafür überantwortet) – dann kann ich auf meine eigene Art, mit meinen eigenen Mitteln ein Suchender sein. Und jeder kann, wird es auf seine Weise sein.

Die Monopolisten vermeintlicher einziger Wahrheiten wehren dies als relativistisch ab – für sie kann es nur eine Wirklichkeit, eine Wahrheit (natürlich die, die sie besitzen) geben. Früher (und auch jetzt noch, in manchen Gegenden) war es die eine metaphysische Wahrheit, welche die Hüter des Wahrheitsmonopols mit aller Macht, die sie auch real hatten, vertraten – heute ist es eher eine nivellierende Wirkung auf die Köpfe, um die es geht, Nebenprodukt des Strebens nach Kontrolle und Einfluss und Gewinn.

Du musst beachten, in welche Richtung unsere Gesellschaft marschiert, welche Strömung und welche Gegenströmungen da sind. Alles, was sich institutionalisiert und als staatliche Gewalt oder wirtschaftliche Macht auftritt, zielt auf die umfassende Beeinflussung des Bewusstseins der Individuen, auf Manipulation ihrer Gedanken und Gefühle durch abhängige Medien, durch Geheimdienste der Regierungen, durch Macher der öffentlichen Meinung. Uniformierung wäre das Endergebnis. Dir kommt es vielleicht übertrieben vor, wenn ich davor warne, du sagst wahrscheinlich, das Leben ist eher chaotisch als uniformiert (aber erinnere dich an andere Zeiten, an andere Länder), jeder spricht mit einer anderen Stimme, redet über etwas anderes, alle reden durcheinander – doch das ist nur die Oberfläche.

Alle reden über dieselben Dinge, dieselben Nachrichten, alle werden durch dieselben Bilder bewegt. Jeder hat seine eigene Meinung dazu (glaubt es wenigstens), aber alle beschäftigt dasselbe.

Wir sind auf dieselben Stichworte konditioniert, reagieren auf die gleichen Losungen, empören uns oder verachten, hoffen auf etwas oder fürchten uns davor, vereint mit allen anderen. Sind den Moden und der öffentlichen Meinung unterworfen, den schnellvergänglichen Trends und den langanhaltenden Entwicklungen. Sind den vorgegebenen Gedankenformen und Vorstellungen unterworfen (das ist ja dein Thema), die alle anderen, quer dazu aufgestellten, ins Abseits zu drängen versuchen. Heute ein globaler Prozess."

„Unser Problem ist ganz bestimmt nicht, dass wir von finsteren, okkulten Verschwörern umgeben sind, von Magiern und Geheimbündlern, wie manchmal suggeriert wird, unser Problem ist der Ausbau eines wissenschaftlich-technischen Komplexes und dessen Folgen, mit denen wir uns in der Zukunft noch stärker konfrontiert werden sehen. Ist eine Welt, in der durch die Verbindung von Wissenschaft, Technik, Macht und Geld ein lückenloses Netz von Einwirkungsmöglichkeiten auf das Individuum entsteht, das manipuliert, behindert, benutzt wird, auch durch den Einfluss der Medien.

Vor diesem Hintergrund wirken die fragwürdigen Bemühungen okkulter Gruppen oder Einzelpersonen nur wie anarchische Störungen der glatten Normalität.

Wenn der Technikkomplex den Mainstream kontrolliert, wird alles, was unter und gegen ihn verläuft zum Durchbruch in die Freiheit.

Wenn allerdings Voodoo zur Staatsreligion wird (im Haiti der Duvaliers war das der Fall), dann ist das Bestehen auf Rationalität schon wieder etwas Subversives, etwas Befreiendes. Aber ob eine alles bestimmende Religion oder eine alles erklärende Weltanschauung, der Einzelne, der sich mit sich selbst In-eins setzt und aus diesem Erleben lebt, ist überall der Feind, den man bekämpft – weil er imstande ist, das System zu demaskieren und zu unterlaufen.

Nur die Anstrengung Einzelner hält solchen deformierend-uniformierende Gewalten dagegen: Durch ihr Bemühen, sich selbst zum Sender von Signalen zu machen, nicht nur Empfänger zu sein. Den eigenen Rhythmus in der gleichgetakteten Mentalsphäre aufzufinden und aufzuführen. Und damit Störsender zu sein. Die eigene Nachricht zu verbreiten: Da bin ich. Seht ihr mich, hört ihr mich, fühlt ihr mit mir?

In letzter Konsequenz würden diese autonomen Quellen von Überzeugung und Sinn mehr als acht Milliarden sich selbst produzierender Sinnsphären ausmachen, monadische Eigenwelten, und wer weiß, wie viele noch dazu kämen, rechneten wir nicht nur mit dem menschlichen Bewusstsein ...

Das braucht kein unmögliches Szenarium zu sein, wenn du davon ausgehst, dass es in einer unendlich großen Mentalwelt unendlich viele Welten und Weltzugänge gibt – jeder gleichberechtigt, da gleich weit (oder fern, oder nah) vom Ursprung des Ursprungs entfernt. Jeder trägt seine eigene Ausformung der Wahrheit in sich, keine Kirche der einzig wahren Wahrheit, keine Gleichheitsmacher und kein Wahrheitsministerium kann das verhindern und auf ein einzig Verbindliches zurechtbiegen.

Den Streit, die Unverbundenheit, die Gegensätze und die Anstrengung um ein Gemeinsames, in dem wir uns dennoch treffen können, müssen wir aushalten. Denn keine große, gleichgeschaltet redigierte Erzählung berichtet über die alleinige Wahrheit – die Milliarden von Einzelstimmen erfüllen gemeinsam den Sinn – in unendlich vielen Varianten und Abweichungen."

War das nicht ein große Plädoyer für Einmaligkeit, und für die einzigartige Bedeutung jedes Einzelnen für die Entfaltung des Ganzen? Fällt er aus, fehlt eine Farbe, ein Ton, ein Baustein in der unendlichen Skala der Farbspektren, Töne, sich ergänzenden Puzzleteile. Fehlt seine Stimme im Chor, wäre dieser nicht vollkommen. Und nur als vollkommen kann man sich die Fülle denken. Weniger wäre nicht das Ganze. Und dieses Ganze, in der Zeit verwirklicht, in, durch jeden von uns, wäre das nicht das Pleroma, in das der Maler hineingehoben werden wollte, der Falle entkommend, wie er sagte – wäre das nicht schon das, um was es geht?

Ihm konnte ich nach diesem Abend diese Frage nicht mehr stellen, seine eigene Argumentation gegen ihn wendend, aber ich hoffe doch, dass es mir irgendwann wieder möglich sein wird.

**

Diesmal war es Ellen, die mich anrief und mir sagte, ich solle kommen, es ginge um den Maler. Mehr wollte sie mir nicht verraten, nicht jetzt, nicht am Telefon, bemerkte sie etwas mysteriös auf mein Nachfragen, um was es sich den handele. Also machte ich mich auf den Weg, sehr früh am Morgen; mein Smartphone, das ich für gewöhnlich über Nacht ausgeschaltet habe (eventueller störender Anrufe wegen), war diesmal – glücklicher Zufall muss man sagen – aus Unachtsamkeit in Betrieb geblieben, so dass mich in aller Frühe der hartnäckige Singsang der neuen Melodie (eine andere als damals, als die Sache mit Ellen passierte, ich hatte sie schließlich doch gewechselt) aus einem leichten Morgenschlaf weckte.

Als ich ankam, fielen mir zwei Autos auf, die den Zugang zum Haus versperrten, ein weiterer Wagen stand mit laufendem Motor an der Ecke, Männer in ihm. Vor der Hauseingangstür wartete jemand auf mich, so schien es mir, aber nicht Ellen, sondern ein sehr breiter, untersetzter Mann, wie man ihn sich bei einem Casting für die Rolle eines FBI-Agenten in einem Detektivfilm vorstellen konnte, und tatsächlich stellte er sich als etwas ähnliches vor. Ob ich wüsste, wo sich der Maler im Augenblick aufhalten würde, er wäre nicht Zuhause.

Verdattert fragte ich, warum suchen Sie ihn denn, bekam keine Antwort und sagte dann:

„Nein. Ich weiß es nicht. Vorgestern hatten wir uns hier in seinem Atelier noch miteinander unterhalten, er hat mir nichts davon erzählt, dass er verreisen würde...“

Ob ich mit dem Maler näher bekannt gewesen wäre, ich zum Beispiel wissen würde, wovon er mir die Miete bezahlt hätte.

Verwundert sagte ich:
„Von seiner Malerei, nehme ich an. Dass er sein Geld mit etwas anderem verdienen würde, ist mir nicht bekannt.“

„Ist korrekt,“ sagte der andere, „von seiner Malerei. Kommen Sie bitte morgen Nachmittag zu mir ins Büro, hier meine Karte, dort können wir ihre Angaben aufnehmen und protokollieren.“

Mehr konnte ich nicht von ihm erfahren, auch Ellen, die mich an ihrer Wohnungstür erwartete, wusste nichts weiteres. Die Polizei war gekommen, hatte das Haus sozusagen umstellt, hatte ihr befohlen, in ihrer Wohnung zu bleiben (gleichzeitig hatte sich jemand in ihren Räumen umgesehen, ihr aber nicht verraten, wonach er suchte, sich aber auffällig für ein Bild, das in ihrem Wohnraum hing, interessiert), dann wurde der Maler mit Megaphonstimme aufgefordert, zu öffnen – nachdem sich nichts rührte, war die Tür fachkundig aufgestemmt worden.

„Einer der Männer hatte seine Pistole entsichert, als ob er befürchten würde, der Maler stürze sich auf sie, sobald sie die Tür aufhebelten.“ Ellen war noch immer fassungslos.
„Ich stand vor meiner eigenen Wohnungstür, sah nach oben, der Mann mit der Pistole schaute nach unten, sah mich, und machte mit der Waffe in der Hand eine Bewegung, ich solle verschwinden.“

„Hat er dich bedroht?"

„Nein, nicht, nur diese Bewegung, ohne zu zielen: Verschwinde."

Der Maler war nicht in seiner Wohnung. Die Beamten besetzten diese, verwehrten den Zugang, untersuchten. Später kam ein LKW, es schien, als ob sie das halbe Atelier ausräumten; sie verfrachteten die Bilder, in Decken gehüllt, versiegelten den Eingang und zogen ab.

Am Nachmittag schon konnten wir es in den Nachrichten hören: Ein weit verzweigter Kunstfälscherskandal war aufgedeckt worden. Bekannte Museen waren davon betroffen, Experten angeklagt, falsche Beurteilungen ausgestellt zu haben, Bilder hatte man beschlagnahmt.

Unter anderen waren gefälschte Pollocks sichergestellt worden. Einer der Hauptverdächtigen sei flüchtig. Auch die Hintermänner seien noch nicht gefasst, es handele sich um eine internationale Kunstfälscherbande, die vor allem neureichen (russischen) Privatleuten Kunst aus der Zeit um die beiden Weltkriege verkauft hätte.

Ich verstand es nicht: Wie konnte der Maler in eine solche Sache verwickelt gewesen sein? Oder war alles ein Missverständnis, war er verwechselt worden?

Tatsache blieb: Seit gestern war er verschwunden. Nicht mehr aufzufinden, auch nicht durch die Polizei. Ellen und ich waren verstört: Hatte der Maler ein Doppelleben geführt, eine uns unbekannte andere Seite gehabt, eine zweite Existenz? Und wenn: Welche war die eigentliche, die echte gewesen?

Oder gab es dabei kein Eigentlich und kein Vorgetäuscht, sondern nur besondere Umstände, die zu einer verschränkten, sich gleichzeitig einander ausschließenden

Zweigleisigkeit der Lebensbahn führten? Zur Verborgenheit auf jeden Fall.

Das wieder konnte Ellen gut nachvollziehen, war ihr eigenes Leben doch auch nicht jedem, der sie zu kennen glaubte, ein offenes Buch.

Wir blieben in den folgenden Tagen zusammen, warteten auf eine Nachricht über den Maler, und auf, wie wir hofften, vielleicht eine geheime von ihm selbst, aber beides blieb aus. So trösteten wir uns gegenseitig, hatten sogar Sex miteinander, was sie vor dem Erlebnis mit Ashley abgelehnt hatte (dadurch war offenbar eine Schwelle überschritten worden), aber es war nicht die verschmelzende Vereinigung mit der Geliebten, wie ich es mir in meinen Tagträumen vorgestellt hatte, es war die erweiterte Trostzärtlichkeit guter Freunde, von ihr mir als ein Geschenk gegeben – etwas, was mich wiederum mehr melancholisch als glücklich machte.

Ich hatte das Gefühl, dass ich mich dadurch eher in die Reihe der anderen stellte, als dass ich in ihren Augen der Besondere war, der ich gerne für sie gewesen wäre, auch in Bezug auf Intimität und Nähe. Doch war es auch etwas, an das ich mich jetzt noch liebevoll erinnere, keine Bitterkeit, keine Trübung beigemischt. Nur nicht das Ersehnte. Und es gehörte zur endenden Zeit, zum Abschluss, der durch das Verschwinden des Malers markiert war.

Überzeugungen

M ein Gespräch mit dem Maler geht weiter, obwohl er nicht mehr real anwesend ist (aber wo hält er sich in diesem Augenblick auf?), sein Argumentieren, seine

Argumente bleiben in mir. Übereinstimmung oder Gegenposition: Ich setze mich damit auseinander, in meinem eigenen inneren Sprechen, noch immer beeinflusst durch ihn.

Beide sind wir Autoren des Monologs, der sich in mir fortentwickelt – so, als erinnerte ich mich daran wie an eine mögliche (nie gehaltene, ständige) Rede von ihm – und an den ihm eigentümlichen Tonfall.

Ewas beschäftigt mich allerdings ebenso: Kann man ein Weiser und gleichzeitig ein Krimineller sein? Schließt sich das nicht aus? Macht das eine das andere nicht zur Maskierung, zur Verdeckung von Betrügereien?

Oder muss ich meinen zu selbstgerechten Standpunkt aufgeben, um ihm gerecht zu werden – muss ich nicht eher die Frage stellen: Wie kann ein guter Mensch wie er (und er war, nach meinem Maßstab, ein guter Mensch), in eine solche Lage geraten? Ich weiß es nicht, kann es nicht erklären, Motive und Umstände sind mir im Dunkeln, also darf ich ihn auch nicht aburteilen. Doch die Überzeugungen, für die er sich ausgesprochen hat, die sind für mich dadurch nicht diskreditiert, behalten für mich ihre Anziehungskraft und ihre etwas ins Rollen bringende Anstößigkeit.

Bevor ich ihn kennen lernte, war ich zwar auch schon an solchen Fragen interessiert gewesen, wie er sie in mir aufrührte, aber ich hatte vermieden, mich weiter und tiefer damit zu befassen: Zu Vergrübelt kam ich mir dabei vor, zu sehr ins Abseits geratend. Zu ergebnislos, und damit zu frustrierend, mein Nachdenken darüber.

Ich dachte: All die wärmende Überzeugung von einem Universum, welches beseelt ist von einer durchgehenden, alles umfassenden Sympathie und Liebe, ist eine Möglichkeitsform, die Welt anzusehen, die Tiefe und Tradition hat, sich aber heftig an der anderen Sichtweise auf die Welt reibt, die Allgemeingut geworden ist, bezeugt und getragen von einer funktionierenden Technik, die nicht auf Sympathie und Ätherkraft, sondern auf Elektrizität und Gravitation baut.

Was kann ich gegen diese Sichtweise vorbringen, außer, dass sie mir nicht gefällt? Was hat Gefallen oder nicht Gefallen mit Realität zu tun?

Ich musste ein Bild von der Wirklichkeit akzeptieren, auf das ich mit einem Hilfeschrei reagieren wollte, gerichtet an ein Universum, das doch, dieser Definition nach, keine Aufnahmeorgane für einen solchen Ruf hatte, kein Ohr für eine menschliche Stimme. Kein Ort war, der uns willkommen hieß.

Nur Gleichgültigkeit als Echo, Schweigen als Erwiderung. In früheren Kulturen richteten sich die Menschen mit ihrer innerer Bitte nach außen, nach oben, an einen Himmel (ob Sternenbesät oder Sonnendurchleuchtet), der ihnen Antwort versprach, heute kommt uns das naiv vor. Ich will nicht zu skeptisch sein, aber das weiße Rauschen des Universums hat auch seine Überzeugungskraft, dagegen müsste sich eine positive Nachricht deutlich abheben.

Gibt es diesen Sender der Nachricht irgendwo? Bezeugt er seine Existenz? Oder doch nur ein teilnahmslose Rauschen, Selbstwahrnehmung des Gehörs, Leere und Schwärze. Wo ist Licht?

Der Maler zeigte mir: Du wendest deine Aufmerksamkeit in die falsche Richtung. Draußen wirst du keine Antwort bekommen, auf keine Frage – auch die Frage ist zuerst in dir. Dort, wo die Frage entsteht, ist auch der Ort der Antwort. Nur dort, wo die Frage nach dem Sinn aufkommt, gibt es eine Möglichkeit, sie sinnvollerweise zu beantworten. Woanders nicht. Frage- und Antwortspiel sind eins. Dass du dieses Spiel spielst, ist schon ein Teil der Lösung. Was alles kompliziert macht: Du müsstest dich selbst im Blickfeld haben können, um zu wissen, wer du bist, dass du eine solche Frage stellen kannst.

„Frage dich, sag mir, kann irgendetwas, irgendjemand sich selbst erkennen, nur aus sich selbst, ungespiegelt? Seine eigenen Voraussetzungen untersuchen, sein eigenes Gefüge, Gefügt-Sein? Ist das möglich? Ich meine: nein. Alles, was wir erkennen, erkennen wir durch ein Sich-davon-Distanzieren, sehen es erst aus der Distanz. Unterscheiden uns davon. Scheiden uns davon. Stellen es uns gegenüber. Das Axiom Gödels gilt nicht nur für die formale Logik und Mathematik, es gilt für das Bewusstsein allgemein: Über die Gültigkeit oder Ungültigkeit einer Aussage kann nicht innerhalb der Aussage selbst entschieden werden, es muss immer ein Umfassenderes da sein, in der die Frage gestellt und beantwortet werden kann. Jedes formallogische System enthält somit fragliche Sätze, die nicht innerhalb des Systems entschieden werden können – ein übergeordnetes Meta-System erst kann die Lösung bringen. Das betrifft alle Fragen, die an das System, als Grundlage der Frage selbst, gestellt werden – sein eigener Grund ist dem System unhinterfragbar. Das lässt sich auf uns übertragen.“

„Wir sind die einzigen Wesen, die nicht nur ein Bewusstsein über oder von etwas haben (mehr oder weniger klar und deutlich), sondern auch ein Bewusstsein darüber, dass wir es haben. Wir produzieren Gedanken und beobachten uns beim Gedankenproduzieren. Sind uns dabei bewusst. Und doch: Können wir uns selbst, in unserer Voraussetzung erkennen?

Nein – wir erkennen zwar vieles – Grundlagen, Ursachen, Eigenschaften, Zusammenhänge, Mechanismen, unser ganzes Gefügt- und Eingefügt-sein – aber alles, was uns in den Blick gerät, sind wir gleichzeitig auch nicht: Ich unterscheide mich immer von dem, was mir bewusst wird, von dem, was ich erkenne.

Mein Arm, mit dem ich etwas tue, bin nicht ich: Ich benutze ihn. Mein Motiv, etwas zu tun, bin nicht ich: Ich kann mich davon distanzieren, es umkehren. Die Gefühle, die mich dabei erfüllen, bin nicht ich: Sie können sich ändern, noch während ich sie austrage.

Alles, womit ich mich benenne, bin nicht ich: Es gehört zu mir – manchmal auf unerfreuliche, nur schwer zu ändernde Weise, als Ungenügen oder Mangel oder Fehler oder Schuld – aber ich bin es nicht wirklich.

Wirklich bin ich nur dort, wo ich mich nicht sehen kann: Weil ich nicht größer als ich selbst sein kann. Alles, was mir von mir in den Blick gerät, ist kleiner als ich, wird von mir umfasst. Alles, was ich auf diese Art herausfinden kann, bin nicht ich.

Aber ich bin. Das ist auch schon das Einzige, was ich sagen kann. Ich bin mir selbst der blinde Flecke, bin mir selbst das Nichts, das alles ist. Aber dass ich weiß, ich bin mehr, umfassender als alles, was mir von mir in den Blick geraten, mir von mir bewusst werden kann, ist, als paradoxe Grenzerfahrung, eine Erkenntnis, die mich aus allem Bestehenden herausführt und ins Unbekannte stellt."

„Wenn ich weiß, ich bin mir selbst die unbekannte Größe, alles, was ich über mich herausfinden kann, trifft mich nicht, oder nur peripher, ob Fakten der Gehirnforschung oder der Psychologie, der Soziologie oder der Physik, dann kann ich mein eigens Innere ebenso als Außenweltlaboratorium ansehen, wie irgendeine andere Versuchsanordnung in einem Forschungsinstitut. Ich muss mich nur auf die besonderen Bedingungen einlassen, die dort bestimmend sind. Muss herausfinden, wie es geht und um was es geht.

Dazu gibt es schon viele Vorschläge, viel Material, viele Erfahrungen. Der blinde Fleck, der du dir selbst bist, schafft dir einen Raum, in dem sich Ereignisse einfinden können. Nicht im Voraus zu bewerten, nicht voraussehbar. Du hast in dir selbst ein Medium vor dir – vor deinem inneren Auge – in dem sich etwas rühren kann – die ersehnte Antwort auf dein Fragen.

Von einem anderen Außen kommend, als aus den Galaxien und Sternenzusammenballungen, wie wir gelernt haben, unser Universum anzusehen. Schau nicht nach Oben-Außen, schau in dich: Wie in einer Nebelkammer der Physiker, in der die Tröpfchenspur eines sonst unsichtbaren Energiestoßes mittelbar beobachtet werden kann, erscheinen in diesem Medium Figuren und Masken, gekleidet und modelliert nach den Vorbildern, die zur Verfügung stehen – dem Arsenal der Bilder und Vorstellungen, die sich allmählich, im historischen Prozess, angesammelt haben – hinter ihnen aber und unsichtbar, kann man eine Realität vermuten, die nur auf diese Weise sichtbar werden kann. Nur so: Mittelbar und zweideutig-verschwommen. Aber doch so, dass man auf ihre Existenz vertrauen kann. Nur so vertrauen kann, auf keine andere – eindeutigere, schärfer gezeichnete – Weise. Das ist wenig; aber es muss genügen. Dem Verzweifelten, dem auf das Skelett des Lebens reduzierten, genügt es."

Es gibt das Gewohnte. Das Alltägliche, Normale, selbstverständlich zu Erwartende. Die Norm. Das Mechanische, das Gestell, in das wir gestellt sind, das wofür wir keinen Blick mehr übrig haben, das, worauf wir konditioniert sind, in das wir eingefügt sind, eingespannt, worauf wir in gewohnter Weise reagieren, ohne Nachdenklichkeitszäsur... Und dann gibt es noch das ganz Andere.

Alles, was uns tiefer berührt als das ewig-gleichförmig Gewohnte, an das wir durch unsere individuell-gemeinschaftliche Entwicklungsgeschichte adaptiert wurden - oder uns selbst beflissen angepasst haben - kommt über uns als Offenbarung aus einem jenseits des uns in Gewohnheit Umgebenden. Ist wie ein Blick durch die Lücken der Realität, die sich um uns aufgestellt hat, als eine Kulisse, ein gemaltes 360° Panorama, als die künstliche Welt der Truman Show.

Ein Musikstück kann das bewirken, der Anblick eines Menschen, das zufällige Wort, das uns anspricht. Unsere eigentliche Essenz ist berührt, unser Da-Sein - aus dem Jenseits unseren bloßen So-Seins.

Gewordenes ist nicht alles. Es gibt mehr als das. Es gibt offene Küsten, zukünftige Aufbrüche, kühne Seefahrten und den Flug über Grenzen. Jenseits des Gewordenen liegt das Eigentliche, die Heimat. Das ist der Ruf der Gnosis. Das ist unsere Erleuchtung.

Und dieser Ruf kann uns überall und jederzeit erreichen - das war die tiefe Überzeugung der ursprünglich von der Gnosis Begeisterten und Beseelten. Für uns ist dieses Aufbrechen der Realität, dieses Aufbrechen aus dem Gewohnten, Gewordenen nicht so sehr mit religiösen Denkfiguren verbunden, wir finden es mehr im Bereich der Erfahrung mit der Kunst. Aber es ist dieselbe Art Erschütterung, die wir erleben können: wir sind nicht bloß durch Konditionierung festgelegt, wir können uns selbst jenseits davon sehen, bis dorthin reichen wir, obwohl wir das vergessen haben. Natürlicherweise immer wieder vergessen.

Und in Wirklichkeit sind wir, umgekehrt, von dorther definiert, dort sind wir, ist unser eigentlicher Zustand, hier, im Gestell, im umstellten Zustand, sind wir verfälscht. Weil in und ans Schiefe gebunden, ins Krummgewachsene, Zufällige...

Wir sind mehr, als wir geworden sind, und wenn wir daran erinnert werden, hören wir den Ruf – der von uns selbst, als wir selbst, ausgeht.

So habe ich den Maler verstanden. Und das war es auch, was mich an seiner Rede (der durchgehenden, durchgetragenen einen Rede, während unserer vielen Unterhaltungen) interessierte, was mich hinhorchen ließ. Es stimmte ja, dass ich auf der Suche nach etwas war, was mich aus dem, wie ich bin (oder eben nicht bin) hinausführen konnte, dass ich ein Suchender in seinem Sinne war. Nur brauchte ich die traditionell vorliegenden, überall angebotenen Bilder für dieses Suchen nicht zu übernehmen, auch nicht diejenigen, die er mir zeigte.

Ich verstand, dass ich mich nur in einem vorgegebenen, anregenden Kontext entwickeln konnte, gefördert durch die Auseinandersetzung mit diesem – nicht im luftleeren Raum, ohne Struktur und Boden, auf dem etwas wachsen, in dem das, was wachsen wollte, wurzeln konnte.

Aber etwas in mir weigerte sich gleichzeitig, das Vorgelegte zu akzeptieren. Was der Maler aber nicht verlangte. Der Maler gab mir Leinwand, Farbe, Malerwerkzeuge zur Hand, mit denen ich anfangen konnte, ein Bild zu malen, das über die bloße Skepsis oder Resignation hinausging – aber er schrieb mir nicht vor, was ich zu malen hätte. Sondern, im Gegenteil, er wollte mir meine eigenen Erfahrungen ermöglichen, mir möglich machen, dass ich auf eigene Rechnung lebte. Wovon ich weit entfernt war – wie mir immer deutlicher bewusst wurde. Und das war mein eigentliches Thema.

Einmal sagte der Maler mir:

„Kommt es dir nicht seltsam vor, dass du an allem Anstoß nimmst, was dir vorgesetzt wird, an Gebräuchen, an Gedanken, an Überzeugungen, an öffentlichen Meinungen? Und gleichzeitig bist du durch und durch davon geprägt, ist deine Mentalität die eines spät- oder postmodernen, westlichen Intellektuellen, zugleich geöffnet gegenüber allem und blindgeboren für das Wesen der Dinge – fühlst du dich nicht fremd dabei, dir selbst ein Fremder?
Betrachte dich einfach als einen Sufi, in den Westen gesetzt (für diesen ist der Westen das Exil, der Osten ist Heimat). In diesem Exil aufgewachsen, dessen Werte übernehmend. Und sehe es als Chance: Du brauchst dich nicht mit Jahrtausendalter Tradition belasten, hast alles abgeschüttelt im Neubeginn, und bist trotzdem nicht ohne Wurzeln. Die dich nähren, ohne dass du es weißt.
Du kannst entdecken, was in einer alten Sprache schon einmal gesagt worden ist, ohne deren Bilder übernehmen zu müssen, ohne die festgefügte Welt der Männerbünde, der bindenden Mythen, der ausgedeuteten Namen. Ohne die sozialen Festlegungen, die dich auf deinen Platz im gesellschaftlichen Gefüge verweisen würden. Jeder von uns ist ein Orientler, von dort kommen wir her, dort liegt unser Beginn, aber hier ist der Ort unserer Erneuerung. Allerdings

im Absterben des grünen Stammes. Im Ruiniert werden. Im Bankrott. Und trotzdem: nimm es als Chance.

Es ist nicht leicht, im Westen angekommen, ein Sucher des Ursprungs zu sein – hier darüber zu reden, wird zu oft zum Geschwätz. Wovon man nichts sagen kann, darüber muss man schweigen. Aber dieses Schweigen darüber kann tiefer führen, als sensationelle exotische Vorstellungsbilder, die von irgendwo übernommen und ungeprüft eingesetzt werden. Alle diese Aufregungen, die als Wahrheiten im Handel sind, füllen nur die Leere der ungelebten Zeit aus, die sich sonst bemerkbar machen würde – besser, sich stattdessen mit praktischen Dingen zu beschäftigen, mit Wände anstreichen oder töpfern zum Beispiel"

(hörte ich hier einen Sarkasmus im Tonfall des Malers?).

„Diese geschwätzige Gefräßigkeit, mit der alles einverleibt wird, was geheimnisvoll und interessant-abseitig erscheint – Verschwörungstheoretiker mit absurdesten Gehirnblasen, blubbernd losgelassen und nicht mehr aus der Welt zu schaffen (wenn 2 Leute daran glauben, muss ja etwas wahr daran sein...) – inbrünstig Glaubende, die, mit den neuesten elektronischen Kommunikationsmittel in der Hand, alte fundamentalistische Lehren verbreiten, die, wenn sie wirksam geblieben wären, ihre so gedankenlos benutzten modernen Techniken niemals hervorgebracht hätten – Leichtgläubige, die auf jeden Offenbarungszug aufspringen, wenn er sie nur genug mitreißt, ohne Prüfung, wohin sie damit eigentlich fahren – diese esoterische Tratsch- und Klatsch- Gesellschaft, an Klischees gebunden, die dadurch nicht besser oder wahrer sind, dass sie vielleicht schon seit hunderten von Jahren weitergereicht werden – wie widert mich das alles an."

Der Maler hatte sich in Rage geredet.

Ich verstand nicht ganz, wie er sich über Ansichten (vielleicht naiv, vielleicht oberflächlich, aber doch ehrlich und enthusiastisch) aufregen konnte, die den seinen sehr nahe waren – wenigstens kamen sie mir so vor. Aber gerade, weil sie für den Außenstehenden so ähnlich waren, hatte er das Bedürfnis, den Unterschied klarzustellen. Gerade weil es ihm ernst mit seiner Sache war, konnte er einen, in seinen Augen, unangemessenen Umgang damit nicht verzeihen.

Er sagte, er wäre auf den Guru oder ähnliche Typen nicht eifersüchtig, würde sie nicht als Konkurrenten im Wettstreit um einen Erkenntnisclaim ansehen, die ihm öffentliche Anerkennung oder Aufmerksamkeit wegschnappen könnten. Er würde aber so reagieren, wie im Renaissance-Deutschland der gelehrte Abt Trithemius auf den landfahrenden, Wunder ankündenden und inszenierenden Faustus von Knittlingen reagiert hätte: voller Abscheu vor dessen Übertreibungen und unerfüllbaren Versprechungen. Weil dessen, die Zuschauer verblüffende Werbegags und Reklamegeschrei, die hohe Kunst der Magie – für ihn eine profunde Philosophie, nur verstehbar dem, der ihre Grundlegung begriffen hatte – ins Gewöhnlich-Abergläubische übersetzten und damit verfälschten. Weil Magie für ihn Realität war, sollte sie nicht mit dem verwechselt werden, was der Marktschreier Faust den Leuten vorführte, sie an der Nase herumführend und seinen geldwertigen Vorteil daraus ziehend.

Ein anderes Erregungs- und Ärgernisfaktum war für ihn das, was er die Lüge der Institution nannte (und die er nicht nur Kirchen, sondern religiöse Einrichtungen jeder Art, wie Ordensgemeinschaften, Geheimorden, Bünde und Vereinigungen vorwarf), da er in ihr einen grundsätzlichen Verrat an dem sah, was diese zu vertreten behauptete. Er konnte sie zwar mit einen fast gesetzmäßigen Verlauf der Entwicklung, wie in jedem Wachstumsprozess vorzufinden, erklären, jedoch nicht entschuldigen. Hier stand er für die Position des Einzelkämpfers, des Individuums, das allein für seine Sache zuständig war. Allein für die Wahrheit seines Weges verantwortlich. Für dessen Realität.

„Einer der perfidesten juristischen Tricks der großen christlichen Kirche war es, zu behaupten, es gäbe eine geistige Wirkung unabhängig vom Bewirker, es sei egal, ob dieser moralisch verrottet oder nicht ganz bei Sinnen sei - wenn er von der Kirche (durch seine Weihe) dazu autorisiert sei, bestimmte Handlungen zu vollziehen, die das Heil verkörpern, sei dieses Heil auch wirksam.

Das ist eine magisch-naturalistische Auffassung, verdinglichend. Genau das Gegenteil ist wahr: Es kommt nur auf den Menschen an und was durch ihn in die Existenz gebracht wird. Was er durch seine Wesensart bewirken kann. Keine zwei Menschen werden aus derselben Quelle dasselbe Wasser schöpfen: Das Wasser ist nie dasselbe und die Menschen sind verschieden, also wird ihr Wirken auch unterschiedlich sein. Auch wenn sie sich scheinbar auf dasselbe berufen.

Und andrerseits: Jeder findet in sich seine eigene Quelle, seinen eigensten Zugang. Und was er nutzt, aus welchen Elementen er sein Handeln zusammenzieht, auf welchen Straßen er dabei geht, ist seine Sache. Der eine wird seine Erleuchtung im Rausch haben, der andere im Zustand der Nüchternheit, keiner soll dem anderen vorhalten, es wäre nicht das echte, wahre Erleben - wie kann das ein Außenstehender beurteilen?

Es gibt kein Rezept, es gibt kein sicheres Verfahren, keinen garantierten Weg. Und erst recht nicht eine Organisation, die das Heilende automatisch herstellen könnte. Geist ist lebendig, Geist ist Wind, Geist ist aktuelle Wirkung, Geist stirbt in die sich verfestigende Struktur, das System, und wird als Ungeist daraus beschworen, als Widergänger seiner selbst, als Gegenwurf."

**

Der Maler hatte nicht von Entfremdung gesprochen (dieser Begriff war ihm wahrscheinlich zu vorbelastet), wohl aber darüber. Und zwar im ursprünglichen, religiösen Sinn, wie er zuerst in die Philosophie geraten und dort transformiert worden war: Als Entfremdung aus dem Eigentlichen, Heimatlichen, ins Exil, in die Fremde.

Für mich war das, was er damit meinte, weder ein religiöser noch ein politisch-soziologischer Faktor: Für mich war es eine anthropologische Konstante. Etwas Grundlegendes im menschlichen Leben. Etwas in dessen eigenen Existenz begründetes. Und daher nicht aufhebbar.

Für mich war es ein tragischer Zug, der durch alles hindurchging, etwas Unumgängliches, Auferlegtes – condition humaine. Strukturelles Ungenügen. Mentaler Hunger, Durst, unstillbares Begehren oder Langeweile.

Alle Versuche, in der Geschichte und im Privaten, den Bannkreis des Ungenügens zu entkommen, den Ausbruch ins Übermaß der Erfüllung zu schaffen, sind bis heute und seit jeher misslungen. Weil wir für die Fülle nicht geschaffen sind. Wir sind keine Bewohner des Pleromas. Wir sind Mängelwesen.

Sind Bewohner des Wüsten Landes, die sich nach den leuchtend grünen Auenwälder, den wasserreichen, sonnenüberfluteten Landschaften eines ursprünglichen Lebens sehnen. Sind dazu verdammt, das Überfließende, Überquellende zu ahnen, welches allen Dingen immanent ist, allem Existierendem mitgegeben wurde, aber nicht dazu befähigt, in ihm beständig zu sein, über dieses Ahnen hinaus gehen zu können. Nur in der Fantasie ist es uns manchmal möglich, die Erfüllung in der Fülle zu finden – Vorwegzunehmen würde ich nicht sagen, das meinte ja, dass es schließlich doch zu einem glücklichen Ende kommen könnte – was im Widerspruch zu unserer eigenen Natur stehen würde.

Ich meine damit nicht (und sagte es so dem Maler), dass wir nicht glücklich sein könnten, nicht dazu fähig wären, Glück zu erleben – für Augenblicke, Glücksruhepausen, Glücksewigkeiten. Dass wir nicht wissen würden, wovon wir sprechen, wenn wir uns diesen ersehnten, erahnten Zustand vorstellen (freies Schweben im Glücksmoment der Musik, Mitschwingen in der Musik des Augenblicks: Das ist für mich dasjenige, was diesem vorgeahnten Zustand am nächsten kommt...).

Ich meine damit, dass unser Beseligungsgefühl, das uns ganz und gar erfüllen kann, uns bis in die Zehenspitzen ausfüllen kann, von Kopf bis Fuß, ins unerträglich Süße gedehnt, dass dieser Zustand immer an bestimmte Voraussetzungen gebunden ist, an ein Zusammentreffen glücklicher Umstände gebunden. Oder auch von der Chemie unseres Gehirns abhängig, von den Stoffen, die in unserem Körper erzeugt und freigesetzt werden, in unserem Blut kreisen – in Abhängigkeit von zu vielen endogenen und exogenen, nur zeitweilig vorhandenen, rasch vergehenden Faktoren. So dass wir berührt werden – aber nicht dauerhaft in diesem Zustand sind. Und dass uns, wenn wir im Glücksgefühl verharren würden, für immer, uns dieses nach einiger Zeit (obwohl ewig, wäre doch Zeit), entweder unerträglich oder total langweilig vorkommen würde. Wir sind nicht dazu geschaffen. Nicht so gebaut, dass wir in irgendeinem Zustand verweilen können – und wäre es der Zustand der Ewigkeit.

Die Ursünde, in der wir stehen, ist, dass wir uns unserer Lage bewusst sind. Wir leiden, freuen uns, sehnen uns wie Tiere, sind uns aber dessen bewusst. Und Verbunden damit, ist uns bewusst, dass dies alles nur vorübergehend ist. Unser Zustand war vorher nicht so, er wird später nicht mehr so sein.

Und dazu kommt, zwischen unserem Erwachen für uns selbst und unserem Verlöschen ist uns nur eine endlich begrenzte Zeit gegeben, wir wissen, dass dieses Erlöschen unausweichlich vor uns steht. Keine Ewigkeit für uns. Wir haben die Zeit als grundlegende Erfahrung. Haben das Bewusstsein darüber. Und haben zu wenig davon. Einen zu kurzen Abschnitt des Für-Immer. Wäre es nicht besser, wir würden nur den jeweiligen Moment kennen? Und jeder Moment wäre ewig?

Unser Bewusstsein zeigt uns die Fülle, und zeigt uns gleichzeitig, wie wenig Anteil wir daran haben. Zeigt uns das Für-Immer und zeigt uns, dass es nicht für uns ist. Unfair.

(Als ich mit Ellen darüber redete, sagte sie nur lächelnd: Es liegt nur an dir, dir darüber Gedanken zu machen. Mache es wie die meisten: verdränge. Und du hast diese Sorgen nicht. Lebe in den Tag. Und du wirst glücklich sein. Willst du das wirklich? Wäre das wirklich das Beste für dich?)

Das, was uns zum Menschen macht, was wir allein haben, nicht mit anderem Existierenden teilen, wie die Chemie der

Körperstoffe, die Lebensvorgänge in unserem Leib, die hin- und her flutenden Emotionen, Schmerz, Wut, Angst, Trauer -all das verbindet uns mit anderen, mit denen wir gemeinsam die Erde ausmachen: den Gesteinen, den pflanzlichen und tierischen Lebewesen – ist unsere mentale Ausstattung. Unser Gedankenleben, unser Denk-Sein. Und eben das hindert uns, auf Dauer in irgendeinem Zustand stehen zu bleiben. Es hebt uns aus der ewigen Gegenwart. Es gibt uns Erinnerung. Vergangenheit. Gibt uns Offenes, noch nicht eingetroffenes. Zukunft. Gibt uns Rätsel überall.

Denn wir können uns nicht mit dem begnügen, was uns gegeben ist: wir müssen darüber hinausgehen. Wir denken. Wir haben Worte. Haben Bilder. Wir sind bewusst. Sind uns selbst bewusst. Das führt zu einem Hunger nach mehr, einem Drang nach Überschau, nach Zusammenhang, nach Sinn und Hintersinn. Wir können nicht fraglos sein.

Wir verzehren uns nach einem Zusammenfassenden. Nach dem Durchbruch ins Alleszugleich und Alleswasist. Wir verspüren Mangel, wenn wir uns separiert, abgesondert, getrennt-eingesperrt fühlen. Spüren Mangel, wenn wir nicht in der Fülle aller Erscheinungen und Phänomene stehen. Erleben diese Fülle als Ausbruch von Überglanz und Licht und sind davon geblendet, sehnen uns danach und können diesen Zustand doch nicht ertragen.

Hunger nach Fülle, nach dem Zustand des Pleromas, wechselt mit dem Schmerz durch die Fülle, die uns überfordert, als zu starker Reiz. Wie das Licht der Sonne das Auge ausbrennt: und doch ist das Auge ganz auf die Existenz des Lichtes organisiert, hat nur durch das Licht seine Existenz. Unser Webfehler besteht in dem, dass wir das, was wir brauchen, nicht ertragen können. Mangelhafte Wesen in sich selbst. Fehlerhafte Konstruktionen.

Der Maler wollte mir sagen, dass wir eine Möglichkeit haben, uns in dieser Hinsicht stark zu machen, uns zu trainieren, das Unerträglich-Notwendige zu ertragen. War der Meinung: wir sind es selbst, die sich nach dem Übergenug sehnen. Wir müssen nicht danach gedrängt werden, es zu suchen. Wir müssen nur gestärkt werden, es auszuhalten. Dann finden wir uns mitten drin. Weil wir schon immer mittendrin sind. Nur nicht bereit, unsere Augen aufzumachen und uns dem Schmerz des Augenöffnens zu stellen. Den Schmerz zu überstehen

**

D as „Woher kommen wir, wo stehen wir, wohin gehen wir" der Gnostiker beschäftigt uns im Grunde noch immer, es hat sich aber, wenigstens bei mir, in einen anderen Bereich verlagert, (oder geht es doch immer noch um dasselbe?): Ich möchte wissen, wie meine Sicht der Welt entstanden ist, möchte diese in ihrer Geschichtlichkeit erkennen, möchte mich dadurch selbst erkennen, was mich ausmacht, und möchte wissen, was ich aus mir machen kann, welche Möglichkeiten sich mir öffnen.

Ich bin geworden, ich bin, ich werde sein – und dieses werde sein enthält als Möglichkeit mehr als die von der Vergangenheit bestimmte Gegenwart, ist offen für Weiterentwicklungen, die nicht nur vom Bisher bestimmt werden, sondern auch, daran glaube ich, von den vielfältigen Möglichkeiten der Entwicklung selbst, dem Zugang ins Freie, der in diesen Möglichkeiten auch enthalten sein muss.

Wenn ich spüre, was ich sein könnte, was als Potenzial noch unausgeschöpft ist, aber realisierbar, dann ist das für mich der Ruf, von dem die Gnostiker sprachen. Mein zukünftiges Ich ruft mich, lockt mich, lockt mein Potenzial hervor, ich kann mich dem verschließen oder öffnen. Kann den Ruf bejahen oder verneinen.

Und wer weiß, ob dieser Ruf, den die Menschen der vergehenden Antike in ihrem von äußeren Zwangsgewalten festgelegtem Leben als Fluchtöffnung ins Eigentliche erlebten, nicht derselbe ist, wie ich ihn heute als Angebot eines Entwicklungsweges in die Freiheit des Nicht- Festgelegten in mir erfahren kann. Als Ruf, der mich daran erinnert, dass ich noch nicht der bin, der ich sein könnte, weil so wenig davon schon von mir realisiert wurde und so viel davon noch aussteht – als Versprechen, nicht als notwendigerweise sich Erfüllendes, automatisch Eintreffendes. Was ja determiniert wäre, das Gegenteil von Befreiung.

Liegt in mir eine innere Entwicklungsmöglichkeit, die angenommen werden muss, um Realität zu werden, und kann diese Entwicklung mich weit über das hinausführen, was ich mir selbst (und alle anderen sich selbst und auch mir) heute als Realität zugestehen? Vergleichbar dem Weg durch die Planetensphären, in die Fülle des Pleromas, wie er in der Antike beschrieben wurde, als Aufstieg der Seele im Leben und im Sterben?

Erlebt wurde dieser Aufstiegsweg in einer selbsterzeugten Imagination, vorgegeben durch den Mythos, dem man folgen wollte und der sich im Erleben bestätigte; brauche ich auch heute keinen vorgegebenen Mythos mehr, so kann ich doch noch immer einen inneren Erfahrungsweg gehen, der mich als anderes Wesen als bisher offenbar geworden zeigt, als der Andere, der im Bisherigen noch nicht realisiert war, daher als Fremder im Bisherigen erscheint. Als der Fremde, der durch den Ruf zu sich selbst kommt und sich als das erkennt, was er ist: Der Andere in der Fremde, der Bisher-Nicht-Da-Gewesene im Bisherigen, im Festgelegten.

Ich kann jeden Mythos nehmen, der sich mir bietet, oder keinen, ich kann mich an einen strengen Weg binden oder an keinen, ich kann Bilder erfinden oder Bilder übernehmen – Stationen der Entwicklung werden geschaffen und den Weg ausmachen. Doch der Weg selbst ist ebenso nur eine Metapher, auch diese Metapher überwindet der Weg.

Epilog

Der Maler bleibt verschwunden. Und Ellen ist gegangen. Diesmal war ich es, der für einige Zeit verreiste – ein Großonkel war gestorben, im Pflegeheim, wo ihn die durch seine Alzheimererkrankung überforderte Tante untergebracht hatte. Es war kein frohstimmender Ausflug gewesen, und als ich nach einigen Tagen zurückkam, waren noch lästige, ewig verschobene und jetzt nicht mehr aufzuschiebende Dinge zu erledigen, so dass ich erst nach ungefähr einer Woche beim Haus vorbeischaute.

Niemand war da (Die anderen Mieter zählten nicht). Ellen war fortgegangen. Zuerst realisierte ich es nicht, denn sie war ja oft unterwegs, wenn sie in ihrem Job zu tun hatte. Die noch immer versiegelte Wohnung des Malers (gehörte zu den dringend zu erledigenden Dingen: Vorsprechen bei den Behörden, wann ich wieder über die Wohnung verfügen durfte) konnte ich nicht betreten, und wozu auch, der Maler war nicht in seinem Atelier. Stand nicht an seiner Staffelei oder rührte in seinen Porzellantiegeln, Pigmente mischend, wie er es oft getan hatte, wenn ich ihn in seinem Chaos aufsuchte. Und nach einem Schweigeanfang begann, ohne Begrüßung und Übergang, erneut unser durch mein Weggehen unterbrochenes Gespräch, als ob ich nur kurz auf der Toilette gewesen wäre – was im Übrigen nicht für seine Toilette galt, dort konnte man das Gespräch, quer durch den Raum und die Materialsammlung, fortsetzen.

Aber nun war der Maler nicht mehr da. Und auch Ellen nicht. Ich ging in ihre Wohnung, wie immer, wenn ich im Haus war und sie nicht beim Maler fand (vorbei, vorbei...), registrierte, dass sie nicht zuhause war und auch, dass sich irgendetwas verändert hatte. Was ich noch nicht genau zu benennen wusste, nur als unbestimmte Beunruhigung empfand. Bis ich feststellte, dass viele persönliche Gegenstände fehlten, das Bad leer geräumt war, keine Kleider mehr, keine Bücher und CDs - wie, wenn jemand mit Vorausgepäck ausgezogen war und der Rest auf die Möbelpacker wartete.

Dann fand ich den Brief. An mich adressiert. Sie entschuldigte sich für ihren abschiedslosen Aufbruch, aber die Dinge hätten sich verändert und sie müsse nun einfach gehen, und vielleicht wäre der jetzige Zeitpunkt sowieso der Beste, auch für mich, sie wüsste, wie schwer mir die Umstellung fallen würde, meinen Umgang mit dem Maler und nun auch mit ihr zu verlieren, doch hätte ich auch gewusst, dass alles nur auf Zeit angelegt war, nicht auf Dauer, eine vorübergehende Konstellation, wie das meiste im Leben. Wie das Leben selbst...

„Durch das Verschwinden des Malers ist mir einer der Fixpunkte verloren gegangen, die mich hier gehalten haben, mir Halt gegeben haben, ein anderer warst du, aber das reicht jetzt nicht mehr aus... Ich habe mit ihm wieder Kontakt aufgenommen (ich wusste, welcher „Ihm" damit gemeint war), werde zu ihm gehen, einen Neuanfang versuchen. Wünsche mir Glück.

Und noch etwas: Ich glaube, du schätzt mich falsch ein, machst dir Illusionen über mich, idealisierst. Wie viele andere.

Auch ich schwimme. Und suche Festigkeit, Stütze. Bin bereit, dafür Dinge auf mich zu nehmen, die dich vielleicht abschrecken oder sogar anwidern würden. Ich mache mir selbst nichts vor, kenne mich in dieser Hinsicht. Du kennst mich in Wirklichkeit nicht. Auch einer der Gründe für meinen Entschluss...

Dein Bild von mir ist zu sanft gezeichnet, zu harmonisch, wie du eben selbst bist, oder eher: harmoniesehnsüchtig, da deine Harmonie nicht ungestört ist...

Du siehst mich als jemanden, der zu dir passt, wie ein fehlendes Puzzleteil, aber so bin ich nicht. In Wahrheit bin ich dissonant, verloren, müde und verwirrt. Verirrt. So fühle ich mich. Manchmal drängt das zur Oberfläche, nach Außen, aber meistens zeigt sich die Oberfläche so, wie du mich zu kennen glaubst – ich selbst bleibe verborgen, bleibe im Geheimen. Für dich und die vielen anderen, die in mir ihre Wunscherfüllungsphantasmagorie wiedererkennen wollen. Auf bestimmte Weise war ich auch deine Fantasie, zwar keine sexuelle (möglicherweise doch...), sondern eine des verlockenden Lebens, des Ausblicks auf eine neue Welt, in der vieles sich erfüllen wird... Sehe mich realistisch, dann kannst du mein Weggehen besser bewältigen. Ich weiß, das wird dir in der ersten Zeit schwer fallen, aber es gehört für dich zum Erwachen in die Realität dazu.

Und für etwas, was damit zusammenhängt, wie die Dinge in Wirklichkeit sind, möchte ich mich bei dir entschuldigen: Ich habe dich benutzt. Unser Ausflug zu Ashley war nicht spontan, er war von mir geplant. Der Guru (wie du ihn immer nennst) hat für mich ein Ritual ausgearbeitet, das auf eine meiner tiefsitzenden Ängste eingehen sollte: die Angst vor dem Älterwerden. Du warst unaufgeklärter Teilnehmer dieses Rituals. Ich brauchte einen männlichen Part, war der weibliche Teil, Ashley die Vereinigung der Gegensätze.

Ich habe dir erzählt, wie sehr mich das Altwerden beunruhigt, quält, wie sehr ich unter diesem unaufhaltsamen Zwang leide. Schicksal, hast du gesagt. Jeder ist ihm unterworfen. Wo es kein Entrinnen gibt, bleibt nur ein sich anpassen. Ein Einverstanden sein.

Als Mann kannst du das sagen. Dich betrifft's auf andere Weise, als es eine Frau trifft. Deswegen der Versuch, mit einem magischen Ritual etwas dagegen zu unternehmen. Der Guru glaubt daran. Ich leider nicht. Doch war ich verzweifelt genug, es zu versuchen (Jemand, ich glaube Einstein, hat einmal gesagt, er glaube nicht an Magie, habe aber ein glücksbringendes Hufeisen über der Tür, von dem man ihm versichert hat, es wirke auch bei Personen, die nicht daran glauben...).

Du merkst, ich tue Dinge, von denen ich nicht überzeugt bin, und ich tue Dinge, von denen ich weiß, dass es nicht richtig ist, sie zu tun, siehst, auch ich bin verworren, unsicher, klammere mich an Verworrenes, Unsicheres, als ob es dadurch eine Rettung gäbe... Greife blind nach Strohhalmen, wie jedermann. Denn mein Leben ist nicht gut gefügt. Langsam löse ich mich in alle die vielen Welten auf, die an mir zerren, mich für sich beanspruchen; jeder Mann, dem ich im Arm liege, dem ich das Gefühl gebe, ganz für ihn da zu sein, jede neue Begegnung belastet mein Lebenskonto, und ich bekomme es nicht mehr richtig aufgefüllt...

Ich habe mich übernommen, aber ich kann nicht damit aufhören, es ist nun mein Weg, einen anderen sehe ich nicht. Wünsche mir Glück dafür... Ellen."

Lange blieb ich am Schreibtisch sitzen, auf dem ich den Brief gefunden hatte. Nur einmal hatte ich eine solche tiefe Verzweiflung bei ihr erlebt, damals, als sie sich völlig betrunken hatte, nach dem Vertrauensbruch des Gurus. Ich dachte, es sei eine einmalige Situation gewesen, eine untypische, extreme Reaktion darauf. Jetzt sah ich das anders.

War mein Bild von ihr so oberflächlich gewesen? Nur von dem bestimmt, wie ich sie sehen wollte? Genau wie die anderen, wie sie schrieb, die anderen Männer, über deren wunschgelenkte Blindheit wir oft gesprochen hatten. War ich auch nicht anders als diese gewesen? Und deswegen für Ellen nie wirklich eine Alternative dazu? Ein Jemand, mit dem sie sich wirklich verbunden fühlte? Und nicht nur jemand, dessen Wesen sie sympathisierend, anteilnehmend aufnahm, ihn annahm, wie er war, ihn dadurch bestätigend, ihn stärkend, ihm ein Geschenk machend? Wie alle anderen auch...

Ich dachte: wenn Ellen, wie im Mythos, die Seele war, die umherirrende, suchende Seele, dann habe ich meine Seele versäumt. Den wirklichen Zugang zu ihr verfehlt. Seelenlos also. Wie alle anderen auch... Muss mich mit einem psychischen Verhalten begnügen, mit Psychologischem, statt einer Seele...

Der Mondfrauenmensch ist weitergezogen... Aber er hat mich berührt. Hat mir etwas gegeben. Ich muss akzeptieren, dass ich wieder bei mir bin, auf mich zurückgewiesen. Allein. Ohne sie, ohne den Maler. Den Verschollenen. Aber sie haben mich berührt. Mir etwas gegeben. Ich bin allein, aber ich bin ein Veränderter. Ist das nicht viel?

**

Heute erst fange ich an richtig zu schreiben. Was mich bisher daran gehindert hatte, war auch mein Vorbehalt gegenüber scheinbar abgenutzten Worten, Sätze, Geschichten, wie sie schon einmal aufgetaucht sind und sich allmählich als Klischee bis hin zum Kitsch verfestigt haben. Alles sollte unverbraucht, frisch sein, originell. Mein innerer Einwand gegenüber der pollockähnlichen Malweise des Malers, in verwandter Form. Das blockierte.

Doch jetzt erkenne ich, geführt durch unsere Begegnungen und deren wehmütiges Ende (tragisch will ich es noch nicht nennen), dass Geschichten gar nicht originell sein können: Wenn sie authentisch sind, tiefgreifend ergreifend, dann sind sie zeitlos, waren schon immer da, sind immer schon gewesen. Immer schon im Schicksal Einzelner verwirklicht. Im Grunde sind wir eins – ist unser Leben Variation des einen, uns alle zugrundeliegenden Tiefenmusters. Woran wir uns auch gegenseitig erkennen und uns davon berühren lassen. Also keine Scheu mehr vor alten Bildern, schon vorher Erzähltem: Wenn ich eine Szene, eine Figur, eine Lebenslinie auf wahrhaftige Weise neu erfinde, in meiner mir eigenen, individuellen Ausdrucksweise, dann folgen sie wie selbstverständlich dem uralten Pfad aller wahrhaftigen Geschichten. Ich bin eher Entdecker als Erfinder, bin Fischer, der im Vergangenheits-Gegenwarts-Zukunfts Strom alles Erzählten und als Erzählung aufbewahrtem angelt und dort Fische fängt – wie Autoren vor mir es getan haben, und zweifellos Autoren nach mir es tun werden.

325

Also habe ich mich entschlossen: Ich will die Geschichte des Alchemisten als Roman ausarbeiten. Kein Umherschlendern und sich einen Satz ausdenken mehr, kein Alibi, um in einer Bar zu sitzen und einen Espresso zu trinken. Ich nehme das Wenige, das schon aufs Papier gebracht worden ist, mustere aus oder ergänze. Beginne: „Bis heute kann ich mir meine Schuld nicht vergeben... ". Die anderen Anfänge, wie die Alternativwelt– oder Gespenstergeschichte, lasse ich erstmal sein. Konzentriere mich auf ein Projekt. Arbeit war schon immer das beste Mittel, einen Verlust zu überwinden (sagt man so...). Aber der Alchemist ist mehr. Er ist das Geschenk der beiden an mich. Ich werde das Geschenk auspacken und etwas daraus machen. Es weiter reichen.

Weitere Buchveröffentlichungen
(BoD):

Undine: Eine Novelle
2019   96 Seiten
Kindle 4,49 €, Taschenbuch 7,49 €

Faulhabers Komet
2019   254 Seiten
Kindle 4,49 €, Taschenbuch 8,49 €

Einträge
2019   135 Seiten
Kindle 5,49 €, Taschenbuch 14,95 €

Gedichte
2020   36 Seiten
Kindle 4,99 €, Taschenbuch 13,00 €

Alchemist: Erzählung einer Pilgerschaft
2022   187 Seiten
Kindle 5,99 €, Taschenbuch 10,49 €

Der Gärtner von Samarkand
2024   328 Seiten
Kindle 9,99 €, Taschenbuch 14,49 €

Besuche mich doch auf meiner Website:
www.architexxt.de – dort gibt es Weiteres zu
lesen.